금지된
장난

금지된 장난 *Jeux d'adultes*

초판 1쇄 찍은 날 § 2006년 2월 6일
초판 1쇄 펴낸 날 § 2006년 2월 16일

지은이 § 연노아
펴낸이 § 서경석

편집장 § 문혜영
편집책임 § 이종민
편집 § 한지윤

펴낸곳 § 도서출판 청어람
등록번호 § 제1081-1-89호
등록일자 § 1999. 5. 31
어람번호 § 제5-0081호

주소 § 경기도 부천시 원미구 심곡1동 350-1 남성B/D 3F (우) 420-011
전화 § 032-656-4452 팩스 § 032-656-4453
http://www.chungeoram.com
E-mail § eoram99@chollian.net

ⓒ 연노아, 2006

ISBN 89-5831-980-1 03810

※ 파본은 본사나 구입하신 서점에서 교환하여 드립니다.
※ 저자와 협의하여 인지를 붙이지 않습니다.

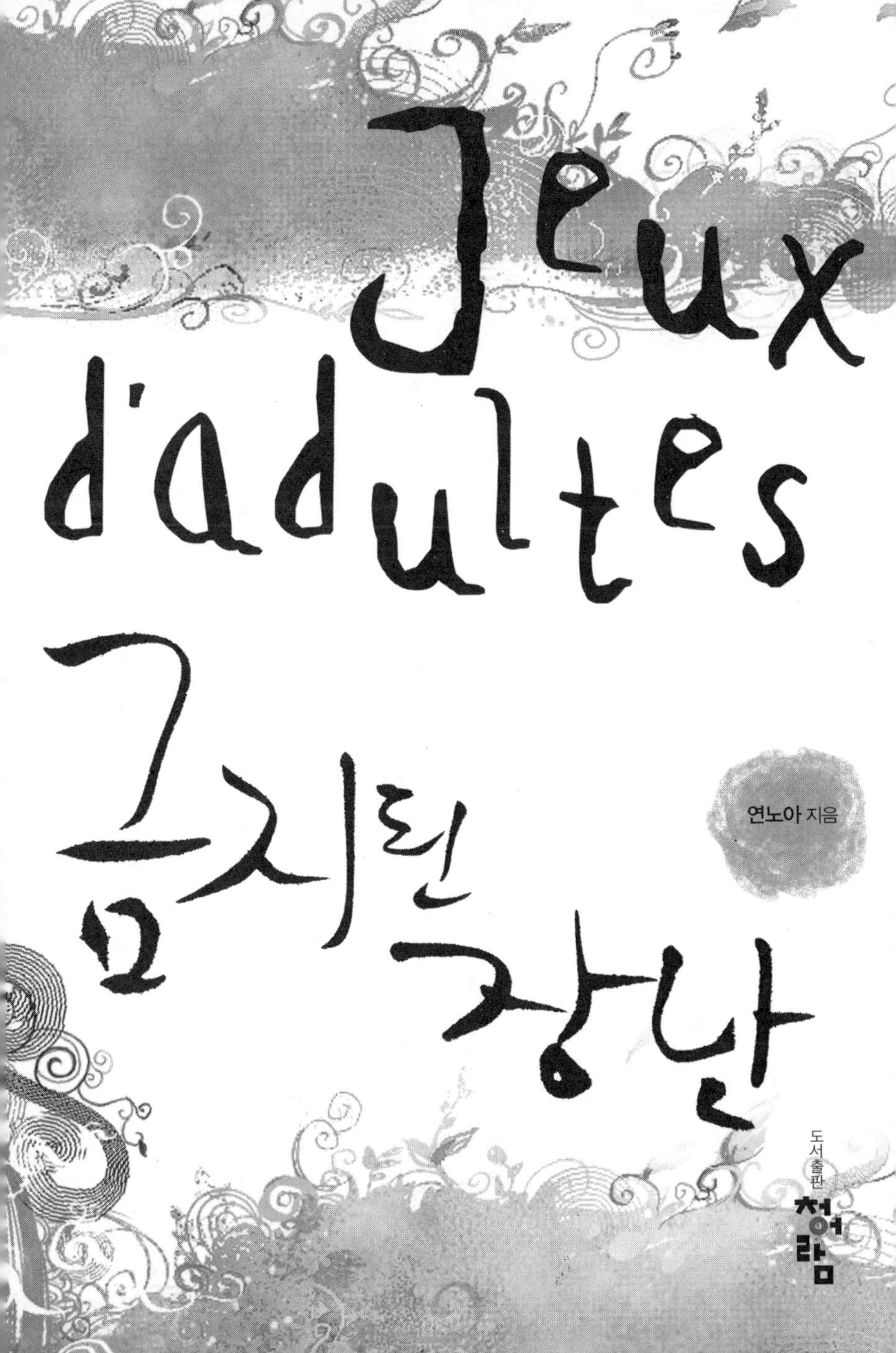

Jeux
d'adultes
금지된
장난
연노아 지음
도서출판
청어람

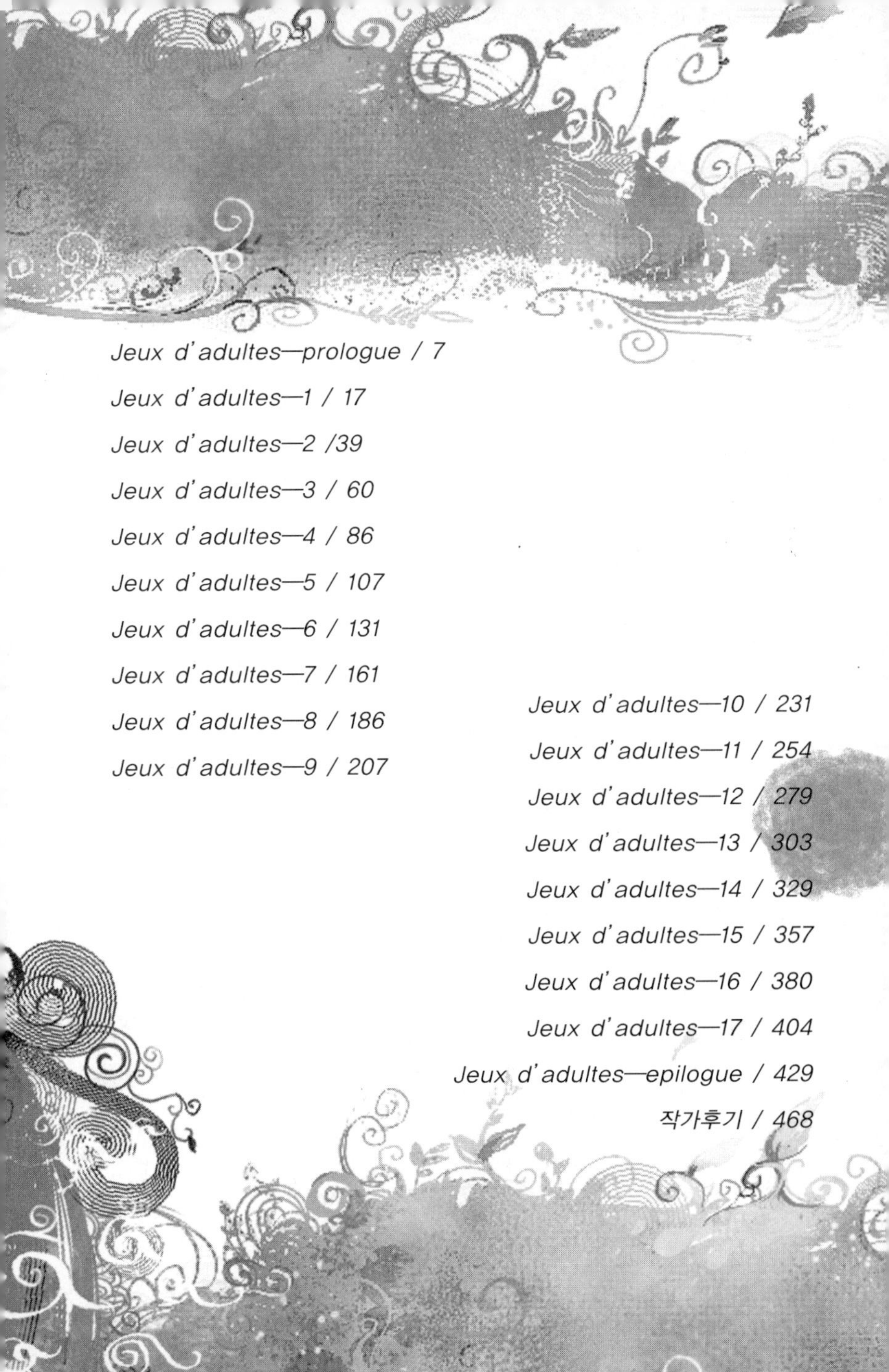

"고제욱!"

가을비가 주룩주룩 내리는 일요일 오후, 제욱이 침대에 누워 단짝인 윤택이 건네준 잡지를 뒤적이며 잔뜩 얼굴을 붉히고 있었다. 그러나 갑자기 쿵쾅거리며 계단을 올라오는 소리가 들리고 문을 벌컥 열어젖히는 한 계집아이 때문에 당황한 그가 잡지를 후다닥 침대 밑에 쑤셔 넣으며 버럭 소리를 질렀다.

"씨발! 넌 노크할 줄도 몰라?"

"새삼 노크는. 계속 불렀는데 못 들었어?"

장한새. 올해 초 선생님이신 아버지 때문에 옆집으로 이사 온 녀석은 제욱의 이웃사촌이자 같은 반 짝꿍이다.

"근데 갑자기 왜?"

"우리 엄마랑 아빠 외출하신다고 너희 집에서 밥 먹으래서 왔
지. 참, 아줌마가 이거 마시래."

한새가 우유 한 잔을 내밀며 씩 웃어 보였다. 제욱이 불편한 아
랫도리를 슬쩍 감추며 재빨리 우유를 완샷해 버리고 인상을 썼다.

"자, 내 것도."

"왜 매일 내가 네 우유까지 마셔줘야 하는데?"

"나 이거 마시면 설사한단 말이야."

"잘한다. 설사하는 게 무서워서 우유도 못 마시면 대체 그 난쟁
이 똥자루만한 키는 언제 자라냐? 주제에 자리도 맨 뒤만 고집하
면서 매일 교과서 바리바리 쌓아서 궁둥이 붙이는 거 자존심 안
상하냐?"

"아니. 그리고 걱정도 안 해. 우리 엄마도 늦게 쑥쑥 자랐다고
했거든. 또 여자가 키만 커서 뭐 하냐? 미스코리아에 나갈 거 아니
면 적당히 아담한 몸매만 되면 되지."

"넌 그것도 안 되잖아. 사복 입을 땐 아직도 초등학생 요금 내는
주제에."

"그거야 용돈 절약 차원에서 그런 거지. 그리고 내가 어때서?
슬슬 라인이 살아나는 거 안 보여?"

가슴을 쑥 내밀고 허리에 손을 얹은 채 한새가 몸을 이리저리
돌리며 입을 삐죽거렸다. 제욱은 그녀가 내민 우유를 마시다 사레
가 들려 그대로 내뿜으며 캑캑거렸다. 이상하네, 장한새. 키 얘기
를 할라치면 매일 발끈해서 화를 내는 애가 오늘은 뭘 잘못 먹었
나? 곁에 있던 휴지로 입가를 쓱 훔친 그가 한새의 몸매를 슬쩍 훑

어보았다. 레몬 색 티셔츠 밑으로 살짝 부풀어 오른 가슴 둔덕이
보이지만 역시나 나무젓가락 같은 몸매다. 그의 머리 속에 조금
전에 보았던 풍만한 여체와 한새의 몸매가 번갈아 스쳐 지나갔다.

"어? 이게 뭐야?"

방 한가운데에서 거울을 보며 쇼를 하던 한새가 뭘 발견했는지
갑자기 침대 밑으로 몸을 숙이자 제욱이 기겁을 하며 그녀를 밀어
냈다. 하지만 재빠른 생쥐 같은 한새가 먼저 잡지를 낚아챘고 곰
같은 제욱이 난리치며 그녀의 꼬랑지를 뒤쫓았다.

"왜 남의 방을 뒤지고 난리야? 그거 안 내놔?"

"으하하하! 얼굴 빨개진 것 봐. 너 나 들어오기 전까지 이거 보
고 있었구나? 크크큭. 꼴에 남자라고."

"뭐? 꼴에 남자? 이게 정말 죽으려고!"

한새가 침대에 걸려 기우뚱거리자 제욱이 그녀를 덮쳐 온몸으
로 눌러 간신히 잡지를 빼앗았지만 그녀의 웃음소리는 멈출 줄 몰
랐다.

"창문 밖으로 던져 버리기 전에 입 안 다물어?"

한 손으로 그녀의 입을 누르며 으르렁거리는 그의 밑에서 한새
가 발버둥을 쳐댔다. 그러자 그녀의 작은 젖가슴이 물컹하고 그의
턱에 부딪쳐 왔다. 그리고 그의 눈에 뽀얀 목덜미와 붉은 입술이
들어오며 속수무책으로 몸을 달구어놓았다.

"젠장!"

눈으로만 보는 것과 직접 오감으로 느끼는 여자의 느낌은 확연
히 달랐다. 당황한 제욱이 그녀를 거칠게 밀어내고 잡지를 벅벅

찢어 휴지통에 던져 버렸다.

"아깝게 왜 찢어? 같이 보면 될 걸."

"너 나가! 당장 안 나가?"

그녀가 상황을 즐기듯 뺨을 복숭아 빛으로 살짝 물들인 채 두 눈을 반짝이며 제욱을 올려다보았다. 창피한 것도 모르고 뭘 같이 봐?

"참, 너 생각나? 첫키스를 제일 먼저 하는 사람에게 각자 그 사람이 원하는 걸 주기로 한 거?"

이게 점점! 의자에 앉아 그녀가 나가길 기다리며 애써 흥분을 가라앉히고 있는데, 한새가 한술 더 떠 막 터질 듯한 욕구를 자극해 댔다.

"너랑 윤택이가 한 내기지, 난 동의한 적 없어. 쓸데없는 소리 하지 말고 나가!"

"아무래도 내가 일등인 것 같은데."

헉! 동문서답을 해대는 한새 때문에 제욱이 급히 숨을 들이삼켰다. 뭐? 그럼 키스를 해봤다는 거야?

"유도부 주장 알지? 걔가 갑자기 사귀자고 하더니 확 덮치는 거 있지?"

미친놈! 어디 할 짓이 없어 여자를 덮쳐? 그의 눈이 앞에 있는 참고서를 다 태워 버릴 듯 활활 불타올랐다.

"유도부 주장치고 얼굴이 곱상해서 그럴 줄 몰랐는데 의외로 터프한 면이 있더라?"

아, 오늘 키를 가지고 놀려도 화를 내지 않고 나긋나긋하게 굴던 이유가 바로 저거였군.

"그래, 터프하게 덮쳐 주니 좋던? 넌 무식한 거랑 터프한 거랑 구별도 못하냐?"

제욱이 눈앞에 있는 책을 아무것이나 펼치며 무심한 척 중얼거렸다.

"글쎄, 그냥 그랬어. 갑자기 당해서 그런지 달콤하기는커녕 침범벅이 돼서 좀 더럽다는 생각도 들고……. 하지만 어른이 된 것 같아서 기분은 좀 짜릿하더라. 아무튼 내가 이긴 거 맞지?"

어느새 한새의 얼굴이 바로 옆에 다가와 있었다. 제욱이 흠칫 놀라며 그녀를 밀어냈다.

"너, 너! 저리 안 가! 그리고 덮쳐서 당한 게 키스냐? 쌍방 합의 하에 한 게 아니면 무효야, 무효!"

"그래? 그럼 우리 둘이 살짝 해치우고 윤택이 새로 산 게임기 빼어올까?"

한새의 장난기 가득한 눈동자가 위험하게 반짝거리는 가운데, 그녀의 체취가 고문하듯 코를 간질여 댔다.

"까불지 말고 얼른 꺼져!"

더 이상 참지 못하고 제욱이 한 손으로 한새의 허리를 감아 문밖으로 떠밀어 버렸다.

쾅!

문 닫히는 소리 뒤에 경쾌한 그녀의 목소리가 예민한 그의 귀를 자극해 댔다.

"키만 크다고 다 어른이 아냐, 짜샤! 네가 인정을 못하나 본데,

이 누나가 너보다 먼저 어른이 된 건 확실하다고! 키스도 못해본 주제에!"

키스? 제길!

방 안을 어지럽게 이리저리 서성이던 그가 더 이상 한새의 목소리가 들리지 않자 허겁지겁 티슈를 뽑아 들고 침대 위로 쓰러졌다. 자신을 이렇게 다급하게 만든 게 아까 잡지에서 보았던 금발 미인이 아니라 장한새라는 것이 그를 분노로 덜덜 떨리게 만들었다. 감은 눈에 말라깽이 녀석이 나신으로 뒹굴며 깔깔거리는 것이 보였다.

'아직 덜 익은 계란 프라이 주제에 키스는 무슨!'

＊

"너 키가 몇이지?"

다짜고짜 제욱이 묻는 말에 한새가 얼굴을 붉혔다. 슬립 아래에 드러난 다리가 자꾸만 신경 쓰여 밑단을 슬쩍 잡아당겨 보지만 정작 그녀의 그런 행동이 제욱을 더 자극한다는 것을 본인은 깨닫지 못하고 있었다. 한새가 분홍색 매니큐어가 칠해진 발가락을 꼬물거리며 신경질적으로 쏘아붙였다.

"그걸 왜 물어?"

"그 몸으로 애를 낳을 수는 있는 거냐?"

"뭐? 내가 어때서? 160. 대한민국 표준 키야."

"나는 157로 알고 있는데."

"정확히 157.7이야. 어차피 반올림하면 158이고, 거기서 8을 반올림하면 160이잖아!"

"어이쿠. 그러셔? 아예 6까지 반올림해서 2미터라고 하지 그러냐?"

188㎝의 제욱이 그녀를 내려다보며 빈정거렸다. 그래, 인마. 너 키 크다. 그러게 학교 급식 받을 때 우유를 다 널 주는 게 아니었어. 빌어먹을! 한새가 피가 나도록 입술을 깨물자 그녀의 입술이 더 도톰하게 부풀어 올랐다. 그 바람에 제욱의 눈이 한층 깊어졌다.

"이 상황에서 키 얘기나 하고, 사람 놀리니? 할 거야, 말 거야?"

"후회 안 하지?"

"하아, 기가 막혀. 벌써 얘기 끝난 거 아냐? 마음이 바뀌었으면 그렇다고 말해, 괜히 사람 곤욕스럽게 만들지 말고."

"좋아. 그럼 지금부터 넌 내 친구가 아니라 여자다. 나한테 여자란 어떤 존재인지 잘 알지?"

친구가 아니라 여자다. 그 말은 더 이상 다정하고 세심한 제욱의 모습을 볼 수 없다는 것을 의미한다. 친구로서는 더할 나위 없이 완벽하지만 그가 상대했던 여자들에게 어떻게 잔인하게 구는지 곁에서 낱낱이 지켜봤던 한새는 낮게 읊조리는 그의 목소리에 소름이 다 돋는 것 같았다. 그가 분류하는 인간의 종류는 남자와 여자, 그리고 친구가 있었다. 거기서 남자와 여자는 인간의 원초적 욕망, 즉 종족 보존과 섹스를 위한 관계일 뿐이라고 정의하고 있었고, 그가 말하는 친구에는 가족, 우정, 인류애 등 다양한 감정을 나누는 관계를 말한다. 이제 제욱이 그녀에게 친구가 아닌 여자라고 선언하는 것은 감정의 교류가 없는 인간의 원초적 욕망에 충실한 관계가 되는 것.

갑자기 머리카락이 쭈뼛 섰다가 내려앉는 느낌에 한새가 잠시 눈을 감았다가 뜨며 다부지게 입을 열었다.

"알아. 하지만 하나만 기억해 줘. 난 네 친구였어. 그렇다고 다른 여자들보다 특별한 대우를 해달라는 게 아냐. 단지 네가 우리가 친구였을 때 한 약속에 대해서 최선을 다해 주길 바라. 그건 친구로서의 마지막 부탁이야. 무책임한 아이의 아빠는 싫으니까."

"좋아."

차갑고 감각적인 그의 목소리가 피부를 간질였다. 한새가 긴장한 모습을 들키지 않으려고 다시 눈에 힘을 주며 천천히 그에게 다가섰다.

"자, 시작할까?"

제욱이 그녀를 거칠게 침대에 밀치는 것으로 대답을 대신했다. 그녀의 외마디 비명 소리가 그의 입술에 난폭하게 점령당하는 순간 숨 막히는 웅얼거림이 되어 목구멍 속으로 밀려들어 갔다. 짧고 강한 입맞춤! 당황한 한새가 그의 어깨를 꼭 끌어안자 제욱이 그녀의 귀를 살짝 깨물고 낮게 으르렁거렸다.

"이제부터 내가 여자를 어떻게 다루는지 똑똑히 보여주지. 후회하지 마."

"여기까지 날 밀고 온 사람은 바로 너야. 기대할게."

가슴이 터질 듯이 쿵쾅거려 제대로 목소리를 낼 수 없었지만,

끝까지 한마디도 지고 싶지 않다는 생각에 한새는 온몸의 기운을 쥐어짜 간신히 아무렇지 않은 듯 대꾸했다. 여태 십삼 년을 알아오면서 두 사람이 눈빛만 봐도 무엇을 원하는지 너무나 잘 아는 친구였다면 역으로 감정을 숨기는 것도 어렵지 않았다. 때문에 방금 친구라는 선을 넘는 아찔한 곡예에서도 그녀는 한 겹 더 단단하게 자신의 감정을 숨기는 기술을 발휘할 수 있었던 것이다. 들키고 싶지 않다. 네가 날 너의 다른 여자들처럼 대한다면 나도 이 빌미로 숨겨온 내 욕구를 풀어버릴 것이다. 네 정자로 내가 원하는 아이를 가지고 말 테다.

"내가 상대하는 여자는 이렇게 말이 많지 않아. 몸으로 대화를 하거든."

이글이글 타오르는 제욱의 시선을 받아치느라 숨이 다 가빠온다. 한 여자를 향한 욕망이 고스란히 드러난 그의 시선이 아직 익숙지 않았지만, 순간 밀려드는 아찔한 감각에 한새가 낮게 헐떡이며 그의 어깨에 얼굴을 묻었다. 뜨겁고 두터운 손이 진주 빛 슬립 밑을 파고들며 창백히 떨고 있는 살결을 남김없이 더듬어 내리는 것이 느껴졌다. 그의 단순하고 적극적인 손길이 조금씩 그녀의 몸 굴곡을 따라 미끄러져 내리자 온몸의 피부가 붉게 달아오르기 시작했다.

"으흡."

감질나게, 혹은 아프게 쉼없이 온몸 구석구석을 더듬던 제욱의 손이 이제 그녀의 가슴에 안착함과 동시에 달뜬 입김이 살짝 벌어진 그녀의 입속으로 파고들었다. 한 손으로는 계속 가슴을 조몰락거리고 두터운 혀가 목구멍 깊은 곳까지 들락날락거리는 통에 그녀의 들썩임이 점점 더 빨라졌고, 갑자기 육중한 그의 하체가 강하게 압박해 올 때는 그녀가 더 이상 견디지 못하고 매끈한 그의 등을 훑으며 부르르 몸을 떨고 말았다. 경험이 아주 없는 건 아니지만, 이런 기분은 처음이다. 긴장과 흥분으로 말미암아 온몸에 오한까지 일 정도로 모든 감각이 격렬하게 동요하는 바람에 쉼없이 신음이 흘러나왔다. 스물아홉 그녀가 가진 경험이라고는 두려움과 창피함뿐이었다. 그런데 지금 제욱은 그런 그녀의 생각을 완전히 다 날려 버릴 듯이 아주 능숙하게 그녀를 요리하고 있었다. 정신이 자꾸 까무룩해지는 가운데 한새는 왜 여자들이 그렇게 제욱에게 매달려 안달하는지 조금은 알 것 같았다. 무시무시한 사랑의 기교에 따른 달콤한 고문!

"이렇게 떨고 있으니까 마치 처녀 같잖아."

가쁜 숨을 고르기 위해 잠시 몸을 뗀 제욱이 뺨을 부드럽게 쓸어내리며 한새를 놀려댔다. 살짝 미소를 짓고 있지만 그의 깊은 눈은 무엇을 생각하는지 알 수가 없다. 혹시 예전에 애기 나누었던 서로의 첫 경험에 대해 생각하고 있는 걸까? 자신의 미숙한 반응이 혹여 그를 부담스럽게 만들까 두려워진 그녀가 살짝 웃어 보이며 그의 입술을 쓸어내렸다.

"이것도 기술이야."

비가 그친 후, 아침 공기가 신선했다. 한새가 크게 하품을 하며 유리문 밖에 시선을 두었다. 잠에서 깨기 시작한 골목길에 사람들이 밤새 내린 비 때문에 군데군데에 생긴 물웅덩이를 요리조리 피해가는 것이 보였다. 한 꼬마 아이가 장화를 신은 발로 웅덩이를 첨벙거리자 아이의 엄마로 보이는 여자가 우산을 쥐어주며 혼내는 것에 꼬마가 입술을 삐죽거리며 그녀의 시야에서 사라졌다. 한새는 기지개를 켜고 잠이 덜 깬 얼굴로 약국 안을 둘러보았다. 그리고 손에 잡히는 걸레로 건성건성 걸레질을 시작했다.

딸랑—

시계를 보니 아침 여덟 시 오 분 전. 굳이 고개를 들지 않아도 지금 문을 열고 들어오는 사람이 누군지 잘 알고 있다.

"좋은 아침!"

"자!"

제욱이 뭐라 하기도 전에 한새가 박카스 한 병과 피로회복제 한 알을 내밀었다.

"해장은 했냐?"

"어."

"참, 엔진오일은?"

"갈았어. 빌린 비디오도 어제저녁에 가져다 줬고, 각종 세금, 보험료 자동이체된 것은 인터넷으로 확인했고, 또 오늘 아침 나오는 길에 신문 배급소에 들러서 다시는 신문 넣지 말라고 확실히 말했어. 됐지?"

미처 그가 묻기도 전에 알아서 따따따 퍼부어대는 그녀의 입술에 잔뜩 심술이 묻어난 걸 보고, 제욱이 단숨에 들이켠 박카스 병을 조몰락거리며 그녀의 눈치를 보았다.

"어제 애들이 나 안 왔다고 뭐라고 안 하던?"

"잘나가는 CF 감독께서 어떻게 천하디천한 고등학교 동창회까지 납시겠냐고 내가 대신 잘 말해줬다."

"자식들. 다음엔 내가 한턱 쏴야겠네."

"그 말만 여든아홉 번째인 거 알지?"

아마 녀석은 엄지와 검지로 턱을 쓸며 오늘따라 저기압인 자신의 상태를 요리조리 훑어보고 있으리라. 그녀가 휙하니 걸레를 던지자 거무죽죽한 물이 찰랑이는 걸레통에 보기 좋게 골인되었다.

"너 오늘 그날이냐?"

어째 그 말이 안 나오나 했다. 한새가 허리춤에 팔을 얹고 그를 째려보았다.

"너 출근 안 해?"

"간다, 가. 그런데 이건 또 뭐야?"

제욱이 몸을 일으켜 나가려다 한새가 켜놓은 모니터를 보며 얼굴을 찡그렸다.

"요가 동호회? 아침부터 컴퓨터 잡고 동호회 순례하는 버릇은 아직도 못 고친 거냐? 아무튼 넌 나이 들면서 어떻게 점점 더 애가 되냐?"

"할 일이 없어서 그런다, 왜? 너도 딱 하루만 이 약국에 처박혀 있어봐, 무슨 생각이 드는지."

"이 몸이야 워낙 바쁘고 잘나가는 사람이라 이렇게 쓸데없이 동호회다 뭐다에 푹 빠져서 알지도 못하는 사람들과 채팅하며 노닥거리는 일은 절대 없지."

"어이쿠, 오죽할까. 그래, 너 아주 잘나셨습니다. 그러니 이제 그만 누추한 곳에서 사라져 주시지?"

한새가 이마를 덮은 머리카락을 입 바람으로 풀풀거리며 제욱을 쏘아보았다.

"앞머리 꼴 하곤. 그러게 왜 앞머리는 잘라서 그 난리야? 핀 없어?"

"어려 보이려고 그랬다, 왜?"

"사람은 생긴 대로 살아야 하는 법이야. 그렇지 않아도 조그만 얼굴의 반을 가리니 볼 게 없잖아."

“내 얼굴이 조약돌이든 바윗돌이든!”

“너 내가 아침부터 버럭버럭 소리 지르는 거 고치라고 했지? 그거 버릇 들이면 시집가서 그대로 소박맞는다니까.”

“냅둬. 아침에 너만 안 보이면 나도 안 그래.”

“그래도 너 나 안 보면 불안해하잖아.”

“아직 안 갔냐?”

“간다, 가. ……참, 나 오늘 늦거든? 오늘 누나 오는 날이니까 우리 집에 좀 들여다봐 주라.”

제욱이 약국 문을 열려다 말고 고개를 돌렸다. 그러고 보니 오늘 녀석의 차림이 여느 때와 달라 보인다. 그녀가 눈을 가늘게 뜨고 제욱의 옷차림을 위아래로 훑었다.

“너 또 차 바꿨니?”

“응. 저녁에 보자.”

무심하게 고개를 끄덕이고 돌아 나가는 녀석. 제욱이 차를 바꿨다 함은 마음에 드는 여자를 만났다는 것을 뜻한다. 또 어디서 온몸에 실리콘을 처바른 여자를 만난 것은 아닌지. 한새가 빈정거리는 얼굴로 그의 뒤통수를 쏘아보았다.

“아차차! 깜빡했다. 약국 간판 말이야, 어제 보니까 등이 몇 개 나갔더라. 간판집 아저씨 불러서 오늘 안으로 손봐. 알았지? 그럼 수고!”

갑자기 문이 벌컥 열리고 고개만 내민 제욱이 하는 소리에 한새가 무뚝뚝하게 고개를 끄덕였다. 이게 네 약국이냐? 라는 소리가 목에 걸렸다 사라졌다. 정말 오늘따라 여러 가지로 마음에 안 드는 녀석이다.

"그놈의 새 차, 콱 사고나 나라! 아니, 그건 너무했나? 그럼 에어백 터져서 어떤 여잔지 가슴 실리콘이나 팍 터져 버려라!"

컴퓨터 앞에 앉은 한새가 씩씩거리며 제욱을 향해 저주를 퍼부었다.

어젯밤, 세 달에 한 번 있는 고등학교 동창회가 있었다. 맨 처음 인터넷 사이트를 통해 친구들을 모으고 동창회를 부활시킨 것은 바로 저 녀석이었다. 그러나 처음에만 반짝 활동을 하더니 그 다음엔 모든 문제를 그녀에게 떠맡겨 놓고, 요즘은 일이 바쁘다는 핑계로 코빼기도 보이지 않았기에 그 모든 원성을 한새가 다 들어야 했다. 예전부터 고목나무에 매미라는 별명처럼 두 사람이 딱 붙어 다녔다는 게 그 이유였다. 어젯밤도 그의 부재를 설명하느라 얼마나 땀을 뺐던가? 덕분에 받아먹은 술이 서 말이다.

"고목나무와 매미는 언제 불이 붙나? 그만큼 붙어 다녔으면 이제 역사가 이루어져야 하는 거 아냐?"

"말이 되는 소리를 해라. 일나려면 벌써 났지. 친구라잖아. 애들이 꼴 같지 않게 친구라 하면서 마치 애인처럼 구는 게 어디 하루 이틀이냐?"

"크큭. 한새야, 제욱이 떨궈내고 나랑 놀자!"

"그런 거야? 그럼 제욱이는 내가 찜해도 되지?"

"고제욱이 얼마나 눈이 높은 줄 알아? 요즘 한수련인가 뭔가 하는 탤런트랑 썸씽있다던데, 네가 아무리 찜해봐라, 그놈이 끄떡을 하나. 그치, 한새야?"

　동창들이 십삼 년간의 한새와 제욱의 우정을 안주 삼아 술을 마실 때, 그녀는 속에서 치고 올라오는 열을 상추쌈으로 달래고 술을 받는 즉시 완샷해 버리면서 간신히 속내를 감추어야 했다. 간간이 전화로 상황을 물어오면서 금방 오겠다 하던 제욱은 끝까지 나타나지 않았으며 마지막 통화에서 전화기 너머로 까르르 웃음을 흘리던 여자 목소리를 끝으로 한새는 기억을 놓아버렸다.

　한새가 쓰린 위를 부여잡고 액체로 된 위장약을 털어 넣으며 얼굴을 찡그릴 때, 약사인 정혜가 들어오다 그녀를 보고 한심하다는 표정을 지었다.

　"이모 왔어?"

　"어라, 어제 또 술 펐지? 쯧쯧쯧. 꼬락서니 하고는. 제욱이가 또 한마디 했겠네."

　"걔 얘기 하지도 마, 속 뒤집히니까. 우욱!"

　"또 한바탕한 거야?"

　"한바탕이라고 할 게 뭐 있수? 그 자식이 주절주절 잔소리 늘어놓으면 나 혼자 방방 뛰는 거지."

　"아무튼 니들을 누가 말려."

　"이모가 말려줘. 나 아주 걔 때문에 돌기 일보 직전이야."

　"나도 그러고 싶지만 니들이 내 말을 듣니? 아무튼 그렇게 있지 말고 사우나라도 다녀와. 네 얼굴 보면 손님들이 다 도망가겠어."

　"내가 뭐 어때서?"

　"거울 좀 보고 살아. 으이구, 어떻게 서른이 다 되어가도록 저 모양일까?"

정혜가 하얀 가운의 단추를 꿰며 하는 잔소리에 한새가 작은 가방 하나를 들고 약국을 나섰다. 정말 정혜의 말대로 유리문에 비친 그녀의 모습은 형편없었다.

그녀가 물웅덩이를 요리조리 피하며 하늘을 보았다. 맑은 물이 뚝뚝 떨어질 것 같은 하늘이 꾀죄죄한 자신을 조롱하는 것 같았다.

"자, 컷! 오늘은 여기까지 합시다. 다들 수고했어요."

"수고하셨습니다."

"고생하셨어요, 감독님!"

제욱의 한마디에 세트장이 소란스러워졌다. 다섯 시간을 쉬지 않고 촬영했던 사람들이 안도의 숨을 쉬며 부랴부랴 정리를 시작했다. 또 언제 맘이 바뀌어 제욱이 다시 촬영을 하겠다고 나설지 모르는 일이기 때문이다.

"감독님, 오늘 오후 다섯 시에 대아그룹 홍보팀과 미팅있는 거 아시죠?"

"응."

"그런데 참, 거기서 보낸 기획서 받으셨어요? 어제 제가 CD로 구워서 기영이 편에 보내 드렸는데."

"아, 그거!"

제욱이 사무실에 들어서며 이마를 찌푸렸다. 오늘 아침 한새가 잔뜩 신경질을 부리는 바람에 가방을 약국에 고스란히 두고 온 게 생각났다. 자식, 아침부터 성질을 팍팍 내서 사람을 심란하게 하더니 때문에 촬영도 엉망이었는데 중요한 회의 자료까지 빼먹고 다니게 만들고, 잘났다 장한새! 그가 인상을 쓰며 전화기를 잡는 것을 보며 조감독이 그의 눈치를 보았다.

"왜?"

"저기, 조금 전에 한수련 씨 전화 왔었는데요. 오늘도 약속 잊으시면 알아서 하시라고……."

"알았어. 참, 아까 찍은 필름 좀 가져와 봐."

"네."

제욱이 한 손으로 이마를 문지르며 휴대전화의 단축번호 0번을 꾹 누르자 곧바로 퉁명스러운 한새의 목소리가 귀에 걸렸다.

[왜?]

"어디야?"

[찜질방.]

"또 거기서 몇 시간이나 퍼지른 거야?"

[내 걱정 하는 건 아니겠고, 용건이나 말하셔.]

"저기 약국에 내 가방을 두고 왔는데 말이야. 내가 다섯 시에 회의 들어가야 하거든?"

[근데?]

"찜질방에서 더 퍼지면 머리 아프다."

[가져다 달라는 말을 참 밉게도 한다.]

"고맙다, 장한새!"

[죽어버려!]

"참, 올 때 드링크제 한 두 박스만 가져와."

[또 애들 잡았니?]

"가져오라면 가져와."

제욱이 폴더를 접어 쨍쨍거리는 한새의 목소리에서 벗어났다. 그러자 딩동— 하고 메시지가 들어왔음을 알리는 소리가 들렸다. 그가 한 손으로 익숙하게 휴대전화를 조작하면서 컴퓨터를 켰다. 요가 동호회라니? 오늘 아침에 한새가 펼쳐 놓았던 인터넷 페이지가 생각나자 저절로 얼굴이 구겨진다. 요즘 요가가 인기라는 건 알지만, 또 거기서 엄한 놈을 만나서 속을 썩이는 건 아닌지. 바로 얼마 전, 자살하는 사람들의 심리를 알아보겠다고 가입했던 자살 동호회에서 어떤 스토커를 만나는 바람에 그놈을 떼어내려고 얼마나 고생을 했던가? 이번에도 또 그런 일이 생긴다면 아예 한새에게서 컴퓨터를 빼어버려야겠다고 생각하는 제욱이었다.

"어라? 요것 봐라?"

한 포털 사이트의 요가 카페를 열어놓고 제욱이 휴대전화에 온 메시지를 확인하며 빙긋 웃음을 흘렸다. 휴대전화 작은 액정 안에 진한 주홍색 슬립만 입고서 요염하게 웃고 있는 한수련의 사진이 떴다. 그리고 곧이어 들어온 메시지.

〈오빠, 늦게 오면 국물도 없어.〉

한수련은 그보다 여섯 살이나 어린 초짜 연예인으로 얼마 전 다이어트 음료 CF를 찍으며 만나게 되었는데, 촬영 후 함께 저녁이나 하자는 그녀의 제안을 아무 생각 없이 받아들였다가 술이 들어가고 원나잇 스탠드를 가지게 되었다. 그리고 관계 후 그녀가 먼저 섹스 파트너를 자청해 왔고 어차피 처음부터 길게 늘어질 것 같은 여자는 만나지 않는 성격이었으니 그로서는 오히려 그것이 더 반가웠다. 그렇게 그녀와 만나온 지 한 달이 되면서 제욱은 오늘 차를 바꿨다. 차와 여자를 똑같이 사랑하는 그에게는 새로운 애인이 생기면 차를 바꾸고 상대 여자의 이름을 붙이는 버릇이 있었는데, 이번에는 그 이유가 조금 달랐다. 얼마 전에 선배가 찍는 CF에 자신이 직접 튜닝한 애마를 빌려줬다가 쇼바가 다 나가는 바람에 고쳐야 했고, 그 수리비가 만만치 않자 이참에 그냥 바꾼 것이다. 그러나 한편으로는 어쩌면 수련과 조금 길게 갈지도 모른다는 기대감에 자신의 감정을 확실하게 묶어두고 싶은 이유도 있었다. 그녀는 침대에서 화끈했으나 질척이지 않았고 오만하며 이기적이었다. 그런 면에서 그와 아주 죽이 잘 맞으니 잠시 즐길 상대로는 최고인 것이다. 고제욱 인생에 양다리는 없는 법, 당분간 이 아름다운 고양이를 마음껏 품으며 즐길 작정이므로 새로 바꾼 차에 그녀의 이름을 붙여도 괜찮지 않을까 하는 생각을 하며 제욱이 빙긋 웃음을 흘렸다.

찜질방에서 돌아와 약국에 들어선 한새가 문제의 제욱의 가방을 보고 잠시 머뭇거렸다. 언제까지 이렇게 질질 끌려 다닐 건지. 위하는 척, 돌봐주는 척 그녀를 손안에 쥐고 마음대로 저글링 하는 놈의 심보를 잘 알면서도 마지막에는 꼭 끌려가고 마는 자신이 마음에 들지 않았다. 하지만 그녀는 벌써 그가 말하던 피로회복제

두 박스와 그의 가방을 들고 자신의 애마인 마티즈의 시동을 걸고
있었다.

'이번엔 어떤 차로 바꾸었을까? 이거 또 시승해 보자고 오라는
거 아냐?'

제욱이 차를 바꿀 때마다 시승의 일착은 한새였다. 싫다고 우겨
도 차에 억지로 차에 태워 그 차의 장점을 시시콜콜 다 설명해 주
고 나서야 직성이 풀리는 그의 별난 특성은 그녀에게 거의 고문에
가까웠다. 하지만 궁금하긴 하다. 또 뜨거운 여자라고 빨간 스포
츠카를 골랐을까? 그렇게 한새가 제욱의 새로운 애인과 새로운 차
에 대해 궁금해하며 막 사거리에 접어들었을 때, 핸즈프리에 꽂힌
휴대전화에서 제욱의 번호가 반짝거렸다.

[어디야?]

"약국."

[나 말씨름할 여력 없어. 지금 차 안이지?]

"어디든?"

[빨리 와. 딸기 아이스크림 다 녹는다.]

으악! 자식 또 수 쓰는군. 아직 내가 중학생인 줄 안단 말인가?
하지만 아이스크림이란 말에 또 스르르 마음이 녹아버리는 건 뭐
람? 정신 차려. 오늘로서 놈의 손에 놀아나는 것은 그만두자고! 한
새가 거칠게 브레이크를 밟았다. 뒤따라오던 차가 거칠게 클랙슨
을 울려댔다.

"아저씨, 빨간 불 안 보여요!"

조그만 머리통을 내놓고 그녀가 버럭 소리를 지르며 뒤를 돌아

보자 벙찐 표정의 남자가 눈에 들어왔다. 그리고 잠시 후 그의 입에서 그녀가 처음 듣는 육두문자들이 마구 쏟아져 나왔다. 찔끔─한새가 파란 불이 켜지자 꽁지에 불이 붙은 것처럼 사거리를 벗어났다.

"거봐, 내가 차 안일 줄 알았다."

사무실에 들어서자마자 제욱이 빙긋 흘리는 눈웃음을 외면하며 한새가 철푸덕 소파에 기대앉았다.

"잠깐 아이스크림 먹으면서 기다려. 금방 올게. 같이 저녁 먹자."

"데이트없어?"

"너랑 밥 먹고."

"별일이네."

"우리 한새 삐친 것은 풀어줘야지."

제욱이 입바른 소리를 하며 화려한 미소를 흘리자 한새가 얼굴을 찡그리고 그가 건넨 아이스크림통에 고개를 박았다. 아무 데나 페로몬을 흘리고 다니는 헤픈 녀석 같으니라고! 목에서 넘어오는 욕을 차가운 아이스크림 덩어리로 억지로 밀어 넣었다. 차갑고 달콤한 것이 목으로 넘어가자 조금 진정이 되는 것 같았다.

분명 금방이라고 했다. 그걸 믿었다니 바보 아닌가? 분명 밥 먹으러 가면서 새로운 차를 구경시켜 줄 거고, 다시 회사 앞으로 데려다 주며 제연 언니를 부탁하면 녀석과의 볼일은 끝일 것이다. 그런데 금방이라고 하는 것이 벌써 한 시간 반이 넘어가고 있었으니, 저녁은 틀린 것 같고 아무래도 차 자랑이나 실컷 듣다가 떨궈질 것 같은 기분이 드는 한새였다. 그녀가 컴퓨터 앞에서 혼자 웹서핑을 하다가 한숨을 쉬며 시계를 보고 고개를 흔들었다. 그리고 이만큼 기다렸으니 그냥 혼자 가는 것이 낫겠다는 생각이 들어 벌떡 일어났을 때, 제욱이 떨어뜨리고 간 휴대전화가 징징대는 것이 눈에 띄었다. 메시지? 한새가 주위를 두리번거리다가 슬쩍 확인 버튼을 눌러렀다. 헉!! 한새는 너무 놀라 한 손으로 입을 막고 다시 한 번 메시지를 확인했다. 여자의 가슴만 노골적으로 찍은 사진이었다. 그녀가 다음 버튼을 누르니 이번에는 한 여자가 슬립차림으로 유혹적인 미소를 흘리고 있는 사진. 자식, 아직 이런 걸 보는 거야? 한새가 신경질적으로 또 다음 버튼을 눌렀다.

〈오빠, 늦게 오면 국물도 없어.〉

메시지와 함께 뜬 번호는 스팸 번호가 아니었다.
"이런 실리콘 덩어리가 뭐가 좋다고!"
"무슨 덩어리?"
그녀가 씩씩거리고 있을 때, 제욱과 함께 사람들이 들어왔다. 한새가 화들짝 놀라 휴대전화를 슬쩍 책상 위에 내려놓고는 재빨리 가방을 챙겼다.
"나 간다."
"야, 밥 먹고 가."
"실리콘 덩어리랑 먹어."

한새가 붉어진 얼굴을 들킬세라 고개를 숙이고 사람들을 피해 그의 사무실을 빠져나왔다. 등 뒤에서 그녀를 다급하게 부르는 제욱의 목소리가 따라왔지만 짧은 그녀의 다리가 바람보다 빠르게 복도를 달리는 것에는 미치지 못했다.

"저 자식이?"

제욱은 책상 위에 어설프게 종이로 덮여 있는 자신의 휴대전화를 보고 곧 한새의 행동을 이해할 수 있었다.

"애인이세요?"

"설마요."

대아그룹 홍보실 팀장인 이경표가 던진 말에 제욱이 얼굴을 구기며 휴대전화를 던져 버렸다.

"아, 예. 그럼 전 이것만 복사해 놓고…… 이건 뭐죠?"

"아까 그 녀석이 열어봤던 사이트인가 보네요."

컴퓨터 화면에 한새가 가입해 있는 카페가 열려 있는 것을 보고 제욱이 황급히 인터넷 창을 닫고 경표에게 컴퓨터를 내주었다. 그리고 곁에서 의미심장하게 쳐다보고 있는 그의 눈길은 신경 쓰지 못한 채 창가로 다가가 밑에 세워져 있는 마티즈를 뚫어지게 쳐다보았다. 잠시 후, 조그만 점이 나타나 빨간 마티즈를 타고 떠나 버렸다. 제욱이 다시 얼굴을 구기며 창을 한번 살짝 주먹으로 치고 등을 돌렸다. 무엇 때문에 한새가 심술이 났는지는 알 수 없지만, 이번에는 꽤 오래갈 것 같다는 느낌이 들었다.

"아까 그 여자 분 이름이 장한새 씨 맞나요?"

경표가 불쑥 던진 질문에 제욱은 사무실에 자기 혼자가 아님을 알았다. 오늘 대아그룹의 이미지 광고를 위해 함께 회의를 하고, 그들이 만든 최종 시안을 자신의 컴퓨터에 놓고 가겠다고 해서 그와 함께 사무실로 온 것을 겨우 기억해 낸 것이다.

"어떻게 아시죠?"

"그렇군요. 하나도 변하지 않았어요."

"저 녀석이야 뭐…… 한새를 아십니까?"

제욱이 경표의 입술에 걸린 아련한 미소를 보고 고개를 갸우뚱거렸다. 한새가 아는 남자들은 거의 다 알고 있었다. 그녀가 동호회 마니아이긴 하지만 오프라인의 모임은 잘 나가지 않는 소심함도 있었고, 그건 자신이 그동안 낯선 사람에 대한 경계를 수시로 세뇌시킨 결과였다. 그녀가 만나는 남자에 대해선 사귀었든, 혹은 그냥 만나던 사람이든 다 아는 제욱이었는데 경표는 처음이었다. 혹시 최근에 가입한 요가 동호회에서 만난 사람이라 생각할 수도 있겠지만, 하나도 변하지 않았다고 말하는 거 보면 근래에 만난 사람이 아님이 분명했다.

"다 끝났습니다. 다음 주에 최종 회의를 하는 걸로 하고 전 그럼 가보겠습니다."

"그러시죠."

대답을 회피하고 경표가 사라져 버리자 제욱은 더 큰 의심이 들었지만 애써 파고들려 하지 않았다. 그보다 한새의 심통 원인이 더 신경이 쓰였기 때문이다. 머리가 지끈거렸다. 한쪽엔 한새의 심술이, 한쪽엔 수련의 유혹이 그를 괴롭혔다. 그래, 그 심술이 어디 하루 이틀이냐? 우선 오랜만에 화끈하게 즐겨주고 그 다음에 녀석을 잘 구슬리는 거야. 이번엔 뭘로 풀어줄까? 저번에 배우겠다고 고집 피우던 인라인을 배우게 해줄까? 수련을 만나러 겉옷을 챙기고 소지품을 챙기면서도 제욱의 머리 속에는 어떻게 하면 한새의 기분을 풀어줄까 하는 생각뿐이었다.

여자의 주홍빛 슬립이 스르르 바닥으로 떨어지자 눈부신 나신이 드러났다. 남자가 빙긋이 웃으며 한 바퀴 돌아보라는 손짓을 하자, 여자가 목을 살짝 기울이고 뱀에게 가슴을 물린 교만한 이브의 미소를 지으며 천천히 움직였다.

딱!

손가락이 부딪쳐 나는 경쾌한 소리에 등을 꼿꼿이 편 여자가 유혹적인 미소를 머금은 채 남자에게 다가가 그의 무릎에 걸터앉았다. 남자가 의자 손잡이를 잡고 고개를 젖히자 여자의 붉은 입술이 그의 얼굴을 덮었다. 아주 깊고 느린 입맞춤을 하며 여자가 유혹적인 엉덩이춤을 추었다. 점점 더 깊이 그의 하반신에 밀착하며 단단한 가슴을 더듬고 까만 실크셔츠 밑에 일어난 작은 돌기를 이빨로 살짝 깨물었다. 남자의 입에서 나지막한 웃음소리가 흘러나오며 여자의 교만함을 한층 부추겼다. 그러나 갑자기 남자의 손이 쑥 그녀의 하복부를 지나 은밀한 곳으로 파고들자 여자가 흠칫 놀라 몸을 굳힘과 동시에 눈을 질끈 감아버린다. 길고 투박한 손이 꽃잎을 헤집으며 천천히 여자의 몸에 불을 지폈다.

"으음."

여자가 단단한 남자의 허벅지를 꽉 쥐고 등을 휘었다. 남자의
또 다른 손이 여자의 가슴을 거칠게 쓰다듬었다. 이제 여자의 몸
이 자글자글 끓어오르기 시작한다. 거친 숨을 내쉬며 여자가 남자
의 입술을 찾았다. 두툼하고 섹시한 남자의 입술을 비집고 들어가
혀를 엉켜들며 요란하게 엉덩이를 비벼댔다.

"으흠."

더 이상 참지 못하겠다는 듯이 여자가 급하게 남자의 허리띠를
풀고 바지의 지퍼를 내려 불끈 솟은 묵직한 물건을 스스로 자신의
속에 집어넣었다. 아랫도리가 꽉 차 오르며 찌릿한 감각이 그녀의
허벅지를 부들부들 떨게 만들었다. 남자가 여자의 허리를 잡고 위
아래로 움직이게 하자 긴 머리가 사정없이 출렁이고 가슴이 오르
락내리락하며 그의 입가에 만족스런 미소를 그려냈다.

"조금만 더. 흐응……."

고양이 같은 여자의 신음 소리에 맞춰 남자의 허리 놀림이 더
빨라졌다. 여자가 자지러질 듯 흐느끼기 시작했다. 그런 여자의
반응이 마음이 드는 듯 한층 진한 미소를 머금은 남자가 좀 더 강
하게 그녀를 몰아붙였다.

"아악!"

요란하게 허리를 꼬며 여자가 남자의 가슴에 무너져 내렸다. 하
지만 남자의 호흡은 전혀 흐트러지지 않은 채 여전히 희미한 미소
를 짓고 있을 뿐이다.

"얄미워. 나만……."

여자가 남자의 입술을 깨물고 눈을 흘기자 남자가 벌떡 일어나

그녀를 안은 채로 발끝에 걸리는 옷들을 헤치며 침대로 다가갔다.
여자가 매끈한 남자의 얼굴을 쓰다듬으며 황홀한 표정을 지었다.

"오늘은 자고 갈 거지?"

남자는 대답 대신 옷을 훌렁훌렁 벗어 던지고 그녀의 곁으로 누
워 땀에 젖은 여자의 곡선을 쓸어내릴 뿐이다. 도무지 무슨 생각
을 하는지 알 순 없지만 그 눈이 자신의 나신을 꼼꼼히 훑자 그것
만으로 여자는 몸이 다시 화끈거림을 느꼈다.

"나 오늘 얼마나 속상했는지 알아? 글쎄……."

여자가 조잘조잘 떠드는 것에 아랑곳하지 않고 남자가 덥석 여
자의 가슴을 베어 물었다. 그리고 묵직한 허벅지를 겹쳐 오며 또
다시 천천히 그녀를 침식해 나갔다. 불만스러운 듯이 몇 마디 하
려던 여자의 입술이 그에게 강탈당하면서 새로운 열풍에 휩싸이
기 시작했다.

"술 한 잔도 안 돼?"

몇 차례의 폭풍이 지나고 여자가 나른하게 침대에 누워 자신의
머리카락을 쓰다듬으며 옷 챙겨 입는 남자의 모습을 바라보았다.
아직도 열기가 식지 않은 여자의 붉은 볼이 또다시 남자를 유혹하
고 있었으나, 옷을 다 차려입은 남자가 담배를 꺼내 무는 모습엔
조금 전의 열정도 거짓말이라는 듯이 한 치의 흔들림도 없었다.

"너 인라인 타봤냐?"

뜬금없는 남자의 질문에 여자가 몇 번 긴 속눈썹을 깜빡이더니
입술을 삐죽이며 신경질을 냈다.

"나빠. 내가 하는 말은 듣지도 않더니. 설마 나랑 인라인을 타자

고 하는 것도 아니고, 누구야? 어떤 년이야?"

"피식, 년 아냐. 걱정 마."

"그럼 누구? 남동생 있어?"

"호구조사 하냐?"

"그러고 보면 난 자기에 대해 아는 게 하나도 없다 뭐."

"알아서 뭐 하게?"

담배를 비벼 끈 남자가 벌떡 일어나 소지품을 챙겨 들자 벌거벗은 여자가 침대에서 뛰어내려 와 그의 팔을 잡고 늘어졌다.

"오늘 자기 이상하다? 왜 그래? 벌써 나한테 질렸어?"

남자가 고개를 돌려 그녀를 내려다보았다. 여자는 그의 눈에 드러난 차가움에 진저리를 치면서도 그를 잡은 팔을 고집스럽게 놓지 않았다.

"……질리냐고? 글쎄, 너랑 섹스하는 건 아직 안 질리는데, 네가 이렇게 나오면 좀 재미없지. ……우와, 이 미친놈! 어떻게 이런 말을 하냐? 그치? 이거 누가 쓴 거야? 참네, 이런 게 카리스마라고 생각하나 보네. 이런 건 너무 통속적이지 않나? 이거 재미없다. 딴거."

한새가 제연의 곁에 누워 로맨스 책을 읽어주다 마음에 안 든다는 식으로 투덜거렸다. 십 년 전의 사고로 3급 신체장애인이 된 제연은 몸이 불편하지만, 정신은 말짱했다. 한창 꽃다운 나이에 로맨스 작가를 꿈꾸기도 했던 제연을 위해 한새는 늘 이렇게 둘이만 있게 되면 책을 읽어주었다. 로맨스 책이라는 게 낯 뜨겁고 늘 비슷비슷한 내용이라 잘 읽지 않던 그녀였지만, 언제부턴가 제연에게 책을 읽어주게 되면서부터 그 장르에 익숙하게 되었고, 가끔 이렇게 답답하고 외로울 때는 몽환적 사랑을 꿈꾸게 하는 책 내용에 푹 빠져들기도 했다.

"남자들도 운명적인 사랑을 꿈꾸나?"

몇 개의 책을 대충 훑어보고 집어 던진 한새가 팔베개를 하고 천장을 보며 중얼거렸다.

"으응?"

"대충 이런 책들을 보면 그렇잖아. 아무리 차갑고 카리스마가 팍팍 풍기는 남자들이라도 여주인공한테 한눈에 뻑 가기도 하고, 운명을 느끼면서 사랑에 빠져 180도 변하고……."

"사, 사랑을 해…… 봐……. 그, 그러엄 아, 알겠지."

불편한 입술을 어렵게 놀려 대답하는 제연의 얼굴이 우는 듯 보이지만 그건 웃고 있는 것이다. 한새가 옆으로 돌아누워 제연의 머리를 쓸어주었다.

"아무리 봐도 운명적인 사랑은 소설에서만 가능한 것 같아."

"……?"

"내가 뭔 소리를 하냐. 큭……."

"새, 새야."

제연이 뭔가를 묻는 눈으로 한새를 쳐다보자 그녀가 다시 벌러덩 누우며 한숨을 쉬었다.

"아! 어디론가 떠나고 싶다."

"……."

"언니, 나 없어도 잘 지낼 수 있지?"

"새, 새야."

"욱이 놈은 나 없으면 시워~언하다 할 거야. 그치?"

"하, 한새……."

"우리 언니 울겠네. 장난이야. 내가 가긴 어딜 가?"

한새가 벌떡 일어나 장난스럽게 제연의 볼을 잡아 늘리며 웃었다. 하지만 그녀의 눈은 심란함과 슬픔으로 가득 차 있었다. 한새가 벌떡 일어나자 제연이 슬픈 눈으로 낑낑거리며 그녀의 바지를 잡아당겼다.

"걱정 마. 나 화장실 가는 거야."

스르르 제연의 손이 풀리자 한새가 쿵쾅거리며 욕실로 향했다.

"바보, 장한새."

시원하게 볼일을 봐도 자꾸만 찜찜한 기분에 한새가 차가운 물에 세수를 하고 거울에 비친 자신의 모습을 보며 중얼거렸다.

"이러지도 못하고, 저러지도 못하고. 아악!"

젖은 머리를 쥐어뜯는 한새의 얼굴에서 물기가 뚝뚝 떨어졌다. 그녀가 자신의 그런 모습을 보고 한심하다는 듯이 한번 웃어주고 불쑥 겉옷을 올려 자신의 속옷을 바라보았다. 요즘 초등학생도 입지 않을 것 같은 단순한 하얀색 속옷. 거울에는 화장기 없는 꾀죄죄한 여자가 얼굴을 찡그리는 것이 보였다.

"이게 뭐니, 이게? 휴우."

한새는 자신의 우울함의 원인을 잘 알고 있었다. 제욱에게 여자가 생기면 그녀의 직감이 먼저 알아채고 생리통이 찾아오듯 우울증이 찾아왔다. 그럼 자신도 모르게 뾰족해지고 심술이 사나워졌다. 그런 자신이 싫어 일부러 제욱에게 거리를 둬보고 딴 일에 집중을 해봐도 그 증상은 귀신같이 그녀를 찾아와 괴롭혔다. 하지만 그 증상은 오래가지 않았다. 아마 체념일 것이다. 십 년 전부터 시작된 그 우울증은 며칠 후가 지나면 언제 그랬냐는 듯이 말짱해졌고, 한새는 그 우울증을 겪는 동안 자신도 모르게 저지른 일들을 수습하느라 진땀을 빼야 했다. 그런 한새의 상태를 알 리 없는 제욱은 그녀가 사고를 칠 때마다 무시무시하게 그녀를 다그쳐 댔다. 자존심이 상하면서도 그녀는 그의 구박을 아주 의연하게 대처하는 방법을 찾아냈으니, 바로 살살 구슬려 그의 여자 친구와 함께 저녁을 하며 그녀를 치켜세우기다. 제욱은 자신의 여자 친구가 한새와 잘 어울리는 것을 상당히 만족해했으며 그것으로 그는 한새가 저지른 일들을 잊어주었다. 하지만 한새는 이제 그런 제욱과의 관계가 짜증스러웠다. 이번에는 요가를 배우며 정신수양을 해보겠다고 마음까지 먹었지만, 우울증은 쉽게 사라질 것 같지 않았다.

"새야! 새, 새야!"

골똘히 자신의 생각에 빠져 있던 한새를 제정신에 돌아오게 한 것은 힘없는 제연의 목소리였다. 그녀가 민망함에 옷을 추스르고 욕실 문을 열었을 때, 하얗게 질린 제연이 벌벌 떨며 그녀에게 전화기를 내밀었다.

"왜? 여보세요? ……네. ……네에?"

제욱이 깨어나서 처음 본 것은 높게 매달려 있는 링거 병, 그리고 그의 귀에 들려온 소리는 바로 통곡 소리였다. 어리둥절한 가운데 소름이 끼쳤다.

"깨어나셨네요?"

상냥한 목소리에 그가 고개를 돌렸을 때 단정한 간호원이 그를 내려다보고 있었다.

"어떻게……?"

"기억 안 나세요? 교통사고예요. 전봇대를 들이박으셨어요. 팔이 부러지셨고요, 머리에 약간 충격이……."

그는 더 이상 간호원의 얘기를 듣고 있지 않았다. 그의 눈은 곁에 만신창이가 된 한 남자에게 고정되어 있었다. 사람들이 분주하

게 왔다 갔다 하느라 젖혀진 커튼 아래 피가 묻어 있는 신발 한짝
이 뒹구는 것이 보였다.

"아, 저분도 함께 실려오셨어요. 환자 분의 차 바로 뒤에서 운전
하셨다는데, 환자 분의 차가 도로 쪽으로 튕기시는 것을 보고 놀
라서 핸들을 꺾으셨다가 그만 중앙선을 넘고 말았다네요."

간호원이 그의 눈길이 향하는 곳을 바라보며 세심하게 설명을
해주었다. 흰 가운을 입은 사람들 몇 명이 이상한 기계들을 설치
하며 직업적인 몸짓으로 남자를 다루고 있었다. 제욱의 시중을 들
던 간호원이 커튼을 닫으려다 누군가의 부름을 받고 급히 사라져
버리자 그가 그 처참한 광경에 눈을 떼지 못한 채 인상을 썼다. 고
개가 돌아가지 않는다. 목이 뻣뻣하고 온몸이 굳은 채로 꼼짝하지
않았으며 눈도 감겨지지 않는다.

"으헝…… 우리 삼대독자. 아이고, 아이고, 끅끅."

잠시 후 한 노파의 구슬픈 목소리가 점점 짙어지는 것이 남자의
상태를 말해주었다. 곁에 선 의사가 유감이라는 표정을 지었다.
아주 편안히 잠들어 있는 남자의 손을 잡고 눈물을 흘리고 있는
노파의 모습이 어디선가 본 듯하게 그의 가슴을 파고들었다. 이제
커튼이 쳐지고 노인의 통곡 소리만 그의 귀에 가득 차 올랐다.

"삼대독자라는데 정말 안됐어요."

이 이야기도 어디선가 들어본 소리다. 제욱이 질끈 어렵게 눈을
감았다. 속이 울렁거린다. 십 년 전, 어머니의 사고로 응급실에서
비슷한 장면을 목격했던 자신의 모습과 현재 자신의 처지가 겹쳐
지면서 구토가 밀려왔다. 그가 참지 못하고 속에 있는 것을 모두

게워내며 다시 정신을 잃었다.

제욱이 다시 눈을 떴을 때는 병실이었다. 아까 응급실에서 깨어
났을 때는 느끼지 못했던 통증이 그를 압박하여 그의 수려한 얼굴
을 찡그리게 만들었다. 코를 찌르는 병원 특유의 냄새와 사방의
허연 벽이 가슴을 짓누르는 가운데 제욱은 또 다른 두려움이 울컥
솟아오름에 신경질적으로 호출 버튼을 눌렀다. 혼자라는 것에 익
숙하고 편했던 그였지만 지금은 그것이 진저리치게 싫었다.
　“어디 불편하세요?”
　“가슴이 답답합니다.”
　그의 목에서 흘러나오는 목소리가 부담스럽도록 꽉 막혀 있었
다. 제욱이 왼손으로 가슴을 가리키며 다시 얼굴을 찡그렸다.
　“갈비뼈에 금이 가서 움직이시면 안 돼요. 보호자 분이 얼른 오
셔야 하는데……. 환자 분 신분증을 보고 댁에 연락을 드렸는데
요, 부인 되시는 분이 죽었냐 살았냐만 물어보시고는 생명에 지장
없으시다니까 그냥 끊으셔서…….”
　부인? 제욱의 한쪽 눈썹이 심하게 치우쳐 험악하게 일그러졌
다. 뭐? 그냥 끊었다고? 그 전화를 받은 사람이 한새라는 것을 확
신한 제욱의 입 모양이 눈썹과 비슷한 각도로 비틀어졌다. 가슴으
로 외로움과 함께 서운함이 물밀듯이 밀어닥쳤다.

　“왜 이제 와?”
　한새가 병실 문을 열자마자 버럭 소리를 지르는 제욱을 보며 먼

저 안도의 한숨을 내쉬었다. 교통사고라는 말에 온몸이 피투성이인 그를 상상했는데, 말끔한 모습으로 침대에 누워 있는 그를 보자니 조금 전 병실 문을 열기 전에 온몸을 사로잡던 두려움 대신 분노가 치솟아오르는 바람에 이제 저절로 그녀의 눈이 가늘어졌다. 기가 막혀! 왜 이제 오냐니?

"죽은 다음에 올 걸 그랬나?"

"이게 정말!"

"기운 뻗치는 거 봐라. 쯧쯧."

그의 안위를 눈으로 확인하자 걱정이 느슨해지는 자리에 그에 대한 미움이 가득 차 올랐다. 한새의 얼굴이 심술로 도톰하게 부풀러 올랐다.

"하아, 기가 막히는군."

"뭐가 기가 막혀? 내가 더 기가 막혀. 대체 술 먹은 무면허 여자한테 덥석 새로 뽑은 차의 키를 넘겨주는 버릇은 언제 생긴 거니? 게다가 아이까지 칠 뻔했다며, 뭘 잘났다고 큰소리야?"

"뭐? 아이?"

제욱의 눈빛이 흔들리는 것을 보며 한새가 주춤거렸다. 하지만 입술이 말을 듣지 않고 계속 비틀린 말들을 쏟아냈다.

"그래, 아이! 대체 차 안에서 뭔 짓을 했길래 앞에 아이가 튀어나오는 것도 못 보냐고, 응? 말해 봐, 이 자식아!"

"아, 아이는?"

"다행히 다친 데는 없고 놀라기만 했어. ……왜 실리콘 덩어리에 대해선 안 묻냐? 그 차 에어백 쿠션 죽이나 봐. 빵빵한 그 여자

가슴은 멀쩡하다더라?”

“…….”

“한밤중에 사람 놀래켜도 유분수지. 어제 내가 그대로 뛰어왔
으면 널 반쯤 죽여놨을 거야, 이 나쁜 놈아!”

“나가. 머리 아파.”

“야, 고제욱!”

“나가라고 했다.”

한새가 덜덜 떨리는 입술을 굳게 다물고 병실을 나왔다. 차라리
그가 먼저 나가라고 해준 것이 고마웠다. 만약 그렇지 않았다면
차갑게 일그러진 제욱의 얼굴을 바라보다 엉엉 울며 이참에 그에
대한 원망을 다 풀어버렸으리라. 멀쩡해 보였지만 아이에 대한 이
야기를 꺼낼 때부터 하얗게 질린 그의 얼굴은 처음 보는 것이었
다.

털썩―

복도 간이 의자에 쓰러진 한새가 제욱의 병실 문을 노려보며 입
가를 씰룩거렸다. 어젯밤부터 놀란 가슴이 아직도 계속 울컥거리
고 한숨도 자지 못해 눈이 뻑뻑한데 눈물은 나오지 않았다. 병원
은 그녀에게 아주 암담한 기억을 심어놓은 장소다. 그 예전의 고
통이 아련하게 그녀의 심장을 죄어왔다. 만약 제욱마저…… 그녀
가 고개를 절레절레 흔들며 나지막이 중얼거렸다.

“나쁜 놈…… 그래도 살아줘서 고맙다.”

한새가 나가고 혼자 남게 되자 제욱이 지끈거리는 머리를 부여
잡고 끙끙거렸다. 조금 전까지만 해도 미처 수련을 생각지도 못했

는데 금방 한새가 화를 내며 하는 소리에 그의 기억이 조각 맞추기를 하듯 맞춰졌다. 어젯밤 한수련의 집에서 질펀한 시간을 보낸 후, 자꾸만 마음에 걸리는 한새와 누나 때문에 곧장 집으로 돌아가려 했다. 하지만 어제따라 수련이 칭얼대며 질기게 달라붙는 바람에 그녀가 원하는 대로 늘 가던 바에서 칵테일도 한 잔 마셨고, 주절대는 그녀의 이야기를 인내심을 가지고 듣는 척도 해줬다. 그리고 마침내 억지로 그녀를 달래서 집에 보내려 했으나, 그의 새 스포츠카를 알아본 수련이 운전을 해보고 싶다고 졸라대자 마침내 그의 인내심이 극에 치달았다. 평소 같으면 어림없는 소리였다. 그러나 자꾸만 원인 모를 초조함에 쫓기던 제욱이 잠시만 하고 그녀에게 키를 건네주었고 그게 실수였다. 운전대를 잡은 수련이 흥분해 소리를 지르며 폭주를 하기 시작한 것이다. 그녀가 그렇게 폭력적으로 만든 것은 바로 인라인 스케이트 때문. 함께 애기를 나누는 도중 무심코 꺼낸 애기를 집요하게 잡고 늘어지더니 흥분하여 그를 짜증스럽게 만든 것이다. 제욱이 애써 화를 억누르며 그녀를 제지하려 했어도 갑자기 거칠어진 그녀를 말리기엔 역부족이었다. 그리고 한참 실랑이를 하던 끝에 그의 눈에 한 아이가 횡단보도에서 우물쭈물하는 것이 보였다.

아이라…… 밝은 헤드라이트 빛 아래에서 얼굴을 찡그리던 아이의 얼굴이 떠오른다. 당시 하얗게 반사되는 아이의 놀란 얼굴이 갑자기 한새의 얼굴로 보여 자신도 모르게 그녀의 이름을 부르며 핸들을 꺾었었다. 죽음의 문턱에 다가섰을 때 다른 사람들은 오만 가지 생각이 스쳐 지나간다고 했지만, 그는 딱 한 생각밖에 떠오르지 않았다. 이대로 죽는다면, 누나와 한새는? 또다시 한새의 얼굴과 아이의 얼굴이 마치 고장난 비디오가 재생되듯 지지직거리며 계속 반복되었다.

제욱이 두려움에 전율하며 눈을 감았다. 사고 당시의 기억이 완전히 짜맞춰지자 한기가 느껴져 시트를 끌어 올리고 이를 악물었다. 병실 밖에서 서성이며 혼자 동동 발을 구르고 있을 한새를 부르고 싶었지만 목소리가 나오지 않았다.

한새가 사과를 깎으며 계속 제욱을 힐끗거렸다. 침대에 기대어 생각에 잠겨 있는 그의 무표정한 얼굴이 심상치 않았다. 벌써 며칠째, 그는 말을 잃은 채 병문안을 오는 사람들에게 시큰둥하게 대하고 있었다. 맨 처음 그 원인이 사고에 대한 충격이 너무 커서일 거라고 생각했지만, 그런 상태가 생각보다 오래되는 것에 이제 슬슬 걱정이 되는 한새였다. 평소의 제욱이라면 절대 오랫동안 침대에 누워 있을 사람이 못 되었다. 그런데 두 다리는 멀쩡함에도 불구하고 제욱은 나돌아 다니지도 않고 병실에만 처박혀 있었다.

"오늘 아침에 제연 언니가 병원에 오겠다고 얼마나 우기던지 말이야, 억지로 복지원 차에 태우느라 죽을 뻔했다니까? ……참, 어제 너네 회사 사람들은 왔다 갔어? 기영이가 그러는데 네가 입원하고 모든 일이 다 미뤄져서 회사에는 손해가 막심하다지만, 네 밑에 있는 사람들은 얼씨구나 하고 좋아한다더라? 그러게 그동안 얼마나 사람들을 볶아댔으면……."

맨 처음 거칠게 제욱을 나무라던 한새가 이제 슬슬 그의 눈치를 살펴댔다.

"야! 사람 말을 듣는 거야, 마는 거야?"

"……."

"너 혹시 사고 나고, 내가 재빨리 튀어오지 않았다고 아직도 삐친 거야? 설마? 아니지? 에이, 미안해, 미안하다고. 그날 밤에 너 사고 났다는 얘기 듣고 갑자기 제연 언니가 발작을 일으키는 바람에 진정시키느라 밤을 꼬박 새웠단 말이야. 알잖아, 언니 한 번 놀라면 장난 아닌 거. 나도 힘들었어. 봐주라. 응?"

"수고했다."

한새가 화를 내보고, 얼러보기도 했지만 여전히 제욱은 무표정일 뿐, 가끔 그가 반응을 보이는 것은 이렇게 제연의 이야기를 할 때뿐이었다.

"참, 윤택이가 차 가져갔다고 하더라. 보험도 아직 들지 못했다면서? 그 자식이 고치려는지 뭔지 모르겠는데, 와서 한번 보래. 내가 갔다 올까?"

"됐어. 나중에."

"왜? 미안해서? 미안한 거 알면 빨리 일어나. 내가 차 상태를 보고 와서 어떤지……."

제욱이 등을 돌려 버렸다. 한새도 꾹 입을 다물어 버렸다. 사고 후유증으로 우울증이 온 건가? 정신과도 데리고 가봐야 하는 거 아냐? 아니면 정말 삐친 거? 설마 날 골탕 먹이려고 이러는 거…… 아니겠지. 한새가 사과 한쪽을 베어 물며 그의 등에 대고 주먹을 휘둘렀다.

그 다음날, 한새가 약국에 들렀다가 병실을 찾았을 때, 제욱은 회사 사람들의 병문안을 받고 있었다. 아니, 단순한 병문안이 아닌 일의 연장인 듯싶었다. 제욱이 노트북을 껴안고 앉아 일사불란하게 사람들에게 일을 지시하는 것이 마냥 생소하게 느껴졌다. 그가 일하는 회사에는 종종 가보았어도, 이렇게 일을 하는 것을 직접 본 것은 처음이었기 때문이다.

회의에 열중하는 사람들 틈에서 한새가 음료수를 따서 돌리며 계속 제욱을 힐끗거렸다. 예전에 함께 놀며 까불던 친구가 아닌 카리스마 팍팍 풍기는 완벽한 남자로서의 그가 새삼 다르게 보이는 것에 그녀가 혀를 내둘렀다.

"다음 주면 퇴원해도 된다는데, 조금 더 쉬지 왜 벌써 사람들을 불러서 괴롭혀?"

병문안을 가장한 회의가 끝나고 회사 사람들이 돌아가자, 한새가 남겨진 음료수 병을 정리하며 투덜거렸다. 하지만 제욱은 피곤하다는 듯이 얼굴을 찡그리고 또 돌아누워 버릴 뿐이다.

"그렇게 누워만 있다가는 욕창 생겨, 인마. 잠깐 일어나 봐. 나랑 산책이라도 나가자."

"내버려 둬."

"이게 진짜! 너 꼭 출산 후에 우울증 앓는 여자 같애. 알아? 왜 그래, 진짜? 사람 답답하게."

"피곤하다. 가라."

"어허, 돌겠네, 정말. 내가 뭐 한가해서 여기 들락거리는 줄 아나 본데, 너 자꾸 이러면 나 안 온다? 얼른 안 일어나?"

제욱이 투덜거리며 몸을 일으키고는 왼손으로 앞머리를 흐트러
뜨리고 그녀를 쏘아보았다.

"그렇게 쏘아보면 어쩔 건데? 일어나. 밖에 날씨 좋아. 가서 곰
팡이도 말리고, 기분 전환도 하자고. 얼른 나으려면 운동을 해야
지. 꼭 조루증 걸린 노인네마냥……."

제욱의 서늘한 눈초리에 아랑곳하지 않고 한새가 그의 발에 슬
리퍼를 끼워주고는 팔짱을 꼈다. 그가 잠시 움찔하는 것이 느껴졌
다.

"옳지~ 착하다, 우리 욱이."

바닥을 딛고 일어난 제욱이 잠시 휘청거렸다. 한새가 더욱 꼭
그의 팔을 잡았다. 그러고 보니 오랫동안 침대에만 누워 있어서
그런지 약간 야위어 보였고, 때문에 그의 키가 더 커 보이고 대조
적으로 자신은 더욱 작아 보인다.

"됐어. 다리를 다친 것도 아닌데."

어정쩡하게 그의 팔을 잡고 있던 한새의 손이 스르르 풀렸다.
민망한 그녀가 멋쩍은 미소를 지어 보이며 병실 문을 열었다.

"어?"

문밖에서 한수련이 서성이다가 그들을 알아보고 놀란 표정을
지었다.

"오, 오빠."

"웬일이냐?"

"난 그냥, 그러니까……."

"들어와."

"야! 산책하자니까."

"나중에."

수련이 주춤주춤 한새를 지나쳐 병실로 들어왔다. 한새의 못마땅하다는 눈빛이 그들을 가로막았지만, 애써 무시하는 제욱이었다. 한새가 머뭇거리며 병실을 빠져나가려다가 갑자기 마음이 바뀐 듯 입을 삐쭉이며 보조석 의자에 팔짱을 끼고 두 사람을 노려보았다.

"무슨 일이야?"

"오빠……."

"용건만 간단히 하자."

"저, 저어기…… 미안해. 정말 미안해."

"……."

"그날…… 내가 잠시 미쳤었나 봐. 알지? 그렇게 될 줄은 나도 몰랐어. 그러니까…… 요즘 일이 잘 안 풀려서 짜증이 났어. 게다가 그날따라 오빠가 딱딱하게 구니까 심통이 났고, 그래선 안 돼는데…… 아아, 이제 와서 후회하면 뭘 해. 그냥 다 미안해. 용서해 줘."

변명하는 붉은 입술이 눈에 심히 거슬리는 가운데 한새가 얼굴을 찡그리는 것에 제욱은 또다시 사고 당시 아이의 얼굴이 떠올랐다.

"용서는…… 그 꼬마한테 가서 빌어."

"오빠!"

"네 잘못보다 내 잘못이 더 크다. ……경찰한텐 내가 술을 마셔서 네가 대신 운전하다가 둘이 다투게 됐고, 핸들을 뺏으려던 나 때문에 사고가 났다고 진술했으니까 네가 우려하는 일은 일어나지 않을 거다. 기자들이 찾아와도 내가 다 잘못한 거라고 말해줄 테니 걱정 말고 돌아가."

하얗게 바래지는 수련의 얼굴을 무시하고 제욱이 차갑게 고개를 돌리고 한 손으로 곁에 있던 탁자의 서랍을 열어젖혔다.

"서, 설마 오빠, 이제 나 안 보겠다는 말은 아니지?"

그녀의 목소리에 묻어나오는 물기가 슬슬 그를 짜증나게 만들었다.

"네 매니저가 두고 간 돈은 돌려주지. 사람 우습게 만들지 말고, 다신 내 앞에 나타나지 마라."

제욱이 으르렁거리며 그녀 앞에 수표 몇 장을 내던졌다. 수련이 주먹을 부들부들 떨며 바닥에 떨어진 종잇조각을 바라보고 입술을 깨무는 것이 보였다.

"오빠! 내 마음 알잖아. 그, 그건 매니저가 억지로…… 내가 경찰에 가서 다 말할게. 내가 잘못했다고 할 테니까……."

"우리가 섹스 파트너일 뿐이라고 했던 건 바로 너였어. 우리 사이에 그 이상의 뭐가 있던가? 이제 더 이상 널 볼 이유도, 마음도 없으니까 어서 꺼져!"

훅 하고 누군가 신음을 내뱉었다. 그것이 한새의 것이라는 걸 깨달은 제욱이 얼굴을 찡그렸다.

"이럴 줄 알았어. 그날 오빠가 날 밀어내는 걸 직감적으로 느꼈다고. 흥, 어차피 조금씩 지겨워지기 시작했는데, 이번 일에 옳다 구나 싶은 거네. ……그거, 한샌가 뭔가 하는 여자 때문이지? 그 여자가 바로 저 여자야?"

"한수련!"

"이봐요!"

제욱과 한새가 동시에 소리를 질렀다. 분에 못 이겨 온몸을 부들부들 떨고 있는 한수련을 향해 한새가 돌아서자 제욱이 그녀의 팔을 잡아끌었다. 그의 행동에 그녀가 이를 악물고 다시 자리에 앉는 것에 수련이 노골적인 빈정거림을 드러냈다.

"오호, 맞나 보네. 웃긴다, 진짜."

"한수련, 여기서 그냥 조용히 나가는 게 좋을 거야. 지금도 많이 참아준 거다."

자신이 한 짓이 있기에 조용히 마무리를 지으려 했지만 수련이 한새까지 들먹이니 제욱이 화를 참지 못하고 낮게 으르렁거렸다. 그가 위협적으로 한 걸음 내디디자 그녀가 움찔하며 뒤로 물러났다.

"너무해. 오빠가 나한테 이러면……."

뒷걸음을 치면서도 한수련은 끝까지 제욱에 대한 원망을 표출했다. 하지만 곧 제욱이 그녀의 팔을 거칠게 잡고 문에 밀어붙이자, 온몸을 덜덜 떨며 불안해하는 모습을 보였다.

"한새는 내 친구다. 너 따위가 함부로 입에 올릴 이름이 아냐!"

수련의 눈에 마지막 경고를 박아 넣는 그의 한마디가 위력이 있었는지 그녀가 허겁지겁 뒷걸음쳐 달아났다. 제욱이 신경질적으로 머리를 헝클며 침대로 다가가 풀썩 주저앉았다.

"아주 꼴값을 떨어요."

한수련 못지않게 그의 신경을 계속 긁어대던 한새가 보다 못해 한마디 던지고 거칠게 퇴장해 버렸다.

"크크큭."

꼴값이라…… 한새가 병실에 나가자 제욱이 실소를 터뜨렸다. 그의 실소가 점점 더 크게 병실을 가득 메웠다. 잠시 후, 웃음이 멈춰지자 그녀가 남기고 간 경멸하는 눈초리가 한기를 몰고 왔다. 제욱은 자신이 한심해서 견딜 수가 없었다. 또다시 머리가 지끈거려 힘없이 침대에 길게 늘어졌다. 감기는 눈을 억지로 뜨느라 눈도 시큰거렸다. 사고 때문에 약해질 대로 약해진 모양인지, 요즘 잠이 들면 어김없이 찾아오는 악몽 때문에 제욱은 눈을 감는 것이 두려웠다. 꿈에서 자신의 사고와 십 년 전 어머니를 죽음에 이르게 한 사고가 겹쳐 보였다. 핸들을 꺾는 순간 놀란 아이의 표정과 한새가 겹쳐 나타나고 곧 울다가 기절한 한새의 모습과 맥없이 눈을 감는 어머니의 얼굴이 오버랩되며 그를 안타깝게 만들었다.

"아들, 엄마는 행복해. 이 아름다운 세상에 든든한 내 핏줄들을 남기고 가니…… 내가 살았다는 증거를 남기고 가니…… 얼마나 좋은지…… 미안해, 욱아. 엄마가 더 이상 돌봐주지 못해서……. 누나를 부탁한다."

"욱이를 두고 가면 못쓴다. 애들에게 이렇게 잔인하게 굴면 안 되는 기라."

"에구, 불쌍해서 어째? 삼대독자라면서? 게다가 누이까지 반병신이 되었으니……."

"욱아, 나 어떡해. 응? 어떻게 살아."

십 년 전 한 백화점의 붕괴 사고에서 제욱은 어머니를 잃었고, 한새는 부모님 모두를 잃었다. 항상 소녀 같은 어머니는 웃으면서 아름다운 세상을 등지는 모습을 보여주었지만 아직 어렸던 제욱이 마주한 세상은 마냥 두렵고 잔인한 곳이었다. 게다가 그에게는 돌봐줘야 할 사람들이 있었으니 바로 사고로 장애인이 된 누나와 홀로 남겨진 한새였다. 그래서 이를 악물고 자신에게 주어진 삶을 억척스럽게 살았다. 나중에 죽어서 어머니를 만났을 때, 그녀처럼 자신을 믿는 사람들을 지켜주며 열심히 살았다고 칭찬받고 싶었다. 그런데…… 너무 오만하게 살았나 보다. 그가 기대한 자리에 오르자 이만큼 열심히 살았으니 이제 적당히 즐겨도 된다고 생각했는데, 뜻밖의 사고는 그에게 엄청난 충격과 더불어 심각한 경고를 던져 주었다.

"빌어먹을!"

제욱이 한 손으로 눈을 가리며 중얼거렸다. 죽음의 목전에서 맛보았던 지독한 외로움이 또다시 온몸에 휘감겨 드는 것에 얼굴이 저절로 찡그려진다.

"이 아름다운 세상에 든든한 내 핏줄들을 남기고 가니…… 내가 살았다는 증거를 남기고 가니…… 얼마나 좋은지……."

사고 후 계속 그를 흔들어대는 한 가지 두려움. 어머니처럼 세상에 자신이 왔었다는 증거도 없이 허무하게 사라졌을 수도 있었다는 생각이 다시 그의 허파를 찔러대자 숨이 가빠왔다.

"한새야!"

그가 목에 힘을 주고 병실 문을 향해 소리쳤다. 하지만 되돌아 오는 것이라곤 부담스러운 침묵. 아마 화가 나서 그냥 가버렸나 보다. 하긴 자신도 스스로가 저주스럽고 실망스러워 미칠 지경인 데, 그녀는 오죽하랴! 제욱은 갑자기 한새의 종알거리는 목소리가 그리워졌다. 구박을 하든 다정하게 위로를 하든 그녀의 얼굴이 무 작정 보고 싶었다.

"미친놈! 미친 새끼!"

제욱에 대한 실망감을 표출하느라 한새는 자신이 아는 모든 욕 을 되새김하는 중이었다. 그가 가볍게 여자를 만나고 다닌다는 것 을 알았지만 그 정도라고는 상상도 못했다. 섹스 파트너라니! 아 무리 친구지만 그것까지 이해를 한다는 것은 어려웠다.

화가 나서 제욱의 병실을 나온 한새는 얼마 동안 씩씩거리다가 그의 차를 맡고 있는 윤택의 정비소를 찾았다. 윤택은 한새와 제 욱의 동창으로 정비소와 중고차 매매를 하고 있었다. 제욱처럼 차 에 미쳐 차와 24시간을 보내는 그는 제욱과 둘도 없는 친구였다. 그리고 한새가 제일 믿는 친구 중의 하나이기도 했다.

윤택이 제욱의 차를 보여주었을 때, 그녀는 그 처참함에 온몸을 떨어야 했다. 한수련처럼 매끈한 빨간 스포츠카의 앞부분이 사정 없이 구겨져 있었기 때문이다. 그것은 바로 제욱에 대한 자신의 마음을 보는 듯했다. 자신은 타보지도 못한 차가 한수련 때문에 엉망이 되어 있다는 사실이 화가 나고 질투가 났다. 어차피 자신이 관여할 문제가 아님에도 불구하고 자꾸만 제욱에 대한 원망이 커졌다.

"뭐 해?"

누군가 자신의 차를 두드리자 한새가 고개를 들었다. 윤택의 정비소에서 나와 화를 내며 운전하다 보니 어느새 약국 앞이었다. 얼마나 오래 이러고 있었을까? 정혜가 하얀 가운을 입고 걱정스럽게 자신을 내려다보고 있었다.

"안 들어오고 뭐 해?"

"어. 뭐 좀 생각하느라."

"제욱이는?"

"몰라."

한새가 퉁명스럽게 대꾸하며 거칠게 차에서 내렸다.

"아직도 제욱이한테 삐친 거야? 기집애, 그래도 아픈 애잖니. 네가 돌봐주지 않으면 걔도……."

"왜 내가 돌봐줘야 하는데?"

그녀의 목소리가 듣기 싫은 쇳소리처럼 갈라져 나왔다. 정혜가 어이없어하며 바라보는 것에 아랑곳하지 않고 한새가 성큼성큼 앞서 걸었다. 그녀의 눈에 약국 간판의 중간 램프가 불안하게 깜빡거리는 것이 들어왔다. 얼마 전에 간판을 고치라고 하던 제욱이 떠오르자 그녀가 또 미간을 구기며 씩씩거렸다.

아침 일찍 영화관에는 조조할인 영화를 보려는 사람들로 넘쳐났다. 한새가 고개를 젖히고 영화 포스터를 훑어보았다. 아침에 약국에 들렀다가 정혜에게 떠밀려 병원으로 향하던 중이었다. 그녀의 차가 횡단보도 앞에 섰을 때, 영화관 간판을 보고는 무작정 핸들을 틀었다. 밤새 제욱을 원망하며 미워도 해보고, 납득하려고도 해보았지만 그 응어리는 쉽게 풀어지지 않았다. 그리고 지금 이 상태로 녀석을 보았다가는 자신이 그의 목을 조를지도 모른다는 생각에 기분 전환 겸 영화를 보기로 마음먹은 것이다. 아침부터 알뜰한 데이트족으로 넘쳐 나는 영화관 앞에서 무슨 영화를 볼까 고민하는 자신의 모습이 초라했지만, 한새는 씩씩하게 아무 표나 끊고 콜라와 팝콘을 손에 든 채 스크린 앞 정중앙에 자리를 잡았다.

"이거 재미있대?"

"몰라. 재미있든 말든 우리가 할 일은 따로 있잖아. 흐흐."

곁에 닭살을 떠는 커플의 속삭이는 목소리가 그녀의 신경을 거슬리게 만들었다. 한새가 팝콘 한 주먹을 입에 넣고 우걱우걱 씹기 시작했다. 재미없다고? 다행이네. 이참에 어제 못 잔 잠이나 자 두지 뭐. 아침 먹으라고 잔소리하는 사람이 없어 빈속으로 나왔더니, 팝콘의 달콤함이 꺼끌꺼끌하게 느껴졌다.

"재수없어. 무슨 영화가 저러냐?"

영화 내내 한새의 투덜거림이 계속되었다. 한 킬러 부부의 오해와 사랑을 그린 로맨스 액션 영화는 그럭저럭 볼만한 것 같았지만 그 주인공이 마음에 들지 않았다. 가슴이 유난히 큰 여자 주인공이 자꾸만 한수련을 생각나게 했고, 섹시한 입술과 탄탄한 몸매의 남자 주인공이 제욱으로 보였기 때문이다.

"저게 뭐야? 젠장, 무슨 총이 총알이 떨어지지도 않냐고."

"이봐요!"

한새가 찔끔하고 옆을 바라보았다. 곁에 앉은 여자가 검지로 입술을 꾹 누르고 인상을 쓰고 있었다. 그녀가 고개를 까딱해 보이고 다시 영화에 집중하려 애를 썼다. 하지만 자꾸만 어제 제욱의 모습이 아른거리자 영화 보기를 포기하고 눈을 감았다. 그의 여자 관계가 자신과 무슨 상관이라고 매번 이렇게 흔들린단 말인가? 아무리 친구라도 선이 있는 건데 요즘 들어 자신의 감정이 자꾸 도를 넘으려 하는 것이 마음에 들지 않았다.

"벌써 점심 먹었어?"

한새가 평소처럼 병실 문을 열어젖히자 제욱이 식판을 바라보며 멍하니 앉아 있는 게 보였다.

"얼굴 꼬락서니 하곤. 면도 안 했구나? 아니, 그 꼴로 세수를 했을 리가 없지."

거뭇거뭇해진 제욱의 턱을 보고 한새가 얼굴을 찡그렸다. 오늘따라 유난히 초췌해 보이는 그의 모습에 바로 어제 자신이 화를 내고 돌아서 버렸기 때문인가—그럴 리는 없겠지만—하는 미안한 마음이 들었다. 그녀가 고갯짓으로 욕실 쪽을 가리켰다.

"왜 이렇게 늦었냐?"

한새가 이끄는 대로 세면대 앞에 선 제욱이 거울로 그녀를 바라보며 중얼거렸다.

"영화 봤어."

"영화?"

칫솔에 치약을 묻혀 전해주자 그제야 제욱이 오랜만에 친숙한 표정을 지어주었다.

"응, 조조할인. 제목이 뭐더라? 미스…… 아무튼 남자 주인공이 끝내주더라. 여자 주인공 가슴은 또 어떻고……."

제욱의 편해 보이는 모습에 안도를 한 한새가 더 오버를 하며 건성으로 본 영화의 내용을 짧게 설명해 주었다. 칫솔질을 하며 그녀의 이야기를 듣는 제욱의 모습에 한새가 미소를 흘렸다. 여기저기 까치집이 생긴 머리 때문에 그는 꼭 열 살 난 장난꾸러기처럼 보였고 어제의 무시무시한 모습이 정말이었나 싶었다.

"어제 내가 너무 심했어."

한새가 영화 이야기의 끝에 대뜸 사과를 했다. 그가 기분이 좀 나아졌을 때 어영부영이라도 둘 사이의 불편함을 얼른 무마하고 싶었다. 그건 두 사람이 심하게 다툰 후 화해하는 방법 중의 하나였다. 아무리 치고받고 싸워도 그 다음날, 두 사람은 아무 일도 없었던 것처럼 굴었고 조금 분위기가 부드러워지면 그 부드러움을 핑계로 사과를 주고받았다. 마치 아침에 본 영화에서 열심히 싸우고 난 후, 키스로 마무리하는 부부처럼 말이다.

"네가 그럴 만했어."

하지만 하얀 치약 거품을 물고 불분명한 발음으로 대답하는 그의 얼굴이 다시 딱딱해지는 것을 한새는 놓치지 않았다.

"얼굴 대."

입을 헹군 제욱에게 한새가 퉁명스럽게 중얼거렸다. 제욱이 군소리없이 얼굴을 내밀자 그의 목에 수건을 둘러주고 얼굴에 물을 묻혔다.

"또 뭐 때문에 심통이 난 건데? 나 혼자 영화 봤다고 그러는 거야?"

한새가 비누 거품으로 갑자기 어두워진 그의 표정을 지우듯 얼굴을 박박 문질러 댔다. 꼼꼼하게 얼굴을 닦아주고, 목도 닦아주었다. 깨끗한 물로 헹구고 나니 제욱의 얼굴이 제법 반짝반짝 빛나 보인다. 여전히 굳은 표정은 풀어지지 않았지만 말이다.

"나 아이 가지고 싶어."

뜬금없는 제욱의 이야기에 한새가 손에 들고 있던 수건을 떨어뜨리고 말았다. 그리고 그가 어렵게 몸을 숙여 수건을 집어 드는 것을 놀란 눈으로 바라보았다. 뭐? 아이를 가지고 싶다니? 제욱이 수건으로 어설프게 물기를 닦아내고 다시 거울 너머로 그녀와 눈을 마주쳐 왔다. 한새가 붕어처럼 입만 벙끗거리자 그가 다시 한 어절씩 또렷하게 힘을 주어 반복해 주었다.

"아이 가지고 싶다고."

Jeux d'adultes—3

문득 아침에 눈을 뜬 제욱은 침대에서 꼼지락대면서 갑자기 밀려드는 불쾌감과 한참을 싸워야 했다. 입원해서 늘 그의 아침은 한새의 요란한 등장으로부터 시작되었다. 노크도 없이 문을 열고 들어와 이젠 그에게 중독이 된 박카스 한 병을 챙겨준 다음, 창문을 열고 잔소리를 하면서부터 시작되는 그의 아침은 짜증스럽다기보다 안도감을 주었다. 때문에 밤새 악몽과 싸우고 허탈해져 눈을 뜨면 은근히 그녀의 방문을 기다리던 제욱이었다. 이 모든 게 얼마 전까지만 해도 자신이 한새에게 했었던 일이라는 것을 깨달은 것은 한참 후였다.

그는 어제저녁에 있었던 짜증스러운 일 때문인지 오늘 새벽까지 잠을 설쳐야 했고, 억지로 잠이 들어서도 어김없이 악몽을 꾸었다. 그리고 눈을 뜨자마자 시계를 바라보며 병실 문이 열리기를 간절히 바라고 있었다. 하지만 어제 그의 치부를 들여다본 한새는 정말 단단히 실망이라도 한 듯 늘 오던 시간이 지나도록 보이지 않았고, 그녀 없이 하루를 시작하는 오늘 아침은 텅 빈 공갈빵 같았다. 그러나 그 몇 주 동안, 겨우 교통사고 하나 때문에 한새에게 의지하고 길들여졌다는 것이 짜증나서 제욱은 아침까지 거른 채 멍하니 누워 애꿎은 천장만 째려보았다.

이러나저러나 짜증이 나고 화가 나기는 마찬가지, 약을 먹어야 한다고 우기는 간호사에게 못 이기는 척 져주며 점심을 받아 들기는 했지만 입맛이 썼다. 그래서 물에 말아 먹으려는 요량으로 창가에 있는 냉장고 문을 열다가 그는 눈에 들어오는 친숙한 점 하나를 발견했다. 고개를 숙이고 뭔가 골똘히 생각에 잠겨 있는 한새는 온몸으로 투덜거리고 있었다. 그것이 꼭 오기 싫은데 억지로 병원에 와야 하는 그녀의 갈등을 말하는 듯했다. 제욱이 물병을 든 채, 느린 그녀의 행보를 째려보았다. 아픈 친구를 그렇게 외면하면 되냐고, 아무리 내가 나쁜 놈이라고 해도 친구인 너한테만은 그렇지 않지 않냐고 따지는 텔레파시를 보냈다. 그런데 텔레파시를 받은 건 엉뚱하게도 그녀의 곁을 뛰어 지나가고 있던 꼬마였는지 아이가 넘어지며 자지러지게 울어댔다. 놀란 한새가 아이를 일으켜 무릎을 털어주고 살살 만져 주며 달래는 것이 보였다. 아이에게 무슨 말을 했는지 눈물을 뚝 그친 아이가 웃었고, 한새도 활짝 웃어 보였다. 그 모습이 가슴을 또 답답하게 만드는 바람에 제욱이 손에 든 물병을 벌컥거려야 했다.

오늘도 한새는 불편한 자신의 한 팔 대신 그의 세수를 도와주었다. 그런데 평범한 그녀의 작은 행동이 느닷없이 그의 가슴을 또 울렁이게 만들었다. 그것은 코끝을 희미하게 자극하는 그녀의 체취 때문이었다. 민감한 피부 탓에 베이비 로션과 파우더를 쓰는 한새에게서는 늘 달콤한 아기 냄새가 났다. 어려 보인다는 말과 함께 아기 냄새가 난다는 말은 그녀가 제일 싫어하는 것이기에, 가끔 아주 독한 향수를 사용하기도 하지만 땀이 잘 나는 체질로 하루에도 몇 번씩 세수를 하는 그녀는 늘 이 향기를 내뿜었다. 하지만 그 익숙한 향기가 지금 막 제욱을 혼란스럽게 흔들어댔다. 마치 엄마의 품에 안긴 듯 편안함을 느끼는 동시에 손을 뻗어 매끈한 그녀의 피부를 만지고 싶다는 욕구로 들끓어 오르게 만든 것이다. 뽀얀 얼굴에 듬성듬성 나 있는 귀여운 주근깨에 정신없이 입맞춤을 하고 싶다. 맥박이 뛰는 가느다란 목에 거칠게 턱을 비비고 싶다. 제욱이 참지 못하고 뭐에 홀린 듯 그녀의 눈을 보며 자신도 이해 못할 말을 입에 담았다.

"나 아이 가지고 싶어."

제욱은 자신이 내뱉은 말이 스스로도 당혹스러워 거칠게 얼굴을 닦으며 애써 감정을 숨겨야 했다. 조금 전까지 불쾌하다는 것을 온몸으로 보여주던 한새의 얼굴에 놀람이 가득 차 오르자, 갑자기 그 생각이 뭐가 그리 잘못됐냐는 비뚠 마음이 그에게 한 마디씩 고집스럽게 힘을 주게 만들었다.

"아이 가지고 싶다고."

이제 그녀의 눈썹이 가늘게 흔들리며 미간이 구겨졌다. 먼저 말을 내뱉어 버리고 정리하기는 제욱도 처음이었다. 뭔가 말을 꺼낼 듯하면서 입만 벙긋거리는 그녀를 보며 짧은 순간 그는 자신의 억지를 정당화할 단어를 고르고 있었다. 웃긴 일이지만 늘 사고를 치는 한새에게 자신이 느꼈던 당황함을 전해줄 수 있다는 것이 은근히 짜릿하기도 했다.

"뭐, 뭐라는 거야?"

"들은 대로."

"사고 후유증이야, 아님 미친 거야?"

"둘 다."

"제대로 대답해!"

한 톤 높아진 목소리의 한새를 마주할 자신이 없어, 제욱이 등을 돌려 버렸다. 아직도 병실을 가득 메우고 있는 그녀 특유의 아기 냄새와 갑작스러운 치기 어린 감정이 정말 자신이 아이를 원할지도 모른다는 착각에 빠져들게 만들었다. 이 상황에서 충동적이었다고 번복할 자신이 없는 제욱이 혼란스러움을 감추듯 축축하게 젖은 앞머리를 쓸어 올렸다.

"요즘 뭔가 고민하는 것 같더니 그거였어? 고제욱, 너 지금 많이 안 좋은 건 아는데 이건 아냐. 엉뚱해도 유분수지, 갑자기 아이를 가지고 싶다니. 그건 시집가고 싶어 안달이 난 여자나 사랑하는 여자한테 내 아를 낳아도, 이렇게 청혼할 때나 쓰는 말이라고. 너 결혼엔 관심없다면서? 그런데 아이라니? 대체 무슨 생각으로……."

"외로워. 가족이 필요해."

미쳤구나, 고제욱! 아무리 친구고 녀석 앞에서만은 편하게 모든 감정을 표현해 왔다고 하나 갑자기 외롭다는 말을 덥석 내뱉다니. 점점 자신이 하는 행동이 그녀가 말한 대로 우습고 짜증스러웠지만 제욱은 그런 자신을 참아내려 애를 썼다. 창문으로 짧은 순간 자신의 낯선 반응에 응할 적당한 말을 고르는 듯 빠르게 눈을 굴리는 한새의 붉은 얼굴이 고스란히 반사되어 드러났다.

"하아, 기가 막혀! 외로워서 아이가 필요하다고? 그건 더 말도 안 되는 소리지, 인마. 왜, 여태 섹스 파트너를 한 다스씩 갈아치우다 보니까 지겹니? 재미없어졌어?"

"응."

"으응? 뻔뻔하게도 으응? 하아, 그래, 내가 친구로서 네 섹스 라이프까지는 참관할 게 못 되지만 인간적으로 이건 아니라고 본다."

역시나 날 파렴치한으로 보고 있었군. 하긴 그럴 만도 하다. 하지만 외롭다는 말로는 설명이 안 되는 건가? 제욱은 말도 안 된다는 것을 스스로도 느끼면서도, 처음으로 자신의 심정을 그녀에게 이해시키고 싶다는 오기가 발동하는 것을 발견했다.

"네가 말한 대로 지겨워. 화장실을 가듯 그렇게 여자를 안는 비생산적인 일 말고, 이젠 내 핏줄을 원해."

"누나는 네 가족 아냐? 난? 언제는 나보고 동생 같다며 가족이라 했잖아. 버젓이 가족이 있는데 웬 핏줄 타령?"

"누나랑 넌 시집보내야지. 그러고 나면…… 몰라. 아무튼 사고 난 후 내 존재감에 대해 다시 한 번 생각하게 되더라. 십 년 전 엄마가 나와 누나를 남겨두고 갈 때처럼 갑자기 무섭고 외롭다는 생각이 들었어. 그래, 네가 보기엔 내가 대충 즐기며 살아온 것같이 보여도 난 내 나름대로 목표가 있었거든? 예전엔 너와 누나를 지키기 위해 돈과 능력을 원했고, 나중에 느지막이 내가 좋아하는 것들을 하며 여생을 보내고 싶다는 생각을 했는데 이젠 그것으론 부족해. 허전하다. 그래서 내 핏줄 하나 있었으면 하는 욕심이 든다고."

"그건 결혼하고 싶다는 얘기네. 그래, 이참에 차라리 장가가라."

"네가 날 잘 알면서 그런 소리를! 내가 결혼이나 한 여자의 남편이라는 자리를 지독히 혐오한다는 걸 잊은 거냐?"

사춘기 시절 그의 방황을 누구보다 가까이서 지켜본 한새였기에 제욱이 그 분야에 얼마나 민감한가에 대해 다시금 깨달았는지 약간 수긍하는 눈빛을 보였다. 하지만 제욱은 아직 뒤돌아설 수 없었다. 자신이 그런 말을 술술 해낸다는 자체가 쑥스러웠기 때문이다.

잠시 후, 한새의 한숨 소리가 그의 등에 부딪쳐 흘러내렸다.

"아이도 마찬가지야. 좋은 남편이 되지 못하면 좋은 아빠가 될 수 없어. 막말로 아이의 인생은 생각 안 해? 결혼은 싫고 아이는 원한다는 싱글 맘이 느는 추세라지만, 아직 우리 사회에의 벽이 녹록하지 않다는 거 너도 알잖아. 하물며 남자 혼자서 아이를, 그것도……."

"결혼은 제도고 모성이 본능이듯 부성도 본능이다."

"좋아, 네가 외로워서 아이를 원한다는 건…… 그래, 조금 이해하도록 노력해 볼게. 하지만 아이를 낳는다고 끝이 아니잖아. 정상적인 방법으로 키우려면 최소한 가정이라는 울타리가 필요해. 그건 네가 잘 알 거야."

"가정의 울타리 밖에서도 아이는 잘 클 수 있어."

"그게 바로 너야. 너 잘 컸어. 하지만 외롭다면서? 네 아이도 그렇게 키울래?"

"……."

"너 선봐라. 아니다, 네 주위에 좋은 여자 많잖아. 그 여자들 중 하나 찾아서 결혼해. 그게……."

"대체 몇 번을 얘기해야 해? 난 아이만 원한다니까!"

"미친놈, 진짜 골고루 한다. 그래, 네 부성애를 시험해 보는 것도 나쁘지 않은데, 그전에 네 머리부터 검사해 봐. 이 자식아!"

"너라면 이해해 줄 줄 알았다. 너도 외롭잖아."

한새의 눈빛이 흔들리는 것을 제욱은 놓치지 않았다. 하지만 곧 고집스러운 표정을 되찾은 그녀를 보자니 그는 쓸쓸하게 웃고 싶어졌다. 더 투정을 부리고 싶어지는 자신과 달리 이성을 찾으려 애를 쓰는 그녀의 모습에 두 사람의 입장이 예전과 확 뒤바뀌었다는 것을 느꼈기 때문이다.

"내가 외로워도 그것 때문에 아이를 갖겠다는 생각은 안 해. 현실성이 전혀 없잖아."

"문제는 남자가 아이를 가지지 못한다는 것이 슬프지, 여자의 자궁을 빌려야 하니까. 하지만 전혀 현실성이 없는 건 아냐."

"혁, 점점……. 안 되겠다. 너랑 더 이상 얘기하다가는 나도 이상하게 될 것 같아."

한새가 나가 버리자 코에 스며들어 자신을 당혹스럽게 만들던 달콤한 아기 냄새와 비릿한 우유 냄새가 사라져 버렸다. 제욱은 허전함에, 자신의 황당함에 허탈하게 웃어버리고 말았다. 장한새! 너 고집 피울 때 내 기분이 어땠는지 알겠어? 그런데 내가 아이라니……. 한 번도 결혼에 대해 생각해 보지 않았으니, 아이에 대해서도 생각해 보지 않았다. 바로 얼마 전까지는 말이다. 하지만 아이라는 단어를 입에 담는 순간 그 단어가 가슴에 착 달라붙었다. 핏줄이라는 단어가 서러우리만큼 달콤하게 뇌에 박혀 버렸다. 그녀의 말대로 사고와 함께 뇌에 이상이 생겼나 보다.

제욱이 깁스를 한 팔을 무심한 눈빛으로 바라보았다. 얼마 전에 한새가 장난처럼 그린 고목나무에 매미가 눈에 띄었다. 그 옆에 야무진 글씨.

〈아픔만큼 성숙해지셔!〉

마음에 콕콕 와 박히는 문장 끝에 혀를 빼고 있는 입술 그림이 그를 또다시 웃게 만들었다.

화를 내며 나가 버렸던 한새가 반나절이 되지 못해 다시 병실에 찾아와 그를 설득하려고 애를 쓰기 시작했다. 어디선가 찾아온 싱글 맘의 사회적 편견, 어려움을 얘기하며 열변을 토하기도 했고,

다시는 안 보겠다는 으름장도 놓기도 했다. 제욱은 그녀가 그럴수록 더 마음이 차분해지는 것을 느꼈다. 한 번 충동적으로 내뱉은 말이 점점 그의 가슴을 다 차지하게 된 것이다.

그러던 며칠 후, 한새가 한 꼬마 아이를 데리고 나타났다. 아이는 한 대여섯 살 정도? 그녀와 비슷한 또랑또랑한 눈빛으로 제욱을 응시하며 당혹스럽게 만들어놓았다.

"얘가 바로 걔야, 진하. 이름은 진하고 할머니와 단둘이만 살아. 그런데 네가 사고 나던 날, 할머니께서 쓰러지셔서 119로 실려 가셨대. 아이가 놀라서 할머니를 찾으러 거리로 나온 거고 네가 피하려다 사고를 낸 거지. 진하 할머니께서 뇌출혈로 근처 병원에 입원하고 계셨는데 내가 여기로 모셔왔어."

"뭐?"

"네가 책임져야지."

"책임?"

"그래, 책임. 너 때문에 혼자가 됐으니까 네가 책임지고 할머니 병원비며 진하도 돌봐야 하는 게 당연한 거 아냐?"

한새의 얘기는 수긍할 수 있었지만, 맑은 아이의 눈은 그를 죄책감으로 떨게 만들었다.

"아이 좀 치워."

"진하는 짐이 아냐."

그의 흔들리는 모습을 보며 한새가 진하를 품에 껴안고 빈정거렸다.

"아이 가지고 싶다며. 차라리 진하를 보살펴 주면 되겠네. 그럼 넌 할머니, 진하 이렇게 새로운 가족을 가지게 되는 거잖아."

가족이라는 말에 제욱이 다시 찬찬히 아이의 얼굴을 바라보았다. 정말 내가 원하는 게 이런 조그만 아이인가? 아이의 맑은 눈동자에 자신의 모습이 흔들리는 것을 보며 그가 조심스럽게 아이에게 손을 내밀었다.

"이 아이는 내가 책임진다. 하지만 난 여전히 내 아이를 원해."

아이를 어색하게 안고서 이상야릇한 표정을 짓는 제욱을 바라보며 한새는 가슴이 먹먹해지는 것을 느꼈다. 요즘 들어 매번 자신을 놀래키는 그가 영 적응이 되지 않았다. 아이에 대해 얘기를 했어도 한순간 지나가는 감정이라고 생각했건만, 며칠 동안 인터넷을 껴안고 싱글 맘과 싱글 파파에 대해 나름대로 열심히 연구하는 모습과 진하를 어색하게 품은 모습이 그녀를 혼란스럽게 만들었다. 그리고 저 고통스러운 눈빛은 그녀가 기억하는 한 세 번째 보는 것이었다. 난생처음 그가 보여준 아이답지 않은 표정에 자신도 모르게 녀석을 덥석 안아버렸던 그날을 떠올리게 했다.

"너희만 없었으면 벌써 헤어졌을 거야. 하지만 너희들 결혼할 때까지만……."

"사랑하지도 않으면서 우리는 왜 낳은 건데? 모성애? 누가 엄마보고 그런 싸구려 의무감을 가져 달라고 했어?"

옆집에 살던 제욱의 집에 부침개를 가져다 주라는 엄마의 심부름에 막 녀석의 집 현관문을 열려고 했을 때, 제욱의 어머니의 통곡 소리와 함께 녀석의 거친 외침이 그녀를 주춤거리게 만들었다.

"이런 편지 따위로 누나는 감동시킬 수 있을지 모르지만, 난 아니라고. 아버지? 누가 아버지래? 씨발!"

갑자기 열어젖힌 현관문에 부딪쳐 한새가 비틀거리면서 쟁반을 놓치고 말았다.

"고제욱!"

"욱아!"

제욱의 어머니가 신발도 신지 않은 채 마당으로 뛰쳐나왔지만 벌써 그녀보다 두 뼘이나 커버린 아들을 쫓기에는 무리가 있었다. 대신 한참 작은 한새가 녀석을 따라 뛰었다. 우선 그녀는 신발도 신고 있었고, 녀석이 어디로 뛰어갈지 잘 알고 있었기 때문이다.

"고제욱!"

한새가 거친 숨을 고르며 동네 미끄럼틀 밑에 쭈그리고 앉아 있는 제욱에게 다가갔다. 녀석의 어깨가 심하게 들썩이고 있었다. 늘 삐딱한 모습이지만 아주 당당하게 어깨를 펴고 다니던 제욱이었다. 늘 자신을 괴롭히며 장난스럽게 웃던 놈이었는데, 녀석의 그런 여린 모습에 한새가 당황하며 그의 곁에 쭈그리고 앉았다.

"꺼져!"

크게 훌쩍이면서 제욱이 고개를 돌렸다. 하지만 한새는 그 말을 무시하고 녀석이 진정될 때까지 계속 곁에 앉아 있었다. 그리고 녀석의 손에서 잔뜩 너덜너덜해진 항공우편을 뺏어 손으로 곱게 펴주었다. 곧 그의 손에 의해 다시 구겨졌지만 말이다.

"이따위가 다 무슨 소용이야."

씩씩거리면서도 녀석의 눈빛은 발 아래 구겨진 편지봉투에 가 있었다. 한새가 그 봉투에 쓰인 제욱 아버지의 이름을 보고 한숨을 쉬었다. 그리고 녀석의 눈빛이 그리움과 미움 등 복잡한 감정으로 흔들리는 것을 보며 녀석의 등을 보듬어 안았다. 제욱이 잠시 버둥거렸지만 그녀를 밀어내지는 않았다. 뭐라 위로의 말을 찾지 못한 한새가 어깨를 빌려주며 녀석이 진정이 될 때까지 등을 계속 쓰다듬어 주었다.

"아빠 대신 내가 우리 엄마랑 누나를 지킬 거야."

한참 후, 진정된 제욱이 하늘을 바라보며 중얼거리자 그녀가 고개를 끄덕였다. 조각 같은 옆선을 따라 뚝뚝 떨어지는 외로움과 슬픔덩이를 안쓰러운 듯 바라보았다.

오늘도 하루종일 제욱과 씨름하다가 약국에 돌아왔을 때, 한새는 모든 진이 다 빠져 버린 듯했다.

"이봐요, 거스름돈 가져가야죠!"

한새가 막 약국 문을 열려다가 갑자기 튀어나오는 한 여자 때문에 비틀거려야 했다. 그녀의 등 뒤에는 천 원짜리 몇 장을 흔들며 여자를 부르는 정혜가 있었다. 한새가 여자와 부딪친 어깨를 문지르며 약국에 들어섰다.

"무슨 일이야?"

"저 손님이 거스름돈을 받지 않고 그냥 가잖아."

정혜의 눈은 아직도 여자를 찾고 있는 듯했다. 하지만 바쁘게 지나가는 사람들 틈에서 여자의 그림자는 진작 사라지고 없었다.

"정말 웃기는 여자네."

“응?”

“아까 그 여자 말이야, 아침에 임신 테스트기를 사러 왔었더라고. 그러더니 좀 전에 다시 와서는 두 줄이 선명한 테스트기를 내밀며 다짜고짜 불량품 아니냐고 난리를 치는 거야. 그래서 병원에 가보는 게 좋다고 하니까 얼굴이 하얗게 질려서는 다른 것을 달라고 우기는 거 있지? 참네, 그러게 임신하는 게 무서웠으면 몸을 함부로 굴리지 말든지.”

혀를 차는 정혜의 얼굴이 구겨진 것을 보다가 한새가 다시 고개를 돌려 여자가 사라진 방향을 바라보았다.

“이모, 그 여자 아기를 낳을까?”

“낳기는. 보아하니 결혼도 안 한 거 같은데, 혼자서 아기를 어떻게 낳아서 키워?”

“요즘 당당한 미혼모들 많잖아.”

“글쎄, 당당한 미혼모가 얼마나 많을까? 솔직히 지나가는 사람들에게 나 미혼모입니다 하면 백이면 백 불쌍하게 쳐다볼걸? 게다가 우리나라가 외국처럼 사회보장 제도가 좋아서 혼자서 아이를 낳아서 키울 만큼 지원이 되는 것도 아니고. 아이 키우는 데 얼마나 많은 돈이 드는데.”

“만약 돈이 넉넉하면 낳아서 키울 수도 있지 않나?”

“그래도 정말 용기가 많이 필요하지. ……그런데 왜? 너도 애가 가지고 싶어?”

“왜, 여자들 가끔 결혼은 하기 싫은데, 아기는 가지고 싶다는 얘기 한 번씩 하잖아.”

"결혼이라는 제도가 아직 우리나라에서는 여자에게 불리하니까 그렇겠지. 그런 여자들은 미혼모라는 이름 대신 싱글 맘이라 불러달라고 하지만, 그건 가족제도의 붕괴가 가져다 준 혼란일 뿐 어차피 똑같은 의미잖아. 아무튼 그런 소재가 영화나 드라마에 많이 등장하면서 사회의식이 많이 바뀌고 있는 실정이라지만 남의 이야기니까 용기있다, 대단하다고 박수를 쳐주는 거지. 만약 내게 그런 일이 생긴다 하면 아후, 끔찍할 것 같아. 아까 그 아가씨를 봐. 임신을 하면 기뻐해야 하는데, 사정이 여의치 않으니 어찌할 바를 모르고 오죽하면 테스트기가 잘못된 거라고 우기고 있을까."

"그치? 그러게, 아무리 생각해도 웃겨."

"뭐가?"

또 제욱의 생각까지 이르자 한새가 잠시 주춤거렸다. 그 정신 빠진 놈의 상태를 정혜에게 얘기해도 좋을지 잘 판단이 서지 않았기 때문이다.

"내 친구 중에 한 놈이 글쎄, 장가는 가기 싫은데 아이를 가지고 싶다고 난리를 치는 거 있지?"

"푸하, 어떤 놈인지 특이할세. 요즘 자발적 비혼모와 더불어 비혼부가 늘어날 거라고 하더니 정말인가 보네."

"자발적 비혼모?"

"미혼모와 싱글 맘의 다른 이름인데, 말 그대로 법적으로 혼인하지 않은 상태에서 의도적으로 임신과 출산을 한 여자를 자발적 비혼모라고 한다더라. 즉 법적으로나 문화적으로 결혼을 안 한 여자는 어머니 자격이 없는 것으로 간주했던 우리 사회에서 그것을

'자발적으로 거부' 하는 여성이 늘고 있다는 것이지. 이걸 어떻게 해석해야 하니? 나중에 그 비혼모나 비혼부의 자식이 크면 그 탄생의 의미도 자연스럽게 받아들여지게 된다는 건가? 아휴, 머리 아파. 그런데 넌 왜 갑자기 애 타령이야? 시집이나 가고 그 소리를 해, 기집애야."

"시집은 무슨……."

"남자 별거없어. 결혼이 환상이 아닌 건 너도 안다며? 그냥 괜찮은 놈이다 싶으면 눈 딱 감고 달려들어. 그래서 아이 생기면 남편까지 생기고……."

정혜의 얘기를 한 귀로 흘려들으며 한새가 눈을 감았다. 정혜와의 대화에서 그녀는 자신도 모르게 제욱을 이해하려 애쓰는 자신을 발견했다. 얼마 전에 제욱이 싱글 맘의 대표로 인공수정으로 두 아이를 갖게 된 미국 영화배우를 예로 들면서 그 여배우가 했던 말을 되새겨 주었던 것이 기억났다.

"아이에게 엄마만 있고, 아빠가 없다는 생각을 하면 자녀를 제대로 키울 수 없다. 엄마, 아빠, 아이와 같은 종전의 가족 개념을 떠나 엄마와 아이가 인격 대 인격으로 삶을 함께 살아간다는 생각을 해야 한다."

그래도 그렇지, 어떻게 고제욱이 그런 생각을 하게 되었을까? 여태 그를 아주 잘 알고 있었다고 생각했던 것은 자신의 큰 착각이었나 보다. 어쩌면 자신은 친구라는 틀에 묶여 그 부분이 강조된 면만 바라보고 있었는지도. 그렇다면 남자 고제욱이란? 한새가 눈을 감은 채, 두 손으로 아기를 안고 어르고 있는 제욱을 그려보다 이내 다시 고개를 흔들었다. 늘씬한 여자를 안고 있는 것이면 모를까, 그가 아이를 품고 있다는 것은 아무리 상상이라지만 너무 어색했기 때문이다.

고3 여름. 유난히 날씨가 더웠다. 모의고사를 망쳤다는 불쾌함에 집으로 돌아와 신경질을 내며 침대에 엎어진 날이었다. 나의 기분은 아랑곳하지 않고 며칠 후 동창들 모임에서 가는 제주도 여행 때문에 엄마가 제욱이네 어머니와 백화점을 가신다며 준비를 서두르셨다. 막 운전면허를 딴 제연 언니가 두 분을 모신다고 했다. 엄마가 함께 나가 기분 전환이라도 하자며 졸랐지만 난 이불을 뒤집어쓰고 엄마가 나가는 것을 쳐다보지도 않았다. 그리고는 잠이 들었던 것 같다. 그 후 눈을 떴을 때는 어둑해진 저녁이었고, 누군가 우리 집 현관을 세차게 두들기고 있었다.
"장한새! 새야, 문 열어!"
"왜 이렇게 시끄럽게 난리야?"
현관문을 여니 땀에 범벅이 된 제욱이가 온몸을 떨고 있었다.
"무슨 일이야?"
제욱은 대답 대신 무턱대고 나의 손을 잡고 뛰었다. 맨발로 뛰는 난 정신없이 아무것도 묻지 못하고 무작정 끌려가야만 했다. 겨우 택시에 타서 숨을 돌리고 제욱에게 신경질을 내며 물었지만 놈은 한마디도 대답해 주지 않았다. 그리고 택시가 한 병원에 도착했을 때 엄마는 벌써 영안실에 누워 계셨고, 엄마를 데리러 일찍 퇴근하셨던 아빠는 제욱의 어머니, 제연 언니와 함께 나란히 응급실에 누워 계셨다. 그때까지 제욱은 아무 말도 꺼내지 않았다. 난 그냥 몸을 부들부들 떨다가 정신을 잃었다. 한참 후 깨어났을 때 시내 백화점 건물이 무너지며 한꺼번에 부모님을 잃었다는 것을 알았다. 망연자실해 있는 내 곁에는 외할머니와 제욱뿐이었다. 녀석과 마찬가지로 친지가 거의 없는 내게 공동 장례식장이 차라리 다행이다 싶었고, 난 할머니의 손 대신 제욱이 내민 손을 꼭 잡았다. 그리고 식이 끝나고 나서도 우린 구명줄이라도 되는 듯 굳게 얽힌 손을 풀지 못했다. 아마 그렇게 오래 서로의 온기를 느꼈던 것은 그때가 처음이었으리라.

뛴다. 정신없이 맨발로, 교복도 갈아입지 못한 채 뛴다. 내가 울고 있는데 그 이유를 모르겠다. 어디선가 우르르 무너지는 소리가 들리고 난 귀를 막으며 무작정 뛰고 있다. 그때 나를 막아서는 커다란 가슴. 고개를 들어 그 사람의 눈을 본다. 억지로 모든 슬픔을 참고 있는 눈. 나처럼 두려움과 상처로 벌벌 떠는 눈이 나를 내려다보고 있다. 그 사람이 나를 따뜻하게 안아서 정신없이 떨고 있는 나를 진정시키려 애를 쓴다. 하지만 그 사람의 떨리는 손 때문에 나의 몸은 더 떨릴 뿐이다. 그가 속삭인다.

"괜찮아. 내가 있잖아."

그의 떨리는 목소리와 더불어 그의 눈빛이 더 깊어진다. 외로운 눈빛. 이 사람의 이런 눈빛을 본 것이 벌써 두 번째다.

한밤중에 한새가 벌떡 일어나 가쁜 숨을 몰아쉬었다. 둘레둘레 자신이 있는 곳을 바라보다가 그제야 꿈이란 걸 알고 놀란 가슴을 진정시키려 벌떡 일어나 주방으로 들어섰다. 냉장고 문을 연 채로 물병을 들고 벌컥벌컥 물을 들이키는 그녀의 손이 풍을 맞은 사람처럼 부들부들 떨리고 있었다. 꿈! 벌써 오래전에 잊어버린 일인데, 오늘따라 갑자기 더 선명하게 떠오르는 이유가 뭘까? 엄마, 나한테 나쁜 일이 생기는 거야? 한새가 비틀거리는 걸음으로 거실로 나와 벽에 걸린 가족사진을 보며 소파에 주저앉았다. 땀으로 범벅이 된 온몸에 한기가 스며들어 몸을 웅크리고 다리를 감싸 안았다. 눈물이 날 것 같은데, 오늘 같은 밤 제욱마저 병원에 있는 지금 함부로 울기 시작하다간 그대로 정신을 놓아버릴 것 같아 한새가 억지로 눈에 힘을 주며 사진을 뚫어지게 바라보았다.

'엄마, 제욱이가 떠나려고 해. 이럴 줄 알았지만, 나 왜 이렇게 무섭지?'

사진 속의 엄마는 아무 말 없이 늘 그녀에게 보여주었던 미소를 건네주고 있었고, 아빠의 두툼한 손이 나란히 엄마와 한새를 감싸고 있었다. 바로 그 사진 밑에 무표정한 얼굴로 찍은 한새와 제욱의 고등학교 졸업 사진이 있었다. 한새가 천천히 그 사진틀을 집어 들었다. 오랫동안 알아왔지만 매번 사진이 실물보다 더 안 나온다며 투덜거리는 녀석 때문에 두 사람이 함께 찍은 사진이라곤 이 졸업 사진밖에 없었다. 사진 속에서 제욱의 손이 아빠처럼 그녀의 어깨에 올려져 있었다.

"자식, 매일 이렇게 얼굴을 찡그리고 있으니 사진이 잘 나올 리가 있나."

한새가 사진을 손으로 쓸며 다시 소파에 누웠다. 가슴에 사진틀을 놓고 지금 곁에 제욱이 있는 듯 느끼려 애를 써보았다. 이 사진을 찍느라 둘이 얼마나 싸웠던가? 마지못해 사진을 찍겠다고 하는 제욱이 마음에 들지 않아 그녀 역시 얼굴을 찡그리는 바람에 둘 다 이상하게 나온 사진이었지만, 한새는 이 사진이 가족사진 다음으로 소중했다. 제욱이 군대에 가서 오래 헤어져 있었을 때, 출장을 가서 떨어져 있었을 때마다 그녀를 지켜주는 유일한 사진이었기 때문이다.

이 사진을 찍을 때부터 한새는 제욱을 마음에 깊이 새겨 넣었다. 고등학교를 졸업하고 대학에 가게 되면서 그의 그늘에 벗어나는 것이 두려운 나머지, 그를 마음에 꼭꼭 가둬둔 것이다. 그렇게 마음에 숨겨두고 들키지 않기 위해 얼마나 몸부림을 쳤던가? 친구라는 이름으로 영원히 그의 곁에 머물 수 있다는 것에 얼마나 행복해했던가? 하지만 그 친구라는 명찰이 싫을 때가 간혹 있었다. 지금이 바로 그랬다. 그가 다른 여자와 데이트를 하는 것을 볼 때마다 질투가 나긴 했어도 얼마 가지 못할 거란 확신에 내버려 두었는데, 결혼도 아니고 아이를 가지고 싶다는 그의 말이 지금 그녀를 이름 모를 여자에 대한 질투와 영원히 그를 다른 여자에게 뺏긴다는 상실감을 맛보게 하고 있었다. 그가 결혼을 하지 않을 거란 얘기를 종종 했음에도 불구하고 그가 결혼하기를 바란다고 하는 말과 결혼을 하면 미련없이 자신의 마음을 접을 거라고 생각을 했던 것은 그와 결혼이 아주 별개라고 마음속 깊이 확신하고 있었기 때문이다. 그런데 아이라니!

“너라면 이해해 줄 줄 알았다. 너도 외롭잖아.”

그 외로움은 충분히 이해한다. 그만큼 외로우니까. 하지만 그를 곁에서 바라보고 있을 때는 그 외로움이 좀 작아지는 것 같았다. 그런데 그가 떠나면? 혼자 잘살 수 있을까? 정말 지금까지 마음먹은 대로 아무렇지도 않게 보내줄 수 있을까?

"휴우."

커다란 통창으로 서서히 여명이 스며들 때까지 한새는 소파에 몸을 쭈그리고 생각과 생각의 꼬리를 연결하며 괴로움에 신음하고 있었다. 그리고 마침내 거실의 커다란 시계추가 여섯 번을 쳤을 때, 천천히 몸을 일으키며 그 생각의 꼬리에 다른 생각을 끼워 넣으며 야무지게 다시 사진을 바라보았다.

"어차피 이래저래 똑같이 아플 거라면……."

제욱이 깁스를 한 팔을 긁어대며 짐을 챙기는 한새의 등을 바라보았다. 오늘따라 이상하리만큼 조용한 그녀의 모습이 자꾸만 신경이 쓰였다. 아니, 오늘만이 아니라 벌써 일주일이 넘도록 그녀는 마치 세상 사람이 아닌 것처럼 굴었다. 그의 폭탄선언 후, 갖가지 방법으로 그를 설득시키려는 했던 그녀가 며칠 전부터 심각하게 미혼모의 삶에 대해서 진지하게 토의를 신청해 오는가 하면, 진하를 껴안고 창밖을 바라보며 무언가 다른 생각에 빠져 있는 모습이 자꾸만 그를 불안하게 만들었다.

'괜히 신경이 예민해져서 그래.'

고개를 설레설레 흔들고 애써 불안감을 떨친 제욱이 한새의 등을 치며 말을 걸었다.

"병원비는 다 계산했지?"

"응. 이제 일주일에 두 번씩만 병원에 오면 돼. 당분간 집에서 쉬어야 한다는 말은 들었지?"

"어. 잘됐어. 이참에 푹 쉬어야지."

"그럼 차라리 조용한 데 가서 푹 쉬고 올래?"

"조용한 데 어디?"

"우리 할머니가 남겨주신 과수원 있잖아. 지금쯤 포도가 한창일 거야."

"누나는 어떡하고?"

"나 있는데 뭐. 넌 우선 요양하면서 몸이나 얼른 추슬러."

"흠, 네가 고분고분 나오니까 왠지 불안해지는걸?"

한새가 무심하게 트렁크에 짐을 싣고 차 문을 열어주자, 제욱이 조그만 차에 큰 덩치를 억지로 구겨 넣으며 그녀의 눈치를 보았다. 하지만 한새는 여전히 무표정한 얼굴로 차에 올라타 익숙하게 시동을 걸 뿐 그의 말을 싹 무시해 버렸다. 제욱이 잠시 그녀를 뚫어지게 바라보다가 고개를 돌렸다. 근 한 달을 머물렀던 병원이 점점 멀어지고 있었다.

"너, 아이 갖고 싶다는 생각 변함없어?"

갑작스러운 한새의 질문에 창밖을 바라보고 있던 제욱이 다시 고개를 돌려 그녀를 바라보았다. 자신이 교육을 시킨 대로 핸들을 열 시 십 분 방향으로 잡고 아주 정확한 운전 자세를 하고 있는 그녀의 모습이 평소답지 않게 유난히 침착해 보인다. 잠깐, 이 뜬금없는 질문은? 아까부터 자리잡았던 불안감이 꼼지락대는 것이 느껴지자 그가 허둥지둥 말을 더듬었다.

"어? 아, 어."

"그럼 어떻게 할까도 생각해 봤어?"

"글쎄, 병원에서 물어는 봤는데, 우리나라에서는 윤리상 비혼모에게는 인공수정을 하지 않는다고 하더라."

"그럼 누군가 완벽하게 너의 계획에 동조하는 사람이 있으면 되겠네. 예를 들어 대리모 같은 사람, 그치?"

"그렇지. 그런데……."

"생각해 둔 사람이라도 있어? 예를 들어…… 한수련?"

"미쳤냐? 누가 연애한대? 내 말을 어떻게 듣고."

"자, 받아."

"이게 뭐냐?"

"내 건강 진단서야. 그리고 이건 혹시 필요할지 몰라서, 네가 나에 대해 다 알고는 있다고 하지만 호적등본에서부터 최종 학력 증명서, 성적 증명서까지 다 떼어온 거야."

"이걸 왜?"

"내가 네 대리모가 되어줄게."

"뭐어?!"

제욱이 놀라 서류를 뒤적거리다가 크게 소리를 치고 말았다. 이게 무슨 뚱딴지같은 소리란 말인가? 그의 커다란 목소리에 미간을 구긴 한새가 정면에 시선을 둔 채 건조한 목소리로 중얼거렸다. 진지한 그녀의 표정에 제욱은 온몸에 소름이 돋는 것 같았다.

"그 밑에 인터넷에서 조사한 자료를 토대로 내 생각을 정리해 둔 게 있어. 읽어봐, 도움이 될 거야."

"너도 미쳤냐?"

"친구가 미쳤는데, 그럼 나라고 제정신일까?"

"야, 장한새!"

"나 귀 안 먹었어. 너처럼 미친 건지, 어찌하다 보니까 네가 이해되더라. 아니, 친구는 닮는다더니 너한테 외로움이 옮은 건가? 아무튼 외롭다는 거…… 휴우, 너 알잖아. 나 외로움 많이 타는 거."

"야, 인마! 너야말로 시집가면 되지 무슨 걱정이야?"

"너 군대 있을 때 아는 선배한테 청혼 받은 적 있어. 하지만 부모님이 고아라고 반대를 하니까 그냥 뒤돌아서더라. 그리고 두 번째는, 혹시 기억나? 이 년 전에 우리 약국에 들락날락하던 한국제약 김 대리 말이야. 누나랑 단둘이 힘들게 살아왔다고 해서 나랑 비슷한 줄 알았는데 그 누나가 그러더라, 이왕이면 상처없는 사람이면 좋겠다고. 결국 그 남자도 죽네 사네 하다가 누나 손잡고 가 버렸잖아."

"……."

"결혼이란 제도가 버겁기는 나도 마찬가지야. 억지로 상대방의 잣대에 맞춰가며 결혼할 생각은 추호도 없어."

"내가 너 시집보낼 거야, 그건 걱정하지……."

"그러지 말고 정자나 빌려줘."

거침없이 말을 내뱉는 한새라는 것을 알지만, 그건 흥분했을 때의 경우다. 그런데 지금 충격으로 모든 뇌 회로의 기능이 마비된 자신과 달리 그녀의 표정은 냉정하기 그지없었다.

"말 되는 소리를 해! 네가 날 포기시키려고 별별 수를 다 쓰는 모양인데……."

"맞아, 널 포기시키려 한 적이 있었어. 하지만 이젠 아냐. 너와 완벽한 동업자가 되길 원해."

"아이를 만드는 데 동업자라니? 이게 정상적인 사람이 할 소리냐?"

"네가 정상적인 생각을 포기했을 때, 나도 포기했어. 우린 친구잖아."

"친구, 그놈의 친구! 말장난하지 말고 네 진심을 말해. 누구 미쳐서 죽는 꼴 보고 싶어?"

"너 아기 갖고 싶다는 거 충동적이었니?"

"……!"

"왜 대답을 못해?"

"그, 그래, 충동적이었다. 하지만 다 진심이었어. 나도 이런 내 모습이 낯설지만 아이를 가지고 싶다는 생각은 점점 더 강해져 가. 왜냐하면…… 아무튼 그 설명은 저번에 다 했고, 난 네가 친구로서 내 얘기를 들어주길 바랐던 거지, 너와 그것을 연결시키고 싶은 생각은 추호도 없었다. 하아, 참내. 애를 갖는 동업자? 장한새, 네가 아무리 억지 대장이라지만 이건 아냐!"

어느새 한새가 도로변에 차를 세워놓고 핸드 브레이크를 잡고 있었다. 그가 거칠게 머리를 쓸어 올리고 어설프게 왼손을 뻗쳐 창문을 열었다.

"에어컨 틀었어."

"찬바람이 필요해."

찬바람을 바라며 창문을 열었지만 그것이 실수라는 것을 절실히 깨닫는 제욱이었다. 그렇다고 다시 닫을 엄두가 나지 않았다. 후끈한 바람이 두 사람 사이에 끼어들었다.

"트라우마란 영구적 정신장애 현상으로 어떤 강한 충격을 받게 되는 경우 그것이 정신에 남아 비슷한 상황이 되면 트라우마로 인해 다시 발작하게 되거나 자신을 괴롭히게 되는 것을 말한대. 알고 있지? 왜, 가끔 제연 언니가 그렇잖아. ……그런데 말이야, 욱아. 나도 그래. 겉은 멀쩡해 보이는데, 얼마 전에 아주 미치게 무서워서 죽었으면 좋겠다는 생각이 들었어. 그게 언제였는지 알아? 바로 네가 사고가 났을 때야. 만약 네가 없어진다면…… 내 가족 같은 친구가 없어지면 하고 생각하니까 너무 암담해서 울지도 못한 채 그저 몸만 덜덜 떨고 있더라고. 요즘 가끔 그래. ……그런데 이렇게 있다가 너마저 어떻게 되면, 우리가 헤어져서 영영 볼 수 없다면 난 어떻게 살아야 하나 이런 생각이 들더라. 그러면서……."

"그래도 안 돼, 장한새."

"피식—"

그녀가 웃는 소리에 제욱이 고개를 돌렸다. 눈이 촉촉하게 젖어 있음에도 불구하고 억지로 눈에 힘을 주고 있는 한새의 입술에 불안한 미소가 걸려 있었다. 이런 표정은 부모님이 돌아가시고 충격에 빠져 한 달 동안 꼼짝하지 못하던 그때 이후 처음 보는 것이다.

"너 그거 알아? 넌 자궁을 빌려줄 여자를 고르고 골라 그 여자의 동의를 얻어야 하지만, 난 그보다 더 훨씬 쉬워. 지금이라도 괜찮겠다 싶은 놈 찾아서……."

"이, 이게 미쳤나!"

"우린 둘 다 외로운 사람이니까 아이를 아낌없이 사랑해 줄 수 있을 거야. 친구라는 우리 관계가 변하는 게 아니라 그냥 남들보다 특별한 가족으로 업그레이드되는 거라 생각해."

제욱이 참지 못하고 불편한 몸을 빼내어 차 밖으로 뛰쳐나왔다. 그의 발에서 뜨거운 도로의 열기가 느껴졌다. 그 열기가 온몸으로 펴져 나가며 그의 정신을 혼미하게 만들어놓았다. 그가 침착하지 못한 손짓으로 주머니를 뒤져 담배를 찾았다. 그러나 곧 등 뒤에서 한숨 섞인 한새의 목소리가 들려오는 것에 놀란 제욱이 그대로 담배를 땅에 떨어뜨리고 말았다.

"나도 세상을 등져야 할 때, 나란 존재가 있었다는 것을 증명해 줄 아이를 가지고 싶어. 어차피 우리 둘 다 비슷한 생각을 가지고 있으면서 왜 난 안 되는 건데?"

워워워…… 진정하자, 장한새. 자신이 무슨 말을 내뱉었는지는 하나도 생각나지 않았지만, 그녀가 상상한 만큼 제욱이 충격받은 얼굴을 하는 걸 보면 기어코 일을 저지른 모양이다. 며칠 동안 한새는 자신이 생각하고 있는 일의 정당성을 찾기 위해 애를 썼다. 그리고 적당한 시점에 준비한 폭탄을 투하하고 그 효과를 숨죽이고 지켜보는 동안 온몸이 긴장으로 바짝 오그라드는 것을 느꼈다.

"가자."

담배를 태운 제욱이 차 안에 들어와 묵묵히 앞을 보며 입을 열었다. 한새가 애써 아무렇지도 않은 듯 시동을 걸고 조심스럽게 차를 출발시켰다. 그의 얼굴이 눈에 띄게 굳어 있었으나, 그녀는 일부러 더 이상 말을 걸지 않았다. 그도 집으로 가는 중간중간 평소처럼 벨트를 꽉 쥐고 그녀의 운전에 대해 조금 잔소리만 할 뿐이었다.

마침내 집에 도착하고 차에서 내리자 매캐한 타이어 냄새가 화약 냄새처럼 느껴졌다. 이대로 혼자 자폭한 꼴이 되는 걸까? 입 안이 바짝바짝 마르고 속이 탄다. 그런 그녀의 상태를 눈치채지 못한 듯 제욱이 트렁크에서 짐을 내리는 그녀를 지나쳐 집 안으로 쑥 들어가 버렸다. 한새가 그의 뒷모습을 보며 살짝 입술을 깨물었다. 아무래도 이번 폭탄은 불발인가 보다.

그 후, 제욱은 마치 그녀에게 어떤 이야기도 들은 적 없다는 듯이 행동했다. 그렇다고 한새 역시 그를 더 이상 다그칠 특별한 이유가 없어 그냥 그대로 내버려 둘 뿐이었다. 겉으로 보기엔 예전과 다름없는 두 사람. 심각한 얘기를 나누거나 다툰 다음날, 바로 얼마 전처럼, 더 친한 척하고 기회를 봐 누군가 슬쩍 사과를 하면서 이견에 대한 합의점을 찾아낼 수도 있지만 이번 일만큼은 그렇게 쉽게 해결되지 않을 거란 걸 한새는 본능적으로 느끼고 있었다. 먼저 시동을 걸게 되는 사람이 끝까지 두 사람 몫의 인생을 책임져야 하고, 자칫 잘못하면 더 이상 친구라는 관계를 유지할 수 없는 극한 상황까지 갈 수 있다는 것을 감안해야 하기 때문이다.

정혜가 집안일 때문에 약국을 비우던 날, 한새와 제욱이 좁은 약국에서 최대한 멀리 떨어져 어정쩡하게 앉아 TV에 시선을 두고 있었다. 서로가 지루하기 짝이 없는 드라마 재방송 따위에는 전혀 관심이 없다는 것쯤은 잘 알고 있었지만 누구 하나 그 어색함을 먼저 깨뜨리려 하지 않았다. 하지만 뜻밖에도 드라마에서 한수련이 눈물을 뚝뚝 흘리는 장면이 나오자 제욱이 신경질적으로 채널을 돌려 버렸고, 갑자기 두 사람 사이에 무겁게 가라앉아 있던 공기가 위험하게 출렁이기 시작했다.

"왜 돌려? 한참 보는데."

"재미없어."

"왜? 한수련이 나와서? 얼마 전까지만 해도 니들 둘 잘 놀았잖아? 만약 그 사고가 안 났으면 아마 우리는 셋은 이번 주에 저녁을 먹었을 거고, 난 네 앞에서 한수련에 대한 칭찬을 하기에 바빴을 걸?"

기다렸다는 듯이 한새가 삐딱선을 타버렸다.

"그럼 너, 여태 마음에 들지 않는 여자들 앞에서 아부를 떨었던 거야?"

"아부라기보다 네가 원하는 장단에 박수를 쳤다는 거지."

"내가 원해서 그랬다고? 하아, 기가 막히는군."

"내 마음에 안 든다고 해서 네가 그 여자들을 안 만났을 것도 아니고 그럴 바엔 네 신경을 거스르고 싶지 않았으니까."

"그게 친구상 예의라는 건가?"

"말하자면."

"질투는 아니고?"

빈정거리는 제욱의 시선에 한새가 얼굴을 붉혔다. 그녀의 목소리가 거칠어졌다.

“장난해?”

“일부러 질투를 숨기려고 장단 맞춰준 것일 수도 있잖아.”

“질투 좋아한다. 내 성격에 질투하는데 억지로 오지랖 넓은 척 하며 네 여자 친구들한테 시시덕거릴 애로 보여? 네가 날 그렇게 몰라?”

억지로 따따따 퍼부었지만 한새는 조마조마한 심정이었다. 그녀가 신경질적으로 리모컨을 빼앗아 TV를 꺼버리고 에어컨 리모컨을 만지작거렸다. 뜨거운 태양빛에 골목이 지글지글 타고 있는 것과 달리 약국 안은 지금 두 사람 사이에 흐르는 긴장감 때문에 공기의 흐름이 딱 서버리고 막 서리라도 앉을 듯한 기세였다. 때문에 피부는 차가워 미칠 지경인데 속에서는 활화산이 타는 기이한 현상이 그녀를 불쾌하게 만들고 있었다.

“배고프다. 밥 시키자. 뭐 먹을래?”

제욱도 그 분위기를 참기 힘들었는지 애써 화제를 돌리며 신문을 들척였다.

“냉면.”

“너 집에서 한 냉면 아니면 안 먹잖아. 복날인데 닭이나 시켜.”

“그럼 삼계탕 시킨다. 넌 삼 안 먹으니까 빼달라고 할까?”

“알아서 해.”

또다시 슬쩍 원점으로 되돌아오는 사이 한새가 전화기를 들고 눈에 들어오는 식당의 전화번호를 눌렀다. 그 원점이 전혀 예전과 같은 원점이 아님을 아는 제욱이 작게 한숨을 내뱉는 소리가 들렸다.

제욱은 폭탄처럼 내뱉은 한새의 말을 객기라 치부해 버리고 어서 예전처럼 돌아와 주길 바라는 마음에 애써 아무 일이 없던 것처럼 철저히 외면하고 있는 중이었다. 하지만 계속 가슴에 걸리는 무언가가 있었으니, 바로 그녀가 넋두리하듯 내뱉은 한마디 말이었다.

"세상을 등져야 할 때, 나란 존재가 있었다는 것을 증명해 줄 아이를 가지고 싶어."

하루에도 몇 번씩 그 말이 뇌 속을 헤집으며 마지막 가시던 어머니의 모습을 떠올리게 해서 그녀를 바라볼 때마다 그의 눈동자가 심히 흔들렸다. 한새가 제의한 것을 절대 받아들일 마음이 없음에도 불구하고, 자꾸만 그녀의 온몸을 힐끗거리며 엄한 상상을 하는 자신을 발견하게 되는 것에 입술이 바짝바짝 타 들어갔다. 게다가 한새가 그동안 친구라는 명목하에 자신의 여자 친구들 앞에서 유쾌하게 굴었다는 말을 하는 순간 드는 실망감까지. 질투를 바란 것도 아니면서 친구니까 이해하려 했다는 그녀의 말이 두 사람 사이에 명확한 선을 긋는 것 같아서 짜증이 밀려들었다. 당연한 일인데, 여태 그래 왔으면서도 이율배반적으로 한쪽 가슴이 서운함으로 시퍼렇게 멍드는 것 같았다. 하지만 제욱은 견뎌야 했다. 두 사람 모두를 위해서 남자인 자신이 중심을 잡는 것이 옳았다. 그러나 그는 점점 작게 시작된 그 심장의 진동을 외면하다 터져 버리는 경우, 걷잡을 수 없는 피를 토해낼 것이라는 것을 아직 깨닫지 못하고 있었다.

오후 내내 시큰둥하게 굴던 한새가 저녁에 동호회 모임이 있다

고 나가 버리자, 제욱은 평소처럼 무슨 동호회냐, 어떤 사람들이
냐 꼬치꼬치 묻고 따라가고 싶은 것을 억지로 참아내고 가시방석
같은 집에서 혼자 어슬렁거리며 불이 꺼진 한새의 집 창문과 시계
를 번갈아 바라보았다. 오늘따라 지독히도 늦장을 부리는 시계 바
늘이다.

"뭐야?"

갑자기 울린 휴대전화에 소스라치게 놀란 제욱이 벌떡 일어나
주변을 둘러보았다. 제연이 소파에 자고 있고 그 밑에서 꾸부정하
게 누워 있던 그의 눈에 무지개 화면이 삐 소리를 내며 정지해 있
었다. 제욱이 미간을 찌푸리고 시계를 찾았다. 새벽 두 시 반. 늦
장 부리던 시계가 잠깐 잠든 새 허들을 했나 보다.

[욱이가? 내다, 윤택이.]

"이 밤에 웬일이냐?"

[지금 내 한새랑 같이 있는데, 아무래도 이 가시나 열쇠를 잃어
뿐 거 같다.]

"뭐?"

정신이 확 든다. 거실 창문을 열고 베란다로 나가니 윤택이 한
새를 업고 땀을 뻘뻘 흘리고 서 있는 게 보였다.

"우리 집으로 와라."

그를 알아보고 윤택이 고개를 끄덕였다. 제욱이 천천히 현관문
을 열고 어둠 속을 노려보았다. 얼마나 마셨는지 떡이 된 한새가
윤택에게 실려 들어왔다.

"아이고, 내사 마, 죽는 줄 알았다 아이가. 쪼매난 가스나가 와

이리 무겁노?”

“어떻게 된 거야?”

“니 몰랐나? 내 한새랑 같은 동호회다.”

“무슨 동호회? 설마 요가 동호회?”

“한새가 요가 하면 살 빠진다 카이 듣긴 했는데 흐흐, 내 살 마이 빠진 거 안 같나?”

“미친놈. 생긴 대로 살아, 인마. 그런데 얜 왜 이렇게 마신 거야?”

“아, 동호회에서 무신 첫사랑인가를 만났다 안 카나?”

“뭐?”

“몰라, 암튼 둘이 좋다고 떡이 되도록 처묵드라. 그래서 낸 마시지도 몬하고. 그놈아가 뎃다 준다는 걸 내가 챙겨왔다 아이가. 아이고, 데다. 뭐 마실 것 없나?”

제욱이 얼굴을 찡그리며 한새를 내려다보았다. 언제 깼는지 제연이 걱정스러운 눈빛으로 자신이 덮고 있던 이불과 한새를 가리켰다.

“새, 한새…….”

한새의 티셔츠가 올라가서 배꼽이 다 보이는 것에 제욱이 다시 얼굴을 찡그리며 제연의 손에 들린 이불을 덮어주었다. 한새의 얼굴에 실린 맛난 잠을 보자니 울컥 화가 치밀어 오른다. 첫사랑이라니? 매일 첫사랑이라고 우기는 녀석이니 대체 누구를 말하는 건지 알 수 없지만, 이렇게 곤죽이 되도록 마시게 한 인간이 있다는 사실이 다시 그를 불쾌하게 만들었다.

　최악의 아침이다. 한새는 제욱이 그토록 화내는 것을 처음 보았다. 가끔 인사불성이 될 정도로 술을 마시기라도 하면 어김없이 쪼아대기는 했지만, 오늘 아침 그의 모습은 거의 광분에 가까웠다. 할 수 없이 술이 깨지 않아서 머리가 지끈거리는 가운데 그가 쏘아대는 총탄을 그냥 묵묵히 맞아주었다. 윤택과 제연이 간간이 방어를 해주려 애를 썼지만 그것보다 그녀의 무신경이 그의 공격에는 더 효과적인 것을 잘 알기 때문이다. 마침내 그가 제풀에 지쳐 회사에 불려 나가 버리자 한새가 광복을 맞은 기분이 되어 제연과 윤택 앞에서 씩씩하게 만세삼창을 해 보였다.

　"집으로 가지 않고, 더운데 여기까지 왜 와?"

　저녁쯤에 제욱이 다시 약국에 들이닥쳤다.

　"여기가 더 시원해."

　"나한테 잔소리할 게 남아서 온 게 아니고?"

　아침에 그녀에게 해댄 게 미안한지 그녀의 빈정거림에 아랑곳하지 않고 슬쩍 말을 돌리는 제욱이다.

　"속은 괜찮냐?"

　"응."

　"쯧쯧, 그 위 주인 잘못 만나서 참 고생이다."

　"걱정해 줘서 고맙다고 전해줄게."

　자신을 힐끗거리는 그의 시선을 느끼면서 한새가 일부러 신경을 분산시키고자 TV를 틀었다. 그리고 오늘은 이쯤에서 좀 가주지 하는 생각을 하고 있을 때, 휴대전화가 울리며 조금씩 짙어져

가는 어색함에서 그녀를 구해주었다.

"오빠?"

한새가 상대방이 누군지 확인을 하고 몸을 일으켜 조제실로 숨어들었다. 그녀를 뒤따라오는 제욱의 눈길이 따가웠다.

"어제 잘 들어갔어요?"

어제 우연히 동호회에서 예전에 만나던 남자를 만났다. 어제는 정말 깜짝 놀랄 만큼 반가웠고, 지금 제욱과의 어색한 분위기에서 해방시켜 준 그가 고맙기 그지없었지만 한새는 그와 오래 통화하고 싶은 마음이 손톱만큼도 없었다. 자꾸만 조제실 너머에서 흘러나오는 시끄러운 야구 중계 소리와 제욱의 존재가 더 신경 쓰였다. 그녀가 건성으로 대답하면서 약들이 담겨 있는 서랍들을 뺐다 넣었다 하며 장난을 쳤다.

"그래요, 내가 간장약은 확실하게 챙겨줄 테니까 편할 때 들르세요."

요즘 술자리가 잦아서 간이 안 좋아졌다는 말로 화제를 돌리는 그에게 한번 들르라는 인사를 하고 간신히 전화를 끊었다. 다시 밖으로 나왔을 때는 제욱이 박카스 한 병을 들고 그녀를 빤히 바라보고 있었다.

"누구야?"

"아는 사람."

"어제 만난 첫사랑?"

"윤택이가 그래?"

"그래서 어제 떡이 되도록 마셨다면서?"

“둘이 아주 소설을 써라.”

“결혼했대?”

“뭐가 그렇게 궁금한 거야, 대체?”

“그래도 그놈은 안 된다.”

한새가 자신도 모르게 피식 웃어버렸다. 평소대로 근엄한 오빠의 역할을 하는 제욱이 지금 두 사람의 관계에 정말 안 어울린다는 생각이 들었다. 그녀의 표정을 오해했는지 그의 목소리가 거칠어졌다.

“부모님이 완고하게 반대하니까 그냥 포기하더란 새끼, 맞지?”

“고제욱, 계속 오버하지!”

오빠 같은 표정이라 하기엔 그의 얼굴이 너무 진지하다 못해 성을 내고 있는 것 같았다.

“그런 자식은 다시 만날 가치도 없어!”

그녀가 어이없어 뭐라 반박하려 할 때, 다급하게 약국 문이 열리고 한 남자가 헐레벌떡 뛰어들어 왔다. 한새가 벌떡 일어나 직업적인 미소를 지으며 손님을 맞았다. 하지만 등 뒤에 앉아 있는 제욱이 억지로 화를 참고 있는 것에 남자가 그들의 눈치를 보았다. 일부러 더욱 생글거리며 손님에게 위장약을 건네주던 그녀가 명치끝을 꾹 누르며 작게 신음을 삼켰다. 그렇지 않아도 숙취 때문에 죽을 맛인데 제욱까지 계속 볶아대니 아마 위장약 열 봉지는 더 들이 부어야 괜찮아질 듯싶다.

“확실하게 대답해. 그 자식 더 이상 안 만날 거지?”

손님이 나간 후 제욱이 또다시 그녀를 채근해 댔다.

“너, 질투하니?”

“뭐?”

“어제 네가 무슨 기분으로 나한테 질투하냐고 물었는지 이제 알 것 같네.”

“이게, 뭐라는 거야?”

“아니면 그만 나한테 신경 좀 꺼주라. 내가 언제 너한테 한수련이나 다른 여자 친구에 대해 이러쿵저러쿵 떠든 적 있어? 너 지금 상당히 오버하는 거야. 그동안 네가 이럴 때마다 우정 어린 충고려니 하고 군소리없이 받아들였는데 그 결과를 봐, 막상 내가 정자를 빌려달라고 할 사람이 너밖에 없다니 얼마나 비참한 줄 알아? 게다가 괜히 그 얘기를 꺼냈다가 무시당하고 매일 네 눈치까지 봐야 하니 아주 죽을 맛이라고!”

“그게 돈 빌려달라는 얘기처럼 간단한 거냐? 너 그럼 내가 끝까지 안 된다고 하면 그 새끼한테 그 얘기를 할 거란 말이야?”

“안 될 건 또 뭐 있어?”

“미쳤어?”

“그 얘긴 벌써 했고.”

“하아. 그래, 우리 둘 다 미쳤지. 그래도 그 새낀 안 돼!”

“왜 안 되는지 일목요연하게 설명해 봐.”

“첫째, 넌 아무한테나 그 얘기를 함부로 할 사람이 아냐. 둘째, 지나간 과거에 연연해하는 건 너한테 어울리지 않아. 마지막으로 셋째, 내가 반대하니까!”

“그럼 네가 해주겠다는 거야?”

“빌어먹을!”

혼란스러운 제욱의 표정이 잠시 그녀를 들뜨게 만들었다. 착각일지 모르지만, 확실히 이 순간 그가 많이 동요하고 있다는 것은 얼마 전 자신이 던진 폭탄이 아주 쓸모없지 않다는 것을 의미했다.

“제욱아, 잠깐만 내 입장을 생각해 봐. 난 네가 터무니없는 얘기를 했을 때 반대도 했지만 그만큼 이해하려고 애도 썼어. 그런데 넌 어때? 조금이라도 날 이해하려고 해봤어?”

“그래, 이해해! 하지만 내가 아이 때문에 다른 여자를 안을 수도 있고, 대리모를 구할 수 있단 생각을 하면서도 막상 그 상대가 너라고 생각하면 그게 그렇게 단순하게만 생각되지 않는다고!”

“왜?”

“넌…… 넌 내 가족이니까. 아이를 가진다는 건 대리모를 구한다고 해도, 섹스가 없다고 해도 남녀의 기본적인 관계를 떠올리게 되는데 어떻게 너한테 그러냐? 어떻게 네가 내게 여자가 될 수 있냐고!”

쿵! 심장이 요란하게 바닥에 떨어지는 소리가 들렸다. 분명 자신이 아주 잘 알고 있는 내용이었지만 막상 그의 입을 통해 흘러나온 이야기는 그녀를 절망하게 만들었다. 조금 전까지 아주 달콤하게 진동을 하던 그녀의 심장에서 검붉은 피가 철철 흘러넘치는 것 같았다. 녀석에게는 내가 여자가 아니다. 녀석에게는 여자가 아니다. 한새가 빤히 그의 얼굴을 바라보다가 충동적으로 그의 입술을 덮쳐 버렸다.

“읍!”

여태 흥분하여 떠들던 입술이라 그런지 무척 뜨겁다. 제욱이 갑작스러운 그녀의 행동에 움찔하는 것이 느껴졌지만 억지로 밀어내진 않았다. 한새가 더 용기를 내어 정교한 그의 입술 선을 살짝살짝 혀끝으로 쓸어내렸다. 놀라 벌려진 그의 입술에서 단내가 난다. 이번엔 약간 더 힘을 실어 입술을 비벼보았다. 그리고 폭신한 그의 입술 촉감을 뒤로하고 혀끝을 살짝 벌려진 틈으로 조심스럽게 밀어 넣었다. 말캉한 그 무언가가 그녀의 혀에 엉겨들었다. 쌉싸래한 타액이 입 안을 넘나들면서 달짝지근해졌다. 멈칫거리던 그의 혀가 점점 더 당돌하게 그녀의 안으로 파고들었다. 뜨겁다. 거친 입김 때문에 얼굴이 달아오르고 입술을 물어뜯는 듯이 자극해 대는 그의 섹시한 입놀림에 호흡이 가빠졌다. 아프다.

이제 주도권이 바뀌어 그가 사정없이 그녀를 몰아댔다. 마치 진공청소기처럼 한새의 입술이 제욱의 안으로 고스란히 빨려 들어갔다. 그 흡인력에 온몸이 덜덜 떨리고 감은 두 눈에 플래시가 터지듯 번쩍번쩍거리는 느낌이 들며 정신이 아득해졌다.

얼마나 시간이 흘렀을까? 한새가 더 이상 참지 못하고 무너지려는 몸을 의지하려 손을 뻗었을 때, 제욱이 그녀를 밀어내며 입술을 떼자 이성을 찾은 얼굴이 후끈 달아올랐다. 두 팔이 고스란히 그의 큰 손에 감금당해 있다. 파르르 떨리는 속눈썹을 간신히 지탱하여 눈을 뜨자, 차가운 그의 얼굴이 눈에 들어왔다. 팍! 이번에는 뒤통수가 아릿아릿했다.

“뭘 보여주고 싶은 거냐? 네가 여자라는 거?”

느릿한 그의 입술 동작을 보며 한새가 얼굴을 돌렸다. 그의 눈동자에 굴욕감으로 심하게 떨고 있는 한 여자가 있었다.

"내가 아는 여자들은 이렇게 감질맛나게 키스하지 않아."

제욱이 한새의 두 팔을 놓아주고 벌떡 일어나 약국을 나가 버렸다. 지금 내가 무슨 짓을 한 거지? 정말 여자라는 걸 이따위 키스로 보여줄 수 있다고 생각한 거야? 한새가 시니컬한 웃음을 흘리며 고개를 젖혔다. 이제 눈가가 욱신거리며 젖어들기 시작했다.

비틀거리며 거리를 걷고 있는 제욱의 머리에 자꾸만 종소리가 들렸다. 그리고 그 종소리는 곧 조금 전 아주 경쾌하게 떨리던 한새의 심장 소리로 바뀌어 있었다. 코에 엉켜든 베이비 로션 냄새가 가시지 않아 갈증을 몰고 오자, 비척비척 걸음을 걸으면서도 한 손으로 계속 따끔거리는 자신의 입술을 조심스럽게 쓸어보는 제욱이었다.

"미친놈!"

하마터면 한새의 입술에 그냥 무너질 뻔했다. 갑작스러운 그녀의 공격에 온몸의 털이 쭈뼛 서고 조용히 혈관을 돌던 피들이 속도를 높이면서 그를 당황스럽게 만들었다. 모든 세포들이 들썩이는 바람에 아직 그의 온몸이 붉게 멍이 든 상태였다. 장한새. 네, 네가 날? 하아, 내가 한새와? 기가 막히다. 이건 안 될 일이다. 제욱은 자꾸만 다리가 풀리는 것만 같았다. 아니, 천하의 고제욱이 그깟 키스에 정신을 차리지 못한단 말인가? 빌어먹을! 게다가 다른 사람도 아니고 어떻게 동생 같은 녀석의 입술에 속절없이 무너져 내린단 말인가? 동생 같은……!

제욱이 걸음을 멈추고 전봇대에 머리를 기댔다. 그를 스쳐 지나가는 사람들이 모두 술주정뱅이를 대하듯 그를 힐끗거리며 피해가고 있었다. 이마를 기대고 천천히 고개를 돌려 하늘을 보니 새까맣다. 할 수 있다면 손바닥으로 하늘을 가리고 싶다는 생각이 드는 제욱이었다.

삼 일 동안 제욱은 집 안에서 꼼짝하지 않았다. 그리고 한새에게서도 연락이 없었다. 가끔 밖에서 문소리라도 나면 소스라치게 놀라 잔뜩 긴장하고 눈치를 살폈지만, 그녀는 끝끝내 나타나지 않았고 그는 허탈감마저 느끼고 있었다. 하루종일 일한답시고 컴퓨터와 전화기를 가지고 서성이면서도 그의 마음은 달나라에 가 있었다. 마음이 복잡할 때는 술을 입에 대지 않는 성격이었지만, 이제는 술이 없이는 잠이 오지 않아 점점 더 술에 의지하는 시간이 길어졌다.

오늘도 어두컴컴한 방 안에 앉아 소주를 들이키는 그의 얼굴은 복잡하기 그지없었다. 한 잔의 술이 들어갈 때마다 여린 그의 신경 하나하나가 느슨해지면서 자꾸 한숨이 삐져 나왔다.

"아이? 못된 자식!"

그가 거칠게 소주잔을 던지고 침대에 대자로 누워버렸다. 천장에 대롱대롱 매달려 있는 전등이 조금씩 흔들리더니 그를 어지럽게 만들었다. 작은 빛 하나가 그의 눈에 박히며 흐릿한 허상을 만들어냈다. 거친 숨을 들이내쉴 때마다 달콤한 베이비 로션 냄새가 점점 더 강하게 느껴졌다. 한 번 맛보았던 한새의 입술 느낌이 고스란히 되살아났다. 머리로는 인정하지 않았지만 그의 들끓는 피는 잘 알고 있었다. 계속 애벌레라고 우겨왔던 한새는 진작에 나비가 되어 그의 가슴을 간질이고 있었던 것이다. 그녀와의 키스를 회상하는 것만으로도 또다시 걷잡을 수 없는 욕망에 사로잡힌 제욱이 몸 한가운데가 부풀어 오르고 참을 수 없는 지경이 되자 바지춤에 손을 집어넣고 신음을 삼켰다. 몽롱한 가운데 그의 온 세포가 한새를 갈구하며 비명을 질러댔다.

"젠장!"

제욱이 땀으로 범벅이 된 얼굴을 한 손으로 쓸어내리며 뜨거운 입김을 내뿜었다. 축축하고 기분 나쁜 감정이 스멀스멀 온몸을 감싸고 있었다. 그는 엉거주춤 일어나 마치 오줌 싼 어린 아이처럼 어기적거리며 욕실을 향해 걸었다. 거울에 비친 자신의 모습이 가관이다. 추하고 흉물스러워 토가 다 나올 것 같다. 사춘기가 지나면서 졸업했던 몽정을 하게 되다니! 그가 멀쩡한 왼손으로 거울을 세게 내려쳤다. 아직 열기가 식지 않은 온몸에서 밤꽃 냄새가 진동하고 있었다.

"어서 오세요!"

늦은 밤, 한새가 컴퓨터에 시선을 떼고 막 들어온 사람을 보고 가볍게 인사를 했다. 하지만 곧 상대나 누군지 알아보고 나서는 다시 컴퓨터에 시선을 고정한 채 살짝 입술을 깨물었다. 삼 일 만이다.

"약 좀 줘."

갑자기 내민 제욱의 손을 보다 그녀가 다시 고개를 들어 그를 바라보았다.

"손은 왜 그래?"

"보면 몰라?"

"혹시 그 나이에 싸움질한 건 아니고. 뭐야?"

한새가 약통을 들고 와서 그의 손을 살폈다. 여기저기 피가 말라 있고 찢긴 걸로 보아 맨손으로 병이라도 깬 모양이다. 그녀가 묵묵히 그의 손을 소독하고 연고를 바른 다음 붕대를 감기 시작했다.

"한 팔은 깁스하고 한쪽은 붕대하고. 잘하는 짓이다."

아파서 얼굴을 찡그리는 것인지 제욱이 잔뜩 얼굴을 구기고 노려보는 것이 느껴졌다. 그 시선에 한새가 꿀꺽 침을 삼켰다. 잠시 그의 눈에서 뜨거운 무언가를 발견했기 때문이다.

"문 닫자. 정리해."

치료가 끝나자 제욱은 언제 그랬냐 싶게 무표정이었다. 또다시 제자리인가? 문을 닫자고 채근하는 것이 평소와 다름없음에 한새가 아무 말 없이 정리를 하는 척하며 삼 일 동안 고르고 고른 말들을 일렬종대로 나열시키기 시작했다. 아직 제자리를 찾지 못한 감정이 툭툭 불거져 나올 것 같아, 작은 행동 하나하나가 다 조심스러웠다.

제욱과 한새가 아이스크림을 먹으며 집으로 향했다. 문득 쇼윈도에 비친 헐렁한 반바지와 티셔츠, 그리고 샌들 차림의 두 사람이 묘하게 대비된다고 생각하는 한새였다. 크기도 차이나지만 피부색도 차이가 난다. 그런데 그 조화가 그녀의 마음을 사정없이 울렁이게 만들었다. 아이스크림을 핥고 있는 그의 입술을 보며 한새가 딱딱하게 얼굴을 굳혔다.

"정혜 이모는 왜 갑자기 약국을 그만둔다는 거야?"

"성진이 공부 때문에 이민을 갈까 예전부터 고민하고 있었어. 그러다가 봄부터 준비를 시작해서 이번에 비자가 나온 거지."

"그럼 약국은?"

"이모가 몇 명 소개시켜 준다고 했어."

"이모만한 사람 없을 텐데."

"그래서 그만 처분할까 생각했는데……."

"안 돼!"

제욱이 버럭 소리를 지르는 것에 한새가 살짝 미소를 지어 보였지만 미소엔 빛이 없었다. 부모님이 남겨주신 유일한 약국. 그게 자신에게 무슨 의미인지 잘 아는 제욱이 약국을 처분에 대해 반대해 주는 것이 고맙게 느껴졌다. 하지만 그 모든 것이 친구에 대한 염려하는 것을 잘 아는 한새로서는 그 뒤끝이 유난히 쓰다고 생각했다.

아이스크림을 다 먹고 나자 이젠 제욱이 슈퍼 앞 파라솔에 그녀를 이끌며 맥주와 오징어를 펼쳐 놓았다. 두 손에 깁스와 붕대를 감은 채 불편하게 움직이는 그를 바라보는 한새의 눈이 복잡하게 흔들렸다. 무슨 말을 하려고 이렇게 뜸을 들이는 걸까? 가슴에 박은 대못을 확인하려고? 그럴 필요까지는 없는데…….

그녀가 맥주 캔을 따서 그에게 내밀었다. 그리고 자신의 것을 한 모금 들이킨 다음 오징어를 먹기 좋게 찢기 시작했다.

"회사는?"

"다음 주부터."

"깁스는 이번 주 토요일에 풀지?"

"응."

간신히 손가락 끝으로만 빙빙 맥주 캔을 돌리는 제욱을 바라보며 한새가 오징어를 내밀었다. 그가 작게 손을 내저었다.

"무슨 말을 하려고 그렇게 뜸을 들여?"

더 이상 못 참겠다. 한새가 붕대가 감긴 그의 손에 시선을 두고 미리 준비해 두었던 말의 첫 마디를 내밀었다. 하지만 그는 대답 대신 빤히 그녀의 눈동자를 응시할 뿐이다.

"저번 일은 잊어. 너 나 엉뚱한 거 알지? 나도 저질러 놓고 보니 참 황당하더라. 네가 날 어떻게 생각하는지 뻔히 아는데, 나도 주책이지."

"황당?"

"응, 황당. 그래도 고제욱 입술 맛도 보고, 쇼킹했다."

일부러 오버하며 수다를 떨기 시작하는 한새의 심장은 이제 너덜너덜해지고 있었다. 그래, 이렇게 또 마무리가 되겠지. 그런 다음 아무렇지도 않은 관계로 돌아가는 거야.

"너 참 희한한 녀석이다."

이해 못하겠다는 표정을 짓는 제욱을 향해 그녀가 빙그레 웃어 보였다. 그래, 이해하지 마라. 네가 이해하려 들면 또 나만 비참해지니까.

“그걸 이제 알았냐? 그런데 왜, 그날 나한테 당한 게 억울해서 찾아온 거야?”

“그럼 넌 왜 그동안 그렇게 연락이 없었냐?”

“쪽 팔리게 어떻게 그래? 네가 보기엔 내가 여자가 아닌지 몰라도, 나도 내심 가련한 여자라고. 친구 입술을 탐한 죄, 그걸 어떻게 씻어야 하나 고민 좀 했지.”

“그래서?”

“배 째.”

또 썰렁했군. 아무리 한새가 웃는 소리를 해도 그는 점점 더 딱딱해져만 갔다. 대체 어쩌라는 거니?

“야, 네가 심각하게 나오니까 내가 더 쪽 팔리잖아. 무섭게 왜 그래? 오늘 여태 어색했던 분위기 풀어보려고 온 거 아냐?”

“너 언제까지 그렇게 살 거야?”

“뭐?”

“두루뭉술, 어색하고 힘들면 더 오버하고 아무 일 없던 것처럼 무마하는 거 말이야.”

“너도 만만치 않아.”

“그래, 우리 둘은 그게 문제지.”

두 사람 사이에 또 어색한 바람이 불었다. 한새가 말없이 맥주 캔을 홀짝거렸다. 제기랄. 고제욱, 빌어먹을 놈 같으니라고! 아예 내 멱을 따고 등을 따라!

“우리, 아이 갖자.”

한새가 맥주를 마시다가 앞으로 뿜어내고 말았다.

“더러워, 좀 닦아라.”

그가 얼굴을 찡그리며 휴지를 던져 주자 그녀가 허겁지겁 얼굴과 옷들을 닦아냈다. 지금 제대로 들은 거 맞아?

“어차피 미친 짓 하기로 마음먹은 거, 한번 해보자고.”

묘한 표정의 제욱을 보는 순간 한새는 그가 진심이라는 것을 깨달았다. 그런데 이 녀석의 목소리는 너무 담담하다. 네가 그렇게 나온다면 나라고 못할까? 그녀가 애써 아무렇지도 않은 듯 그의 말을 받아쳤다.

“어라, 그게 다 내 탓으로 들린다?”

“아마 힘들 거다.”

“뭐가?”

“우리 둘 다 예전 같지 않을 거라고.”

“사람은 변해.”

“넌 괜찮냐?”

“안 괜찮을 건 또 뭐 있어?”

“정말 내가 안 된다고 하면 다른 놈 알아보려고 했냐?”

한새가 대답 대신 고개를 돌려 버렸다.

“나, 그 꼴은 못 본다.”

막상 말을 내뱉고 나니 시원하면서도 조마조마해지는 이중적 감정을 느끼는 제욱이었다. 이 미친 심장아, 제발 진정 좀 해라! 게다가 갑자기 말을 잃은 한새 앞에서 그는 주인을 배반한 심장 때문에 숨이 턱턱 막히는 것 같았다. 하지만 그런 그와 달리 골똘히 생각에 잠겨 있는 그녀의 표정에서는 아무것도 읽을 수 없었다. 뭐야? 한새가 날뛰면서 기뻐할 줄 알았어? 아니면 질투하냐고 비아냥거릴 줄 알았던 건가? 갑자기 고무풍선에 바람이 빠지듯 허탈감을 느끼며 허둥지둥 맥주 캔을 잡았지만 성하지 않은 두 손으로는 쉽게 딸 수 없는지라 그냥 빙빙 돌리며 바라만 볼 수밖에 없었다. 혼자만의 생각에 빠져 있는 줄 알았던 한새가 그런 제욱의 모습을 보고 그의 손에서 캔을 빼어 들어 가벼운 손동작 하나로 캔을 따 그에게 건네주었다. 그리고 하얀 거품이 흘러내려 그의 손등까지 적시게 되자 티슈로 꼼꼼하게 닦아주기까지 했다.

"그럼 이젠 어떻게 해야 하는 거지?"

그걸 나한테 물으면 어떡하라고? 제욱이 목에서 제멋대로 튀어 나오려는 말을 한 모금의 맥주로 간신히 넘겨 버렸다.

"병원에 가서 우선 상담을 받아볼까?"

"상담?"

"인공수정에 대해 아무것도 모르잖아. 흠, 인터넷에서 한번 찾아봐야겠다."

헉! 아무렇지도 않게 인공수정이라는 말을 내뱉는 한새를 보자니 제욱은 갑자기 모든 세포들이 기분 나쁘게 오그라드는 것을 느꼈다. 맨 처음 아이에 대한 생각을 했을 때, 그 과정에 대해서는 진지하게 생각을 해보지 못한 관계로 그녀의 입에서 흘러나오는 단어가 낯설고 황당하게 들렸다. 마치 사이보그가 된 것처럼, 수정을 앞둔 수퇘지 취급을 당하는 것처럼 기분이 역겹다. 하긴 무엇을 바란 걸까? 뭐가 이리 실망스럽단 말인가? 아니지, 바로 며칠 전 여자라는 걸 증명하기라도 하듯 키스해 오던 자식 맞아? 속에서 알 수 없는 화가 치밀어 오르자 제욱의 목소리가 싸늘하게 가라앉았다.

"인터넷이 왜 필요해? 병원은 내가 알아볼게."

"그래, 그럼. 그리고……."

"또 뭐?"

"그러니까 이것도 일종의 계약인데 뭔가 규칙을 정해야 하지 않을까?"

"규칙?"

"그래, 예를 들어 임신이 확인되는 그날까지 서로의 연애사를 조심하자, 뭐 그런 거."

"그러니까 나보고 여자를 만나되 임신시키지 않도록 조심하라는 거냐?"

제욱이 얼굴이 벌게진 채 버럭 소리를 지르는 바람에 주위의 모든 시선이 그들에게 모아졌다. 한새가 얼굴을 찡그리고 주위를 훑어보다가 낮게 으르렁거렸다.

"좀 조용히 말할 수 없어?"

조용히? 아니, 이 상황에서 흥분 안 하게 됐어? 그래, 이건 미친 짓이야! 내가 왜 이 기집애하고 이런 말도 안 되는 얘기를 나누는 건데? 속에서 똘똘 뭉친 비뚠 사고가 그를 한없이 몰아쳐 댔지만, 그는 그럴수록 냉정해지려 애를 썼다. 그래, 장한새 네가 원한다면!

"그건 걱정할 거 없어. 여태 누구한테도 임신시킨 적도 없고, 그쪽에는 확실하니까."

"그럼 혹시……."

그녀의 얼굴이 빨개졌다. 하아, 이젠 씨 없는 수박인지 묻고 싶은 건가? 하긴 확인을 해보지 않았으니 그도 자신의 상태를 알 수 없음으로 확실하게 대답해 줄 수 없었다. 그저 침착하게 대처를 할 뿐.

"이렇게 하자. 혹시나 문제가 있다 해도 어차피 병원에 가서 검사를 받으면 알게 되니까, 우선 우리에게 어떤 규칙이 필요한지 각자 생각해 보다가 검사가 끝난 후 토의를 해 최종 결정을 하는 거야. 병원은 내가 예약해서 알려줄게."

"그래."

마지막 한 모금 맥주를 들이킨 다음 제욱이 자리에서 일어났다. 아까는 몰랐는데 거울을 깨며 생긴 상처가 심하게 욱신거리기 시작했다. 그가 자신도 모르게 얼굴을 찡그리자 한새가 그의 안색을 살피며 걱정스러운 눈빛으로 입을 열었다.

"야, 생각해 보니까 너 다쳤는데 술 마셨다. 어쩌지?"

병 주고 약 주는군.

"됐어. 이쯤이야."

그녀의 눈빛을 차갑게 외면한 제욱이 거칠게 돌아서 뚜벅뚜벅 걷기 시작했다. 조금 후, 질질 끄는 그녀의 슬리퍼 소리가 그를 따라오며 신경을 자극해 댔지만, 지금 입을 떼었다가는 또 무슨 엄한 소리를 지껄일지 몰라 그저 얼굴을 찡그리며 걸음만 재촉할 뿐이었다.

한새가 얼굴을 찡그리고 제욱을 노려보았다. 얼마 전, 대뜸 아기를 갖자고 해놓고 그 다음 이렇다 할 다른 말이 없더니 갑자기 그제 예약을 했다며 병원으로 이끌자 얼떨결에 쫓아온 그녀였다. 그런데 또 대체 무엇이 불만이란 말인가? 그의 대학 동창의 형이 하는 인공수정 센터로 불려온 한새는 제욱이 아까부터 잔뜩 마음에 안 든다는 식으로 내부를 훑어보며 얼굴을 굳히고 있는 것 때문에 불안함이 배가되는 것을 느꼈다.

"아기 없으면 어때? 우리 둘만 잘살면 되지."

"싫어, 될 때까지 해야 돼."

"젠장, 너도 힘들지만 난 뭐냐고! 만날 혼자 화장실에 앉아 잡지 보면서 끙끙대는 것도 하루 이틀이지……."

그들을 마주하고 있는 한 부부가 낮은 목소리로 다투고 있었지만, 두 사람이 하는 소리가 아주 똑똑하게 들려왔다. 그 옆에는 한 여자가 자랑스럽게 일곱 번의 시술 끝에 임신했다고 자랑하고 있는 반면, 다른 한 여자는 그 여자를 아주 부럽다는 식으로 바라보고 있었다. 복도 끝 쪽에는 초조해 보이는 부부가 서로의 손을 쓰다듬으며 격려하는 모습도 보였다.

한새는 주위의 환경을 훑어보다 다시 제욱을 보며 작게 한숨을 내쉬었다. 어쩌다가 이렇게까지 되었을까? 만약 지금 두 사람이 하려는 짓을 저들이 안다면 길길이 날뛰며 욕을 해댈 것이다. 아이를 가지고 싶어도 힘든 부부들이 넘쳐 나는 병원에 멀쩡한 두 사람이 결혼도 안 한 채 인공수정을 하겠다고 와 있으니 이 얼마나 웃기는 일이란 말인가? 한새가 제욱의 굳은 얼굴을 다시 힐끗거리며 초조함으로 땀이 배어나오는 손바닥을 연신 청바지에 닦아댔다.

"어이, 고제욱 인마, 오랜만이다."

"예, 형. 오랜만입니다."

"민국이 놈한테 네가 올 거라는 얘기는 들었지만 어쩐 일이냐?"

반갑게 인사를 하던 두 사람의 시선이 한새에게 향하는 것을 보고 그녀가 마지못해 고개를 숙여 보였다.

"누구? 부인? 자식, 소리 소문 없이 결혼했냐?"

"아뇨, 친구입니다."

"아, 그래? 그런데 왜? 이 친구가 어디 안 좋아?"

딱딱한 상담석이 아닌 소파에 마주한 세 사람 앞에 찻잔이 놓이자 한새가 냉큼 잔을 홀짝이며 두 사람의 시선에서 비켜나고자 애를 썼다. 하지만 곧 자신에게 향하는 두 사람의 시선에 떨리는 손에서 잔을 내려놓으며 침착하게 미소를 지어 보였다. 자꾸 볼에 경련이 나는 바람에 자칫 그 미소가 바보 같아 보일까 걱정하면서 말이다.

"실은……."

제욱이 잠시 비뚠 시선으로 한새를 바라본 다음 어렵게 입을 떼었다. 어쭈? 왜 날 그렇게 봐? 여기를 내가 오자고 해서 왔니? 그녀의 시선이 탁자 끝에 머물러 있는 반면 모든 청신경이 아주 간단명료하게 상황을 설명하는 제욱의 목소리로 향해 있었다.

"뭐? 그러니까 두 사람은 친구고 각자 아기를 갖는 데 합의를 봤는데, 정상적인 방법이 아니라 인공수정이 필요하다는 얘기냐?"

"네. 가능합니까?"

남자의 놀란 음성에 자동적으로 한새의 고개가 번쩍 들렸다. 하지만 곧 은테를 쓰고 있는 삼십대 후반의 닥터의 얼굴이 묘하게 일그러지는 것을 보고 당황함에 다시 고개를 숙이고 말았다. 한눈에 들어오는 제욱의 표정은 그와 대비되게 차분하다 못해 무표정이다.

"하아, 이것참 세상이 요지경이라더니, 이런 경우가 다 있나. 두 사람 친구 맞아?"

두 손을 깍지 낀 채 검지끼리 톡톡 부딪치며 두 사람을 번갈아 보는 닥터의 눈이 반짝반짝 빛이 났다. 불편한 마음에 불쾌함이 더해진다. 제욱이 차에 입을 가져가느라 대답이 느려진 틈을 타서 한새가 입을 열었다.

"네, 그것도 아주 오래된 친구죠."

"흠, 오래된 친구라…… 그건 그렇고 정상적인 두 남녀가 결혼을 하지 않은 채 비정상적인 방법으로 아기를 갖겠다는 생각을 하다니 좀 놀랍군요. 하지만 본인들이 원한다고 하니 내가 뭐라 할 입장은 안 되고, 단지 걸리는 게 있다면 두 사람이 합의하에 인공수정을 결정한 것이 윤리 문제에 어긋나느냐 않느냐 하는 건데, 고제욱 넌 어떻게 생각하냐?"

닥터가 한새의 얼굴을 피해 제욱에게 시선을 돌리며 물었다. 하지만 그는 묵묵히 찻잔을 바라보며 생각에 잠겨 있을 뿐 아무 말도 꺼내지 않았고, 세 사람 사이에 어색한 침묵이 흐를 뿐이었다.

"우선 두 사람의 건강 상태부터 체크해 보도록 하지. 그러고 나서……"

"아니, 형, 됐습니다. 제가 뭘 잘못 생각한 것 같군요. 죄송합니다."

제욱이 갑자기 벌떡 일어나는 바람에 남은 두 사람이 어정쩡하게 몸을 일으키며 우스꽝스러운 장면을 연출했다.

"지금 자세하게 설명할 수 없고, 나중에 술이나 한잔하시죠."

닥터가 제욱의 손을 마주 잡으며 당황스러운 시선을 던지자 한새가 고개를 다시 까닥해 보였다. 대체 사람을 우습게 만들어놓고 이제 와서 됐다니? 제욱의 뒤의 따르는 그녀의 얼굴이 총천연색이었다.

병원 앞 카페에 마주한 두 사람은 한마디도 꺼내지 않은 채 창밖에 시선을 두며 거의 삼십 분을 허비하고 있었다. 마침내 한새가 눈앞에 놓인 냉커피의 얼음을 와그작 씹으며 먼저 입을 열었다.

"이젠 어쩔 거야?"

"……."

"무슨 생각이 있을 거 아냐? 왜, 이제 와서 마음이 바뀌기라도 한 거야?"

차가운 얼음이 이성을 되찾아주면 좋으련만, 겨우 말문을 튼 한새의 입에서는 불이 뿜어나오는 것 같았다.

"대체 뭐가 마음에 안 드는데? 일언반구없이 갑자기 사람을 불러내서 바보를 만들지 않나, 그 닥터가 무슨 생각을 했을 것 같아? 기껏 다 설명해 놓고……."

"그건 아냐!"

제욱의 차가운 시선에 한새가 움찔거렸다. 요즘 들어 자주 보는 표정이지만, 오늘은 그 강도가 다르다. 아주 별꼴을 다 본다, 내가!

"짐승처럼 그렇게 접붙이기식으로 아기를 가질 순 없어."

"그래서 뭐 어쩌라고? 포기할까? 하아, 그럼 진작 그러든지. 왜 사람을 이랬다저랬다 흔들어놔? 누군 그러고 싶어서 너 따라간 줄 알아? 최소한 같이 저지르기로 했으면 신중하게 생각하고 행동했어야지. 이게 뭐니?"

"신중! 그래, 누군 계속 생각하지 않은 줄 알아? 그러는 넌? 거기 여자들처럼 그렇게 아기를 가지고 싶어? 어? 그런 방법으로 우리가 아기를 가지면……."

"그래서 나보고 어쩌라고!"

한새가 버럭 소리를 지르고 제욱을 노려보았다. 이제 보니 고제욱 너 못됐다. 왜 모든 탓을 나한테 돌리는 건데? 그리고 난 왜 저 녀석의 상처받은 표정에 이렇게 마음이 아픈 거야? 제기랄! 기껏 나온 말이 어쩌라고, 라니. 저 녀석인들 답을 알고 있을까?

"너 진짜 아기 가지고 싶은 거야?"

그래, 아기! 그 생각을 누구 때문에 하게 된 건데!

"그래."

"만약 내가 이 방법이 싫다면?"

"딴사람 알아봐야지."

그의 혼란스러운 표정만큼 그녀 역시 답답하긴 마찬가지였다. 아이를 가지고 싶은 이유가 바로 그의 아이이기 때문이란 걸 왜 몰라준단 말인가! 다른 남자는 안 된다는 말에 질투가 아닐까 생각했지만, 그것 역시 자신만의 오해였고 이제 와 이것도 아니고 저것도 아닌 모호한 태도를 보이는 그의 모습은 억지라고밖에 생각할 수 없었다. 때문에 한새의 입술이 제멋대로 움직였다. 그리고 스스로도 놀랄 만한 대답을 해버린 그녀는 제욱에게 상처를 주고 싶은 만큼 자신도 상처를 입는다는 것도 잊고 계속 그를 노려보았다.

"죽어도 안 된다고 했지! 아까 들었잖아. 저 방법은 말도 안 돼. 네가 딴 남자를 데리고 간다고 해도……."

"누가 저렇게 한대? 꼭 저 방법만 있는 건 아니잖아."

"너, 너 진짜…… 그래, 어디 네 마음대로 해봐!"

분노를 주체 못해 온몸을 부들부들 떨던 제욱이 탁자를 엎어버리고 밖으로 뛰쳐나가 버렸다. 한새가 멍한 기분이 되어 그가 사라진 쪽을 바라보았다. 놀란 종업원이 뛰어와 사태를 수습하느라 쩔쩔매고 주위 사람들이 호기심 가득한 눈으로 그녀를 바라보자 그제야 정신이 든 한새가 머리를 숙여가며 종업원과 주변 사람들에게 사과를 하기 시작했다. 꽉 쥔 손과 이마에 식은땀이, 눈가에 물기가 가득 차 오른다.

오랜만에 제욱이 출근하자 회사에 때아닌 한파가 들이닥쳤다고 소곤대는 소리가 들렸다. 그동안 집에서, 회사에 간간이 들러 일을 처리했다 해도 출근한 그에게 주어진 일은 산더미였다. 한 달 만에 깁스를 풀고 보호대를 했건만 아직 불편한 팔 때문에 짜증이 가시지 않았다. 뿐만 아니라 얼마 전부터 그를 못살게 구는 한 생각이 그를 거칠게 폭주하게 만들었다. 때문에 그와 부딪치는 사람들이 벌벌 떨며 그의 눈치를 보고 있었다.

"누가 마음대로 이렇게 진행하라고 했냐?"

"저번에 메일 보내 드렸는데요. 대아그룹에서도 DA필름에서 제작한 영화 티저 광고를 바탕으로 하게 되면 영화 홍보도 되고 그룹 홍보도 되고 일석이조라고 해서 말이죠. 그리고 감독님이 만든 그 티저 광고의 호응도가 좋았기에 당연히……."

"두 마리 토끼를 잡으려다가 하나도 못 잡으면 어쩔 건데? 그따위 시시껄렁한 로맨스 영화를 바탕으로 그룹 광고를 하겠다니, 너 지금 나랑 장난하자는 거야?"

"죄송합니다."

"1팀에서 제작한 기획서 가져오고, 대아에 다시 연락해!"

조감독이 나가자 그가 무너지듯 의자에 쓰러졌다. 하루종일 소리만 질렀더니 목이 컬컬했다. 제욱이 냉장고를 열고 음료수를 찾다가 언젠가 한새가 놓고 간 드링크제가 눈에 들어오자 신경질적으로 물병을 꺼내며 부수듯 냉장고 문을 닫아버렸다. 벌컥거리며 물을 들이키는 그의 눈에 천천히 붉은 옷으로 갈아입는 도시가 눈에 가득 들어왔다. 저 노을 끝쯤에 녀석이 있겠지? 한 치의 흔들림 없는 눈으로 네가 아니면 다른 남자가 없겠냐고 대들던 녀석은 지금 자신의 속이 뒤집어지는 줄도 모르고 오늘도 무심한 눈빛으로 노을을 바라보며 약국을 지키고 있으리라. 제욱이 빈 생수병을 이리저리 흔들어보다가 거칠게 구겨 버렸다. 무엇에 대한 갈증인지 모르지만 그 갈증은 쉽게 사그라질 것 같지 않았다.

그 시간, 멍하니 약국에 앉아 있는 한새의 모습은 처량맞기 그지없었다. 곁에서 아무리 정혜가 그녀의 관심을 끌고자 이러쿵저러쿵 떠들었지만 그녀는 건성으로 짧게 대답할 뿐 도통 아무 관심이 없는 듯했다.

"내일 약사 두 명이 면접 보러 올 거야. 아무리 내가 잘 아는 사람들이라고 해도…… 야, 장한새, 듣고 있어?"

"응."

"내가 뭐라 그랬는데?"

"뭐라 그랬어?"

"하아, 기가 막혀. 너 요즘 왜 이래? 무슨 일이야?"

"무슨 일은. 그나저나 누가 온다고?"

"내가 말을 말아야지. 대체 너도 그렇고 갑자기 제욱이도 그렇고, 니들 싸웠니? 또 싸운 거야? 쯧쯧. 만날 싸우고도 또 싸울 일이 남았다니, 정말 신기하다."

"이모, 미국 언제 가?"

한새가 빙그르 의자를 돌려 말문을 돌리며 정혜를 바라보자 그녀가 잔뜩 인상을 썼다.

"다음 달에."

"나도 따라갈까?"

"뭐?"

"이모까지 가버리면 너무 쓸쓸하잖아."

"제욱이랑 제연이는 어떡하고?"

"그놈이랑 나랑 뭐라고 자꾸 말끝마다 제욱이 제욱이 하는 거야?"

정혜가 뭔가 말하려다 말고 입을 꾹 다물었다. 한새의 눈빛이 저렇게 흔들리는 것은 처음 본다. 제욱의 얘기를 할 때마다 가끔 욕을 퍼붓거나 신경질적인 반응을 보이기도 했지만 저렇게 상처받은 눈빛이라니! 무슨 일이 있음에 틀림없다.

"오고 싶으면 천천히 정리하고 와. 비자 신청한다고 해도 당장 쉽게 나오는 것도 아니고. 내가 가서 초청장을……."

"됐어."

한새가 어깨를 축 늘어뜨리고 다시 컴퓨터를 바라보자 정혜가 한숨을 내쉬었다. 정말 무슨 일이 있는 것 같은데, 제욱이 놈에게 물어봐야 하는 건가? 그녀가 이마를 문지르며 한새의 뒷모습을 바라보았다. 너무 위태로워서 손을 댔다가는 그냥 무너질 것 같았다.

벌써 일주일이 넘었다. 나쁜 자식! 병원에서도 그렇고, 카페에서도 그렇고 그렇게 사람을 개망신을 주고 아무 연락도 없다니! 한새는 아무리 제욱의 입장에서 그를 이해해 보려 했지만 이번에는 그게 어려웠다. 이제 정말 돌이킬 수 없이 틈을 만들어 버렸는지 선뜻 그에게 전화하는 것도 힘들었고 뭐가 어떻게 된 건지 자꾸만 엉켜드는 기분이 딱 죽고 싶다는 생각만 들었다.

그녀가 터버터벅 발걸음을 옮기다 우뚝 제욱의 집 앞에서 멈추어 섰다. 어두컴컴한 것 보면 아직 퇴근하지 않은 듯한데, 설마 제연 누나를 내팽개친 건 아니지? 그러고 보니 저번 토요일 제연이 오는데도 들여다보지 못했다. 아마 녀석도 자신과 함께 진하네 집에 가기로 한 것도 잊어버렸으리라. 한새가 그의 집 대문을 한참

노려보다가 골목 끝 헤드라이트 빛이 점점 가까이 다가오는 것을
보고 허둥지둥 집 안으로 몸을 숨겼다. 제욱이 택시에서 내려서며
투덜거리는 것이 보였다. 그의 축 늘어진 어깨가 안쓰럽다고 느끼
는 한새였다.

제욱이 갑자기 뒤통수를 타고 흘러내리는 찌르르한 느낌에 온
몸을 딱딱하게 굳히며 걸음을 멈추고 말았다. 오후 내내 대아그룹
홍보팀과 회의를 하고 미처 끝내지 못한 이야기 때문에 홍보실장
이경표가 이끄는 대로 가까운 레스토랑을 찾은 차였다. 그런데 그
식당 문을 열자마자 보이는 한새의 모습에 놀란 그가 순간 훅 하
고 거친 숨을 내뱉었다. 그런데 곁에 있던 이경표가 얼굴에 가득
웃음을 띠며 그녀에게 다가가는 모습을 보자 이젠 눈이 불에 덴
듯 따끔거리는 것을 느꼈다.
　"한새야, 안 헤매고 잘 찾아왔어?"
　"어? 어."
　"아, 미안. 아직 일이 끝나지 않아서 그런데 잠시 기다려 줄래?"
　아니, 저 어울리지 않는 꽃무늬 원피스랑 구두는 다 뭐야? 제욱
이 한새와 이경표가 얘기를 나누는 모습을 보며 천천히 가까운 테
이블로 향했다. 어금니에 힘이 들어가고 두 주먹에 힘이 실린다.
일부러 그들을 등지고 앉아 창밖을 바라보았으나, 둘이 나누는 이
야기가 고스란히 그의 귀에 흘러들어 왔다. 나누는 말투로 보아
처음 만난 사이는 아닌 것 같은데. 제욱이 재빠르게 머리를 돌려
이경표에 대한 데이터를 훑었지만 아무리 생각해 봐도 두 사람 사

이에 공통점을 찾을 수 없었다. 설마 그녀의 흔하디흔한 첫사랑 중 한 명인가? 아니면 며칠 안 보는 사이에 드디어 그녀가 원하는 딴 남자를 찾은 건가? 눈앞에 세팅된 식기들을 노려보는 그의 눈에 알 수 없는 분노가 활활 타오르고 있었다.

"아, 고 감독, 미안합니다. 실은 선약이 있었는데 일이 늦어지는 바람에……. 참, 한새와는 친구 사이라고 하지 않았나요?"

한새. 그의 입에서 친밀하게 흘러나오는 이름이 마음에 들지 않았지만, 제욱이 아무렇지도 않은 척 물 잔을 잡으며 고개를 끄덕여 보였다. 아, 그러고 보니 언젠가 사무실에서 그녀의 이름을 묻던 이경표의 모습이 생각이 난다.

"세상 참 좁죠? 그렇게 찾을 때는 안 찾아지더니, 한새와 고 감독이 둘도 없는 친구일 줄은……."

이경표의 탐색하는 눈빛이 그의 눈앞에 있었고, 뒤통수에는 한새의 알 수 없는 눈빛이 끈적끈적하게 달라붙어 있었다. 제욱이 내심 불편한 마음을 숨기느라 무표정해진 얼굴로 종업원이 가져온 커피 잔을 들며 입을 열었다.

"우선 하던 이야기를 마무리 지어야 하지 않을까요?"

두 남자가 곧 일에 집중하여 이야기를 하기 시작했다. 이야기 나누는 중간중간 이경표가 한새 쪽을 쳐다볼 때마다 제욱의 눈이 가늘어졌다.

모든 얘기가 끝난 후, 제욱에게 인사를 건넨 이경표가 한새의 테이블로 되돌아가는 것을 보며 제욱이 두 사람을 무시해 버리고 재빠르게 레스토랑을 빠져나왔다. 그리고 온몸이 알 수 없는 분노로 뜨거워져 견딜 수 없게 되자 어스름한 거리를 무작정 걷기 시작했다. 빠른 속도로 그를 스쳐 가는 차들과 도시의 어둠이 뿜어내는 요란한 불빛들 때문에 곧 지치는 것을 느꼈지만 그는 멈출 수가 없었다. 자꾸만 잠시 훔쳐보았던 한새의 새치름한 표정이 그의 등에 따라붙는 것 같아 홀린 사람처럼 걷고 또 걷는 제욱이었다.

어찌하다 보니 약국 앞이다. 중간에 걷다 지친 제욱이 노곤해진 다리로 무작정 버스를 탔고, 종점에서 다시 택시를 타고 집으로 돌아오던 중 늘 그랬던 것처럼 약국 앞에 내려서 멍한 기분으로 약국을 쳐다보았다. 깜빡이는 약국 간판이 그를 내려다보며 이죽거리는 것 같았다.

'대체 사람이 말을 하면 딱 한 번에 듣는 적이 없어요!'

얼마 전에 꼭 고치라고 그리 일렀건만, 덜렁이는 녀석이 또 까먹었나 보다. 제욱이 뭔가 한마디 하려고 약국 문을 열려 했을 때, 정혜가 먼저 그를 알아보고 문을 열어 반겨주었다. 아! 한새는 그놈과 함께 있지? 제욱이 당황스러움에 문고리를 잡고 멍한 표정을 지었다.

"어머, 오랜만이다, 제욱아. 그런데 왜 혼자야? 한새는?"

"네?"

"니들 오늘 화해하는 거 아니었어?"

"그게 무슨……."

"한새가 아까 너한테 전화하는 거 같던데. 아니었나?"

대체 정혜가 무슨 말을 하는 건지 제욱은 종잡을 수 없었다. 지금 녀석은 이경표와 실실거리며 저녁을 먹고 한잔하면서 데이트라는 것을 하고 있을 것이다. 그런데 왜? 그가 주머니에서 휴대전화를 꺼내 바라보았다. 그리고 곧 오후에 회의를 하면서 휴대전화를 꺼두었다가 다시 켜지 않은 것을 발견했다. 휴대전화의 전원을 켜는 제욱의 손길이 미약하게 흔들렸다.

[두 번째 메시지입니다. ……고제욱! 누님이시다! 자식 언제까지 삐쳐 있을 거야? 너 그러면 그럴수록 불리한 거 몰라? 얼른 대화로 풀자. 답답해 죽겠네, 씨이! ……세 번째 메시지입니다. ……흠. 기집애마냥 전화기를 꺼놓은 건 아닐 테고? 회의 중인가? 좋아, 누님이 양보해서 오늘 저녁 산다. 꼭 전화해라. 알았지? 반복 신청을 원하시면 1번, 삭제는 2번…….]

제욱이 1번을 꾸욱 누르고 쫑알대는 한새의 목소리를 다시 들었다. 지금껏 혼란스럽던 마음이 조금 진정되는 것 같았다.

한새가 멀어져 가는 택시를 보며 손을 흔들다 돌아섰다. 그리고 천천히 골목 어귀를 들어서며 미간을 찌푸렸다. 오늘 경표를 만나 무슨 이야기를 했는지, 무엇을 먹었는지 아무 생각도 나지 않는다. 유일하게 그녀의 뇌를 장악하고 있는 것은 자신을 매섭게 쏘아보던 제욱의 눈초리였다. 어젯밤 그의 축 처진 어깨와 무거운 발걸음을 보게 된 그녀가 둘 사이에 놓인 찜찜함을 지워보고자 다시 한 번 크게 용기를 냈었는데, 그에게서 돌아오는 반응이란 싸늘하기 그지없었다. 이제 서운함을 넘어 화가 치밀어 오른다. 나쁜 자식! 힘들어하는 것 같아서 조금 용서해 주려 했더니만. 뭐야,

꼭 바람난 여자를 바라보듯 하는 그 눈초리는? 한새는 제욱의 냉랭한 모습이 신경 쓰였지만, 그 모습 때문에 전전긍긍하는 자신의 모습도 마음에 들지 않았다. 이게 다 빌어먹을 고제욱이 벌인 일 때문이다. 그런데 자신은 또 어떤가? 그것이 말도 안 되는 것임을 잘 알면서도 헛된 망상을 품으며 녀석을 더 부추기지 않았던가? 정말 엉망진창 속수무책이다. 지금껏 제욱과 지내오면서 이렇게 힘든 적은 처음이었다. 이젠 친구도 뭐도 아닌 정말 남남이 되는 건 아닌지.

이런저런 복잡한 상념에 잠겨 있던 한새가 대문 앞에 다다라 편지함 속에 있는 열쇠를 꺼내려 손을 넣고는 더듬거렸다. 그런데 열쇠 대신 익숙한 목소리가 그녀의 등을 두드리며 잔뜩 긴장하게 만들었다. 갑자기 동시에 마주치는 반가움과 분노가 전혀 반갑지 않았다.

"이거 찾아?"

고개를 돌려보니 편안한 옷차림의 제욱이 한 손에는 맥주를 든 채 그의 집 현관 앞에 앉아 이쪽을 바라보고 있는 것이 보였다. 발밑에 구겨져 있는 맥주로 보아 꽤 오랜 시간 그러고 있었나 보다.

"그걸 네가 왜 가지고 있어?"

"이모가 내일 못 오신다고 오늘 결산한 장부를 갖다 놓으라고 하셔서."

느릿하게 걸어오는 그의 눈빛이 심상치 않았다. 애써 평정을 가장하고 있었지만 딱딱하게 굳은 입매가 지금 그의 심기가 얼마나 사나운지 말해주고 있었다.

"편지함에 넣어두면 될 걸."

"장한새, 네가 이런 옷도 입냐?"

열쇠를 받아 든 한새가 현관문을 열려 했을 때, 등 뒤에서 낮게 빈정거리는 그의 목소리가 그녀를 발끈하게 만들었다. 순간 기분이 상한 그녀가 뭔가 한마디 하려고 돌아섰으나 그가 불쑥 맥주 캔을 건네는 바람에 그대로 꾹 입을 다물고 말았다. 이건 무슨 의미지? 화해, 아니면 불난 집에 부채질하기?

"장한새가 그렇게 차려입고 데이트를 하다니, 정말 의외다."

역시 염장이군. 문을 열고 들어간 한새가 대답할 가치가 없다는 듯 구두를 벗고 잔디에 철푸덕 앉아 발을 주물렀다. 제욱이 정원 옆 나지막한 돌 둔덕에 앉아 그녀를 내려다보며 다시 칭얼거렸다.

"그 남자냐?"

"뭐가?"

"네 아이의 아버지로 고른 남자가 바로 그 남자냐고."

그의 빈정거림에 한새가 발 주무르던 것을 멈추고 그를 노려보았다. 염장도 이 정도면 살인 수준이다. 하지만 이렇게는 죽기 싫다. 그녀의 입매가 보기 싫게 일그러졌다.

"글쎄, 두고 보면 알겠지."

"두고 본다라…… 넌 못해. 내가 아는 장한새는 사랑하지도 않는 남자랑 섹스 같은 건 못하는 여자니까."

"내가 그 사람을 사랑하지 않을 거라고 어떻게 단언하는데?"

"널 옆에서 봐온 게 자그마치 십삼 년이야. 네가 사랑하는 남자가 생겼다고 할 때마다 다 봤지만 그 남자는 아니다."

말을 마친 제욱이 맥주 캔을 입으로 가져가면서 고개를 젖히자 남성다운 목젖이 움찔거리는 것이 보였다. 그와 맞춰 주먹을 쥔 한새의 손에도 힘이 들어갔다.

"좋아, 네 말이 맞다고 치자. 그런데 내가 사랑하지 않는 남자와는 섹스를 못한다고 누가 그래?"

"너, 너!"

그의 얼굴이 붉게 물들며 험악하게 일그러지는 것에 한새는 통쾌함을 느꼈다.

"못하는 게 아니라 안 한 거야. 그쪽에 재미를 못 붙여서 그렇지, 혹시 알아? 늦게 배운 도둑질에 밤새는 줄 모른다고 막말로 속궁합이 잘 맞는 남자를 만나서 한순간에 팜므 파탈로 돌변할지?"

경악! 그의 눈에 들어난 것은 분명 경악이다. 그러나 한새 역시 그 못지않게 자신이 한 말에 스스로 놀라고 있었다. 하지만 내색할 수 없음에 붉어진 얼굴을 돌리고 바닥에 놓여 있던 맥주 캔을 집었다.

"내가 잘못 봤군."

"그렇지. 잘못 봐도 한참 잘못 봤어."

"그럼 나하고도 할 수 있냐?"

한새의 동작이 한순간에 딱 멈춰졌다. 고개를 돌리니 이제 경악을 벗겨낸 제욱의 눈에 검디검은 빈정거림이 가득한 것이 보였다. 두 사람의 시선이 허공에서 잠깐 얽히며 커다란 진동을 만들어냈다. 그가 먼저 고개를 돌리고 피식 웃어 보였다.

"풋, 내가 미쳤다. 관두자. 한 번도 여자로 본 적이 없는 너랑 어떻게 섹스를 한다고……."

빌어먹을, 지금 내가 무슨 이야기를 하는 거지? 제욱은 요 며칠 자신을 괴롭히는 불쾌함이 또다시 목을 죄여오자 미칠 것 같은 기분이 들었다.

"하, 한 번도?"

떨리는 한새의 목소리에 제욱이 움찔거렸다. 그녀의 창백한 얼굴을 보자니 가슴이 뜨끔거리며 얼마 전에 그녀가 했던 키스로 당황했던 자신의 모습이 떠올랐다. 살짝 깨물고 있어 더 도드라져 보이는 그녀의 입술이 눈에 가득 들어찼다. 솔직히 말해봐. 저 입술이 그리웠잖아. 가슴속 한 목소리가 그를 채근했다. 미쳤어? 동생 같은 여자를 두고 무슨 상상을 하는 거냐? 다른 목소리가 그를 꾸짖었다. 제욱이 그녀 모르게 살짝 고개를 젓고 무덤덤하게 보이도록 애쓰며 입을 열었다.

"한 번도."

자신이 듣기에도 소름 끼치는 목소리다. 한새가 곧 평정을 되찾으려는 듯 맥주를 벌컥벌컥 들이키고 정면을 바라보았다. 그녀의 입술에 하얀 거품이 아슬아슬하게 달려 있자 제욱은 그 거품을 혀로 쓸어보고 싶었다. 아무렇지도 않은 척하고 있지만 자신이 한 말에 충격을 받아 하얗게 질려 있는 그녀의 뺨에 온기가 돌아오도록 입술로 마구 비벼대고 싶었다. 젠장! 정신 나갔어! 그가 머리 속을 휘젓는 생각을 내치듯 복식호흡을 하며 그녀와 같은 방향을 바라보았다. 그 끝에 주인 없는 개집이 페인트가 벗겨진 채 나뒹구는 것이 보였다.

“너 똘강이 생각나?”

“뭐?”

“똘강이가 갑자기 없어져 버리는 바람에 울고 있을 때 네가 그랬지, 잃은 것에 대해 더 이상 연연해하지 말라고.”

똘강이는 똘똘한 강아지의 준말로 아주 오래전에 한새가 키우던 강아지다. 뜬금없이 잃어버린 강아지 이야기는 왜 꺼내는 거야? 제욱이 한새가 말하고자 하는 것을 헤아려 보기 위해 그녀의 얼굴을 바라보았다. 창백한 볼에 푸른 핏줄이 얽혀 실룩거리고 있는 것이 보였다.

“내가 정 준 것을 어떻게 잊냐고 널 다그치니까 네가 뭐라 그랬는지 기억나?”

“이제부터 정은 주지도 말고 받지도 마라.”

“크큭. 그래, 그랬어. 애늙은이 같았지. 난 그때 네가 너무 밉고 싫었다. 그동안 우리가 그렇게 예뻐했던 똘강이가 없어졌는데도 눈 하나 깜짝하지 않는 네가 너무 냉정해 보였거든. 그런데 나중에 똘강이가 저기 시장 골목 개소주집에 끌려가서 누군가의 몸보신감이 되었다고 했을 때, 그 집 봉고차 타이어를 누군가 다 찢어버린 일이 있었지. 한참 후에 바로 그 누군가가 너란 걸 알고 다시 마음을 바꾸었어.”

“……”

“너 역시 똘강이를 잊지 못했다는 것에 얼마나 안심이 되었는지 몰라.”

“무슨 얘기를 하고 싶은 건데? 갑자기 똘강이 얘기가 왜 나와?”

"아, 무슨 이야기를 하려고 했더라? 음…… 그래, 난 솔직히 그 동안 네가 수많은 여자들을 갈아치우는 걸 보면서 뼛속까지 바람둥이인 줄 알았거든? 그런데 지금 보니까 넌 정을 주고 난 후 상처받는 게 두려워서 그런 거란 생각이 든다."

"무슨 근거로?"

"내가 그 근거야. 네가 날 한 번도 여자로 보지 않았다는 건, 그렇게 되면 여태 우리가 함께 지내면서 쌓아놓은 우정을 배반하는 게 되고, 그 상처가 만만치 않을 테니 넌 그게 무서워서 날 여자로 보는 것을 피해왔던 거지. 즉 친구라는 관계하에 난 고제욱의 마수에서 살아남을 수 있었으니 고맙다고 해야 하나?"

맞는 말인지도 모른다. 하지만 정곡을 찔린 심장이 발악을 하듯 잔뜩 비뚤어졌고 그의 대답 역시 형편없이 비틀려 나왔다.

"뭐, 그 정도로 고맙기까지."

아무리 엉뚱한 녀석이라도 저렇게까지 생각할 줄은 꿈에도 몰랐다. 그런데 조금 전 그녀가 한 얘기는 바로 이어지는 말이 주는 충격에 비하면 새 발의 피였다.

"그런데 말이야, 내가 널 유혹하면 어쩔래?"

고개를 돌린 그녀가 자신을 빤히 바라보자 제욱은 온몸에 화르르 불이 붙는 것 같았다. 반사적으로 그의 눈동자가 희미한 불빛 아래 흐트러진 원피스 아래로 드러나는 그녀의 실루엣을 훑었다. 아찔했다.

"재미있겠어. 네 유혹에 넘어가서 아기를 갖는다니, 상상만 해도 짜릿한걸?"

일부러 평정을 가장하며 농처럼 입을 떼었지만, 머리 속에서 그
는 벌써 그녀의 옷깃을 헤치고 있었다. 그러나 그것도 잠시, 한새
가 자조적으로 중얼거리는 소리에 제욱의 은밀한 상상이 산산조
각으로 부서져 버렸다.
　"너도 사랑하지도 않은 여자를 안고 뒹구는데, 나라고 못하겠
어?"

한새가 입술을 꾹 깨물고 쿠션을 껴안은 채 거실 창문에 기대앉았다. 조그만 정원에 내려앉은 밤이 무거워 보인다.

"관두자. 한 번도 여자로 본 적이 없는 너랑 어떻게 섹스를 한다고……."

벌써 확인 사살을 당하는 것도 두 번째다. 하지만 이번엔 저번처럼 온몸으로 자신이 여자임을 증명하는 대신, 그가 아니어도 충분히 다른 남자와 관계를 가질 수 있는 여자라는 점을 부각시킨 그녀였다. 그것이 통했는지 제욱의 반응이 의외로 빠르고 강하게 튀어나왔다.

"괜히 고민했잖아. 네가 그럴 수 있다면 딴 여자를 찾아볼 필요도 없겠네. 어때, 다시 시작하는 건?"

“빈정거리는 거 빼고 말해.”

“진심이야. 오늘 장한새가 다르게 보인다. 이젠 여자로 보도록 노력해 볼 테니까 같이 아이 만들어보자.”

“……”

“왜, 또 생각해 보니까 자신없어?”

“네가 여태 여자들을 어떻게 다루었는지 잠시 생각했어.”

“내 아이의 엄마라면 달라질 수도 있겠지만, 알다시피 기대는 하지 않는 게 좋을 거다.”

“기대라…… 그런데 여자들이 너한테 그렇게 안달하는 이유가 뭐야?”

“글쎄, 한번 안겨봐.”

“미친놈. 재수없어.”

“나도 안다. 어때, 계약 성립?”

하지만 생각 외로 제욱의 태도는 너무 가벼웠다. 그동안 두 사람 사이에 끼어 있던 긴장감이 거짓이라는 듯, 마치 예전 학창시절에 시험을 볼 때마다 누가 더 성적이 좋을까 내기를 했던 것처럼 너무 쉽게 계약을 내뱉었다. 그것도 함께 섹스를 해서 아기를 만들자는 계약을! 그녀 역시 가볍게 고개를 끄덕여 주었지만 한편 마음은 씁쓸하기 그지없었다. 친구라고, 여자가 아니라고 박박 우기는 녀석 때문에 아팠던 것보다 배는 더 가슴이 아린다.

한새가 쿠션에 고개를 박고 머리를 흔들었다. 너무 힘들게만 생각하지 말자. 난 제욱의 아이를 원한다. 비록 두 사람의 사랑이 아닌 엉뚱한 불장난 같은 계약으로 생긴 아이라도 아빠와 엄마가 정말 사랑해서 태어났다고 느낄 수 있을 만큼 아주 열렬히 사랑할 것이다. 그럼 언젠가 녀석 때문에 생긴 마음의 상처 따위는 단단해지고 어떤 고통이 비벼대도 끄떡하지 않을 수 있으리라. 난 친구라는 이름을 버리고 엄마라는 이름을 택한다. 그래, 녀석에게서 내가 원하는 것만 얻자. 한새가 쿠션을 베고 누워 고개를 젖히고 하늘을 바라보았다. 손톱만한 달이 떠 있었다.

"내가 이상해졌다고, 변했다고 투정 부리지 마. 그게 여자들을 대할 때의 고제욱이니까."

하지만 잠이 들기 전 제욱이 등을 돌리고 가며 했던 말을 어렴풋이 기억해 낸 그녀는 밤새 그의 발등에 차이는 꿈에 시달려야 했다.

사진 속 한새가 한참 큰 그의 어깨에 손을 얹고 장난스럽게 웃고 있었다. 제욱이 사진을 바라보며 얼굴을 손으로 쓸다가 덮어놓고 한숨을 쉬었다.

"내가 널 유혹하면 어쩔래?"

아주 오래전에 시작된 유혹에 드디어 두 손을 들고 말다! 그는 오늘이 그의 인생에 아주 중요한 전환점이 될 것이라는 것을 확신했다. 그 말도 안 되는 계약이 어쩌면 한새의 말처럼 특별한 가족을 만들어줄 수 있을지는 몰라도, 그동안 피붙이처럼 생각했던 그녀를 가슴에서 영영 지워야 한다는 생각에 아련한 추억과 그리움이 밀려들며 그의 가슴을 뻐근하게 만들었다.

"너도 사랑하지도 않은 여자를 안고 뒹구는데, 나라고 못하겠어?"

아무리 곱씹어봐도 화가 난다. 워낙 엉뚱한 녀석이었지만 늘 귀엽게만 보았던 여동생 같은 한새의 입에서 그런 말이 나올 줄은 상상도 못했다. 덕분에 남자의 본성이 이성을 이겨냈다. 이제는 친구가 아닌 남자 고제욱이 어떤 놈이지 제대로 보여주고 싶다는 오기가 발동했다. 그리고 막상 그 유혹에 넘어가기로 결정하자 그녀는 여태 늘 비슷한 패턴을 보여주었던 다른 여자들과 사뭇 다를 거란 기대감도 들었다. 하지만 그동안 한새와 쌓아왔던 친밀함에 대한 그리움이 아직 완전히 사라지지 않은 이상, 녀석이 자신에게 실망하고 상처를 받을지 모른다는 복잡한 마음이 완전히 가신 건 아니었다. 이 부담감을 덜려면 철저하게 나쁜 놈이 되어야 하리라.

제욱이 벌떡 일어나 창문으로 다가갔다. 하얀 쪽 달 밑에 한새의 방 창문이 환하게 불을 밝히고 있는 것이 들어왔다. 그가 신경질적으로 커튼을 치며 낮게 욕지거리를 내뱉었다.

새로 약국에서 일하게 될 여자를 보며 한새는 영 정이 안 들 것 같다는 느낌을 받았다. 이모가 골랐으니 어련하겠느냐마는 수다스러운 것 하며 과다하게 친절한 것과 의외의 미모를 가지고 있는 것도 마음에 들지 않았다. 게다가 지나치게 남의 일에 관심이 많다는 것은 더 더욱 싫었다.

"어머, 언니! 애인 있구나? 와우, 꽃이 너무너무 예뻐요!"

어제 제욱과 계약 비스무리한 것을 구두로 성립시키고 아직 얼떨떨한 그녀에게 오늘 오전에 꽃이 배달되어 왔다. 제욱이다. 함께 온 카드에는 오늘 저녁에 함께 식사를 하고 싶다는 내용이 간단하게 적혀 있었는데, 기분이 좋아야 함에도 불구하고 별로 유쾌하지 않은 건 왜인지. 그런 그녀의 마음을 모르는 지희가 곁에서 계속 호들갑을 떨어댔다.

"언니, 데이트 간다면서 이러고 계실 거예요? 제가 약국은 잘 보고 있을 테니 옷이라도……."

"누가 데이트래? 지희 씬 일이나 해."

한새가 휴대전화를 조몰락거리며 방방 뜨는 지희에게 인상을 써 보이자, 그녀가 실망스러운 기색을 감추지 못하고 조제실로 쏙 들어가 버린다.

〈꽃 고마워.〉

한참을 망설이다 겨우 한 줄 문자를 보냈다. 그리고 정말 오늘 저녁 그를 유혹하기 위해 옷이라도 사 입어야 하는지 심각한 고민에 빠져 허우적대기 시작했다.

두근두근거리는 가슴을 다독이며 레스토랑 문을 열었을 때, 창가에 앉아 있는 제욱이 보이자 한새가 심호흡을 하며 곁에 있는 지원군의 손을 꼭 잡았다. 스트라이프 무늬 셔츠의 소매를 대충 걷어붙이고 턱을 괸 채 앉아 있는 그의 모습은 눈이 튀어나올 만큼 멋져 보였다. 그런데 그녀는 머리를 하나로 질끈 묶고 청 롤업 칠부 바지에 간단한 티셔츠 차림이다. 게다가 발엔 질질 끌리는 조리. 딱 한마디로 집 앞 슈퍼에 양파 사러 가는 패션이라고나 할까? 실은 오늘 오전, 제욱의 꽃을 받고 어떤 옷을 입어야 하나 한참 고민을 했었다. 하지만 갑자기 진하의 할머니께서 진하를 부탁해 오시는 바람에 옷이나 머리에 신경 쓸 여유가 없었다. 겉으로는 첫 데이트도 아니고 다 아는 처지에 꾸밀 필요까지 있나 하는 똥배짱이었지만, 화려하기 그지없는 레스토랑의 인테리어와 거기에 잘 어울리는 제욱의 모습을 보자니 그 여유가 얼마나 부질없는 것이었는지를 깨닫는 한새였다. 그러나 어쩌랴? 이미 왔는걸. 한새가 씩씩하게 진하를 앞세워 걸으며 마음을 다졌다.

"아니, 너?"

역시나 실망과 놀라움이 교차하는 눈초리가 그녀를 맞는다.

"진하야, 인사해야지. 아저씨 안녕하세요, 해봐."

일부러 그의 시선을 외면한 한새가 수줍게 그녀의 손을 잡고 뒤로 숨으려고만 하는 진하를 부드럽게 닦달했다.

"진하, 잘 지냈니?"

제욱이 다정한 목소리로 진하를 알은체를 하자 그제야 아이가 고개를 꾸벅 숙여 보였다. 하지만 곧 자리에 앉아 메뉴판을 집어 들었을 때, 그가 낮게 으르렁거리는 소리에 한새가 뚱한 표정을 지었다.

"장난하냐?"

"뭘?"

"아니, 여기가 어디라고…… 됐다. 관두자."

"그러게 뭘 이런 데로 오라고 하고 난리야? 나 느끼한 거 먹으면 탈나는 거 알면서."

"그래도 난 첫 데이트랍시고 많이 생각한 건데, 젠장. 역시 아주 장~한새다."

"내가 뭘?"

"설마 그 꼴로 날 유혹하겠다고 하는 건 아니겠지?"

"이미 계약 성립된 거 아니었어?"

"밥 먹고 얘기하자."

제욱이 딱딱하게 얼굴을 굳히고 그녀를 바라보다가 진하를 보며 상큼한 미소를 지었다. 그 모습이 딱 두 얼굴의 아수라 백작이다. 어쩜 저리 능청스러울까? 한마디 톡 쏘아주고 싶은 것을 참으며 한새가 메뉴판을 뒤적였다. 눈이 튀어나올 만큼 비싼 이태리 요리들. 이런 식으로 여자들의 머리에 헛바람만 팍팍 쐬어놨으니 그리 안달복달하겠지. 나랑 삼겹살 먹으러 가서는 지갑을 열 때마다 벌벌 떨던 자식이 역시나 여자들 앞에서는 신사로 보이려고 이런 허세를 부린다 이거지? 메뉴를 훑는 머리에 스팀이 팍팍 올라오는 것을 느끼며 한새가 제일 비싼 정식을 가리켰다. 먹고 다 토하는 한이 있어도 나도 한번 여자 대접 좀 받아보자!

"오늘 무슨 컨셉트야? 나 열받게 만드는 컨셉트?"

"뭘?"

"다른 남자들하고 데이트할 때도 그러고 나갔냐? 게다가……."

힐끗 진하를 바라보던 제욱이 재빨리 입을 닫으며 얼굴을 찡그렸다.

"언제 적 일인데 그걸 다 기억해. 너야 한 달도 안 됐으니 그 모든 매너가 몸에 아직 남아 있는지 몰라도, 내가 너랑 같은 줄 알아?"

"피식. 너한테 뭘 바란 내가 바보지."

"뭘 바랐는데?"

"최소한 꽃무늬 원피스에 화장은 하고 나올 줄 알았지. 촌스럽
겠지만 말이야."

"촌스러운 걸 아는데, 왜 그러고 다녀? 난 당당히 알몸으로 승
부할 거야. 와아! 진하야, 맛있는 거 나왔다."

이건 아닌데 하면서도 자꾸만 입에서는 거친 말만 쏟아져 나왔
다. 그 수많은 여자들과 이런 식으로 시작했을 거라 생각하니 열
이 받아서 견딜 수 없었기 때문이다.

"언제 시작할까?"

"응?"

"너 생리 불규칙적이지?"

음식이 세팅이 끝나자 제욱이 포크를 들며 갑자기 내뱉는 말에
한새가 얼굴을 굳히며 진하의 눈치를 보았다. 다행히 아이는 음식
에 정신이 팔려 그들의 이야기에는 신경도 쓰지 않는 것 같았다.
하긴 일곱 살짜리가 이런 대화를 알아들으려나.

"잘 아네."

"그럼 배란일을 맞출 수 없겠네. 당장 시작해도 되겠다."

당황스러운 한새가 말을 잇지 못하고 진하의 입가를 닦아주는
척하며 잠시 뜸을 들였다.

"너 여자들에게 다 이런 식이었니?"

"아니, 상황마다 좀 다르지. 이런 얘기를 나눌 필요도 없고, 보

통의 경우 분위기 좋으면 식사하고 바로 위로 올라가니까."

그렇겠지. 한새는 제욱이 위를 가리키며 능청스러운 미소를 흘리는 것을 보고 그의 검지를 작살내고 싶은 충동에 사로잡혔다.

"그럼 난 우선 분위기 잡는 법을 연습해야겠네."

"그러든지. 언제든지 준비되면 얘기해. 참, 계약에 대해 자세히 생각해 봤냐?"

"흠, 내가 생각해 둔 게 몇 개 있는데, 우선 저번에 말한 것처럼 우리가 만나는 동안 다른 이성과의 지나친 접촉은 피한다."

"애매하군."

"양심에 맡기는 거지."

"좋아. 둘째도 있겠지?"

"둘째, 아이가 생기면 그 즉시 관계는 없다. 그리고 아이에 대한 것은 나중에 자세히 의논했으면 해."

"나중에?"

"아이가 생기면 생각이 달라질 수도 있잖아."

"누가? 내가?"

한새가 말없이 고개를 끄덕였다. 제욱이 얼굴을 찡그리고 뭔가 말을 하려다 진하의 얼굴을 보고는 고개를 돌려 버렸다. 나이프와 포크를 쥐고 있는 그의 손과 눈에 힘이 잔뜩 들어가 있었다.

"날 아주 파렴치한 바람둥이로 보고 있군."

"언제는 안 그랬다는 것처럼 말한다?"

두 사람 사이에 얼마 동안 미묘한 긴장감이 흘렀다. 한새가 무슨 말인가를 꺼내 분위기를 바꾸어보려다가 갑자기 하이 톤의 야들야들한 여자의 목소리가 끼어들자 다시 꾹 입을 다물고 말았다.

"어머, 고 감독님! 여기서 뵙네요?"

저 여자는 또 누군지? 한새가 진하를 챙겨주는 척하며 재빨리 머리 속에 있는 데이터를 훑어냈다. 아마 저 여잔 한 달도 못 갔나 보다, 기억에 없는 거 보니.

"아, 그래. 현미 씨도 잘 지내지?"

"그럼요. 가끔 여기 들를 때마다 고 감독님 생각하고 그랬는데, 이렇게 뵙다니 너무 반가워요."

쭉쭉빵빵에 출렁이는 가슴을 가진 여자가 포르노 배우처럼 흐느적거리며 제욱에게 몸을 굽혔다.

"이분은 누구? 설마 애인은 아니시겠죠?"

"맞아."

"어머, 아이까지? 감독님 취향이 독특해지셨네요."

"일행이 있는 거 같은데?"

"아, 예. 그럼 다음에 또 봬요."

여자가 커다란 힙을 살랑거리며 멀어져 갔다. 애인이라고? 하아, 여태 너의 여자들도 애인이라는 말을 들을 때마다 이렇게 열이 받았을까? 한새가 이름도 모르는 음식을 구겨 넣으며 분노를 삭였다. 만약 오늘 제욱이 그녀를 화나게 해 먼저 계약을 파기하게 하려는 의도였다면 거의 성공한 거나 다름없었다. 느끼한 음식을 속으로 밀어 넣으며 몇 번이나 탁자를 엎는 상상을 했으니 말이다. 하지만 가슴에 따리 튼 오기가 다행히도 그녀의 분노를 진정시켜 주었다.

“예전에 같이 일하던 CM 가수야.”

“어.”

한새가 아무렇지도 않게 대답을 하며 식사에 열중했다. 옆에서 얌전히 밥을 먹는 진하를 괜히 채근하면서 말이다.

진하를 데려다 주고 집으로 돌아오는 차 안에는 무거운 침묵만이 맴돌고 있었다. 한새는 그녀대로 생각에 빠져 있었고, 제욱도 무슨 생각을 하는지 예전처럼 그녀의 운전에 일일이 잔소리하는 것을 빼먹고 있었다. 그녀는 운전대를 잡고 있어도 멀미를 할 수 있다는 사실을 처음 깨달았다. 억지로 무리해서 먹었던 음식들이 진짜 탈이 났는지 속에서 난리를 쳐댔고 이마에서는 식은땀이 배어나왔다.

한새가 집 앞에서 차를 세운 뒤 내리지도 않고 제욱을 바라보았다. 어서 그를 보내고 약국에 들러 소화제 한 사발을 들이키고 싶은 욕구가 그녀를 초조하게 만들었기 때문이다.

“자, 내려.”

“넌 안 내려?”

“약국에 좀 들러보려고. 지희 씨한테만 혼자 맡겨두니 불안해서 말이야.”

“그래? 그런데 얼굴빛이 많이 안 좋다?”

“비싼 음식이 속에서 적응하느라 용 좀 쓰는 것뿐이야. 약국 가서 소화제 먹으면 돼.”

한새가 눈앞의 가로등을 바라보며 힘없이 중얼거렸다. 그때 갑자기 제욱의 기다란 손이 그녀의 목을 끌어당기며 아주 쉽게 입술을 점령해 버렸다.

"흡!"

속이 울렁거려 죽겠는데, 갑작스러운 그의 키스 때문에 한새는 이제 거의 실신할 정도였다. 살짝 입술만 대는 줄 알았더니, 그가 거칠게 아랫입술을 빨아댔다. 그리고 윗입술을 핥다가 잠시 벌어진 입술 사이를 공략해 들어왔다. 두툼한 그의 혀가 물을 만난 고기처럼 그녀의 안에서 아주 노련하게 뛰어논다. 그녀의 혀와 씨름하듯 열렬히 마주 엉켜들었다가 풀기를 몇 번, 가지런한 이를 더듬고 거침없이 타액을 빨아들이며 정신없이 몰아쳤다. 속에서 저절로 신음이 흘러나온다. 호흡이 가빠지는 바람에 애원하듯 그의 셔츠를 잡고 늘어져야 했다. 제욱이 그녀의 목덜미만 잡고 마치 입술에 목숨 건 사람처럼 달려들더니 잠시 후, 그녀의 얼굴에 자잘한 베이비키스를 뿌리고 얼굴을 떼며 활짝 미소를 지었다. 한눈에 반할 만큼 아름다운 미소를 말이다. 한새가 고개를 두어 번 흔들며 숨을 고르고 그를 바라보았다. 그의 눈에 반짝반짝 빛나는 그 무언가가 그녀의 심사를 뒤틀어놓았다.

"뭐야?"

"계약 성립 기념!"

"매너 죽이는군."

"네 입술도 죽여."

그가 손을 휘휘 저으며 멀어져 갔다. 한새가 부풀어 오른 입술을 깨물며 핸들에 얼굴을 묻었다. 밉다. 제욱이 밉다. 하지만 녀석의 키스는…… 너무 멋지다. 그래도 이건 아니다. 나쁜 자식! 그녀가 핸들을 마구 쳐대며 분을 삭였다. 어느새 울렁거리던 속이 분노 때문에 진정된 것도 알아채지 못하고 말이다.

약국 안의 공기가 심상치 않았다. 겉으로는 제욱이 여느 때와 다름없이 퇴근 후 약국에 들러 이것저것 잔소리를 해대고 있었지만, 그 속에 지희가 끼어들면서 한새의 신경이 잔뜩 날카로워져 있었다. 뿐만 아니라 조금 전 경표의 전화를 받는 도중 자신의 뺨에 파고들던 날카로운 제욱의 시선이 그녀의 기분을 더 다운시켜 놓았다. 자신은 다른 여자와 시시덕거리면서 그녀가 다른 남자와 통화를 하는 것에 언짢은 기색을 숨기지 않는 그를 참기 어려웠다. 덕분에 지희만 신나서 둘을 가지고 장난을 쳐댔다. 연신 둘의 관계를 꼬치꼬치 캐물으며 제욱 앞에서 알랑대는 지희의 얼굴에 손톱으로 바둑판을 그리고 싶은 것이 한새의 솔직한 심정이었다. 자신은 두 사람의 관계가 가볍게 다른 여자의 입에서 논의된다는 것이 미치도록 짜증나는데, 무신경한지 일부러 그러는지 그녀의 농담을 들으며 약국 간판을 수리하고 있는 제욱의 태도는 한새를 더 이상 참지 못하게 만들었다.
"나 간다. 지희 씨, 혼자 정리하고 들어갈 수 있지?"
"어머, 언니, 가시게요?"
"야, 같이 가."
"아냐. 나 중요한 할 일이 있어."
한새가 제욱에게 의미심장한 시선을 남기고 돌아섰다. 실은 오전에 오늘밤은 아마 두 사람에게 길이길이 잊지 못할 밤이 될 것이라고 그에게 벌써 메시지로 운을 띄워놓은 상태였다. 대충 유혹의 의미로 메시지를 보냈지만, 그가 어떻게 받아들였는지는 알 수 없었다. 약국에 오자마자 지희와 장난치기 바빴으니까. 한새는 우선 집으로 가 긴장한 자신을 풀어줄 무언가를 찾아보기로 했다. 그래도 명색이 첫날밤인데 그를 유혹 못해 안달이 난 어수룩한 여자처럼 보일 순 없지 않은가?

제욱이 한새의 집에 들어서자마자 놀란 입을 다물지 못했다. 거실에 여기저기 흩어져 있는 도색잡지, 게다가 야한 속옷들이 보란 듯이 펼쳐져 있었기 때문이다.

"이게 다 뭐야?"

그가 얼굴을 찡그리고 돌아서며 한새에게 물었다. 주변 분위기는 심상치 않았지만 정작 사람을 오라고 한 그녀는 목이 다 늘어난 분홍색 미키 마우스 티셔츠와 체크무늬 파자마 차림이었다. 대체 이번에는 무슨 일을 꿍꿍이냐? 그녀가 그에게 천천히 소주병을 한 병 내밀며 의미심장하게 웃었다. 등골이 오싹해진다.

"연구하는 중이야, 고제욱이 좋아하는 여자는 어떤 여자일까 하고. 이 포즈는 어때?"

보기에도 민망한 한 여자의 사진을 코앞에 디밀자 그가 거칠게 뿌리치고 자리를 잡고 앉았다. 나원참, 기가 막혀서!

"장난하냐?"

"이렇게 하면 흥분이 될 것 같아?"

"젠장, 이런 장난은 초딩도 안 해!"

"그럼 빨간 비디오라도 한 편 때릴래?"

"그만두지 못해?"

"이것들은 네가 뭘 좋아할지 몰라서 내가 준비한 거거든? 어때? 죽이지?"

"재미없다고 그랬다!"

한새가 그를 노려보더니 소주를 병째 들이켰다. 아니, 분위기있게 포도주도 아니고 정말 완전히 상식을 깨는 녀석이군! 제욱도 열이 나는 바람에 소주를 벌컥이며 마주 노려보았다.

"딴 여자들은 어떻게 하는지 말해봐."

뜬금없는 이야기에 제욱이 살짝 긴장하고 그녀를 바라보았다. 약간 굳어 있는 그녀의 표정이 예사롭지 않다.

"무슨 얘기?"

"널 유혹하는 방법이 있을 거 아냐."

풋! 하마터면 대놓고 웃을 뻔했다. 아니, 정말 자신을 유혹하기 위해 이렇게 부산을 떨었단 말인가? 잔뜩 긴장했던 심장이 즐겁게 두근두근 자진모리를 해댄다. 분위기 잡는 방법을 연습해 보겠다고 하더니, 이렇게 나올 줄이야. 그녀가 솔직하게 내뱉은 말 때문인지 아무렇게나 입은 한새의 모습이 이제 귀엽게 보이면서도 살짝 섹시해 보였다.

"딴거 없다니까. 한마디로 필이야."

"필?"

"뭔가 오해를 하는 것 같은데, 난 이성이 있는 남자야. 아무한테

나 발정나서 달려들지 않는다고. 네가 만난 남자들은 이렇게 해서 넘어갔는지 몰라도……."

"내가 만난 남자들한테도 이런 건 필요없었어."

그녀가 다시 소주병을 잡으며 중얼거렸다. 제욱의 얼굴이 다시 딱딱해졌다. 그녀가 만난 남자들이라…… 그가 머리 속으로 그녀가 만난 남자들을 떠올리기 시작했다. 중학교 때 그녀를 열렬히 쫓아다니던 유도부 주장부터 시작해서 이경표까지. 그리고 누군지 모를 한새의 첫 경험의 상대를 상상하며 두 눈을 부릅떴다. 그녀가 만나는 남자들을 늘 꼼꼼히 챙기던 제욱이었다. 그러나 그들을 대할 때마다 불쾌함 때문에 온 신경이 짓무르는 한이 있어도 결코 내색 한 번 하지 않았다. 대신 여차 싶으면 어떤 이유를 대서라도 그들을 한새에게서 떼어놓았다. 그때는 그것이 오빠로서, 친구로서의 의무이자 당연한 권리라고 생각했다. 그러나 그녀를 여자로 보기로 작정한 지금은 그 모든 놈들을 한 구덩이에 넣고 묻어버리고 싶다는 생각뿐이다.

"이거 괜찮네."

제욱이 불편한 심사를 들키기 싫어 제일 먼저 눈에 보이는 슬립을 검지 하나로 들어 올려 그녀 앞에 흔들어 보였다. 한새가 피식 웃더니 그 슬립을 뺏어 들고 일어섰다.

"나부터 씻을게."

그녀가 욕실로 향하는 것을 본 제욱은 거실에 대자로 누웠다. 벌써 머리가 어질어질하다. 이것이 단지 소주 몇 잔 때문에 그런 것인지, 한새와 부딪치면서 생긴 감정의 골이 출렁거려서 그러는 것인지 자꾸만 헷갈리는 제욱이었다. 그러나 곧 갑자기 시원한 샤워 물소리가 들려오는 것에 퍼뜩 정신이 들었다. 그리고 귀에 들리는 아주 단순한 소리 하나가 야릇한 연상 작용을 일으키며 벌써 온몸을 후끈 달구어놓는 것에 완전 긴장하고 말았다.

'천하의 고제욱이 긴장이라.'

제욱이 피식 웃어버리곤 온몸에 퍼지는 열꽃을 지우려는 듯 벌떡 일어나 거실을 서성거렸다. 그런 자신의 모습이 사춘기 열병을 앓는 소년처럼 보인다는 것을 전혀 깨닫지 못한 채 말이다.

그녀가 머리를 수건으로 털며 그가 골라준 진주색 슬립을 입고 나오자 제욱이 그녀 모르게 꿀꺽 숨을 삼켰다. 그런 그의 상태를 모르는 한새가 방으로 들어가 화장대에 앉아 스킨을 바르고 얼굴을 매만졌다. 제욱이 천천히 발걸음을 옮겨 팔짱을 낀 채로 문에 기대어 그녀를 바라보았다. 그녀는 작았다. 하지만 슬립에 매끈한 다리를 드러낸 한새의 모습은 충분히 유혹적이었다. 자그마한 몸에 알맞은 아담한 가슴, 어깨를 조금 넘는 머리카락, 게다가 진주색 슬립은 얇디얇아서 은은하게 그녀의 살색을 다 보여주고 있었다. 제기랄! 그가 주먹을 쥐며 고개를 돌렸다. 이성을 잃고 그녀에게 달려들고 싶은 마음을 감추느라 그의 표정이 점점 더 딱딱해졌다.

"넌 샤워 안 해?"

"어차피 또 해야 하는데 뭐."

"매너없게시리."

한새가 살짝 눈을 흘기자 등에서 땀이 주르르 흘러내렸다. 제욱이 자신의 흥분 상태를 들키지 않기 위해 머리로는 구구단을 외며 아무렇지도 않은 듯 입을 열었다.

"너 키가 몇이지?"

실은 그의 커다란 몸에 비해 너무 작고 가녀린 그녀가 자꾸만 신경이 쓰여 한 질문인데, 그것이 그녀의 신경을 건드렸나 보다. 한새가 퉁퉁 불은 얼굴로 그를 바라보았다.

"그걸 왜 물어?"

"그 몸으로 애를 낳을 수는 있는 거냐?"

"뭐? 내가 어때서? 160. 대한민국 표준 키야."

"나는 157로 알고 있는데."

"정확히 157.7이야. 어차피 반올림하면 158이고, 거기서 8을 반올림하면 160이잖아!"

"어이쿠. 그러셔? 아예 6까지 반올림해서 2미터라고 하지 그러냐?"

"이 상황에서 키 얘기나 하고, 사람 놀리니? 할 거야, 말 거야?"

"후회 안 하지?"

"하아, 기가 막혀. 벌써 얘기 끝난 거 아냐? 마음이 바뀌었으면 그렇다고 말해, 괜히 사람 곤욕스럽게 만들지 말고."

"좋아. 그럼 지금부터 넌 내 친구가 아니라 여자다. 나한테 여자란 어떤 존재인지 잘 알지?"

"알아. 하지만 하나만 기억해 줘. 난 네 친구였어. 그렇다고 다른 여자들보다 특별한 대우를 해달라는 게 아냐. 단지 네가 우리가 친구였을 때 한 약속에 대해서 최선을 다해주길 바라. 그건 친구로서의 마지막 부탁이야. 무책임한 아이의 아빠는 싫으니까.”

“좋아.”

“자, 시작할까?”

도전적인 한새의 눈빛에 그는 이미 자제를 잃어버리고 말았다. 대답할 여유도 없었다. 제욱이 그녀를 침대로 거칠게 밀쳐 버렸다. 살짝 그냥 밀었을 뿐인데, 그녀가 출렁이며 침대에 쓰러져 버렸다. 슬립이 살짝 올라가고 그녀의 젖은 머리가 침대에 부채처럼 흩어졌다. 도톰한 입술이 갑작스러운 충격에 살짝 벌어진 것을 보고는 그가 그대로 그녀에게 달려들었다.

가끔 그와 나누는 섹스는 어떤 느낌일까 상상해 보았지만, 이 정도일 줄은 꿈에도 몰랐다. 부드럽고 강하게 몰아치는 제욱의 키스와 애무에 한새는 정신이 쏙 빠지는 것 같았다. 이렇게 계속 당하기만 하다간 오늘밤을 마지막으로 그대로 그에게 먹혀 버리고 말 것 같은 느낌에 한새가 용기를 내어 그의 파릇파릇한 턱을 살짝 깨물었다. 생각지도 않은 그녀의 행동에 당황한 제욱의 표정을 보자니 은근한 흥분이 등으로 주르르 흘러내리는 것 같았다. 그 틈을 타 한새가 그를 밀치고 위치를 바꾸며 대담하게 그의 몸을 더듬기 시작했다. 가느다란 손가락으로 그의 와이셔츠를 젖힌 후, 매끄러운 가슴을 더듬어 내리다 배꼽 주변에서 아래로 이어진 자잘한 털들을 부드럽게 쓸어내리자 그의 호흡이 빨라지고 눈동자가 탁해졌다. 그 모습이 견딜 수 없이 섹시하고 아름답게 보인다.

한새가 만족스러운 미소를 흘리며 이번엔 작고 단단한 그의 유두를 할짝할짝 감질나게 희롱했다. 그녀의 갈색 머리카락이 그의 목을 간질이는 것에 제욱의 손가락이 그녀의 머리카락을 거칠게 헤집었다. 그녀의 한 손이 그의 단단한 허벅지를 쓰다듬어 내렸고, 다른 한 손은 균형 잡힌 팔 근육을 더듬어 올라와 그의 입술을 매만졌다. 제욱이 냉큼 그녀의 손가락을 빨아댔다. 굉장한 그 흡착력에 뒤통수에서 짜릿한 기운이 화르르 타오르는 게 느껴진다. 천천히. 서두르면 안 돼. 그러나 생각과 달리 어느새 그녀의 입술이 납작한 배를 지나 차가운 금속 버클에 이르렀고 한새가 훅 숨을 내쉰 다음 떨리는 손으로 그의 바지를 벗기려 시도했다. 하지만 곧 두툼한 그의 손에 양 손목이 잡히고 가볍게 저지당하고 말았다.

"잠깐. 너무 빨라."

제욱이 천천히 몸을 일으켜 가슴이 훤히 드러나 한껏 요부의 태를 하고 있는 한새를 침대에 누이고 그녀의 양 손목을 머리 위에 고정시킨 다음, 아담한 가슴을 한 움큼 베어 물었다. 날카로운 그의 이에 닿은 부분이 마치 불에 덴 듯 따갑다. 그의 입속에 빨려 들어간 유두가 강한 압력에 점점 딱딱하게 굳어진다.

"아파."

오른쪽 가슴을 가지고 장난치던 제욱이 이제 왼쪽 가슴에 이빨을 박았다. 한새가 온몸을 뒤틀며 그에게 몸을 비벼댔다. 그의 체액 때문에 보드라운 가슴이 축축이 젖어들었다. 한새가 허리를 비틀자 제욱이 그녀의 허벅지를 가슴으로 누르며 갈비뼈를 핥고 배꼽을 쓴 다음 거추장스러운 슬립을 찢어버렸다. 만지고 싶은데.

나도 부드러운 네 살을 만지고 싶은데. 그녀가 아무리 손목을 비틀어봐도 그는 놓아줄 기미가 없어 보였다. 대신 벌을 주듯 여린 허벅지 살을 주물럭거리며 그녀를 못살게 굴 뿐이었다. 머리에 갑자기 열풍이 스쳐 가며 화르륵 그녀를 흔들어놓았다. 한새의 몸이 풍랑에 휩쓸리는 작은 배처럼 제멋대로 흔들렸다. 이대로 까무룩 기절할 것 같다.

"제발……."

그녀의 애원에 제욱이 잡힌 손을 풀어 그녀의 입술에 손가락을 집어넣자 한새가 마치 신생아처럼 열심히 빨아대며 손을 뻗어 그의 가슴을 더듬었다. 그는 이제 허벅지 사이 무성한 수풀 속을 헤치고 오랫동안 숨겨져 있던 어린 살들을 더듬으며 악마 같은 웃음을 흘린다. 그녀가 참지 못하고 소리를 질렀다.

"아흑!"

온몸이 미끈덩거리고 수풀이 젖어들수록 그녀의 호흡이 점점 가빠졌다. 목이 말라서 자꾸만 그의 손가락을 빨아댔다. 어느새 제욱은 가녀린 그녀의 목에 자잘한 꽃잎을 새겨놓고 있었다.

"괜찮아. 더 크게 소리 질러."

갑자기 그의 손가락이 은밀한 곳을 파고들어 그녀의 깊은 내부를 자극하자 한새가 입술을 깨문 채 헐떡거렸다. 그가 귀를 깨물고 혀로 귓속을 간질여 댔다. 뜨거운 입김과 질척이는 느낌 때문에 귀가 먹먹하다 못해 어질어질하다. 수풀 속 깊은 곳을 공략하는 그의 손가락 강도에 아랫배가 당기고 숨이 멎기 일보 직전. 한새가 요란한 신음을 내뱉으며 그의 머리를 쥐어뜯었다.

"하아, 하아!"

이젠 다른 것이 필요한데! 뭔가 머리를 시원하게 식혀주었으면! 하지만 그녀의 체온은 하늘 높은 줄 모르고 점점 더 치솟기 시작했다. 이제 마지막 포화점을 건드리기만 하면 그대로 폭발해 버릴 것 같았다.

"흐음!"

어느새 잠깐 정신을 잃었었나 보다. 한새가 노골적인 제욱의 신음 소리에 정신 차리고 그를 올려다보았다. 어느새 알몸이 된 그가 허벅지 사이에 파고들며 그녀를 바라보고 있었다. 그의 얼굴에서 떨어진 땀이 그녀의 가슴골을 타고 흘러내렸다. 제욱이 몸을 굽히더니 그녀의 입술 사이에 혀를 밀어 넣고는 입 안이 얼얼해질 정도로 격렬하게 키스를 퍼부었다. 그러는 동안 그녀는 한쪽 다리를 들어 발가락으로 그의 무릎 뒤쪽을 자극해 댔다. 그의 고개가 갑자기 위로 높이 솟구쳤다. 이어 또 다른 광포한 신음 소리와 함께 제욱이 한 팔을 그녀의 엉덩이 아래에 집어넣고 힘겹게 중얼거렸다.

"지금 삽입할 거야."

이를 악문 제욱의 얼굴에서 열정이 뚝뚝 떨어지는 것을 보며 한새가 대답 대신 그의 어깨를 잡아당겼다. 동시에 아주 빠르고 강하게 그가 안으로 돌진해 들어왔다.

"헉!"

아프다. 충분히 젖어 있어도 그의 것은 작은 그녀가 견디기에 무리가 있었다. 한새가 이마를 찡그리는 것을 보고 제욱이 숨을 헐떡이며 잠시 움직임을 멈추었다. 둘의 시선이 허공에서 부딪치며 뜨거운 열정을 주고받았다. 잠시 후, 조금씩 아픔이 잦아드는 것에 한새가 엉덩이를 조금씩 움직여 그를 자극해 보았다. 움찔, 그가 얼굴 근육을 실룩거리며 천천히 피스톤 운동을 시작했다. 몸이 겹쳐진 후, 제욱의 시선이 그녀를 잡고 한순간도 놓아주지 않았다. 그의 그 단순한 행동이 그녀를 더욱 자극하는 바람에 한새역시 노골적으로 허리를 비틀어 그의 열정에 답해주었다.

"천.천.히. 널 충분히 느끼고 싶어."

느릿하지만 다급해 보이는 그의 목소리에 한새가 그의 등을 쓰다듬으며 호흡을 다듬었다. 하지만 갑자기 제욱이 한 손으로 그녀의 다리를 꽉 잡고 아주 깊은 삽입을 시도하자, 그에게 잡힌 다리에 경련이 날 것 같았다.

"아악!"

모, 몸이 부서질 것 같아! 한새가 그의 어깨에 손톱을 박으며 등을 휘었다. 단단하게 받치고 있는 제욱의 커다란 손 덕에 그녀의 상체가 팽팽하게 당겨진 활처럼 휘어졌다. 그가 빠져나가려 할 때마다 안간힘을 다해 그를 붙잡았다. 그때마다 못 견디겠다는 듯이 흘리는 그의 짐승 같은 신음 소리가 그녀를 만족스럽게 했다. 그의 거센 심장 박동 소리와 함께 입가에 와 닿는 그의 거친 호흡이 그녀의 정신을 아득하게 만들었다. 제욱의 움직임이 점차 빨라지면서 그녀의 흥분도 고조되었다. 팽팽하게 등이 조여지고 발끝과 아랫배가 감전된 듯 부들부들 떨렸다. 두 사람의 살이 젖은 소리를 내며 마찰전기를 뿌려대자 방 안이 음탕함으로 가득 차 올랐다. 뭔가 잡힐 것 같은, 아슬아슬하게 온몸에 퍼지는 듯한 느낌에 한새가 입술을 깨물며 헉헉거렸다. 땀으로 젖은 그녀의 머리카락이 요란하게 출렁거렸다. 제욱이 마지막 피치를 가하며 커다랗게 포효했다.

"흐, 흐억!"

두 사람의 열정이 마치 번개처럼 온몸을 관통하여 혈관을 따라 흐르다가 겨우 돌파구를 찾은 불길처럼 폭발해 버렸다. 갑자기 눈앞이 캄캄해졌다. 둘이 하나가 되어 녹아내리는 순간 황홀한 감각이 쾌락의 절정을 남기며 그들을 완전히 소화시켜 버렸다. 그것은 다시 절정의 강을 건너 이성으로 되돌아오는 동안에도 사그라지지 않고 충분히 지속되었다.

"죽이는군."

결합을 풀지 않은 상태에서 제욱이 한 바퀴 돌아 그녀를 가슴에 올리고 중얼거렸다. 아직 고르지 못한 그의 호흡 때문에 몸이 출렁이고 그녀는 멀미가 나는 것 같았다. 그가 천천히 등을 쓰다듬는 부드러운 몸짓에 한새는 왠지 모를 안도감을 느꼈다. 그녀가 고개를 들어 턱을 가슴에 댄 채 가만히 제욱을 바라보았다. 열정의 끝에서도 이렇게 아름다울 수가 있다니. 흐트러진 제욱의 모습을 보며 그녀가 내심 탄성을 질렀다. 그런데 호흡이 점점 편안해질수록 제욱의 눈빛이 복잡해지는 것이 보였다. 제발 아무 생각하지 마. 그녀가 고개를 모로 누이고 그의 작은 가슴 돌기를 손톱으로 살짝살짝 건드렸다.

"누가 가르쳤는지 모르지만, 굉장한걸?"

갑작스러운 제욱의 빈정거림에 한새가 얼굴을 찡그리며 상체를 일으켰다. 하지만 강한 그의 손에 의해 다시 고개가 그의 가슴에 박히자 비릿한 남자의 욕정 냄새가 코를 찔렀다.

"계속해."

그의 한마디에 한새의 미간이 보기 흉하게 비틀어졌다. 정말 넌 여자들에게 다 이렇게 대하는 거야? 그녀가 억지로 목에서 터져 나오는 질문을 삼키며 고집스럽게 가만히 있었다. 제욱이 등과 머리를 쓰다듬던 손이 멈추어 그녀의 얼굴을 잡아 일으켰다.

"왜?"

"한 번이면 됐잖아."

한새가 짜증스럽게 중얼거리자 그가 고개를 돌리고 낄낄거렸다. 이 모습은 하나도 아름답지 않다. 오히려 악마 같다. 처음 보는 제욱의 표정에 한새는 가슴이 뻥하고 뚫리며 조금 전에 느꼈던 충만함이 그 구멍 사이로 솔솔 새어나가 버리는 것 같았다. 하지만 아직 그녀의 몸속에 묻고 있던 그가 점점 더 부풀어 올라 어느새 꽉 채워 버리는 것에 그녀가 놀란 표정을 지었다. 제욱이 여전히 낄낄거리며 그녀의 허리를 잡아 일으켜 엉덩이를 움직이게 만들었다.

"어떤 놈이 한 번이면 된대?"

다시 욕망에 젖은 목소리로 중얼거리며 그가 한 손을 뻗어 그녀의 가슴을 강하게 움켜쥐었다. 목소리와 달리 싸늘한 제욱의 표정에 그녀가 눈썹을 치켜 올리고 조금씩 더 빠르게 허리를 비틀었다. 그래, 아무 생각 없이 즐기자. 난 이제 그의 친구가 아니라 여자다. 한새가 가슴에 놓인 제욱의 손을 쳐내고, 스스로 쓰라린 가슴을 위로하듯 거칠게 양 가슴을 조몰락거렸다. 그녀의 엉덩이를 꽉 쥐고 흔드는 제욱의 만족스러운 신음 소리가 점점 더 크게 그녀의 귓가에 파고들었다.

얼마나 시간이 흘렀을까? 제욱이 정신을 차린 것은 바로 욕실 바닥이었다. 마치 전투를 하듯 섹스를 했다. 그것도 제일 친한 친구 장한새하고. 그가 낄낄 웃으며 세면대를 잡고 일어서서 거울을 바라보았다. 어깨에 난 작은 이빨자국이 눈에 들어왔다. 누가 자신의 몸에 손대는 것을 그다지 좋아하지 않는 제욱으로서 다른 여자가 그에게 상처를 입히도록 놔둔다는 것은 있을 수 없는 일이었다. 하지만 그녀가 거칠게 그를 물어뜯었을 때마다 여태까지 느끼지 못한 쾌락이 그의 정신을 쏙 빼놓았다. 덕분에 그녀의 몸도 엉망으로 만들어놓았다. 늘 표시나지 않게 여자를 탐해왔던 자신이 그런 짓을 했다고는 믿기지 않았다.

제욱은 찬물로 얼굴을 씻고 다시 거울을 바라보았다. 지친 얼굴이지만 아직 미미한 정열에 들떠 반짝이는 것이 보였다. 그 얼굴에 잠에 꼴딱꼴딱 넘어가면서도 입술을 내밀고 키스를 받아주던 한새의 얼굴이 겹쳐졌다. 그녀를 오래 알아왔지만 저렇게 정열적이란 것은 깨닫지 못했다. 그냥 작고 여리게만 보았는데, 침대 안에서 그녀는 그 어떤 요부보다 더 강렬하게 그를 옥죄어왔다. 작은 몸집을 파고들 때의 그 희열이 아직도 생생하게 느껴지자 힘을 잃었던 중심이 다시 바짝 긴장하는 것이 느껴졌다. 제욱이 샤워기 아래로 숨어들었다. 그리고 아직 남아 있는 열정을 찬물에 박박 씻어냈다.

샤워를 끝낸 제욱이 깨끗한 수건을 가지고 나와 단잠에 곯아떨어져 있는 한새의 몸을 구석구석 닦아주었다. 그러다가 말간 그녀의 얼굴을 보고 갑자기 수건질을 멈추었다. 이렇게 여자를 배려한 적이 있었나? 그가 피식 웃음을 흘리고 고개를 흔들었다. 이래저래 그녀와 처음 경험하는 것들이 낯설지만 왠지 익숙한 느낌을 준다고 생각하는 제욱이었다. 그가 손을 뻗어 그녀의 이마에 흐트러진 머리를 가지런히 정돈해 주었다. 입을 약간 벌리고 단숨을 내쉬는 그녀가 편안해 보이는 것에 자신도 모르게 조심스럽게 그녀를 품에 가두었다. 그녀가 입맛을 다시며 몸을 틀다가 편안한 자세가 되자 또 고른 숨을 내쉬는 것이 느껴졌다. 가슴에 고스란히 느껴지는 한새의 편한 숨결에 파딱이던 그의 심장이 느슨하게 풀어졌다. 그리고 곧 졸음이 밀려왔다. 편안하다. 이대로 자고 싶다…….

몇 분 후, 그가 초인간적인 힘을 발휘해 한새를 떼어놓고 일어나 옷을 꿰어 입었다. 더 이상 미적거리다간 바보가 될 것 같다. 아마 내일 아침 한침대에서 깨어난다면 둘 다 어색함에 쥐구멍을 찾기 바쁘리라. 아니, 뻔뻔한 장한새는 좀 다를지도. 한침대에서 깨어나? 제욱이 문고리를 잡고 멈춰서 다시 뒤돌아보았다. 그는 자신의 감정이 이렇게 속수무책으로 풀어진 것이 마음에 들지 않았다. 욕정과 애정을 혼돈하려는 자신이 싫었다. 더 이상은 안 된다. 녀석은 이제 여자다. 몸과 감정을 함께 나누다간 무슨 일이 일어날지 모른다. 어떤 여자에게도 그런 감정은 허락할 수 없다. 그게 장한새라고 해도 말이지. 혼란스러운 표정을 얼른 수습한 제욱이 담담히 문을 닫고 돌아섰다.

"밥 줘!"

늦은 밤, 며칠 만에 집으로 찾아온 제욱이 다짜고짜 내뱉은 말이다. 그동안 촬영 때문에 지방에 가 있었다고 했다. 피곤으로 찌들어 보이는 그가 안쓰러웠지만, 그날 이후 너무 냉정하게 전화도 없던 녀석을 생각하면 미워서 말이 예쁘게 나오지 않았다. 그 다음날 당장 그를 보지 않은 건 다행이었다. 만약 얼굴을 보았다면 창피함에 아마 스스로 목을 졸랐으리라. 하지만 며칠 동안 연락이 뜸했던 것은 용서가 되지 않았다. 마치 버림받은 느낌이었으니까.

"난 밥 먹었어."

"오이냉국 먹고 싶다."

"족발 시키면 그거 가져다 주더라."

그가 기가 막힌다는 식으로 한새를 쳐다보았지만 그녀는 끄덕하지 않고 영양 드링크제를 내밀었다. 이거 챙겨주는 것만으로도 고마운 줄 알아라.

"이거 먹고 일 시키려고?"

"무슨 일?"

그가 히죽 웃자 한새가 얼굴을 붉히며 버럭 소리를 질렀다.

"네 집에 가서 시켜 먹어!"

"자식, 구박은."

제욱의 얼굴에 미소가 떠나지 않았다. 그는 지금 마치 예전의 친구처럼 굴고 있었다. 언제는 이제 더 이상 친구가 아니라더니! 그동안 두 사람 사이에 있었던 일을 다 잊었단 말인가? 한새가 음식을 시키는 제욱의 뒷모습을 보며 고개를 살짝 흔들었다. 집에 있는 오이로 금방 해줄 수도 있었는데. 아악! 대체 내가 왜 이러는 거야? 한새가 읽고 있던 책으로 얼굴을 가리고 혼자 속에 끓어오르는 복잡한 심경을 다잡으려 애를 썼다.

"진짜 안 먹어?"

며칠 굶었는지 허겁지겁 족발을 먹던 제욱이 건성건성 책에 시선을 두고 있는 한새의 위에서 꼬르륵 소리가 들리자 쌈을 싸서 그녀에게 내밀었다. 그러나 야물딱지게 오물거리는 그의 입술이 눈에 가득 차는 것에 그녀가 무뚝뚝하게 고개를 흔들고 다시 책에 코를 박았다. 실은 배가 잔뜩 고팠지만 그의 얼굴과 까맣게 그을린 팔뚝을 볼 때마다 야릇한 기억이 되살아나 그를 마주하고 편하게 족발을 먹을 기분이 아니란 말이다.

"오늘은 그 빨간 책이나 비디오 없냐?"

"뭐?"

어느 정도 배가 불렀는지 제욱이 길게 소파에 기대어 그녀를 바라보며 입을 열었다. 한새는 그만 그의 입에서 나온 말에 놀라 손에 들고 있던 책을 그냥 떨어뜨릴 뻔했다.

"얌전하게 소설책을 읽고 있다니 이상하잖아."

"뭐가 이상해? 난 책도 못 읽어?"

"로맨스 소설이라니 웃겨서 그렇지."

"이게 정말!"

"그러지 말고 숨겨둔 그것 좀 꺼내봐."

"그런 건 예전에 다 떼지 않았어? 새삼 그걸 봐서 뭐 하게?"

한새가 씩씩거리며 제욱을 노려보았다. 그가 야릇한 미소로 그녀를 마주 보았다.

"다른 체위를 연구해야지."

제욱이 긴 다리를 꼬아 불편해진 아랫도리를 감추며 애써 농을 던졌다. 그냥 평범한 농담이라기보다 꽈배기처럼 배배꼬인 그의 마음이 그새를 참지 못하고 터져 나왔던 것이다. 이번엔 진지하게 얘기나 나눠볼까 했더니만, 어느새 머리 속에 차근차근 챙겨두었던 이야기는 무용지물이 되어버리고 가슴이 부글부글 끓어오르는 것을 발견하는 제욱이었다. 그동안 한새를 피해서 혼자만의 생각을 가졌던 그는 며칠 만에 마주한 그녀가 예전과 다름없는 행동을 하고 있자 은근히 짜증이 났다.

제욱은 시간이 필요했다. 자신이 선택한 것에 대한 당위성과 지금 가슴에 부는 미묘한 바람에 대해 심각하게 생각할 필요가 있었다. 그래서 일부러 다른 팀이 떠나는 야외 촬영을 보조한답시고 따라나섰고, 한새와 거리를 두었다. 다른 때 같으면 하루에도 몇 번씩 아무 용건도 없이 전화를 걸었을 테지만, 어느새 전화기 버튼을 누르려 할 때마다 가슴이 두근거리고 멈칫거리는 자신을 발견했다. 머리 속에는 끊임없이 그녀의 모습이 맴맴거렸다. 여태껏 다양한, 많은 여자들을 만나왔어도 일에 지장을 줄 정도는 아니었다. 그런데 갑작스럽게 친구에서 여자로 선 한새가 부담스럽도록 그를 괴롭히고 있었다.

이제 한새는 여자다. 친구로서 자꾸 궁금해해서도 안 되고, 오빠처럼 참견해서도 안 되고 그냥 욕구를 나누는 여자로 보자. 마음에 새기고 또 새겼다. 행여 다른 감정이 들어찰까 봐 일부러 여태 만났던 여자들과 비교도 해보고, 그녀와 나누었던 친밀한 행동들을 싹 지우기 위해 노력도 했다.

하지만 서울에 오자마자 뒤풀이를 하자는 회사 사람들을 팽개치고 한걸음에 그녀에게 달려온 제욱이었다. 입으로는 예전 여자들에게 했던 것처럼 급해진 욕망 때문이라고 했지만, 실지로는 궁금한 게 너무 많았다. 뭐 하고 지냈는지, 그날 그녀에 비해 너무 커다란 자신을 받아들이느라 힘들진 않았는지, 혹시나 후회는 안 하는지 확인하고 싶었다. 그런데 빌어먹을! 장한새는 예전과 하나도 달라진 게 없었다. 짧은 팬츠에 헐렁한 티셔츠를 입고 머리를 질끈 묶은 채 책을 본답시고 빈둥거리고 있다가 그를 보고는 시큰 둥한 표정을 지었다. 그는 그런 그녀의 평범한 행동에도 이상반응을 보이며 갑자기 후끈 달아오르는 몸 때문에 힘들어 죽겠는데, 그녀는 얼마 전에 함께 몸을 섞은 남자 앞에서 조금의 긴장감도 없이 여전히 틱틱거리며 드링크제까지 전해주는 게 아닌가? 그뿐이 아니었다. 뭔 그리 재미있는 책을 보는지 먹을 것을 앞에 두고도 끄떡하지 않았다. 혼자 먹자니 입맛도 안 당기는데, 억지로 다 먹고 나니 왜 아직 여기 있냐는 눈치다. 제욱은 울컥하는 마음에 얼마 전 그렇게 뜨겁게 안겨왔던 여자가 정말 장한새가 맞는지 확인하고 싶었다. 그래서 일부러 말 같지 않은 말을 꺼내며 그녀를 자극하게 된 것이다.

"너 발정났니?"

"뭐?"

"야외촬영 갔다 와서 피곤하지도 않아?"

제욱이 속으로 신음을 삼켰다. 마치 짐승을 보는 듯한 한새의 표정에 속이 타는 바람에 바로 자신의 감정이 겉으로 다 드러나기 일보 직전이었다. 겉으로 아무렇지도 않은 척을 했지만 숏 팬츠 밑으로 쭉 뻗은 그녀의 다리가 눈에 들어오자 이제 호흡이 가빠지기 시작했다. 그날 밤 자신의 허리를 감아오던 그녀의 농염한 몸짓이 눈에 아른거렸다.

"우리의 계약을 위해선데 피곤쯤이야."

겉모습은 어떨지 몰라도 목소리라도 제대로 나와주길 바라며 제욱이 최대한 담담하게 말을 이었다. 계약을 위해? 자신이 생각해도 말도 안 되는 이야기다. 그녀가 곧 딱딱하게 얼굴을 굳히더니 책을 던지고 욕실로 들어가며 버럭 소리를 질렀다.

"계약? 허어, 계약 때문에 온몸을 불사르다니, 아주 눈물 난다!"

제욱이 살짝 몸을 피해 간신히 그녀의 폭력을 비켜났다. 빌어먹을! 그는 거울을 보지 않아도 자신의 얼굴이 얼마나 붉게 물들었는지 느낄 수 있었다. 그래, 우리는 모호한 계약으로 변질된 관계다. 하지만 이렇게 된 이상 충실하게 남자 여자의 관계를 갖는 게 뭐가 그리 잘못됐는데? 조선시대도 아닌데 아기를 위해 정화수를 떠놓고 치성을 드리며 의식을 다 갖춰 합궁이라도 해야 한다는 건가? 제욱은 지금 자신이 느끼는 감정과 생각이 전혀 개연성이 없다는 것을 알면서도 울컥 화가 나는 바람에 노크도 없이 벌컥 욕실 문을 열고 말았다.

제욱이 며칠 동안 연락도 없다가 무엇 때문에 이 야밤에 자신을 찾아왔는지 이제야 이해하는 한새였다. 그놈의 계약이라니! 그 얘기를 하면 자신이 얼씨구나 하며 다리를 벌려줄 줄 알았단 말인가? 한새는 제욱이 던진 한마디에 온몸이 송곳으로 콕콕 쑤시는 느낌이 들었다. 그래서 벅벅 칫솔질을 하면서 게거품 대신 치약 거품을 물고 그를 욕하기 시작했다.

"나은 놈(나쁜 놈), 주일 놈(죽일 놈). 카악! 퉤!"

그녀가 한 모금의 양치를 뱉고 막 거울을 제욱마냥 생각하며 노려볼 때였다. 벌컥 욕실 문이 열리고 그가 들어왔다. 한새가 도끼눈을 뜨고 그를 째려보았다.

"왜?"

잠시 거울을 통해 그녀를 바라보던 제욱이 갑자기 다가와 뒤에서 꼭 안는 바람에 놀란 그녀가 강하게 저항을 해댔다.

"야!"

치약 거품이 점점 더 부피를 더하고 침이 고이는 바람에 그녀가 제대로 말도 못하고 있는 반면, 그가 재미있다는 식으로 거울 속으로 눈을 맞춰오며 파닥거리는 그녀를 안은 팔에 점점 더 강하게 힘을 주었다.

"나아(놔아), 이노아(이놈아)!"

한새가 칫솔 든 손으로 허공에 찔러대며 강한 불만을 토로했다. 그가 기분 나쁘게 눈을 반짝이며 슬쩍 그녀의 티셔츠에 손을 집어넣어 가슴을 움켜잡았다. 한새의 온몸이 딱딱하게 굳어졌다.

"흡!"

제욱이 이번에는 다른 한 손을 팬츠로 집어넣고 그녀의 수풀을 부드럽게 쓰다듬었다. 한새가 입술을 꾹 다물고 몸을 비틀었으나 거대한 팔 안에 갇힌 이상 꼼짝할 수 없었다. 그가 빙긋이 웃더니 살짝 귀를 깨물었다. 거울로 비치는 두 사람의 모습이 우습기도 하고 음란해 보이기도 하자 그녀가 자신도 모르게 어금니를 꽉 물었다. 따뜻하고 물컹한 것이 귓속에 들어와 사정없이 간질였다. 가슴을 쥐고 있는 손가락이 능숙하게 도톰한 정점을 쓰다듬고, 수풀을 더듬던 손은 이제 더 깊이 내려가고 있었다. 거울로 자신의 가슴이 점점 심하게 들썩이는 것을 보며 한새가 눈을 감아버렸다. 귀에 질척이는 소리가 온몸에 열기를 만들어내며 모든 근육들이 흐물흐물해졌다. 숨이 막혔다. 그녀의 가슴이 딱딱하게 굳어지는 것에 그의 손이 이제 갈비뼈를 쓰다듬다가 납작한 복부의 배꼽을 더듬었다. 목덜미에 그의 이가 박히는 것을 느끼며 한새가 참지 못하고 몸을 부르르 떨고 말았다. 다리가 후들거려 견딜 수 없었다. 코로만 들락날락하는 숨이 거칠었다. 허리에 느껴지는 딱딱한 물건으로 인해 한새가 본능적으로 살짝살짝 힙을 들썩였다.

"으흐음."

등으로 그의 신음이 흘러내렸다. 제욱이 다시 아프도록 가슴을 문지르기 시작했다. 아랫배 아래 그의 손놀림도 점점 더 빨라졌다. 한새가 눈을 뜨고 거울을 바라보았다. 제욱이 목덜미를 마구 잡이로 빨아대는 모습이 그녀를 몸서리치게 만들었다. 아랫도리에서 뭔가 흘러내리는 느낌에 그녀가 또다시 온몸을 부르르 떨었다. 배꼽부터 시작된 진동이 온몸을 흐느적거리게 만들며 흥분을 몰고 왔다.

그 진동이 주는 야릇함을 더 이상 견딜 수 없어 그녀가 자유로운 한 손을 뻗어 그의 머리칼을 잡아뜯었다. 놀란 제욱이 고개를 들고 팔을 느슨하게 하며 그녀를 바라보았다. 그 틈을 이용해 한새가 몸을 비틀고 나와 입 안에 있던 모든 것을 세면대에 뱉어냈다. 제욱이 순순히 그녀를 자유롭게 해주었다. 찬물로 입을 헹구고 얼굴을 비벼대는데 다리가 후들거려 간신히 세면대에 지탱해야 했다. 그녀가 거칠게 숨을 몰아쉬는 동안에도 그의 뜨거운 시선이 그녀를 태울 듯이 세포 곳곳에 파고들었다. 잠시 후 고개를 들어 거울을 바라보자 그가 열에 들뜬 모습으로 손을 뻗어 아주 천천히 그녀의 척추를 쓰다듬는 것이 보였다. 얼굴에서 축축이 물이 떨어지는 것을 아랑곳하지 않고 한새가 몸을 돌려 그의 얼굴을 잡아채 그의 입술을 삼켜 버렸다.

상큼한 민트 향이 입 안에 퍼지며 정신이 아득해졌다. 제욱이 그녀에게 얼굴을 잡힌 채로 한새의 허리를 감싸 안아 두 팔에 힘을 주었다. 말랑한 혀가 열렬히 그의 혀를 잡아당겼다. 지지 않을 만큼 제욱도 그녀의 입 안을 휘집어놓았다. 여전히 가슴이 폭발하지 않고 남아 있는 것이 희한했다. 숨이 아직 남아 있는 것이 감사했다. 한새가 제욱의 목에 팔을 두르고 매달리자 그가 그녀의 다리를 허리에 감으며 더 가깝게 밀착을 시도했다.

"하아, 하아!"

"후우!"

숨을 고르기 위해 잠시 입술을 뗀 두 사람이 이마를 맞대고 서로를 바라보았다. 흐릿하게 젖어든 한새의 눈망울이 그의 심장을 마구 잡아뜯는 것 같았다. 제욱이 다른 한 손으로 그녀의 팬츠에 손을 대자 한새가 다리를 풀어 손쉽게 벗기도록 도와주었다. 그러면서 동시에 그의 허리띠를 재빨리 풀어버렸다.

"헉!"

마치 확인을 하려는 듯 제욱이 다시 그녀의 은밀한 부분을 쓰다듬었다. 준비된 여성이 한껏 부풀어 오른 것을 보고 더 이상 참을 수 없는 지경이 된 그가 단숨에 그녀를 안아 올려 깊숙이 파고들었다. 한새가 얼굴을 살짝 찡그리며 그의 목에 매달려 눈을 감았다. 따뜻하고 부드럽지만 사정없이 조여드는 그녀의 여성에 그가 허리를 둥글게 돌리며 그녀의 목을 깨물었다. 한새의 힙이 그와 맞춰 요염하게 삐걱거릴 때마다 저절로 신음이 흘러나왔다.

"으으윽!"

제욱의 남성이 그녀의 내부의 벽에 부딪치며 질퍽한 소리를 만들어냈다. 그가 그 뜨거움을 참지 못하고 물을 찾듯 한새의 입술을 베어 물었다. 그녀의 입에서 쉼없이 달콤함이 흘러나왔다. 두 사람의 격렬한 몸짓에 한새의 옷이 밀려 올라가자 뽀얀 가슴이 먹음직하게 눈앞에 펼쳐졌다. 제욱이 핏발이 선 눈으로 허리를 돌리며 그 가슴을 열심히 빨아들였다. 제욱의 공격에 놀란 한새가 고개를 젖히며 허리를 휘었고, 그 바람에 결합이 더 깊고 강하게 두 사람을 묶어놓았다. 하지만 그대로 금방 폭발해 버릴 것 같은 느낌에 그가 훅 하고 숨을 내쉬며 잠시 움직임을 멈추고 그녀를 꼭 껴안았다. 그 며칠 동안 자신을 못살게 굴던 향기가 코에 스며들며 그를 진정시켜 주었다. 땀으로 범벅된 두 사람이 한 치의 틈 없이 꼭 붙어 정신없이 서로를 만져 댔다. 온몸에 충만함이 출렁이는 것이 느껴졌다.

"힘들어, 내려줘."

허스키해진 목소리로 한새가 속삭였다. 제욱은 그녀의 카랑카랑한 목소리가 이렇게 섹시하게 바뀔 수 있다는 것을 처음 알았다. 그가 빙긋 미소를 지으며 세면대에 그녀를 편하게 기대게 하고 다시 허리를 움직이기 시작했다. 반쯤 벌어진 그녀의 입술에서 그를 미치게 만드는 신음 소리가 새어나왔다.

"젠장!"

그가 날렵한 몸짓으로 더 깊게 그녀에게 파고들었다. 제욱의 리듬에 맞춰 한새의 몸짓도 다시 달음박질치기 시작했다. 그녀의 손가락이 강하게 그의 머리에 파고들며 그녀가 아낌없이 소리를 질러댔다. 제욱도 황홀함에 보조를 맞추며 마음껏 소리를 질렀다.

삐걱거리는 세면대 소리, 질퍽이는 몸부림 소리, 게다가 두 사람의 지르는 교성이 욕실을 한가득 메워졌다.

마침내 더 이상 참지 못할 지경이 이르자, 그가 그녀의 혀를 뽑을 듯이 빨아대며 몰아붙였다. 거울에 비친 자신의 열에 들뜬 표정과 그녀의 찡그린 얼굴이 묘하게 어울려 보였다.

"아악! 제발……."

한새의 절정이 찾아오는 것을 보며 제욱도 마음껏 몸을 풀었다. 온몸의 기가 그녀에게 울컥울컥 흘러들어 가는 것이 느껴졌다. 저번에도 생각했지만 콘돔 없이 이렇게 자유롭게 자신을 풀어놓을 수 있는 순간이 미치도록 황홀하다고 느끼는 제욱이었다. 만약 피임에 신경을 썼더라면 이런 절정을 맛볼 수 있었을까? 늘 피임에 대한 강박관념이 강했던 그는 아무리 급해도 콘돔을 챙겼고, 그것이 없다면 아예 시작도 하지 않았다. 그런데 이번에도 전투처럼 치러진 섹스에서 그는 콘돔을 생각하지 못했으며 그 결과는 여태까지 느껴보지 못한 최고의 절정이었다. 이 작은 몸 어디서 이런 커다란 열정이 숨어 있어 날 이렇게 미치게 만드는 걸까?

제욱이 숨을 들썩이며 그와 마찬가지로 아직 희미하게 떨고 있는 한새의 입술을 매만졌다. 그리고 약간 부풀어 오른 그녀의 입꼬리에 살짝 입맞춤을 해주었다.

"자, 잠깐."

한새가 살짝 그를 밀치자 제욱이 어리둥절해하며 물러났다. 그녀가 허리 뒤를 만지며 얼굴을 찡그렸다. 아무래도 수도꼭지에 심하게 부딪친 것 같았다.

“아파?”

“괜찮아.”

두 사람의 꼴이 엉망이다 보니 쑥스럽기 그지없는 상황이었다. 하지만 제욱은 이 상황보다 한새가 아파하는 것에 더 신경이 쓰였다.

“돌아봐.”

“됐어. 씻을래.”

엉거주춤 내려선 그녀가 등을 돌리자 엉덩이 뼈 위가 심하게 부은 게 보였다. 제욱은 그녀가 등을 돌렸다는 사실이 왠지 서운하면서도 아픈 부위를 보자 안타까운 마음이 들어 손으로 슬쩍 그녀의 등을 쓸어보았다. 그리고 천천히 옷을 벗기기 시작했다.

“뭐, 뭐 해?”

“씻자.”

“나 혼자 할래.”

“내가 씻겨줄게.”

“싫어. 창피해.”

옷을 벗고 욕조 안으로 들어간 그녀가 몸을 웅크리고 작게 중얼거렸다. 제욱은 그녀의 한마디에 온몸이 민망함으로 붉게 달아오르는 것을 느꼈다.

갑자기 따뜻한 물이 그녀의 등을 타고 흘러내리자 한새가 움찔하고 고개를 들었다가 다시 재빠르게 얼굴을 돌려 버렸다.

“걱정 마. 다시 덮치고 싶어도 아픈 애를 건드릴 정도는 아냐.”

방금 눈에 들어왔던 그의 단단한 허벅지와 거뭇거뭇한 그의 남성에 다시 힘이 들어가 있는 것이 점점 더 그녀를 웅크리게 만들었다. 바로 전 뭐에 홀린 듯 그렇게 열정적인 몸짓을 나누었지만, 이성이 돌아온 이상 그의 얼굴을 마주하는 것이 쉽지 않았다. 그의 뜨거운 눈빛에 다시 한 번 그대로 녹아내릴 것 같아 두려웠다.

커다란 그의 손에 들린 샤워 타월이 아주 부드럽게 그녀의 몸을 구석구석 씻어냈다. 몽글몽글 거품이 온몸을 휘감는 것과 동시에 야릇한 기분 하나와 울컥하는 감정 하나가 뒤섞여 그녀를 괴롭혔다.

"몸 좀 펴봐."

"돼, 됐대도."

"자식, 고집은."

제욱이 머리 위에 샤워기를 들이대는 바람에 한새가 어푸어푸 두 손으로 물줄기를 걷어내며 소리쳤다.

"야! 죽을래?"

"크큭, 그래, 그래야 장한새지."

듣기 좋은 제욱의 목소리가 다시 그녀의 심장을 간질였다.

한새가 자신의 침대에 누워 손톱을 씹으며 허리에 타월을 걸친 채 온 집을 헤집고 다니는 제욱을 힐끔거렸다. 녀석, 진짜 크기도 하다. 그러나 탄탄하고 적당한 몸매에 아기자기한 근육을 뽐내는 것이 전혀 둔해 보이지 않는다. 매끈한 가슴에 묻어 있는 물기가 마치 기름을 바른 듯 먹음직스럽게 보였고, 촉촉하게 젖어 있는 검은 머리가 벨벳처럼 부드러워 보인다. 게다가 배꼽 밑으로 거뭇거뭇한 털이 하얀 타월과 대비되어 상당히 섹시한 느낌을 주는 것에 더 이상 쳐다보다가는 속에 단단히 뭉쳐진 뭔가가 또 터져 버릴 것 같아 한새가 재빨리 고개를 돌려 버렸다.

"약통 어디 있어?"

약간 신경질적인 그의 말투에 억지로 고개를 돌리니 제욱이 입술을 깨문 채 그녀를 내려다보고 있었다. 저건 뭔가 마음에 안 들 때 나오는 버릇이다. 계집애 같다고 그리 고치라고 했더니만! 도톰한 그의 입술이 비틀려 빨간 속살이 보였다.

"괜찮다니까."

"아니, 약국을 하는 애가 왜 집에 비상약 하나 없어?"

"약국에 가면 다 있으니까."

"젠장, 갑자기 집에서 아프면 어떡하려고!"

샤워 가운 위로 따뜻한 그의 손이 느껴지자 그녀가 울컥이는 마음을 더 이상 진정하지 못하고 소리를 꽥 질러 버렸다.

"됐거든? 너 집에 안 가냐?"

그가 눈썹을 날리며 또 입술을 비틀었다. 단단히 마음에 안 든다는 거군. 나도 마음에 안 들어, 빌어먹을! 다른 여자들한테도 이렇게 부드러운 거야, 아니면 아기를 갖겠다고 작정한 여자라서 그런 거야?

샤워 가운을 걸치고 누워 있는 그녀의 모습은 미치도록 유혹적이었다. 제욱은 잠시 말을 잃었다. 자신의 몸이 좀 더 욕심을 내는 것이 느껴졌기 때문이다. 살짝 벌어진 옷깃 사이로 눈부시게 하얀 가슴이 뭉그러져 있는 걸 보고 두 손으로 말캉이는 그 느낌을 다

시 느끼고 싶었다. 젖은 머리에 손을 넣고 부풀어 오른 입술이 터
져 달콤함이 흘러내리도록 빨아대고 싶었다. 하지만 뭐가 또 마음
에 안 드는지 잔뜩 웅크린 그녀의 얼굴이 너무 차갑게 굳어 있어
손을 내밀기도 어려웠다. 자신의 몸은 주체할 수 없이 또 자꾸만
끓어오르기 시작했는데, 냉기를 폴폴 풍기는 그녀가 너무 무정해
서 얄미울 정도였다.

제욱이 이성을 찾으려고 그녀 모르게 살짝 이를 악물었다. 그리
고 털썩 바닥에 주저앉았다. 그때 그녀의 매끈한 다리에 핏줄이
비치는 것이 눈에 들어오며 그의 시야를 흩트려 놓았다. 빌어먹
을! 이성을 찾자. 그리고 아까 하지 못한 얘기를 하자, 그러니
까……

"뭐가 불만이야?"

"불만?"

"왜 잘 즐기고 갑자기 툴툴대냐고?"

"즐긴다? ……됐어. 혼자 있고 싶어."

"왜? 즐긴다는 말이 싫어? 목적이 있는 섹스라지만, 어차피 몸
을 섞을 바엔 서로 즐기는 게 뭐가 나쁜 건데? 말해봐. 안 좋았어?
죽을 만큼 싫었는데 억지로 한 거야?"

"좋.았.어. 그래, 좋더라. 죽여줬어. 그런데 어쩌라고?"

스타카토처럼 끊어지는 한새의 목소리에 그가 꿀꺽 숨을 삼켰
다.

"좋다는 애 얼굴이 왜 이래? 누구 놀리냐?"

"왜 이러냐고? 그러는 넌 뭘 원하는데? 내가 '너무 좋았어' 하면

서 다시 네게 달려들기를 바라? 그런 거야?"

앙칼지게 쏘아붙이는 그녀의 얼굴에 고통이 드러나 있었다. 제
욱은 뒤통수를 한 대 크게 얻어맞은 느낌이었다. 아직 그녀가 친
구와 남자라는 사이에서 갈등하고 있는 것이 확연히 눈에 보였기
때문이다.

"친구끼리는 서로의 육체 반응을 숨겨야 하겠지만, 남자와 여
자는 솔직해야 돼. 왜 그게 나쁜 건데? 빌어먹을!"

제욱이 문을 거칠게 박차고 거실로 나와 흩어진 옷들을 주섬주
섬 챙겨 입기 시작했다. 상처받은 한새의 표정 못지않게 그의 표
정도 처참하기 그지없었다.

쾅! 하고 닫히는 현관문 소리를 들으며 한새가 감았던 눈을 뜨
며 두 팔로 자신을 부둥켜안았다. 아직 방 안에 가득 남아 있는 제
욱의 열기가 그녀의 눈가를 자극하여 자잘한 액체를 만들어내는
것이 느껴졌다. 그래, 좋았다. 아니, 좋았다는 말로만 표현하기 아
까울 만큼 환상적이었다. 그런데 정말 뭐가 문제란 말인가? 조금
전 제욱이 자신을 다그쳤던 것처럼 한새가 자신을 다그치며 몸부
림을 쳤다.

문제는 질투였다. 친구라면서 꽁꽁 숨겨놓았던 감정들을 풀어
놓으니 아름답기보다 추한 게 더 많이 드러났다. 그중에 그녀를
가장 많이 괴롭히는 것이 바로 질투였다. 처음 관계 후, 아무 연락
이 없는 제욱을 보면서 정말 다른 여자들한테도 그리 무정하게 굴
었는지 따지고 싶었다. 친구였을 때는 이리저리 이해가 되는 그의
행동들이 그 앞에서 여자로 서면서 자꾸만 속이 좁아지는 자신을

발견하니 한새는 그런 자신도 밉고, 이렇게 된 상황이 견딜 수 없으며 제욱에게 무작정 화가 났다. 이런 식은 아닌데…… 어차피 녀석의 아이를 가지고 싶어서, 불편한 감정이 들 것을 알면서도 택한 상황 아닌가? 정신 차리자, 장한새! 쿨한 여자 되기가 어디 그리 쉽더냐? 어차피 그의 마음을 얻을 수 없다면 웬만한 건 포기해 버리자고!

한새는 자꾸만 늘어지는 몸을 일으켜 욕실로 향했다. 아직 뜨거움이 가시지 않은 욕실 안에는 뿌연 수증기와 더불어 진한 욕망의 냄새가 가득 차 있었다. 거울의 수증기를 걷어낸 한새가 물끄러미 거울 속 자신을 바라보았다. 얼굴엔 나 금방 황홀한 섹스를 경험했소, 라고 광고를 하듯 아직도 열기가 가시지 않은 자신의 모습이 보였다.

"피식─"

실소를 흘린 한새는 곧 욕실을 정리하기 시작했다.

밤새 생각과 생각이 꼬리잡기를 하는 통에 잠을 설쳐야 했던 한새는 평소보다 늦게 약국에 얼굴을 디밀어야 했다. 그리고 멍해진 머리를 주체 못해 계속 약국 문을 힐끗거리며 나른하게 의자에 앉아 있었다.

"언니, 누구 기다려요?"

새로 들어온 약 상자들을 정리하던 지희가 그녀를 다그치자 한새가 어깨를 살짝 들썩여 보였다.

"기다리긴 누굴 기다려. 참, 한국제약 락잔은 들어왔어?"

"난 또 제욱이 오빠 기다리는 줄 알았죠. 락잔은 오늘 오후에나 들어온대요."

오빠? 한새의 얼굴이 표가 나게 찡그려졌다.

"그런데 언니, 제욱이 오빠 누굴 닮지 않았어요? 아무리 생각해도 누굴 닮은 것 같은데 생각이 안 나요."

"걔가 닮긴 누굴 닮아? 흔한 스타일도 아닌데."

"정말 흔한 스타일은 아니죠. 오늘 아침에 검은색 줄무늬 바지에 보라색 셔츠만 입었는데도 확 눈에 띄더라구요. 남자다워 보이면서도 어딘가 모르게 섬세한 그 얼굴 선 하며……."

"오늘 아침에 제욱이가 들렀다고?"

"네. 아참, 저보고 언니 집에 비상약통 좀 챙겨다 놓으라고 하던걸요?"

"됐어. 지희 씨는 그거 그만두고 약제실 정리 좀 해봐. 이젠 자기가 일을 할 공간이니 지희 씨 손에 맞게 정리를 해야 하지 않겠어?"

"예, 그럴게요. ……그런데 희한하네. 누굴 닮았더라?"

고개를 갸우뚱하며 약제실로 사라지는 지희의 뒷모습을 보며 한새가 작게 얼굴을 찡그렸다. 오빠라니? 아무한테나 오빠 오빠 하며 친하게 구는 건 이십대 초반에나 하는 거 아닌가? 젠장, 둘 다 마음에 안 들어 죽겠네. 아침까지 다잡았던 담담한 마음이 금세 헝클어지는 것을 느끼며 그녀가 고개를 설레설레 흔들었다. 이제 고제욱한테 벗어나자. 응? 자신이 꼭 바람기있는 남편 때문에 안달난 여자 모습을 하고 있는 게 영 마음에 들지 않는다. 잠시 후 한새는 갑자기 떠오르는 생각에 재빠르게 컴퓨터 앞에 앉아 집중하기 시작했다.

제욱이 편집된 영상을 돌려 보며 일에 몰두하는 척했지만 그의 마음은 딴곳에 있었다. 어젯밤, 자신이 심하게 한새를 몰아붙인 건 아닌지 덜컥 걱정이 되는 바람에 마우스를 쥐고 있는 손에 힘이 들어갔다. 너무 담담한 그녀의 모습에 울컥하고 달려든 것은 바로 자신이 아니었던가? 중간에 그녀가 함께 동조를 해주긴 했으나 마지못해 그랬는지도 모른다. 왜 그 생각을 하지 못했지? 여태 여자의 심리를 꿰뚫고 발을 들일 때와 말 때를 정확히 판단하던 자신이 욕망에만 급급해 그녀의 감정 상태를 제대로 읽지 못했다는 것이 마음에 걸리는 제욱이었다. 머리 속에 혼란스러워하던 한새의 표정이 생생히 펼쳐졌다. 아무리 서로 이성으로 대하기 시작했어도 십 년이 넘도록 친구로만 지내왔다가 갑자기 바뀌려니 적응이 안 될 수도 있을 터였다. 남자인 자신도 오락가락해 미칠 지경인데, 아무리 별난 한새라도 그 부분은 받아들이기 아직 힘들 수도 있는 것이다.

"휴, 미치겠군."

손에 쥐고 있던 마우스를 내동댕이친 제욱이 담뱃갑을 뒤적였다. 아니, 언제 여자의 감정을 일일이 신경 쓰며 만났냐? 끈적이고 불편하면 그냥 발을 빼면 되잖아? 그가 자신에게 반문하며 깊게 연기를 들이마셨다. 그게 되냐? 그래도 한때는 모든 걸 나누던 친구였는데.

관자놀이를 문지르며 스스로 대답을 찾은 그가 벌떡 일어나 서성였다. 그게 문제야. 언제까지 친구 친구 할래? 그렇게 뜨겁던 여자를 다시 친구로 볼 자신 있어? 당연히 대답은 노(No)이다. 또다시 원점으로 돌아오는 문제. 제욱이 거칠게 담배를 끄고 사무실 문을 열었다.

대아의 그룹 광고 건에 대해서는 아직 협의점을 찾지 못하고 있는 상태였다. 회의가 생각보다 길어지자 제욱은 이제 슬슬 짜증이 났다. 영화 티저 광고로 그룹 광고를 만들어보자는 의견이 우세가 되면서 그 영화에 출연했던 배우들을 인터뷰해야 하는데, 그중에는 다시는 보고 싶지 않은 한수련도 끼어 있었고, 한수련을 생각하니 조기 두름 엮이듯 한새에 대한 생각으로 귀착이 되는 바람에 심란해 미칠 지경이었다.

"이거 제작3팀으로 넘겨. 난 안 해."

"감독님! 그래도 이 영화 티저 광고는 감독님이……."

"그걸 가지고 삶아 먹든지 말아 먹든지 알아서 하라고 해. 난 처음부터 이 시안은 반대였어. 알지? 하지만 계속 대아에서 우기니까 억지로 따르긴 했는데, 그럼 왜 순수하게 그 필름만 쓰지 못하겠다는 거야? 인터뷰? 지랄한다. 그 영화배우들이 사회와 기업윤리 뭐 이런 것에 대해 제대로 된 생각을 갖고 있기나 할 것 같냐? 어차피 우리가 짠 콘티대로 대답할 거잖아!"

"그래도 이제 곧 대아의 이 실장님이 오신다고 했으니까 다시……."

“됐다, 난 손 뗀다.”

“감독님!”

제욱이 벌떡 일어나 회의실을 빠져나왔다. 그런데 그때 하필이면 통화를 하며 뛰어오고 있는 이경표와 딱 마주치고 말았다.

“좋아. 한새야, 그럼 저녁에 보자.”

한새? 제욱의 얼굴이 묘하게 찡그려졌다. 그의 찡그린 얼굴이 자신의 늦음을 탓하는 것인 줄 안 경표가 휴대전화를 끊고 정중하게 사과를 해왔다.

“아, 고 감독, 미안합니다. 오다가…….”

“차라도 고장 났습니까? 아니면 길이 막히던가요?”

“약속이 세 시 아니었습니까? 오 분도 채 지나지 않았는데요.”

입을 꾹 다문 제욱이 그를 스쳐 지나갔다. 등 뒤에 기가 막혀하는 경표의 눈초리가 따라붙는 것을 느낄 수 있었다. 왠지 기분 나쁜 놈! 처음부터 신경이 쓰이더니 이젠 완전히 그의 속을 뒤집어 놓는다. 그 이유가 한새라는 것을 잘 아는 제욱은 자신의 행동이 도를 넘어선 것을 알면서도 뒤돌아 무례함을 사과할 것을 잊은 채, 사무실 문을 거칠게 열어젖혔다.

“고 감독, 나 좀 봅시다.”

잠시 후, 다른 스텝과 무슨 이야기를 나누었는지 이경표가 그의 사무실에 찾아왔다. 제욱은 간신히 진정해 놓은 신경이 빳빳해지는 것을 느꼈다.

“무슨 일입니까?”

"갑자기 우리 대아 광고를 안 맡겠다뇨? 그 건은 저번에 마무리된 거 아닙니까?"

"마음이 바뀌었습니다. 그 티저 광고를 계속 쓰겠다면 마음대로 하시죠. 이제 내 손을 떠난 거니까."

"우리가 원하는 건 그룹 이미지 홍보입니다. 그 영화는 대아그룹 산하 엔터테인먼트에서 만들었고, 그 영화배우들의 이미지를 쓴다는 것이 뭐가 문제인지 모르겠군요. 어차피 광고란 기업의 상품, 서비스, 이념, 신조, 정책 등을 세상에 알려 소기의 목적을 거두기 위해 하는 투자 아닙니까? 우리가 만든 영화를 가지고 대아 이미지 홍보는 물론 이익 창출을 위한 시너지 효과까지 노리겠다는데 그게 뭐 잘못되었습니까?"

"로맨틱 코미디 영화로 말이죠."

"이번 광고의 주제는 달콤한 기업입니다. 모든 사람들에게 사랑받는 기업 말이죠."

"대아그룹이 상대하는 연령층이 로맨틱 코미디에 열을 올리는 이삼십대 여성들만은 아닐 텐데요? 제 생각에는 차라리 여태 해왔던 것처럼 사회에 환원하는 기업, 온 국민과 함께하는 기업의 이미지를 계속 밀고 나가는 것이 더 낫다고 봅니다. 여기저기 다른 그룹들이 다퉈 그 이미지로 밀고 나가는 바람에 조금 식상해지기는 했지만 그 이미지라면 아무리 강조해도, 그 정도가 지나쳐도 달콤한 기업 이미지보다는 대아에 더 잘 어울린다고 생각합니다."

"이번에 회사 로고를 바꾸면서 저희는 무거운 이미지에서 탈피하고자 노력하는 중입니다. 그래서 찾은 것이……."

"과연 삼십 년 전통 대아의 이미지가 작은 광고 하나로 순식간에 달콤하게 바뀔 수 있다고 보십니까?"

제욱이 던진 질문에 이경표가 잠시 머뭇거렸다.

"이 시안은 당신네 머리에서 나왔고 우리가 오케이 한 겁니다."

"제가 없었을 때 일어난 일입니다. 그러니 제가 손을 떼겠습니다. 대아가 달콤함을 찾겠다면 굳이 말릴 생각은 없을뿐더러, 저와 의견이 안 맞는데 제가 그 티저 광고를 만들었다고 억지로 동참할 생각은 더 더욱 없습니다."

"혹시 한수련 때문입니까?"

작게 스캔들이 있었지만 아마 그는 한수련과 제욱의 관계를 기억하고 있는 듯했다. 제욱이 한층 굳은 얼굴로 대답을 했다.

"대답할 가치가 없군요."

"그럼, 한새 때문입니까?"

"이경표 씨, 지금 얘기가 빗나간다고 생각하지 않습니까?"

날카로운 경표의 눈빛을 지지 않고 받아치며 제욱이 이를 드륵드륵 갈았다. 솔직히 대아에서 어떤 광고를 하든 자신은 이제 관심이 없었다. 그의 회사 입장에서 보면 대아그룹이 스스로의 이익을 위해 선택한 것에 대해 존중해 주고 마음에 들게 광고를 찍어 주면 그만이었다. 그러나 그것은 그의 일 스타일이 아니었다. 하지만 그래도 맡아보겠다고 한 것은 요즘 회사가 어렵다는 소문과 함께 선배이자 대표 이사인 현국이 예술이나 주관도 좋지만 이번만은 적당히 타협해 달라고 부탁을 해왔기 때문이다. 그런데 그 일이 자신과 맞지 않을뿐더러 경표까지 끼어 있으니 더 이상 하고 싶은 마음이 없었다. 오로지 지금 그의 관심은 그가 조금 전에 한 새와 무슨 대화를 나누었는지, 왜 만나는지에 대한 것뿐이다. 하지만 대놓고 물을 수 없는 일. 제욱이 얼굴에 드러나는 불편한 심기를 일에 관한 것으로만 보이도록 적당한 가면을 둘러썼다.

"난 고 감독과 한새가 친구라고 믿고 있었습니다. 그런데 저번에 이상기류가 발견되더군요. 그것이 이번 광고보다 더 신경 쓰입니다."

솔직한 경표의 이야기에 간신히 덮어쓴 그의 가면이 소리없이 무너져 버렸다.

"한새가 친구라고 합니까?"

"그럼 아닌가요? 그건 저번에 고 감독이……."

"이젠 아닙니다."

놀란 경표의 얼굴을 보자니 알 수 없는 만족감까지 밀려든다.

"그때는 친구였는지 모르지만, 지금은 아닙니다. 원한다면 직접 확인해 보시죠. 한새에게 그걸 물어볼 자격이 되는지 모르겠지만."

그의 꽉 쥔 주먹이 곧 얼굴로 날아올 것 같았다. 차라리 먼저 한방 먼저 날린다면 이경표의 딱딱하게 굳은 얼굴 으깨어 버리고 싶다고 생각하는 제욱이었다.

"저 혼자 판단할 수 있다면 고 감독을 포기하고 싶습니다. 하나, 대아에서는 고 감독을 원합니다. 다시 조율하는 방안을 모색해 봅시다."

"저 역시 이 실장님과 함께 일하는 데 많이 불편합니다. 내 여자

와 결혼할 뻔한 남자를 편하게만 대할 수 있는 그리 넉넉한 놈이
못 되어서 말이죠."

"내 여자라니…… 그렇게 됐군요. 아, 오늘 저녁 동호회 일로 만
나기는 했는데, 괜한 저에 대한 감정으로 한새를 오해하는 일이
없었으면 좋겠습니다."

"그것에 관한 것은 한새에게 직접 듣겠습니다."

이경표가 뭔가 하고 싶은 말을 참으며 등을 돌렸다. 그러나 문
을 열고 막 나가려던 그가 갑자기 고개를 돌리고 입을 열자 제욱
이 놀란 눈으로 그를 응시했다.

"한새가 행복해 보이지 않는다고 생각하는 건 제 기우이길 바
랍니다."

제욱이 살짝 고개를 숙여 보이며 그를 재촉했다. 더 이상 그와
마주하다간 자신이 자랑하던 인내심이 격렬하게 폭발하는 것을
보여주게 될 것 같았기 때문이다.

한참을 고민하던 제욱이 한새에게 전화를 걸었다. 경표가 마지
막으로 남기고 간 말이 그의 목을 졸랐지만, 궁금한 건 풀어야 했
다. 무슨 일로 이경표를 만나는지, 무슨 마음인지 꼭 물어보고 싶
었다.

"괜찮냐?"

[어? 어……. 그런데 무슨 일이야?]

"무슨 일이 있어야만 전화해야 돼?"

[아니, 그렇다기보다…….]

"오늘 저녁에 나와. 밥 사줄게."

[오늘은 안 돼. 저녁에 약속있어.]

"무슨 약속?"

아까부터 주저하는 눈치와 매끄럽지 않은 그녀의 목소리. 제욱이 한 손으로 찡그려진 눈썹을 쓰다듬었다. 그의 입 안에 이경표의 이름이 까끌까끌하게 맴도는 게 느껴졌다.

[오늘 요가 동호회 오프 모임이 있거든. 한번 가보려고.]

"그런 데 잘 안 가잖아?"

[경표 오빠 말로는 사람들도 괜찮고, 분위기도 좋다고 하더라고. 저번에는 회식만 했는데, 이제 본격적으로 일주일이 한 번씩 모여서 함께 요가도 하기로 했거든.]

경표 오빠? 어디서 감히 자연스럽게 오빠라는 말이 나와? 제욱이 버럭 소리를 지르고 싶은 것을 애써 참으며 전화기를 고쳐 잡았다.

"운동하는 것도 좋지만, 난 오늘 너랑 같이 밥 먹고 싶다."

[어쩌지? 내일 먹자.]

그의 얼굴이 점점 험악해지고 숨이 가빠졌다.

"그럼 언제 끝나? 데리러 갈게."

[야, 고제욱! 너 지금 말하는 게 꼭 의처증 환자 같은 거 알아?]

가슴이 따끔거린다. 빌어먹을 장한새! 의처증 환자라니! 애초의 약속을 어긴 건 바로 너야. 이게 어디서 양다리를 걸치려고!

"왜 그렇게 생각하지? 내가 널 데리러 간 게 어디 한두 번이야?"

애써 평정을 가장한 목소리는 자신이 듣기에도 낮고 음산했다.

[휴우, 미안. 내가 요즘 신경이 날카로워서 그래.]

"뭐 때문에?"

[그야······.]

"내가 부담스럽냐? 아니면 우리 관계가 부담스러워? 어제도 그렇고, 빌어먹을. 어젠······."

[제욱아.]

갑자기 아이를 어르는 듯한 한새의 목소리에 제욱이 몸을 굳혔다. 곧 수화기 너머 야릇한 신음이 나올 것 같은 허스키한 목소리였다. 분명 부드럽고 유난히 다정한 어조였는데 신경이 바짝 곤두선다. 그 뒤에 나올 말이 무엇일까 손바닥에 땀이 그득 고이며 긴장하게 만들었다.

[널 남자로 보는 게 이렇게 힘든 줄 몰랐어.]

한새가 곁에서 힐끗거리는 지희의 시선을 피하고자 약국을
나와 골목을 서성였다. 하고 싶은 말들이 뇌에 잔뜩 엉켜 버린 듯
머리가 지끈거렸다. 조금 전에 경표가 전화를 해 제욱과의 관계를
물어오기 전까지 그녀는 흔들림이 없었다. 지금 상황이 애매하고
힘들어도 조금 견디면 나아지리라 하는 희망으로 그녀가 그에게
가지고 있는 감정들을 조금 더 솔직하게 풀어볼 생각이었다. 하지
만 이제 제욱과의 관계가 단순한 친구를 넘어섰다는 것이 표면으
로 드러난 지금, 평범하지 않은 두 사람의 계약이 점점 그녀를 두
렵게 만들었다.

[뭐가, 어떻게 힘든데?]

"말로 설명하긴 좀 그래. 복잡해."

[장한새, 너 자꾸 이랬다저랬다할래?]

"다그치지 마. 너도 혼란스럽잖아. 안 그래? 우리가 더 이상 친구가 아닌 남녀 관계로 바뀌었다지만 그렇다고 연인이라고 할 수도 없고, 서로에게 필요한 것만 얻는 뭐랄까……."

[됐다. 알아들었어. 그래서 어떻게 하자는 거야?]

한새가 미간을 손으로 문지르며 약국 앞에 쪼그려 앉았다. 바로 앞 휴대전화 가게의 요란한 음악 소리에 그의 목소리가 묻혀 잡음처럼 들렸다.

"잠깐 시간을 갖자."

[마음대로 해. 하지만…… 생각이라는 거 나도 해봐서 아는데, 어차피 제자리야. 길게 생각하지 마라. 머리만 아파지니까.]

뚝!

전화가 끊겨 버렸다. 대꾸도 제대로 못하고 마무리도 못한 통화가 그녀의 미간을 저절로 구기게 만들었다. 혹시 고장 난 걸까? 요즘 들어 제욱과 통화를 할 때마다 먼저 끊어지는 휴대전화가 이상이 있다고 우기고 싶은 한새였다. 그녀가 휴대전화 가게를 응시하며 고개를 갸웃거렸다.

"휴대전화를 바꾸든지 해야지. 젠장."

늦은 저녁, 집으로 돌아오는 한새의 온몸이 두들겨 맞은 것처럼 아팠다. 처음 시도해 보는 요가라는 것과 낯선 사람들과의 친목을 위해 얼굴을 비롯한 온몸의 근육을 마구 구박했더니 한 걸음 한 걸음 걸을 때마다 뼈마디에서 삐걱거리는 소리가 났다. 제욱과의 통화 후 일부러 그에 대한 생각을 끊고자 부지런히 움직였지만 마음은 더 허전해지고 머리는 더 복잡해졌다. 아까 전화로는 정말 기분이 많이 상한 것 같던데, 내가 이상한 건가? 자식, 혹시 내가 같이 밥 못 먹는다고 해서 굶은 건 아니겠지? 예전에는 하지도 않던 걱정을 하며 한새가 다리를 질질 끌다시피 하여 집 앞에 도착했을 때, 쪼그리고 앉아 담배를 피우고 있는 익숙한 그림자를 만났다. 그녀의 가슴이 콩닥거림과 동시에 안도감이 들었다.

“술 먹었니?”

“어.”

“그럼 들어가서 자지 여기서 뭐 해?”

“혼자네.”

“그럼 혼자지, 누굴 데리고 왔을까 봐?”

예전과 다름없는 대화지만 뭔가 매끄럽지 못한 감정선이 눈에 보이는 것에 한새가 애써 불편한 마음을 숨기며 그를 밀고 대문의 손잡이를 잡았다. 그녀의 등 뒤로 툭 담배꽁초 떨어지는 소리가 난 후 제욱이 그녀의 어깨를 잡았다. 고개를 숙인 한새의 눈에 수북한 담배꽁초가 보였다.

“생각 다 했냐?”

“뭐?”

가로등을 등지고 있는지라 제욱의 표정을 볼 순 없지만 그의 거친 목소리는 무언가를 많이 참고 있다는 느낌을 주었다. 한새가 그가 말하고자 하는 것을 이해하고 잠시 복잡한 표정을 짓자 그가 난데없이 다가와 그녀의 입술을 덥석 베어 물었다. 매콤한 담배

맛과 쌉싸래한 알코올 기가 입 안 가득 퍼졌다. 한새가 본능적으로 몸을 움츠렸다. 하지만 갑작스러운 키스와는 대조적으로 그의 움직임은 매우 조심스러웠다. 입술 위에 자잘한 키스를 퍼붓다가 머뭇거리듯 혀로 입술 선을 더듬으며 그녀의 동정을 살피는 기색이 느껴졌다.

그녀가 눈을 감고 살짝 입술을 벌려주었다. 기다렸다는 듯이 매끄러운 그의 혀가 들어와 아주 부드럽게 그녀를 안아주었다. 머리에서 윙윙거리는 소리가 나고 그에게 꽉 잡힌 어깨가 쑤셔왔지만 한새는 꼼짝을 할 수가 없었다. 키스가 깊어질수록 온몸에 힘이 빠지며 그의 품 안에 자연스럽게 녹아들고 있던 것이다. 다리가 후들거려 그의 옷깃을 잡고 늘어지게 된 그녀가 억지로 발돋움을 하여 그의 목을 감았다. 어린아이를 달래듯 마냥 달콤한 키스에 피로가 싹 가시는 것 같았다.

"하아."

갑작스럽게 그녀에게서 떨어진 제욱이 어깨를 잡고 숨을 고르는 사이 그녀가 정신을 차리려고 작게 도리질을 해 보였다. 이제 거부할 수 없는 그의 키스. 머리보다 한 걸음 빠른 육체의 반응이 이제 그녀를 부끄럽게 만들었다.

"이게 정답이다."

제욱이 뜻 모를 이야기를 중얼거리며 그녀의 입술을 한 번 더 쓸더니 등을 돌리고 그의 집으로 들어가 버렸다. 멍한 상태의 한새가 대문에 기대서서 그의 뒷모습을 바라보았다. 부드러운 키스가 새겨진 마음이 심하게 아리기 시작했다.

휴대전화로 머리를 두들기며 제욱이 사무실을 서성이고 있었다. 한새가 사라졌다! 오늘 아침 평소와 다름없이 약국에 들른 그는 뜬금없는 정혜의 이야기에 하마터면 악! 하고 소리를 지를 뻔했다.

"얼마 전부터 여행 가고 싶다고 했어. 아마 나 미국에 들어가기 전까지는 돌아올 거야."

한새 대신 정혜가 바쁜 와중에 약국을 봐주고 있었다. 잔뜩 얼굴을 찌푸린 제욱의 눈치를 살피며 정혜가 한새를 두둔하고 나섰지만 그는 갑자기 끓어오르는 화에 인사도 없이 약국을 뛰쳐나오고 말았다. 그리고 그녀가 갔을 만한 곳 여기저기에 전화를 해보았지만 흔적을 찾을 수 없자 이제 막 폭발하기 일보 직전이었다. 어제 이상한 이야기를 지껄이고 경표와 더불어 동호회 사람들을 만난다고 했을 때도 한발 양보해 주었다. 그리고 집 앞에서 두 시간이나 넘게 기다려 간신히 그녀의 얼굴을 보았을 때, 화 대신 키스로 그녀를 벌주려 하였다. 지금 그녀가 혼란스러운 만큼 그 역시 복잡하다는 것을 알려주고 싶었기 때문이다. 그러나 지친 그녀의 표정을 보는 순간 이상하게 마음 한쪽이 심하게 쓰려왔다. 그래서 서툰 말로 위로도 할 수 상황에서 입맞춤으로 그의 마음을 전달하려 했다. 그가 고민의 끝에 두 사람이 육체적으로 강하게 이끌리고 있다는 사실을 받아들인 것처럼, 그녀도 친구라는 올가미에서 빠져나와 지금 느끼고 있는 그대로의 그를 받아들이길 바랐다. 하지만 자신이 바랐던 바와 달리 그가 작은 키스의 여운 때문에 엉뚱하게 밤을 설친 반면, 그녀는 아무 얘기도 남기지 않고 떠나 버렸다. 강한 배신감이 그의 가슴을 휘저어놓았다.

〈어디냐? 연락해라.〉

제욱이 문자 메시지를 쓰다가 다시 지워 버렸다.

〈장한새! 빨리 연락 안 하면 나 화낸다.〉

이것도 아닌데! 빌어먹을!! 다시 한 번 꺼져 있는 그녀의 휴대전화의 번호를 누르는 그의 손이 분노로 부들부들 떨리고 있었다.

그 다음날도 한새와 연락이 되지 않았다. 제욱은 분노를 차곡차곡 쌓아놓는 한편, 그녀를 이해하려고 해보았지만 역시나 약이 올랐다. 이경표와 혹시 연락을 하는지 일부러 다시 프로젝트를 맡아 회의를 하며 그의 눈치를 보았지만, 그가 아무 반응을 보이지 않자 제욱은 애꿎은 볼펜만 구박했다.

"그럼 그 영화 티저 광고를 쓰고, 중간중간에 배우 대신 일반인을 넣자는 데 합의를 본 건가요?"

이경표와 함께 온 대아그룹의 젊은 여자 이사가 코맹맹이 소리로 그의 주위를 끌었다. 제욱이 딴생각에 빠져 있다가 고개를 돌려 그녀를 바라보았다.

"좋습니다. 그럼 이번 주에 섭외를 끝내고 다음 주에 촬영 들어가죠."

이경표가 딱딱한 얼굴로 인사를 하고 돌아섰다. 회의를 하던 사람들이 웅성거리며 자리를 뜨자 제욱도 노트북을 챙겨 들고 일어섰을 때, 한 여자의 그림자가 그의 시선을 끌었다.

"오늘 저녁 시간 되세요? 제가 저녁 한번 사고 싶은데요."

대아그룹 외손녀라고 했나? 이름도 기억나지 않은 에고이스트 향기를 바라보는 제욱의 얼굴에 짜증이 묻어났다.

"다음에 일이 끝나면 하죠."

"그때는 유럽 지사 순방을 떠나서 제가 한국에 없을 것 같은데."

명백한 유혹의 냄새가 그의 코를 간질인다. 그녀의 뒤로 자신을 바라보는 이경표의 눈길이 느껴졌다. 그래, 시간을 갖자고 했다. 명확하게 선을 긋지 않았지만 계약에 위반되지 않는 한 연애도 상관없다고 했던가? 코에 주름을 잡은 채 제욱이 속으로 자를 꺼내어 경표와 한새 사이의 거리를 재었다. 나도 그만큼만 해주리라. 마침내 특유의 매력적인 미소를 지으며 제욱이 고개를 끄덕였다.

"좋습니다."

"일곱 시에 밑에서 기다릴게요."

여자가 만족한 웃음을 흘리며 멀어져 갔다. 이경표가 제욱을 한번 힐끗거리고 그녀의 뒤를 따랐다. 유치하게도 만약 두 사람이 연락이 된다면, 이 얘기가 한새의 귀에 들어가리라 생각하는 제욱의 머리가 조금 가벼워지는 것 같았다.

저녁에 에고이스트 향의 여자와 함께 찾은 레스토랑은 공교롭게도 얼마 전에 한새와 함께 식사를 한 곳이었다. 물론 예전의 애

인들과 함께 한 번씩 들른 코스 같은 곳이었는데, 오늘은 그 감회
가 남다른 제욱이었다.

"꼭 한 번 저녁을 함께하고 싶었어요."

옷은 언제 갈아입었는지 딱딱한 정장 대신 부드러운 쉬폰 드레
스를 입은 여자가 팔을 뻗어 그의 손을 토닥거렸다. 살짝 얼굴을
붉히는 여자의 화장은 완벽 그 자체였다. 제욱이 살짝 미소를 지
으며 고개를 갸웃거렸다.

"왜 하필 접니까?"

"그거야, 당신이 마음에 드니까."

매끄러운 그녀의 목소리에 제욱이 호탕한 웃음을 내뿜었다. 그
런데 그의 속은 하나도 즐겁지 않았다. 분위기도 완벽하고, 여자
도 완벽하고 모든 게 예전에 그가 추구했던 데이트 코스건만 이상
하게 마음이 불편하고 뭔가 허전함을 느끼고 있었다. 식사를 하는
중간중간 대화는 담백하고 솔직했으며, 술을 한잔 나누는 내내 여
자는 끈적이지 않고 유쾌했다. 그러나 제욱은 시간이 갈수록 불편
함을 느꼈다. 눈앞에 청바지를 입고 아이까지 데리고 와서는 싫은
티를 팍팍 내던 한새가 아른거렸다. 비싼 밥을 먹여줬더니 체하기
나 하는 녀석! 종알거리며 한마디도 지지 않고 받아치던 그녀의
목소리가 귓가에 아른거렸다.

"안 내려요?"

그가 정신을 차렸을 때는, 호텔 엘리베이터 안이었다. 그제야
조금 전 마티니 몇 잔을 나누며 무언의 사인을 주고받았던 것이
생각났다. 여자가 그의 넥타이 끝을 잡고 엘리베이터 밖에 내려서

서 요염하게 그를 올려다보고 있었다. 깜빡이는 인조 속눈썹이 아슬아슬하게 보이는 것에 제욱이 잠깐 눈을 감았다 뜨고 사방이 거울로 되어 있는 엘리베이터 안을 둘러보았다. 유혹적인 여자의 팔에 잡혀 있는 자신의 모습이 낯설었다.

"쉬다 와."

제욱이 간단한 손동작으로 여자의 팔을 뿌리치고 신경질적으로 닫힘 버튼을 눌렀다. 엘리베이터 문이 닫히면서 여자의 황당해하는 표정과 그의 찡그린 표정이 겹쳐졌다.

한새의 행방불명 사 일째, 제연을 데리고 집으로 온 그는 계속 두리번거리며 한새를 찾는 제연을 못마땅하다는 듯이 바라보았다.

"새는? 하, 한새는?"

"몰라."

"또 싸, 싸워…… 웠어?"

"아니."

"어디 가, 갔어?"

"누나는 왜 나는 제쳐 두고 한새만 찾아?"

"한새 도…… 동생. 내 동생."

미친! 한새가 누나 동생이면 난 어떻게 되는 거냐고! 제욱이 입으로 뛰쳐나오려는 말을 간신히 삼켰다.

"한새 보고 싶어."

제연이 말간 눈으로 제욱을 올려다보며 중얼거렸다. 그가 두 손으로 마른세수를 하며 등을 돌렸다. 머리 속이 아득하다. 죄책감,

분노, 그리고 정체 모를 감정이 그의 어깨에 대롱대롱 매달려 그를 짓누르는 것이 느껴졌다.

사무실에서 하릴없이 컴퓨터 바탕화면만 바라보고 있던 제욱이 갑자기 메신저에 뜨는 한새의 대화명에 벌떡 몸을 일으켰다. 그리고 마우스로 그 이름을 클릭하고 분노로 콩닥거리는 심장을 진정시키기 위해 담배를 꺼내 물었다. 그의 숨이 거칠었고 얼굴은 어느새 벌겋게 달아오른 채였다. 하지만 마음 한구석에 안도감이 피어오르며 아직 한새가 그를 져버리지 않았다는 사실에 조금은 분노가 가라앉는 게 느껴졌다.

〈회사야?〉
〈넌 어디야?〉
〈피씨방.〉
〈거기서 뭐 하냐?〉
〈오랜만에 스타 한판 할래?〉

하아, 일주일 만에 눈앞에도 아니고 메신저에 나타나서는 게임을 하자니! 게다가 그렇게 사람 속을 썩여놓고 아무렇지도 않은 듯한 말투까지! 얄밉고 황당하기 그지없다. 제욱이 담배를 질겅거리며 침착함을 가장한 채 자판을 두들겼다.

〈갑자기 스타라니? 이번에도 게이머 물었냐?〉

<버스 기다리는데 시간이 남아. 할 거야, 말 거야?>
<방 만들어.>

한새의 스타크래프트 실력은 최강이었다. 한때 연하의 프로 게이머와 연애를 했던 그녀는 그에게 전수받은 실력으로 번번이 제욱을 가볍게 이겨 그를 약 오르게 만들었다. 다른 때 같으면 게임에 몰두를 해서 어떻게든 한 번 이겨보려 하겠지만, 이번에는 다르다. 다른 생각들이 머리에 가득 차 무의식적으로 마우스와 단축키를 눌러대는 제욱이었다.

<그렇게 하다간 또 당한다.>

게임 도중 한새가 말을 시키자, 제욱이 자신의 유닛을 클릭하다가 깜빡이는 글자를 한참 바라보았다.

<어디야?>
<청주.>
<데리러 갈까?>
<버스표 끊었어.>
<언제 도착이야?>
<너 화 안 났어?>

당연히 화가 난다. 하지만 무조건 반사적으로 아무렇지도 않은

듯 그녀의 행동에 대처하는 자신이 더 우스우면서도, 이런 알쏭달
쏭한 상황에서 그녀가 던진 질문에 어떻게 대답을 해야 할지 몰라
제욱이 대답 대신 물음표를 가득 화면에 채웠다. 그 다음 계속 일
상적인 대화가 이어졌다.

<흐흐. 이러니까 예전 생각 난다.>

<무슨?>

<우리가 친구였을 땐 매일 이렇게……>

그녀의 한마디에 멍해진 제욱이 이제 모든 행동을 멈춘 채 화면
을 바라보았다. 모니터 가득 한새의 유닛이 작정하고 달려드는 것
이 보였다. 그의 눈앞이 뿌옇게 흐려졌다. 친구! 머리에 가득 차는
한 단어에 그가 마우스를 던져 버리고 회전의자를 빙그르 돌려 창
밖을 바라보았다. 등 뒤에서 게임의 종료를 알리는 요란한 효과음
이 그를 조롱하는 듯했다.

한새와 제욱이 보글거리는 낙지볶음 앞에서 침묵을 지키고 있
었다. 같은 침묵인데 색깔이 다른 침묵이 음식 냄새와 섞이며 한
새를 허기지게 만들었지만, 그녀는 수저를 들 수 없었다. 제욱이
딱딱한 얼굴로 그녀를 외면한 채 반찬만 뚫어지게 바라보고 있었
기 때문이다.

"또 져서 화났냐?"

일부러 장난치듯 그녀가 말을 걸어보았지만 음식점에 도착한

이후 묵묵부답이었던 것처럼 그는 대답이 없었다.

"에이씨, 연락 안 했다고 삐친 거야? 휴대전화가 고장 나서 버렸다니까."

"어디 갔었냐?"

분명 그가 화를 낼 줄은 알았지만 소름 끼치도록 냉기를 품고 있을 줄은 몰랐다. 동정을 살피고자 같이 게임을 하자며 그의 눈치를 보았을 때는 별말없던 녀석이 얼굴을 보자마자 딴사람같이 구니 한새는 죽을 맛이었다.

"청주에 있는 미혼모의 집에 봉사 갔었어."

"미혼모의 집?"

"응. 저번에 헬프 싱글 맘이라는 동호회 들었거든."

"거기서 쌈질이나 했냐? 얼굴은 또 왜 그래?"

제욱이 멍든 그녀의 이마를 노려보자 한새가 머리를 쓸어 모아 상처를 가리며 얼굴을 붉혔다.

"파우더로 가렸는데도 표나?"

"왜 그러냐니까?"

"아, 싸움 말리다가."

"무슨 싸움?"

"야, 죄인 취조하는 것도 아니고 네가 져서 낙지볶음 사는 거면, 이거라도 먹게 해주고 닦달해야 하는 거 아냐?"

"대답부터 하고 먹어."

잠깐 고집쟁이 고제욱을 잊었었다. 한새가 못마땅한 얼굴로 낙지를 뒤적이며 이야기를 풀어놓기 시작했다.

"그 시설에 스물네 살 먹은 여자가 있거든? 이제 임신 오 개월인데 이름은 유진이고 참 착해. 그런데 유진이가 사랑하는 남자가 있었는데, 양가에서 반대를 했다나 봐. 그래서 두 사람 사이에 아이가 생기면 부모님들의 생각이 바뀔 거란 생각에 아기를 가졌는데, 갑자기 남자가 자신없다고 해서 혼자 집에서 도망쳐 나왔대. 처음엔 혼자 뛰쳐나왔으니 엄청 고생했겠지. 그러다 어떻게 시설을 알게 되어서 들어왔고, 그곳의 도움을 받으며 구슬 끼우기 뭐 이런 일을 하면서 근근이 살았거든? 그런데 얼마 전에 어떻게 알았는지 남자가 부모님을 모시고 시설에 찾아온 거야. 시설이 발칵 뒤집히고 장난도 아니었어. 유진이 부모님이 남자를 윽박지르고 유진이를 데리고 가려고 하는데 걔는 안 가겠다고 버티고…… 그런데 유진이가 울면서 그러더라. 배신한 남자를 용서할 수 있었던 건 아이 때문이었다고. 남자를 노려보면서 펑펑 우는데 얼마나 마음이 아프던지. 여긴 유진이 아버님이 그 남자를 때릴 때 곁에서 말리다가 이렇게 된 거야."

"잘하는 짓이다. 그러게 그런 델 왜 가?"

"내 마음 모르겠어?"

"뭐?"

"알고 싶었어, 아이를 혼자 낳으려는 여자들의 마음을. 내가 감당할 수 있을지, 알아보고 싶었거든."

"그래서?"

"그래서는 뭐, 생각만 열심히 했지. 결론은 안 나는 거 있잖아."

"그럴 줄 알았다."

"그래도 느낀 건 많아. 유진이가 그러더라, 다른 여자들은 어떤지 몰라도 자신은 사랑하는 사람의 아이니까 용기가 나더래. 무조건 반사적인 모성애도 갑작스레 생기는 건 아닐 거라고 하더라."

"장한새, 네가 생각하는 건 그것뿐만 아니잖아."

"응?"

"아이가 아니라 너와 나, 근본적인 걸 생각했어야지."

"그것도 생각해 봤어. 하지만……."

"너와 나, 그래, 맨 처음은 아이라는 구실로 유치원생 같은 발상으로 시작했지만, 서로 간절히 끌리고 있다는 건 인정해야 할 거야. 그렇지?"

"고제욱!"

"내 얘기부터 들어! ……네가 뭐 때문에 힘든지 잘 모르겠지만, 저번에도 말했듯이 이제 우리는 더 이상 친구가 아니다. 아까부터 이상한 얘기로 얼렁뚱땅, 예전처럼 대충 네 가출 문제를 마무리 짓고 싶은 모양인데, 여기서 그냥 이렇게 끝내면 너랑 나랑은 더 이상 아무 사이도 될 수 없어. 알아?"

할 말이 없었다. 한새가 고개를 숙이고 낙지볶음을 뒤적였다. 그 며칠 동안 그녀가 내린 결론은, 솔직하게 고백을 하고 받아들여지지 않을 거라면 다시 원점으로 돌아가는 것이었다. 그의 말대로 처음의 시작은 아이였다. 그녀도 간절히 바라는 제욱의 아이. 하지만 아이는 이기심으로 만들 수 없다. 그건 신의 축복이자 운명인 것이다. 그를 보지 않으면서 솔직히 친구인 제욱이 아니라 남자인 제욱이 더 그리웠다. 하지만 아이가 생긴 후, 그가 달라질 것을 생각하면 견딜 수가 없었다. 유진은 강했지만, 그녀는 그렇지 못하다는 것을 며칠 동안의 경험으로 절실히 깨달았던 것이다. 정말로 제욱 대신 아이에게만 만족해서 살 수 있을까? 손은 두 개인데 잡고 싶은 것은 너무 많았다. 제욱, 아이, 친구, 가족……. 결국 그녀가 선택한 것은 가족과 친구였다. 그런데 제욱이 더 이상 친구가 아니란다. 그녀의 몸은 원하지만 자신이 원하는 감정의 선을 알면서도 그걸 줄 수 없다고 한다. 가슴이 답답해지고 눈가가 묵직하게 젖어들었다.

"젠장, 왜 이렇게 매워?"

일부러 손부채로 열심히 입에서 나는 열기를 식히는 척하며 눈가가 젖어든 것을 숨기려 해보았지만 제욱이 더 빨랐다. 잠시 그녀의 벌게진 눈두덩을 바라보던 그가 무채를 밀어주었다.

"물 마시면 더 맵다. 차라리 이 무를 먹어."

하지만 한새는 그가 내민 접시를 외면하고 물 컵을 들고 벌컥거렸다. 고개를 젖히니 하얀 천장이 눈에 들어왔다. 천장에 매달린 기다란 형광등이 깜빡거리며 그녀를 조롱하는 것 같았다. 이젠 되돌아갈 수 없어.

그 후, 두 사람은 말없이 술을 비웠고 둘 다 얼굴이 보기 좋게 붉어지자 자리를 접고 일어나 거리를 두며 걷다가 택시를 탔다. 좁은 택시 안에서도 두 사람의 간격은 좁혀질 줄 몰랐다. 각자의 창문에 기대어 상념에 빠진 채 서로를 외면하느라 점점 더 거리가 멀어졌다.

제욱아, 무슨 생각 해? 나쁜 새끼! 이대로 그냥 덮어두면 안 돼?

그냥 예전처럼 너 볼게. 내가 욕심 부린 거 그냥 모른 척해주지, 사람 왜 이렇게 비참하게 만드냐? 그녀의 뇌가 횡설수설거렸다. 한새가 머리를 창문에 찧으며 얼굴을 찡그렸다. 그때 제욱의 커다란 손이 다가와 그녀의 손을 가두었다.

"미안하다."

뜻 모를 제욱의 말에 한새가 고개를 돌려 그를 바라보았다. 수려한 그의 옆얼굴이 네온사인에 울긋불긋 물들어 있었다.

집에 다다르자 두 사람 사이에 기묘한 긴장감이 팽팽히 맞서며 두 사람을 머뭇거리게 만들었다.

"누나 와 있어. 집에 들렀다 가라."

"오늘은 그냥 갈게. 피곤해."

그녀의 말대로 정말 한새는 피곤해 보였다. 하지만 제욱은 이대로 헤어지고 싶지 않았다. 그가 성큼성큼 앞장서서 그녀의 집 안으로 들어가자 뒤에서 머뭇거리던 한새가 따라 들어왔다. 며칠 비워둔 그녀의 적막한 거실이 꼭 그녀의 마음 같다는 생각이 들자, 제욱이 여기저기 환하게 불을 켜고 익숙하게 주방을 뒤지며 커피를 준비하기 시작했다.

"커피에 설탕 좀 많이 넣어줄까?"

제욱이 고개를 내밀고 한새에게 물었지만 대답이 없었다. 그녀가 가방을 팽개친 채 소파에 널브러져 눈을 감고 있는 것이 보였다.

"장한새, 씻고 자."

그가 작게 그녀의 어깨를 흔들어보았으나 그녀는 깨어날 줄 몰랐다. 제욱이 그녀의 이마에 난 멍을 살짝 쓸어보았다. 얼굴이 저절로 찡그려진다. 제대로 약도 안 바르고 퍼렇게 멍들어 있는 것이 전염된 듯 똑같이 그의 이마에도 아릿함이 느껴졌다.

제욱이 머리를 살짝 넘겨주자 그녀가 얼굴을 찡그리며 몸을 동그랗게 말았다. 작다. 이렇게 작았나? 제욱이 그녀의 곁에 앉아 그녀를 품에 안았다. 포근한 느낌과 그녀의 체취가 그를 설레게 만들었다. 얼마나 그리워했던 순간인가! 제욱은 눈을 감고 그 느낌을 즐겼다. 그러나 곧 머리에 들어차는 한새의 우울한 표정에 번뜩 정신을 차리며 눈을 떠야 했다. 한새를 간절히 원한다. 하지만 그러면 그럴수록 녀석을 아프게 할 수밖에 없다. 그녀가 친구라는 관계와 아이에 대해 갈등을 하고 있는 반면, 자신은 처음엔 아이를 원했지만 이제는 친구가 아닌 여자로서 그녀를 더 원한다는 것을 깨달았기 때문이다. 순간 그의 몸이 욕망으로 뜨겁게 달궈졌다. 자고 있는 녀석 앞에서 지금 뭘 하는 짓인지! 제욱은 자신의 짐승 같은 욕정이 창피하고 불쾌하게 느껴지자 벌떡 몸을 일으키고 거실을 서성이기 시작했다.

한새가 눈을 떴을 때는 한낮이었다. 그녀가 무거운 머리를 흔들며 일어나 자신의 방을 둘러보았다.
'언제 방에 들어와서 잤지?
어제 들어오자마자 잠깐 쉬고 싶다 생각하고 소파에 기대었던 것이 기억이 났다. 그런데 지금은 자신의 침대 위, 곁에 물수건과 계란이 뒹구는 것이 보였다. 한새가 계란을 손으로 들어 이마를 문지르며 방문을 열었다.

"언니?"

"새야!"

거실에 제연이 휠체어에 앉아 빨래를 개고 있는 것을 보고 한새가 달려가 그녀의 손을 잡았다.

"언니, 어떻게 왔어?"

"제, 제욱이."

"그래? 언니, 어디 아파? 복지원은?"

"보, 복지원 수리해."

제연이 기뻐하며 한새의 얼굴을 만지다가 이마에 난 멍을 더듬었다.

"욱이가…… 계속 이거 하, 하래."

그녀가 계란을 들어 한새의 이마를 문질러 주었다. 아, 그럼 어젯밤에 침대에 누인 것도 제욱이겠군. 한새가 그제야 얌전하게 잠옷으로 갈아입은 것을 내려다보고 제연 모르게 얼굴을 붉히며 한숨을 쉬었다. 그녀의 마음을 들쑤셔 놓았던 일은 정녕 꿈이 아니었던 것이다.

하루종일 제연과 보내는 동안 한새는 제욱이 신경이 쓰여 견딜수 없었다. 이제 맨정신으로 다시 시작해야 하는 그와의 관계가 부담스러웠다. 어젯밤 술 먹던 도중 그녀를 뚫어지게 바라보며 중얼거리던 그의 모습이 생각이 났다.

"내가 널 원하는 것처럼 너도 날 원해. 안 그래?"

그가 원하는 남녀 관계의 끝이 뻔한 가운데, 그에 대한 욕망을 더 이상 숨길 자신도 없는 자신의 약함이 한없이 한심스러웠다. 제연과 함께 책을 읽고, 비디오를 보는 내내 그녀의 생각이 허공에서 안타깝게 몸부림쳐 댔다.

제욱은 퇴근하고 바로 그녀의 집에 나타났다. 비를 약간 맞은 듯 머리를 털며 들어서는 그에게서 비 냄새가 났다. 한새가 자신도 모르게 훅 하고 숨을 들이쉬곤 그에게 수건을 던져 주었다.

"밥은 제연 언니 데리고 네 집 가서 먹어."

그에게 등을 돌리며 제연이 못 듣도록 한새가 나지막이 속삭였다.

"이젠 여기서 살 거야."

"뭐?"

한새가 고개를 돌리고 눈을 동그랗게 뜨며 그에게 부연 설명을 원했으나, 그는 가볍게 그녀를 지나쳐 제연의 곁에 앉으며 TV에 시선을 줄 뿐이었다.

"고제욱!"

"누나가 말 안 했어? 우리 집 수리 들어갔어."

"야!"

"누나랑 나랑 다 여기서 살 거야. 그래도 되지?"

"그게 무슨 말이야?"

제연이 한새를 이상하게 바라보자 당황한 것은 자신뿐이란 것을 깨달은 그녀였다.

"누나, 내가 한새랑 같은 방 쓴다."

“으응?”

한새의 얼굴이 하얗게 질렸다.

“나 한새랑 연애해.”

창백한 한새의 손에 이끌려 정원으로 나온 제욱이 단호한 표정으로 그녀와 마주 섰다. 당황함에 어쩔 줄 몰라 하며 애써 할 말을 고르는 한새의 모습이 안타까웠으나, 그는 더 이상 그녀의 마음을 헤아려 줄 여유가 없었다. 그녀가 사라진 요 며칠 동안, 수많은 생각들로 번민의 밤을 보내야 했던 그로서는 그것이 최선의 선택이라고 믿었기 때문이다. 물론 한새와 연애를 한다는 것 자체가 낯설었을 뿐 아니라, 연애라는 전제하에서는 지금의 관계가 어떻게 변할 것이며 어떤 식으로 그녀와 연애를 해야 하는지에 대해서는 자세히 생각해 보지 않았기에 제욱 역시 난감하기 마찬가지였다. 단지 지금 한새에게 느끼고 있는 감정이 여태 다른 여자들에게 느꼈던 감정들과 사뭇 다른 것에 혼란을 느끼며 무작정 그녀를 붙잡기 위해 극단적은 방법을 썼을 뿐, 그것이 처음으로 자신의 심장이 시키는 대로 충실하게 반응한 것이란 걸 제욱 자신은 아직 깨닫지 못하고 있었다.

"너, 지금 뭐 하자는 거야? 대체 너 제정신이야?"

"네가 안 보이는 동안 너만 그렇게 고민했을 것 같냐? 그래, 내가 터무니없다는 거 알아. 지금 나 역시 이런 내 모습이 낯설기는 마찬가지니까. 하지만 확실한 건…… 확실한 것은 지금 내가 널 간절히 원한다는 거야. 아니, 우리가 서로 간절히 원한다는 거지. 그런 게 연애 아닌가?"

그녀가 뭐라 반박을 하기도 전에 제욱이 황당한 표정의 한새를 품 안에 강하게 가두어 버렸다. 생각 같아서는 그녀의 달콤함에 취해 입술을 빼앗고 하루종일 그리워했던 그녀를 마음껏 탐하고 싶었다. 하지만 그는 그대로 그녀를 안고 있는 걸로만 만족해야 했다. 등 뒤에서 제연의 눈길이 느껴졌기 때문이기도 하지만, 한새가 난데없이 그의 품 안에서 부들부들 떨기 시작했기 때문이다. 그녀는 한 마리 길 잃은 작은 새 같았다. 제욱이 더욱 그녀를 보듬어 안으며 토닥거렸다.

"헷갈려 하지 마. 그럼 나도 헷갈려. 그냥 마음이 가는 대로 가자."

"마음이 가는 대로? 누구 마음대로 연애래? 넌 여태 다른 여자들과 이런 식이었니? 네 마음대로 연애하자고 통보하고, 그냥 따라오라고 하면 여자들이 다 좋아하던?"

"장한새!"

"놔, 이 자식아! 나도 생각할 시간을 줘야 할 거 아냐! 무턱대고 집으로 쳐들어와서 뭐? 우리가 제대로 시작한 것도 아니고, 게다가 십 년을 넘게 선을 그어놓고 친구로 지냈어. 그런데……."

"감정에 충실한다는 것이 뭐가 나빠! 그리고 만날 친구, 그놈의 친구 소리는 이제 그만 할 수 없냐? 빌어먹을!"

한새를 거칠게 뿌리치고 돌아선 제욱이 화를 가라앉히려고 커다랗게 심호흡을 했다. 명치끝이 찌르르 쑤셔옴과 동시에 머리가 화끈거리는 바람에 그의 얼굴이 벌겋게 달아오른 채였다.

"네 감정에 충실하는 건 좋은데, 다른 사람의 것도 배려할 줄 알아야 하는 거 아냐? 최소한 내가 아는 친구 고제욱은 그랬어!"

입 안이 쓰다. 그녀의 으르렁거리는 한 마디 한 마디가 그를 더 달아오르게 만들었다. 제욱이 그녀의 얼굴을 부여잡고 이성을 되찾으려 애쓰는 듯 낮은 목소리로 입을 열었다.

"나 더 이상 네 친구 고제욱 아니다. 자꾸 안고 싶어 죽겠는데 친구라고? 자꾸 만지고 싶은데 친구는 개뿔! 대체 몇 번 말해줘야 돼?"

그녀가 벌게진 얼굴로 계속 바둥거리자 제욱이 이제 그녀의 손을 잡아채며 거칠게 머리를 쓸어 올렸다.

"놔!"

"그 얘긴 여기서 끝내. 그리고 어서 들어가자. 누나 걱정한다."

"너, 너…… 너, 넌 오늘 거실에서 자!"

"장한새!"

"그날이란 말이야, 이 나쁜 놈아!"

결국 그녀를 놓아줄 수밖에 없었다. 제욱이 멍한 기분으로 그녀가 사라진 곳을 바라보았다. 여태 마음을 들쑤셨던 불같은 감정이 머뭇거리는 자리에 낯선 뭉클한 감정 하나가 덜컥 들어섰다. 그날이라면 아직 아기가 생긴 건 아니구나. 하긴…… 그런데 뭔가 서운하기도 하면서도 안도감이 드는 건 왜일까? 한새가 돌아서기 전 그녀의 눈에 살짝 내려앉은 이슬도 같은 감정이 빚어낸 것이었을까? 제욱이 허둥대며 호주머니를 뒤져 담뱃갑을 찾았다. 거실에서 걱정스러운 눈빛으로 그를 바라보고 있는 제연의 눈길이 아직도 느껴졌다.

아침에 눈을 뜬 한새가 평소와 다른 느낌에 벌떡 일어나 주위를 둘러보았다. 분명히 자신의 침대인데 분위기가 달랐다. 아, 어제! 제욱과 입씨름을 하다가 들어와서 제연을 보기 민망해 침실에 곧장 숨어들었고, 새벽까지 그녀의 신경을 거슬리게 하는 거실의 잡음 때문에 잠을 이루지 못했던 것이 생각났다.

한새가 머리에 인 까치집을 대충 손으로 만진 다음 거실로 나왔다. 시계는 분명 아침 여섯 시를 넘기고 있었는데 집 안이 조용하다. 살금살금 뒤꿈치를 들고 화장실에 다녀온 그녀가 거실 소파에 쪼그리고 자고 있는 제욱의 등과 맞부딪쳤다. 그의 집을 수리하라고 잔소리를 한 것은 바로 그녀였다. 제연이 사고 후에 계속 복지원을 들락날락한 지 이제 십 년, 안정을 찾아야 할 때 같으니 그녀의 휠체어가 다니기 좋게 인테리어를 다시 하는 게 좋다고 그를 닦달했었다. 하지만 왜 하필 지금이란 말인가?

　한새는 주방으로 들어가 커피포트에서 커피가 쪼르르 흘러내리는 모양을 멍하니 바라보며 생각에 잠겼다. 이제 와서 안 된다고 할 수도 없고, 그렇다고 제연이 있는데 버젓이 제욱과 한방을 쓸 수도 없는 일. 거실의 소파는 그에게 터무니없이 작은지라 어쩔 수 없이 이층 방들을 치워야 한다는 결론이 나온다. 부모님이 돌아가시고 할머니와 살면서 창고처럼 써왔던 이층을 치우는 건 별문제가 아니지만, 한새는 아직 그곳에 올라가는 것이 두려웠다. 지금 이 상황에서 부모님과의 많은 추억들, 중고등학교 시설을 보내면서 제욱과 쌓아놓은 이야기들이 가득한 그곳을 건드리는 것은 자신이 없었다.

　커피포트가 수증기를 내뿜음과 동시에 고소한 커피 향이 주방 가득 퍼졌다. 한새가 머그잔 가득 커피를 채우고 자신이 혼자 쓸 때와는 달리 다른 사람의 흔적이 남아 있는 주방을 바라보았다. 제욱이 어렸을 적 때부터 사용해 온 은수저가 냄비와 개수대에 뒹구는 걸 보니 어젯밤 부시럭거리던 그가 배고픔에 라면까지 끓여 먹은 듯싶었다. 저 은수저는 제연 언니가 챙겨왔나? 한 모금 커피를 머금은 그녀가 피식 실소를 흘렸을 때였다. 쿵! 하는 소리와 함께 낮게 욕을 내뱉는 소리가 그녀의 귀를 간질였다. 한새가 다른 머그잔 두 개를 챙기면서도 속으로는 고소하다는 생각을 했다. 어젯밤, 그녀의 마음을 괴롭히던 번민이 아침과 함께 잠시 소강상태를 보이고 있었다.

　"어라? 네가 아침부터 웬일이야?"

한새와 제욱이 본의 아니게(?) 함께 약국에 들어서게 되었다. 아침 내내, 제욱과 보이지 않는 씨름을 계속했던 그녀가 약국에 들어서자마자 지희와 윤택이 나란히 앉아 커피를 마시고 있는 모습에 한층 오버를 하여 그들에게 다가섰다. 제욱이 언제나처럼 익숙하게 영양 드링크제를 따서 마시며 한쪽에 기대어 그들을 바라보는 것이 느껴졌다.

"아, 제욱이 차 때문에 왔다 아이가. 인마한테 딱 맞는 차가 나와서."

윤택이 얼굴을 붉히며 한새의 등 뒤에 있는 제욱에게로 시선을 던졌다. 지희가 허둥대며 일어나 두 사람의 차를 준비한답시고 사라지는 것을 보며 한새가 고개를 갸우뚱거렸다. 두 사람의 행동이 영 수상쩍었지만, 무턱대고 물어볼 수도 없는 일. 그녀가 궁금증을 억지로 참으며 제욱과 윤택이 하는 이야기에 귀를 쫑긋 세운 채, 탁자를 정리하는 척했다.

"그럼 나한테 전화를 해야지, 왜 아침부터 약국에 죽치고 있어? 그리고 지희랑 언제부터 그렇게 친했냐?"

"요 근처 왔다 들렀다 아이가. 그라고 지희 씨랑은 저번에 한새 증발했을 때, 니가 닦달하면서 안면 트게 해놓고 와 딴소리고?"

아, 그런 사연이 있었군. 그런데 저 자식은 뭐가 또 그렇게 마음에 안 든다고 투덜대는 거야? 지희랑 윤택이 잘되는 게 배가 아프다는 건가? 지희가 녹차를 가져와 내미는 바람에 한새도 자연스럽게 그들 사이에 끼게 되었지만 이야기는 주로 세 사람 사이에서만 이루어졌고, 그들의 대화가 자연스럽고 마냥 다정스럽게 흘러가는 것이 점점 그녀의 이마를 찡그리게 만들었다. 사교성이 좋은 그녀였지만 그들 사이에 끼어드는 건 왠지 불편했다.

"오후에 차 보러 가자. 다섯 시쯤 들를게."

윤택과 제욱이 시계를 보고 일어서며 제욱이 한새에게 툭 던진 말이다. 그가 갑자기 차를 바꾼다는 사실에 민감해진 그녀가 대답 대신 약국 문을 나서는 그들에게 건성으로 인사를 건넸다. 연애를 하자고 하더니, 차까지 바꾼다는 것은 이제 정말 그녀도 제욱의 여자들 중 하나가 되어감을 의미한다는 것에 기분이 착잡해졌다. 집의 리모델링을 핑계로 동거를 하게 된 것은 더 심각하게 생각하지 않으려 애를 썼지만 이건 문제가 달랐다.

한새가 다 식어빠진 녹차를 멍하니 바라보며 우울한 표정을 지었다. 왜 이렇게 기분이 더러운 걸까? 왜 좋게 생각하지 못하는 거지? 너무 욕심이 많아서 그래. 하나만 생각하자니까. 적어도 당분간은 제욱이의 여자가 될 수 있잖아. 비록 그 시간이 짧다고 하더라도…….

"언니, 제 얘기 듣고 있어요?"

한새가 혼자만의 생각에 빠져 있는 사이, 지희가 옆에서 쫑알거리고 있다가 그녀의 어깨를 흔들었다.

"아, 미안. 뭐라고 했어?"

"아침부터 왜 이렇게 멍해요? 아무튼 저와 윤택이 오빠 말이에요. 이상하게 생각하지 마시라구요."

"그래? 어디까지 진도 나갔는데?"

한새가 머리를 흔들며 복잡한 생각을 대신 지희와 윤택에 대한 궁금증을 터뜨렸다.

"진도라 뭐라 할 게 없어요. 그냥, 저번에 함께 만나서 차 마시고, 그 다음에 술 한 번 먹고 오늘까지 세 번 본 건데요 뭐."

"사람이 사랑에 빠지는 데는 삼 초가 걸린다잖아. 그 정도면 꽤 나갔겠는데?"

지희의 붉어진 얼굴이 아름다웠다. 한새가 이제 조금 느슨한 표정으로 이제 막 연애를 시작하는 여자의 모습을 객관적으로 바라보기 시작했다. 나도 저런 표정을 지을 수 있을까?

"윤택 오빠는 다른 남자들과 참 많이 다른 거 같아요. 음, 뭐랄까, 제욱 오빠처럼 한눈에 섹스어필하거나 멋지다 하는 탄성이 나오는 건 아니지만, 그냥 옆집 아저씨 같은 흔한 인상인데 보면 볼수록 끌려요. 거기다가 사람을 편하게 해주는 재주가 있어서 어쩌다 보니 처음 만나서 얘기하는데, 제가 이혼한 사실을 덜컥 말해버렸다니까요?"

"아, 그랬어?"

"네. 실은 언니한테도 좀 그래서 말 안 했는데, 윤택이 오빠한테는 그게 참 쉽더라구요."

"그랬구나. 윤택이가 사람을 편하게 해주는 건 있어. 그리고 여기저기 많이 도와주기도 하지. 그래서 우리 친구들 사이에서는 짱가로 통해. 어디선가 누군가에 무슨 일이 생기면. 알지?"

"하하하, 그렇구나. 아무튼 이혼하고 한동안 힘들어서 남자는 쳐다보기도 싫다고 했는데, 윤택 오빠한테는 자꾸 눈길이 가네요."

"윤택이도 지희 씨 예쁘게 보는 것 같더라. 그런데 왜 이혼했는지 물으면 실례겠지?"

"뭐, 이혼했다고도 말했는데 그 이유를 말하지 못할 건 없죠. ……예전에 그래도 제가 잘나갈 때가 있었거든요?"

"그랬을 거 같아. 지희 씨 예쁘잖아."

"후후. 아무튼 그때 남자들이 저에게 원하는 건 딱 하나였어요. 무슨 말인지 아시죠? 그러다가 선을 봤는데, 그 남자는 저 자체를 봐주는 것 같았어요. 그래서 결혼했는데, 결혼하니까 완전히 자기만 위해 바치라는 식으로 변하더라구요. 게다가 제가 일하는 건 반대하지 않지만 가정에 소홀한 건 참지 못했어요. 뭐, 지금 생각해 보면 그 남자가 저의 내면을 알아준다는 것에 혹하는 것도 있었지만, 실은 조건이 마음에 들었다는 건 인정해요. 남들이 말하는 소위 일등 신랑감이었거든요. 그래서 놓칠까 봐 허겁지겁 서둘렀죠. 아무튼 연애없이 그렇게 덜컥 조건 보고 결혼하니 나중엔 숨이 턱턱 막혔어요. 이 남자가 내 목을 조르는 건 아닌가 싶어 잠을 자다가 벌떡 일어난 적도 있었으니까요. 그래서 부부관계를 소홀하게 되고, 그러다 보니 남편의 불만은 날로 쌓여갔고. 그리고 결정적으로 약사고시 때문에 아이를 몰래 지운 적이 있었는데, 그게 들통이 나는 바람에 이혼당했어요."

"힘들었겠다."

"글쎄요. 결혼 때나 이혼 때나 그 당시에는 힘들었는데, 지금 지나고 보니 제가 단순해서 그런지 우리 둘에겐 언제나 최선의 선택이었다는 생각이 들어요. 코드가 맞지 않는 사람끼리 사는 게 얼마나 힘든지 모르죠? 전 연애 과정을 생략하고 서둘러 결혼했으니 결혼하고도 연애하는 기분으로 살고 싶었는데, 남편은 안 그랬던 것 같아요."

"연애가 그렇게 중요한가?"

"윤택 오빠와 세 번을 만났는데 그런 느낌을 받아요. 이게 연애하는 느낌이구나 하는 거요. 뭐, 제가 오버하는 건지 모르는데, 아무튼 잊었던 연애 감정을 다시 찾았다고나 할까요? 언니는 연애나 사랑 뭐 이런 거 설마 안 해본 건 아니죠?"

"나도 남들처럼 해본 건 같은데, 연애하는 느낌이 뭔지는 아직 잘 모르겠어."

"진짜로 진하게 안 해봤구나. 후후. 왜 그런 거 있잖아요. 처음 조금씩 알게 되는 수줍은 과정을 밟다가 휴대전화 통화 요금을 신경 못 쓸 정도로 상대방의 목소리에 취하게 될 즈음 호칭이 정리되면서 상대방이 조금씩 내 삶의 면적을 갉아먹게 되는 거요."

"그런 평범한 게 연애라고?"

"거기에 필수조건이 있죠. 바로 사랑! 첫눈에 생기기도 하고, 천천히 생기기도 하지만 아무튼 그게 빠지면 아니한 것만 못하게 되는 거죠."

한새가 지희의 말에 고개를 끄덕였다. 여태 몇 번의 연애를 했다고 하나, 제대로 된 연애 감정을 느껴보지 못한 이유를 이제야 알 것 같았다.

"참, 언니랑 오빠들은 다 동창인 거예요?"

"응. 중학교 3학년 때부터. 내가 전학 왔을 때 윤택이가 먼저 전

학 온 전학생이랍시고 나에게 신경을 많이 써주면서 친하게 지냈
어. 제욱이는 바로 옆집이라 계속 붙어 다녔고.”

“그렇게 다니면 정들지 않아요? 음, 제욱이 오빠 말이에요. 멋
지잖아요.”

“제욱이가 멋지다면서 왜 지희 씨는 윤택인데?”

“솔직히 제욱이 오빠 탐나는 남자임은 분명하지만, 잡기 어려
운 사람 같아요. 뭐랄까, 바람? 오빠가 바람둥이인지는 잘 모르지
만 한곳에 머물지 못하는 바람 냄새가 나요.”

“후후. 지희 씨, 꽤 시적이네. 그런데 정말 제욱이가 그렇게 보
여?”

“네. 언니는 계속 옆에서 봐서 못 느끼나 보다. 근데 정말 두 사
람 친구 맞아요?”

“왜?”

“아니, 분위기가……."

“분위기가 뭐 어떤데?”

“묘한 기운이 흐르던데 그냥 친구예요? 하긴 친구에서 연인이
되는 커플들도 많죠.”

한새의 머리 속에 어젯밤 연애한다고 공식 발표를 하던 제욱의
얼굴이 떠올랐다. 절대로 더 이상 친구가 될 수 없다고 하던 녀석
의 말에 가슴이 무턱대고 뛰면서 한편으로는 뭔가 잃어버린 느낌
때문에 난감했던 기억. 때문에 함께 사는 것에 대해 예전처럼 단
순하게 생각할 수 없었던 마음이 불편하게 다시 움츠러드는 것이
느껴졌다. 그런 한새의 상태를 모르는 지희의 수다는 계속 이어

졌다.

"제 친구들 보니까 그렇게 해서 결혼한 애들이 잘살긴 하더라구요. 그런데 긴장감이 없대요. 너무 잘 알아서 그렇다나? 뭐, 나름대로 좋은 것도 있다고 하지만 그것까지 제가 알 수 없고…… 참, 저희 사촌 언니도 친구로 지내던 남자와 연애를 하다가 깨졌는데, 헤어진 후 불편하니까 미국으로 유학을 핑계로 도망가 버렸어요. 아무래도 한국에 있으면 만나는 사람들이 다 그 남자와 연결된 사람들이니……."

한새의 얼굴이 점점 노란 빛을 띠었다.

"저번에 언니 없어졌을 때, 제욱 오빠가 얼마나 난리쳤는지 모르죠? 모르는 사람이 봤으면 애인이 바람나서 떠났나 보다 딱 오해할 만했다니까요. 그때 보고 아, 두 사람은 친구라 하기엔 너무 가까운 거 아닌가? 하고 생각했죠."

친구라 하기엔 너무 가까운 사이가 되어버린 건 맞다. 살을 먼저 섞고 뒤늦게 연애라는 것을 하게 되었으니. 한새가 노란 경고등 소리를 환청으로 들으며 애써 주제를 바꾸었다.

"지희 씨, 그동안 입고된 약품 리스트 어느 폴더에 놔뒀어?"

"아, 그거요. 저기……."

간신히 지희의 관심을 끊은 한새가 몰래 한숨을 내쉬며 창밖의 하늘을 바라보았다. 가을이 오려는지 파란 하늘에 뿌려진 하얀 물감이 눈부시다. 그녀의 머리 속엔 또 우르르 쾅쾅 소나기가 쏟아지기 시작했는데 말이다.

하루종일 골머리를 썩인 한새가 마침내 상념의 끝에 마침표를 찍었다. 연애, 그래, 하자! 여태 제욱에 대한 연애의 감정을 숨겨 왔을 뿐, 더한 선도 넘었는데 까짓것 그건 또 못할 게 뭔가? 어차 피 힘들 거 알고 뛰어든 거였으니, 대신 제대로 된 연애의 스텝을 밟으며 그를 바꿔보리라. 고제욱은 왜 바람둥이라 불리었는지 그 동안 그가 연애했던 행동 내역을 대충 알고 있는 터, 분석하고 연 구해 보자. 우선 녀석은 파더 콤플렉스가 있다. 자세히는 몰라도 사우디를 비롯해 외국 기술자로 전전하시던 아버지 때문에 홀로 남겨진 어머니가 외로워하시는 것을 보고 자랐고, 그 자신이 아버 지를 닮을까 두려워하던 녀석이다. 어느 외국 여자 사이에 이복동 생이 있다는 말도 들은 적 있다. 여기저기 감정을 흘리고 다니는 아버지의 영향으로 자신은 여자에게 어느 한계의 감정 이외는 내 보이지 않지만, 그것이 여자들에게 치명적인 상처를 준다는 것을 모르는 것 같다. 여자들과 감정을 깊게 섞는 것에 부담감이 있는 녀석, 연애를 하다가 어느 정도 깊게 진행이 되려는 차에 표면적 으로는 차이거나 합의에 의해 그 연애를 중단하는 것처럼 보이지 만, 싫은 그 감정들에 의해 상처를 받을까 두려워하는 것임에 틀 림이 없다. 그래서 여자관계가 복잡하면서도 너무 철두철미해서 뭐라 욕도 하지 못하게 만드는 녀석. 이런 그에게도 허점이 있을 텐데, 그게 과연 무엇일까? 찾아보자. 연애를 통해 그를 알고 있는 것을 복습하면서 새로운 고제욱을 알아보자. 한새가 오랜 고민의 끝에 벌떡 일어나 주먹을 불끈 쥐고 가방을 쥔 채 약국을 빠져나 갔다.

제욱이 벤형 신차 앞에서 입을 딱 벌리는 한새를 보며 눈을 가늘게 떴다. 다른 때 같으면 늘 잘빠진 스포츠카를 선호하는 그가 벤을 고른 것에 대해 뭐라 빈정거리는 한마디라도 했을 텐데, 그녀가 오히려 들뜬 기색이어서 당황스러웠다. 게다가 오늘따라 그녀답지 않게 발랄한 치마 정장에 단발로 자른 머리 하며 평소와 다른 모습에 가슴이 벌렁거렸다. 곁에서 윤택이 계속 한새가 갑자기 왜 그러냐는 식으로 눈총을 주자 그가 얼굴을 찡그려 보였다. 차를 구경하며 호들갑을 떠는 모습에 남자들이 그녀를 힐끗거리며 귀엽다는 식의 표정을 지어 보이는 것이 영 마음에 들지 않았다.

"색깔도 예쁘고 너무 좋다. 그치?"

"이건 가족용인데, 제욱이 네 결혼하나? 아이면 또 취향 독특한 가시나 만나나?"

윤택이 놀리는 것이 분명함에도 제욱은 계속 한새의 스커트 길이가 신경이 쓰여 제대로 대답할 여유가 없었다. 한새가 잠깐 얼굴을 붉히더니 그에게 입을 삐죽거려 보였다. 어제 연애라는 단어에 민감하게 방방 뜨던 기집애 맞아? 도통 한새의 기분을 종잡을 수 없는 그가 다른 차는 보기도 귀찮다는 듯이 윤택을 끌고 사무실을 향했다. 다른 때 같으면 차에 열을 내며 꼼꼼히 따지고 들었어야 마땅할 그의 낯선 모습이었다.

"거기서 뭐 해? 안 따라와?"

윤택의 사무실 직원에게 차에 대해 이것저것 묻는 한새를 보며 제욱이 버럭 소리를 질렀다. 그녀가 잠시 그를 향해 눈살을 찌푸려 보이더니, 직원에게 미안하다는 듯이 웃어 보이는 것에 제욱이 애꿎게도 곁에 있던 차의 타이어를 발로 퍽퍽 차며 짜증을 토해냈다.

한새가 갑자기 이상해진 것은 그것만이 아니었다. 새 차를 끌고 거리에 나서자마자 근사한 레스토랑에서 식사를 하자고 조르는 게 아닌가?

"집에 가서 삼겹살 구워 먹자. 지금쯤 도우미 아주머니도 가시고 누나 혼자 있을 거야."

"내가 나오면서 도우미 아주머니에게 부탁드려 났단 말이야. 치이, 이게 뭐야? 연애라면서 데이트도 안 하고⋯⋯."

"데이트? 연애?"

"연애하자며?"

제욱이 고개를 돌려 한새를 머리부터 발끝까지 훑어보고는 커다랗게 웃음을 흘렸다. 그럼 저렇게 차려입고 나온 것이 나에게 잘 보이려고? 이제 마음을 굳혔다는 건가?

"왜 웃냐? 그래, 집에 가서 삼겹살 구워 먹자. 원래 삼겹살은 정장을 차려입고 구워야 제 맛이라더라."

"크크크. 삐치긴. 그래, 데이트하자. 그런데 어디로 갈까?"

"저번에 거기 말고 이왕이면 더 근사한 곳으로 가."

한새의 뾰로통한 표정을 제욱이 사랑스럽다는 듯이 바라보았다. 그녀의 얼굴을 보자니 오늘 오후까지 지끈거리던 머리가 맑게 개이는 것 같았다. 지금 당장 쑥 입술을 내민 그녀의 얼굴에 키스를 퍼붓고 싶었다.

"랍스터 어때?"

그가 신나게 액셀을 밟았다. 곁에서 놀란 한새가 지르는 고함 소리와 새 차의 시원한 엔진 소리가 그의 기분을 한층 업시켜 주고 있었다.

"너 해물 좋아하던가?"

레스토랑의 분위기에 들떠 조잘거리던 한새가 갑자기 식사가 나오자마자 물끄러미 그를 바라보며 뚱딴지같은 질문을 퍼부었다. 제욱이 화이트 와인을 따라주며 부드럽게 미소 지었다.

"오늘이 말하자면 공식 첫 데이트잖아. 랍스터면 최고지 않냐?"

"음, 그건 그래. 그런데 넌 무슨 음식이 제일 좋아?"

"된장찌개에 밥. 알면서 왜 그래?"

"그럼 무슨 음악 좋아해?"

"스키드 로우. 예전에 함께 공연 갔었던 거 생각 안 나?"

"맞아, 그랬지. 그게 고2 때였나?"

"땡땡이치다가 학주인 너희 아빠한테 걸려 죽을 뻔했었어."

"맞다, 하하. 그래도 공연은 보게 해주셨잖아."

"네가 땅바닥에 주저앉아 울었으니까 그랬지."

두 사람이 눈이 마주치자 피식 웃어버렸다. 한새가 익숙하게 가재를 손질하면서 그에게 다시 물었다.

"넌 나한테 궁금한 거 뭐 없어?"

"뭐가 궁금해?"

"음, 아무리 네가 날 잘 알아도 궁금하거나 그런 게 있을 거 아냐. 아니다, 이게 아닌가?"

"너 지금 뭐 하자는 거야?"

"연애. 연애를 하도 오래전에 해봐서 어떻게 해야 하는지 잊어버렸어. 그런데 아무튼 내 기억엔 처음부터 차근차근 알아가는 게 순서였던 거 같아."

"또 오버한다."

그녀의 입에서 나온 연애라는 말이 달콤하게 들리면서도 과거의 연애를 말하는 부분에서는 갑자기 목이 턱 막혀 버리는 제욱이었다. 예전 남자들과는 처음부터 차근차근 알아가는 게 순서였다고? 그가 방금 전까지 유쾌하던 식사에 초를 뿌리는 한새를 노려보며 인상을 썼다. 정말 처음 데이트하는 소녀처럼 그녀가 예쁜 입을 오물거리며 식사를 하는 모습이 그의 기분을 갑자기 팍 상하게 만들어 버렸기 때문이다.

"왜 이렇게 못 먹어? 내가 살 발라줄게. 이리 줘봐."

"됐어."

퉁명스러운 제욱의 목소리에 한새가 멀뚱히 그를 바라보며 얼굴을 굳혔다. 그가 민망함에 대충 분위기를 만회하고자 초라한 변명을 내밀었다.

"나 여자들이 내 접시에 손대는 거 싫어해."

"내가 해주면 안 그랬잖아."

"그땐 친구였잖아."

날카로운 제욱의 한마디에 한새가 포크와 나이프를 내려놓고 조개처럼 입을 다문 채 그의 접시에 널브러져 있는 가재를 노려보았다. 마치 그 가재의 모습이 그의 기분처럼 흉물스러워 보였다.

그 후에 계속 처음과 달리 어색한 식사 시간이 흘렀다. 레스토랑을 빠져나와 집으로 향하면서 제욱은 갑자기 왜 좋은 분위기를 망치게 된 것인지 생각해 보았다. 원흉은 자신이었다. 한새의 기분에 맞추다 보니 자신의 기분도 죽 끓듯 하게 되어버렸나 보다. 그가 찡그려진 이마를 문지르며 무안함에 머뭇거리고 있을 때, 다행히 두 사람 사이에 불편하게 가로놓여져 있던 침묵이 한새의 한마디에 퍽 하고 터져 버렸다.

"나 카라 꽃 좋아해."

알 수 없는 한새의 이야기 끝에 그녀가 손짓을 향하는 곳을 바라보니 꽃집이 눈에 띄었다.

"우리 첫 데이트잖아. 꽃은 기본이야."

허허, 점점! 그가 어정쩡한 표정으로 차를 세우고 한새를 바라보았다. 여태 숱한 데이트를 해봤지만 이렇게 난감한 데이트는 또 처음이다. 그가 작게 한숨을 쉬고 차에서 내려 길 건너 꽃집을 향해 뛰기 시작했다.

"왜 또?"

꽃을 받고 환하게 웃음 지어야 할 한새가 얼굴을 찡그리는 바람에 제욱의 말투가 다시 거칠어졌다.

"생각해 보니까 이건 말리면 안 예쁠 것 같아. 오래 간직하고 싶어. 장미로 사줘, 붉은 장미로."

"가지가지 한다. 다음에 사줄게."

"원래 고제욱 연애백서에 붉은 장미는 필수 아냐?"

"그런 건 좀 잊지?"

　제욱이 낮게 으르렁거리며 넥타이를 느슨하게 풀어 헤쳤다. 곁에서 구시렁대는 한새의 모습을 보자니 점점 미궁에 빠져 버린 듯 기분이 묘했다. 그녀가 자신이 예전에 연애할 때의 일들을 시시콜콜 다 알고 있는 것이 갑자기 부끄러워지고 부담스러웠다. 하지만 그녀도, 제욱 자신까지도 깨닫지 못하는 게 있었다. 여태 다른 여자들이 카라 꽃을 사달라고 조를 때마다 누군가가 떠오르는 바람에 가볍게 무시해 버렸던 것을. 다른 여자들에게 했던 것처럼 대충 꽃집 주인에게 꽃을 달라 부탁했던 게 아니라, 예쁘고 탐스러운 것들을 손수 고르며 떨렸던 마음과 몇 개를 사야 하는지 고민고민 했던 그의 마음을 말이다.

　“알았어! 다시 사 오면 될 거 아냐!”

　비가 조금씩 내리기 시작한 거리에 두 손으로 머리를 가린 채, 좌우를 살피며 뛰어가는 제욱의 모습을 바라보는 한새의 얼굴이 그리 밝지 못했다. 너무 많이 아는 것도 병이야. 왜 녀석의 예전 모습을 떨치지 못하는 걸까? 바보구나, 장한새. 아는 건 아는 거고, 좋은 모습만 보자. 봐, 멋지잖아. 친구로서의 고제욱이 멋지기도 하지만 연인으로서도 최고라고! 넌 연애를 시작한 거야. 예전 고제욱의 모습은 참고 사항일 뿐이야!

　“예쁘다. 고마워.”

　한새가 제욱이 건넨 꽃을 받으며 최대한 환한 미소를 지어 보였다. 조금 전까지 잔뜩 얼굴을 구기고 있던 그의 얼굴이 마치 처음 칭찬을 받은 소년처럼 붉어졌다.

　“심술 부려서 미안해. 실은 말이야……”

"알아. 남들처럼 연애해 보고 싶다는 거 아냐. 그런데 너 오늘 많이 오버한 거 알지?"

"그래. 친구는 싹 잊고 새로 시작해 보고 싶은데, 그게 쉽지 않네."

"그게 혼자 하는 게 아니라서 그래."

"자식, 아는 것도 많아요."

제욱이 입가에 미소를 지으며 차를 출발시켰다. 그녀가 조금 전보다 약간 가벼운 마음으로 품 안에 안긴 꽃잎을 쓰다듬었다. 비가 조금씩 거세어지는 가운데, 그 빗소리에 맞춰 도란도란 이야기를 나누는 두 사람의 뒷모습이 많이 닮아 있는 것을 아는 것은 도로에 길게 고개를 빼고 있는 가로등뿐이었다.

그 후, 두 사람은 묘한 분위기의 데이트를 계속 이어나갔다. 겉으로는 남들처럼 함께 식사를 하고 영화를 보고 바에서 분위기를 잡으며 한 잔씩 걸치기도 했지만 서로에 대해 많이 아는 만큼 오묘한 긴장감이 그들을 가로막고 있었으니, 때문에 투닥거리다가 금방 화해를 하기도 했고 여러 가지 착오를 겪으며 점점 새로운 관계를 형성해 갔다. 그러나 동거 문제에 있어서는 아직 뭐라 딱 결론 내리지 못한 두 사람은 제연의 눈치를 보기에 급급한 나머지, 스킨십에 있어서는 연애 초보의 수준으로 전락해 버리고 말았다.

그렇게 시간이 흐른 어느 날 밤, 집 안에서 유난히 예민하게 구는 제욱의 행동을 보다 못한 한새가 화장실 앞에서 문자 메시지를 적어 내려갔다.

〈답답하다. 드라이브할까?〉
〈화장실에서 별짓을 다 하는군. 나 피곤하다.〉
〈너도 늙었구나? 그러지 말고 나가자. 누나가 화끈하게 놀아줄
게.〉
〈화끈?〉

재빠르게 뒤따라 들어온 메시지에 그녀가 얼굴을 붉혔다.

〈그래, 화끈.〉

이번에는 답 대신 전화벨이 울리자 한새가 화들짝 놀라서 폴더
를 열었다. 후다닥 신발 신는 소리가 나고 현관문 닫는 소리가 나
는 걸 보면 아마 정원이나 어디로 뛰쳐나가 전화를 거는 모양이
다.
[끝났냐?]
"뭐래?"
[그게…… 아씨, 매직쇼 끝났냐고.]
"이런, 내가 강아지냐? 지금까지 그러고 있게?"

한새의 놀리는 목소리를 들으며 제욱이 얼굴을 붉혔다. 앞집에
쓰레기를 버리러 나온 할머니가 실실거리는 그를 이상하다는 듯

이 위아래로 훑고 들어가는 것도 모르고, 천천히 차 쪽으로 걸음을 옮기며 수화기를 고쳐 잡았다. 벌써 쌀쌀해진 날씨에 간단한 체육복만 걸치고 나왔더니. 어깨가 자연스럽게 움츠러들었다.

"지금 차에 시동 걸어놓을게."

[동작 한번 빨라 좋다.]

그녀의 웃음소리와 함께 전화가 끊기자 그가 작게 미소를 지었다. 벌써 가슴이 두근거렸다. 그동안 평범한 데이트를 한답시고 한새의 손도 제대로 잡아보지 못했던 제욱은 불쑥불쑥 고개를 드는 욕망 때문에 미처 버리기 일보 직전이었다. 집 안에서는 어떤가? 함께 지내는 공간이 너무 작게 느껴졌다. 제연의 시선에 아직 해방되지 못한 한새가 그에게 명백한 선을 그어놓은 가운데 여기저기 뿌려져 있는 그녀의 소소한 흔적이 그를 흔들어놓는 바람에, 함께 지내자고 한 것을 후회한 적이 한두 번이 아니었다. 아무렇게나 걸려 있는 그녀의 수건에서 나는 냄새, TV를 보며 나른하게 졸고 있는 그녀의 모습을 볼 때마다 늑대의 본성이 고개를 들었다. 하지만 그녀가 원하는 대로 차근차근 연애의 스텝을 밟기 위해 제욱은 애써 그 본성을 감추며 기다렸다. 물론 그것이 자신답지 않은 행동임을 알기에 욕구불만에 빠질 때도 있었지만, 조금씩 그녀의 다른 모습을 알아가는 것들에서 만족하고 있었다. 그런데 오늘 저녁, 여전히 제연 앞에서 쩔쩔매던 한새가 그의 눈치를 슬금슬금 보는 것 같더니 마침내 아찔한 초대를 해왔다. 장난스러운 듯, 수줍은 듯, 하지만 대범한 그녀의 행동이 그를 달뜨게 만들었다.

"벌써 저녁엔 쌀쌀하네."

문이 열리고 슬쩍 차 안에 들어와 앉은 한새가 정면을 바라보며 중얼거렸다. 그가 체육복 차림인 반면에 그녀는 버버리코트까지 걸치고 있었다. 옷이라도 갈아입고 나올 것 그랬나? 그가 슬쩍 민망한 웃음을 지어 보이자 그녀도 마주 보고 웃어 보인다. 그 순간 제욱은 그녀의 얼굴에서 흘러나오는 광채에 눈이 다 멀 것 같았다. 그녀에게서 방금 샤워한 듯 풋풋한 아기 비누 향기가 그의 정신을 혼미하게 만들었다.

"어디로 갈까?"

제욱이 한새의 뺨으로 흘러내린 머리카락을 정리해 주며 낮게 속삭였다. 그러자 그녀가 대답 대신 과감히 입술을 붙여왔다. 그가 그녀의 머리카락을 만지던 손으로 그녀의 머리를 당겨 안으며 강하고 깊게 그녀의 초대에 응해주었다. 그녀와 함께 쓰는 박하 치약 맛이 알싸하게 입 안에 퍼지고 질척한 타액이 섞이며 애써 감추어놓은 욕망에 불을 지폈다. 작고 말캉한 그녀의 혀가 장난스럽게 그의 안에서 요동칠 때마다 그의 입에서 저절로 신음이 흘러나왔다. 한새의 가는 팔이 그의 목에 감기고 그의 손이 그녀를 성급하게 더듬어댔다. 새 차의 묵직한 엔진 소리도 점점 멀어지고 두 사람의 거친 호흡이 차 안을 가득 메웠다.

제욱이 마침내 코트의 앞자락을 찾아 안으로 손을 집어넣었다가 만져지는 매끈한 살 느낌에 놀라 고개를 번쩍 들었다.

"헉!"

코트 속의 그녀는 속옷 차림이었다. 제욱이 놀라 허둥대는 사이 한새가 살짝 코트의 단추 몇 개를 끌러 보였다. 가로등 불빛에 반사된 눈부시도록 하얀 그녀의 피부가 눈에 들어오자 제욱이 자신도 모르게 침을 꿀꺽 삼키며 그녀의 눈동자를 응시했다. 아이 같은 말간 눈동자에 욕망으로 흐려진 자신의 모습이 보였다. 어디서 저런 섹시함이 나오는 걸까?

그가 잠시 머뭇거리는 것을 느낀 한새가 그의 손을 코트 안으로 이끌었다. 말캉한 가슴을 가린 얇은 레이스 천이 느껴지자 그의 피부가 오소소한 소름을 만들어낸다. 한새가 아주 느린 동작으로 그의 허벅지를 타고 올라앉았다. 그리고 그의 얼굴을 잡고 자잘한 키스를 퍼붓다가 잔뜩 예민해진 귀에 허스키한 목소리로 작게 속삭였다.

"멀리 갈 거 있나?"

한새가 짐짓 대담한 척은 했으나 내심 아주 많이 떨고 있었다. 하지만 그를 위해 옷을 차려입고—비록 속옷뿐이었지만—유혹하는 몸짓을 던지면서 먼저 흥분이 됐다. 그리고 이젠 뜨거운 눈빛으로 천천히 전신을 훑는 그 때문에 이제는 그대로 녹아버릴 것 같았다. 역시 대단해, 고제욱. 오늘은 분명 여느 날과 달랐다. 그녀를 원한다는 욕망을 숨기지 않고 눈으로, 입으로, 그리고 부드러운 손길로 말해주는 남자는 바로 그녀의 연인이었다. 그의 눈길이 스쳐 지나간 자리가 불에 덴 듯 화끈거렸고, 그의 입술에 의해 낙인찍힌 곳이 붉게 부풀어 올랐다.

"오늘 날 죽이려고 작정했군."

장난스럽게 코를 찡긋하는 제욱의 얼굴이 붉었다. 거친 호흡을 내뱉는 그의 입술에 한새가 도장 찍듯이 꾹꾹 자신의 입술을 누르고 나서 마주 보며 웃었다. 세상에, 이렇게 웃는 입술이 섹시한 남자가 또 있을까?

"왜, 싫어?"

"그럴 리가."

한새가 눈을 감고 그의 목을 껴안자 제욱의 손길이 부드럽게 그녀의 가슴을 파고들었다. 레이스 너머로 수줍게 삐죽 솟은 유두를 간질이는 투박한 그의 손놀림에 그녀가 신음을 흘리며 그의 머리카락에 입술을 묻었다. 다른 한 손으로 가지런한 등뼈와 완만한 힙 곡선을 세심히 더듬는 그의 행동에 온몸이 근질거렸다. 허벅지 밑에 단단한 그의 분신이 느껴졌다. 한새가 살짝 힙을 흔들며 그를 자극하기 시작했다. 지금 당장 널 느끼고 싶어!

"잠깐, 천천히……."

제욱이 이제 한 손으로 그녀의 허리를 단단히 받치고 브래지어를 간단히 제거한 뒤 뜨거운 혀로 그녀의 가슴을 희롱하며 못살게 굴었다. 가볍게 빨고 물어뜯으며 팽팽하게 달아오른 그녀를 쉼없이 자극해 댔다. 때문에 고개를 젖힌 그녀의 입술에서 뜨거운 입김과 함께 가느다란 신음이 끊임없이 흘러나왔다.

"하아……."

두 가슴이 다 달구어지자 그의 뜨거운 숨결이 촉촉하게 부풀어오른 여성을 더듬었다. 머리가 아득하게 뿌연 안개가 피어오르고 온몸의 땀구멍들이 헐떡이며 가쁜 숨이 터져 나왔다. 발끝부터 밀려드는 간질거리는 느낌을 참지 못하고 한새가 허리를 뒤틀었다.

명치끝부터 아랫배를 거쳐 허벅지까지 찌르르 전기가 관통하는 느낌이 그녀를 고문해 댄다. 이대로 다 타버릴 것 같아!

"그, 그만!"

한층 붉어진 얼굴로 한새가 그에게 애원했으나 그는 멈출 생각이 없어 보였다. 그녀가 억지로 정신을 차리고 그의 바지춤에 손을 집어넣어 달궈질 대로 달궈진 그의 남성에 손을 대었다. 그제야 놀란 제욱의 눈이 뿌옇게 흐려졌다.

"으, 으……."

고개를 젖히고 신음을 흘리는 그의 옆 프로필이 땀으로 범벅되어 있었다. 한새가 그의 남성을 열심히 희롱하며 혀로 그의 수려한 턱 선을 쓸었다. 제욱이 두 손 가득 그녀의 가슴을 뭉그러뜨리며 얼굴을 찡그렸다.

"너무 좁아."

한새가 살짝 머리를 내리려다 작게 투정을 부렸다. 제욱이 거친 숨을 내쉬며 히죽 웃어 보였다. 그리고 옆 버튼을 눌러 의자를 아예 젖혀 버렸다.

"이 차의 장점이야."

농담하는 그의 목소리가 잔뜩 쉬어 있었다. 섹시한 입술과 아주 잘 어울리는 목소리다. 한새가 그의 가슴을 쓸며 미소 짓다가 그의 작은 유두를 짓궂게 살짝 깨물자 제욱의 입에서 자지러지는 신음이 흘러나왔다.

"흐억!"

입술로 평평한 그의 복부를 쓰다듬고 혀로 그의 분신을 더듬자,

그가 그녀의 어깨를 꽉 쥐며 어쩔 줄 몰라 하는 게 보였다. 한새의 가슴이 만족감으로 뿌듯하게 부풀어 오르며 온 신경이 흥분된 비명을 질러댔다.

"못 참겠어."

이윽고 제욱이 그녀의 힙을 두 손을 가볍게 들어 올렸다 앉히자 완벽한 결합이 이루어졌다. 갑자기 들이닥친 커다란 이물질 때문에 그녀가 작게 신음을 흘렸다. 온몸을 움직이지 못할 만큼 버거웠다.

잠시 머뭇거리던 한새가 조심스럽게 엉덩이를 움직여 보았다. 밀려났다가 다시 밀려드는 불덩이 때문에 숨이 턱턱 막히고 아랫도리가 얼얼했다.

"괜찮아?"

그녀의 찡그린 얼굴이 안쓰러웠는지 제욱이 그녀의 등을 쓰다듬으며 조심스럽게 물었다. 한새가 대답 대신 허벅지에 힘을 주었다. 그의 고개가 휘어지고 가슴이 들썩이는 게 보였다. 어느 정도 적응이 된 한새가 부드럽게 힙을 움직이며 그의 복부를 쓰다듬었다. 그녀의 힙을 주무르던 제욱의 손이 그녀의 여성을 간질이자 조금 전 그녀를 못살게 굴던 찌르르한 느낌이 다시 목을 타고 신음이 되어 밖으로 튀어나왔다.

"아흑!"

아랫배를 꽉 채우는 느낌, 꽃잎이 부들부들 떨며 전율하고 등에서 쉼없이 전기가 흘러내리면서 그녀의 모든 감각이 이제 막 폭발하기 일보 직전이었다. 제욱이 갑자기 자세를 바꾸어 어렵게 그녀를 아래에 뉘이고 그녀의 한쪽 다리를 어깨에 올린 채, 깊은 결합을 시도하며 그녀의 목을 아프게 빨아댔다. 제욱이 거칠게 몰아대는 바람에 한새의 몸이 요란하게 흔들렸다. 가슴이 터질 것 같아. 아악! 더 이상 못 참겠어! 그녀가 허겁지겁 제욱의 입술을 찾았다. 그의 혀를 붙잡고 숨을 나누며 마지막 절정을 잡으려고 아랫도리에 열심히 힘을 주었다.

"아아, 새야…… 새야…… 으헉!"

마침내 한새가 그의 머리를 잡고 뒤로 널브러졌다. 곧이어 제욱이 온몸을 뒤틀다가 그녀의 가슴에 풀썩 무너져 내렸다. 땀으로 범벅된 피부가 미끈거리며 질척한 소리를 내었다. 천천히 온몸으로 퍼지는 그 무언가를 잡듯 한새가 발가락에 힘을 주며 두 눈을 꼭 감았다.

바로 이 느낌이다. 중독이 되어 멈출 수 없는 이 느낌. 어느 여자에게서도 느끼지 못한 절정과 충만함. 제욱이 아직 울컥이는 자신의 분신에 힘을 주며 그녀의 가슴을 입 안 가득 머금었다. 말캉한 유실이 못 견디게 달게 느껴졌다. 한새의 가는 허리를 잡아 옆으로 뉘이며 허벅지로 그녀를 가둔 다음 거칠게 뛰고 있는 그녀의 심장을 느꼈다. 콩콩콩. 그녀의 작은 발놀림 같은 소리가 그를 편안하게 만들어준다.

"차 잘 샀다."

제욱의 머리를 쓰다듬던 한새가 나른한 목소리로 중얼거렸다. 그가 피식 웃으며 그녀의 버버리코트를 이불 삼아 더욱 꼭 그녀 품에 파고들었다. 매끄러운 피부에서 베이비 분 냄새와 그의 냄새가 섞여 야릇한 느낌을 만들어낸다. 내 향기를 품은 여자. 여자…… 장난스럽고, 삐죽거리기도 잘하고, 마냥 순진하고 여리게 보이던 그녀가 어느새 더 이상 거부할 수 없을 만큼 섹시한 여자로 변해 자신의 품에 안겨 있다. 처음 그녀를 안았을 때의 욕망과는 확연히 다른 무언가가 그를 설레게 만드는 걸 느낄 수 있었다. 계속 그녀를 안으면 이게 무엇인지 알 수 있을까? 지금도 만족스럽지만 또 채우고 싶은 무언가를 찾듯 제욱이 부드럽게 그녀의 입술을 탐했다.

"으음, 그만. 그만 들어가자."

"조금만……."

그를 살짝 밀치려는 그녀의 손에 깍지를 끼며 제욱이 그녀의 아랫입술을 깨물었다. 이대로 영원히 그녀를 안고 있으라는 벌이 내려진다면 그처럼 달콤한 벌이 또 있을까?

"욱아, 우리 차 안이야."

"멀리 갈 것 없다며?"

"그래도……."

조금 전 대담하게 굴던 그녀는 어디로 갔는지, 얼굴을 붉히고 두 눈을 굴리는 한새가 미칠 듯이 귀여워 보였다. 제욱이 작게 한숨을 쉬며 그녀의 코를 깨물었다.

"이번 주말에 과수원에 내려가서 며칠 쉬다 오자."

"그럴까?"

"단, 우리 둘만."

"그건 안 돼. 어떻게 언니를 혼자 두고 가?"

"그럼 또 눈치만 보다 말 거잖아. 젠장, 그리고 더 이상 소파에서 자는 거 못해. 누구 허리 작살낼 일 있냐? 그게 싫으면 오늘부터라도 침대를 내주든지."

"과수원은 넓잖아. 예전에 내가 자주 숨어들던 창고도 있고……."

"오호, 넓은 자연을 침대 삼아서 영화라도 찍자는 거야? 지금 당근을 미끼로 채찍을 견뎌내라 하는 거 같은데, 이게 어디서 잔머리를 쓰고 있어?"

"당근 대신 포도를 줄게, 포도밭 아래서…… 야, 야! 간지러워!"

그가 나지막이 웃으며 그녀의 허리를 간질였다. 그녀가 까르르 웃으며 허리를 비틀 때마다 부딪쳐 오는 피부 느낌에 그의 분신이 또 용트림을 하는 게 느껴졌다.

"그건 나중에 생각하자."

그녀의 목을 다시 허겁지겁 빨아대며 제욱이 그녀의 아랫배를 더듬었다.

"야, 야! 자, 잠깐!"

당황한 한새의 목소리를 그가 단숨에 삼켜 버렸다. 그리고 조금 전보다 더 느긋한 몸짓으로 그녀를 탐하기 시작했다. 깜빡, 깜빡 가로등의 눈길이 그의 등 뒤에서 수줍게 부서져 내렸다. 오늘은 이대로 놓아주지 않아. 제욱은 윤택의 만류에 불구하고 짙게 선팅하길 아주 잘했다는 생각을 했다.

제욱이 아침에 눈을 떠 잔뜩 흐트러진 시트를 부여잡으며 나른해진 몸을 일으켰다. 어젯밤 실랑이 끝에 기어코 침대를 차지하고 나서 아주 오랜만에 포식을 한 그의 몸은 만족감으로 한층 충만해져 있었다. 대충 옷을 꿰어 입은 제욱이 거실로 나와 한새를 찾았다. 아침 준비를 하며 제연과 수다를 떨고 있는 그녀의 평화스러운 모습이 만족스러운 미소를 만들어냈다.

"흠, 흠."

그가 일어났다는 표시를 하기 위해 몇 번 헛기침을 해대자 고개를 돌린 한새의 얼굴이 그녀가 썰고 있는 홍당무보다 훨씬 붉어졌다. 만약 제연이 없었다면 진하게 모닝키스를 받을 수 있을 텐데. 그가 입맛을 다시고 주방으로 들어가 그녀가 썰던 홍당무를 집어 들고 와작와작 씹기 시작했다. 제연의 눈치를 보며 쩔쩔매는 한새의 모습은 미치도록 귀엽게만 보였다. 그 모습을 보자니 장난이 치고 싶어진 제욱이 기지개를 켜며 너스레를 떨었다.

"으흠, 오랜만에 침대에서 자서 그런가? 온몸이 아직 적응을 못해서 그런지 뻐근하네. 나 몸이 약해졌나 봐. 몸보신할 거 뭐 없어?"

동그랗게 눈을 뜬 한새가 제연과 제욱을 번갈아 본 다음, 얼굴을 찡그리며 꼬랑지가 빠지도록 후다닥 주방을 빠져나갔다. 마늘을 까고 있던 제연이 영문을 모르겠다는 듯이 코를 찡그리자 제욱이 커다랗게 웃음을 터뜨렸다.

하루하루가 날아갈 듯한 기분의 제욱이었다. 여전히 투덕거리기는 하지만 한새를 품에 안고 깨어나 함께 식사를 하고, 퇴근 후 그녀를 데리러 약국에 들렀다가 먹고 싶은 반찬거리를 같이 사고, 식사 후 TV 프로그램을 보며 수다를 떠는 예전과 다름없는 일상들이 흘러가고 있었지만 뭔가 달랐다. 마음이 편하고 만사가 즐거웠다. 때문에 일도 절로 흥이 나고 술술 풀려가자 그의 얼굴에서 미소가 떠날 줄 몰랐다. 회사 사람들이 최고의 컨디션으로 활기차게 일을 하는 그에게 무슨 비법이 있냐고 물을 정도였지만, 그는 그 이유를 대답해 줄 수 없었다. 한 여자가 그의 일상을 바꾼다는 자체를 인정하지 않았던 그였기에, 그 모든 것이 바로 한새와의 만족스러운 관계 때문이란 걸 아직 인식하지 못하고 있기 때문이다.

오늘도 한새를 약국까지 데려다 주고 출근하는 그의 모습이 반짝반짝 빛나고 있었다.

"좋은 아침!"

싱글벙글한 제욱이 엘리베이터 앞에서 만난 동료들에게 힘차게 인사를 하며 밝게 웃어 보일 때였다.

"안녕하십니까, 고 감독님."

누군가 그에게 건네는 인사말에 그가 미소를 지은 채 고개를 돌렸지만 곧 맞딱뜨린 상대방의 뻐딱한 시선에 제욱 역시 단번에 얼굴을 굳히고 말았다.

"좋아 보이십니다."

"이 실장님도요. 회의는 열한 시로 알고 있는데, 좀 이르시군요."

"사장님과 면담이 있어서요."

어색한 분위기에 엘리베이터를 타려던 제욱이 잠시 멈칫거렸다. 기껏 기분 좋게 시작한 하루를 이경표와 함께 좁은 엘리베이터에서 얼굴을 마주하며 망치고 싶지 않았기 때문이다. 그런 그의 심기를 아는지 모르는지 우르르 사람들이 다 타고 엘리베이터 문이 닫혔을 때에도 이경표는 그와 나란히 서서 엘리베이터의 작동 숫자만 바라볼 뿐이었다.

"제게 할 말이라도 있으십니까?"

제욱의 뾰족한 한마디에 그제야 이경표가 싱겁게 웃어 보였다. 뭐야, 저 미소는? 그가 애써 불편한 내색을 안으로 삭이고 최대한 정중한 표정을 지었다.

"한새는 잘 지냅니까?"

"이제 한새에게 관심 끄시죠."

역시나 그의 입에서 나오는 한새의 이름이 그의 기분을 확 다운시켜 버리고 말았다.

"요즘 통 연락이 없길래 궁금해서 여쭤본 건데, 그것도 안 됩니까?"

"대체 자꾸 한새의 주위에서 얼쩡대는 이유가 뭡니까? 헤어졌으면 두 사람 끝난 사이 아닙니까?"

여유로운 이경표의 표정과 달리 제욱의 표정이 흉하게 일그러졌다. 그가 짜증스럽다는 듯이 머리를 뒤로 넘기고 이경표를 노려보았다.

"헤어진 게 아니라 보내준 겁니다."

제욱의 눈썹이 불안하게 꿈틀거렸다.

“보내준다? 무슨 뜻입니까?”

“말 그대로 한새가 원해서 보내준 겁니다. 그리고 한새가 원한다면 언제고 다시 찾아올 겁니다.”

“누구 맘대로?”

그가 거칠게 엘리베이터 버튼을 두어 번 치며 빽 하니 소리를 질렀다.

“부모님의 반대에 부딪치자 지켜주지 못하고 그냥 놓쳐 버린 거 아냐? 그런 주제에 이제 와서 무슨 낯짝으로 다시 찾겠다는 거야?”

사람도 벨 듯한 낮고 차가운 제욱의 목소리가 이성을 잃은 듯 보였다. 반대로 여전히 차분한 모습의 이경표가 그의 신경을 박박 긁어댔다.

“부모님은 아주 사소한 이유였죠. 만약 한새가 계속 내 손을 잡기를 원했다면 무슨 짓이든 했을 겁니다. 하지만 한새는 늘 뭔가 부족해했습니다. 그걸 내가 채울 수 없다는 것을 알았기 때문에 보내준 겁니다.”

“큭, 삼류 영화가 따로 없군. 사랑해서 보내준다?”

엘리베이터를 타러 왔던 사람들이 심상치 않은 두 사람을 보고 슬금슬금 멀어져 갔다. 제욱이 입술에 빈정거리는 미소를 걸고 삐딱한 시선으로 그를 내려다보았다. 생각 같아서는 함부로 지껄이는 놈의 얼굴을 바닥에 깔아뭉개고 싶을 뿐이었다.

“사랑하니까 보내준다는 것…… 아마, 고 감독은 절대 그 마음을 이해 못하겠죠. 그래서 당신이 그 부족한 것을 채울 수 있는 사람이라고 해도 제가 인정을 못하는 겁니다."

"함부로 입을 놀리는 버릇이 있군, 이 실장."

"한새가 그러더군요. 한 여자에게 만족을 못하는 친.구.가 있다구요. 당신을 보는 순간, 그 친구란 게 바로 당신이란 걸 직감으로 알았습니다. 지금은 한새를 손에 넣고 있을지는 몰라도, 그래서 잠시 당신이 한새를 채워줄 수 있을지는 몰라도 곧 비워질 테니, 그때는 제가 채워줄 작정입니다. 이제 한새는 당신에게 친구가 아닌 한 여자니까……."

"미친 새끼!"

더 이상 참지 못하고 제욱이 그의 멱살을 잡아 들었다. 그들의 주위에 순식간에 사람들이 몰려들었으나, 이경표가 간단한 손짓으로 그들을 만류했다. 당장 그의 머리를 꺾어버리고 싶은 마음을 간신히 참아낸 제욱이 이를 갈며 입을 열었다.

"아무리 한새 곁에서 얼쩡대 봐야 네놈이 들어갈 자리는 없을 거야."

주위의 시선에 천천히 그의 멱살을 잡은 손에 힘을 뺀 제욱이 그의 어깨를 한번 툭 치고는 엘리베이터 닫힘 버튼을 누르며 차가운 미소를 던졌다. 막 문이 닫히기 전에 그가 중얼거리는 소리가 들렸다.

"두고 보면 알……."

뭘 두고 봐? 빌어먹을! 제욱이 주먹으로 엘리베이터 문을 꽝 소리나게 내려치며 고개를 떨어뜨렸다. 한 여자에게 만족을 못하는 친구라. 여태 날 그렇게 봐왔던 거니? ……신경 쓰지 마, 고제욱!

이젠 친구가 아닌 네 여자야. 아니란 걸 보여주면 되잖아. 사랑하니까 보내준다? 젠장, 그 사랑 무서워서 어디 살겠나. 누구든 '사랑해서'라고 변명을 하곤 한다. 아버지도 그랬고, 어머니도 그랬다. 수많은 여자들이 그 앞에서 그렇게 말하고 떠나갔다. 제욱이 피식 웃음을 흘리며 턱을 쓰다듬었다. 그런 사랑은 개나 주라 그래!

"대체 누가 편집을 했기에 이 모양이야?"

제욱이 대아의 1차 편집본을 훑어보고 버럭 화를 내며 소리 질렀다. 분명 아까 전까지만 해도 기분이 좋아 보이던 그가 불같이 화를 내는 바람에 모두 당황해 어쩔 줄 모르고 있었다.

"곧 회의 시작할 텐데 망신당하려고 작정했어? ENG 카메라로 찍은 베타테이프 가져와 봐."

그가 신경질적으로 편집 기사를 물리고 휴대전화를 잡았다. 오늘 한새가 누군가를 만난다고 했던 것 같은데. 빌어먹을, 그 이경표 놈은 아니겠지? 설마……. 그랬단 봐라, 둘 다 작살낼 거야! 한새의 휴대전화 컬러링을 들으며 제욱이 거칠게 머리를 쓸었다.

"알았어, 알았다고!"

꽝!

"……대체 뭐가 또 꼬여서 이 모양인 거야?"

한새가 제욱의 전화를 끊고 얼굴을 찡그리며 투덜거렸다. 분명 오늘 아침 싱글거리며 출근했던 제욱이 하루종일 몇 번씩 전화해서 그녀를 귀찮게 하더니, 오랜만에 잡힌 저녁 약속을 어떻게 알았는지 취소하라고 난리를 쳐 한바탕 실랑이를 했다. 며칠 사이좋게 지낸다고 생각했던 건 나만의 착각이었나? 그날 이후, 둘의 관계는 예전과 확연히 달랐다. 그는 여느 때보다 부드러웠고 다정했으며 정열적이었다. 서로가 속속들이 알고 있는 장점과 단점을 살려 감정을 쌓는 이상적인 연애에 가깝게 가고 있다고 생각했다. 감정, 이상적인 연애…… 그 감정의 정체는 뭐고, 이상적인 연애란 대체 무엇이란 말인가? 함께 있으면 좋고, 보고 있어도 그리운 것? 서로의 손길에 심장이 기쁘게 달아오르는 것, 이게 연애인가? 그것은 지희가 말하던 것과는 조금 다르다. 사랑이 있어야 한다고 했다. 한새는 차마 입 밖으로 끄집어내지 못하는 단어를 입 안에서 조심스럽게 굴려보았다. 그는 늘 사랑을 버거워한다. 사랑이라는 헤픈 감정에 쓸데없이 체력을 소모하고 싶지 않다고 했다. 우정이라 하기엔 너무 짙은 감정. 그것을 그에게 사랑이라고 기대하기엔 너무 미련스러운 일이다. 사랑, 사랑, 사랑…… 지금 이 순간 그와 함께한다는 것에 행복하면 그만이지, 꼭 사랑이냐 아니냐 깊게 따져야 되는 건 아니지 않은가? 지금 당장은 여기서 만족하자. 한새가 입술을 깨물며 창밖을 바라보았다.

"언니, 윤택 오빠하고 제욱 오빠가 저녁 산대요. 호호호."

저녁 시간이 다 되어서 지희가 한층 들뜬 기색으로 호들갑을 떨자 한새가 이마를 찌푸리고 투덜거렸다. 저녁은 무슨? 제발 변덕이나 부리지 말라고 해.

"약국은 어떡하고?"

"아차! 내 정신 좀 봐. 매일 까먹네. 여기가 병원 약국인 줄 알고 누구 바꿔줄 사람 찾으면 되지 않을까 하는 거 있죠."

"지희 씨나 맛있게 먹고 와. 난 별로 생각이 없네."

"아니에요. 그냥 여기서 시켜 먹자고 하죠 뭐. 맛있는 거 시켜달라고 해야지."

"지희 씨는 잘돼가?"

"뭘요?"

"알면서."

"헤헤. 그게…… 흠, 오빠가 영 진도를 안 나가요. 그렇다고 내가 확 덮쳐 버릴 수도 없고."

지희의 발그레한 얼굴을 보며 한새가 빙그레 웃음을 흘렸다. 사랑에 빠진 여자. 그녀가 새삼 지희를 부러운 듯이 아래위로 훑어보았다.

"참, 언니, 알아냈어요."

"뭘?"

"제욱 오빠 말이에요. 제가 누군가와 닮았다고 자꾸 그랬잖아요."

"그래? 누군데?"

지희가 내미는 휴대전화를 본 한새의 눈이 놀라움으로 한층 둥그렇게 커졌다.

"제 사촌 조카예요. 예쁘죠? 여기 눈하고 코 좀 보세요. 매끈한 이마도 제욱이 오빠랑 똑같죠?"

"글쎄."

"언니는 오랫동안 제욱 오빠 알아왔다면서요. 오빠 어렸을 때
랑 닮지 않았어요?"

"욱이는 중3 때나 지금이나 별로 달라진 게 없는데."

한새가 휴대전화의 사진을 뚫어질 듯이 바라보았다. 겉으로는
무심한 척했지만, 밝게 웃는 아이의 사진을 손으로 쓸어보는 그녀
의 가슴이 두 방망이 치고 있었다.

"그래요? 안 닮았어요?"

"닮긴 했네. 그런데 이 조카는 누굴 닮았어?"

"그렇죠? 우리 언니는 안 닮았어요. 언니는 좀 여려 보이는 스
타일이거든요. 그래도 얼마나 강단이 있는지 몰라요. 저번에 미국
에서 공부하고 있다는 사촌 언니 얘기한 적 있죠? 공부하다가 소
리 소문 없이 이 녀석을 낳고 미혼모가 됐는데, 이 녀석이 돌이 지
나도록 누구 하나 몰랐다니까요. 혼자서 힘들었을 텐데 공부도 하
고 아이도 키우고 지금은 당당한 커리어우먼이에요. 그래서 집에
서도 미혼모라고 뭐라 못해요."

얼굴이 점점 하얘지는 한새의 상태를 모르는 지희가 드르륵거
리는 문소리에 상냥하게 인사를 건넸다.

"어서 오세…… 어머, 오빠! 벌써 왔어요?"

제욱와 윤택이 들어서고 있었다. 한새가 놀란 가슴에 자신도 모
르게 사진의 삭제 버튼을 눌러 버렸다. 다행히 꼬마의 사진은 그
것 한 장뿐인 듯했다.

"어머, 지희 씨, 어떡하지? 다음 사진을 보려고 버튼을 누른다
는 것이 그만."

“됐어요. 다음에 다시 찍으면 돼요.”

“무슨 사진?”

“별거 아냐. 배고프다. 우리 근사한 데 가서 맛있는 거 먹자.”

“언니, 약국…….”

“지희 씨 들어오고 환영식도 제대로 못했잖아. 음, 오늘 이 녀석들 주머니를 털어서 신나게 놀아보는 거야. 어때?”

한새의 오버스러운 제스처에 세 사람이 다 멍한 표정을 지었지만 그녀는 그들을 살필 여유가 없었다. 머리 속에 꼬마의 사진이 사라지지 않았다. 가방을 챙겨 든 한새가 먼저 허둥지둥 약국을 빠져나와 깊은 심호흡을 했다. 뭐야, 이 불안한 기분은?

저녁을 먹고 술자리를 하는 내내, 한새가 평소처럼 떠들고 웃는 가운데 가끔씩 멍한 표정을 짓는다는 것을 제욱이 놓칠 리가 없었다. 그가 말없이 맥주 잔을 잡으며 그녀를 바라보았다. 또 그 표정. 대체 무슨 생각을 하는 걸까? 설마 오늘 저녁 약속에 가지 못하게 했다고 그 새끼 생각이라도 하는 건가? 맥주 잔이 비워질 때마다 불쾌감이 가슴에 쌓여갔다. 당연한 거야. 내 여잔데, 함부로 다른 남자를 만나고 다니는 게 기분 좋을 리 없잖아. 아니지, 그렇게 자신없는 거냐? 왜 그딴 놈 한마디에 한새를 괴롭히고 그래? 그녀가 안아주었잖아. 네 그런 모습을 다 알고도 받아주었잖아. 하지만 시작이 잘못된 것은 언제고 표가 나기 마련이야. 겉으로만 드러나는 그녀의 표정을 보고 뭘 안다고 그래? 자세히 보면 저렇게 힘들어하는데……. 제욱은 활짝 웃는 한새의 옆모습이 유난히

창백하다고 느꼈다. 속이 거북하게 부글거렸다. 내부의 두 자아가
치고받고 싸우며 내는 소리였다.

"야, 고제욱! 뭐 하노, 인마? 오랜만에 동고 교가 한번 불러보
자. 아, 우예 시작하더라?"

"빛나는 아침 해가 떠오르면은 관봉산 기슭에서…… 이렇게 시
작하잖아. 자식, 그것도 기억 못하냐? 쯧쯧쯧."

"한새 네 그래, 잘났다! 내 머리 나쁜 거 모르나?"

"에이, 남자들은 술 들어가면 군대 얘기, 고등학교 얘기밖에 할
말이 없어요. 뭐야? 세 사람이 동창이면 전 왕따예요?"

"와 지희 씨가 왕딴데? 군가 그 내 가르쳐 줄까?"

"이번엔 군대 얘기 시작하려나 보다. 귀 막아, 지희 씨. 내가 이
녀석들을 연구해 봐서 아는데, 남자들의 뇌 구조가 얼마나 단순하
냐면 말이지……."

제욱은 한마디도 껴들 수가 없었다. 너무 자연스러운 윤택과 한
새의 모습이 자신과 한새의 예전 모습으로 겹쳐지며 눈에 아프게
파고들었다. 우리가 저런 모습이었던가? 윤택을 바라보는 한새의
부드러운 눈이 늘 그를 향했던 것이 기억이 났다. 제욱은 서로 어
깨동무를 하고 포크로 장단까지 맞춰가며 교가를 부르는 두 사람
의 모습이 마음에 들지 않았다. 그가 한새의 어깨에 놓인 윤택의
팔을 치우고 그녀를 가까이로 끌었다.

"뭐야, 고제욱?"

"2절이 틀렸잖아. 한낮의 고된 해가 움츠릴 때도, 이렇게 시작
하는 거야."

　　쩌렁쩌렁한 제욱의 목소리에 잠깐 얼어붙었던 분위기가 쉽게 녹아들었다. 하지만 그는 부자연스럽게 그의 어깨에 놓여 있는 한새의 손이 허공을 만지작거리고 있다는 걸 느낄 수 있었다. 그가 일부러 고래고래 노래를 지르는 가운데 그녀를 더욱 꼬옥 고쳐 안았다.

　　"오빠, 집 리모델링하시는 거 중단하셨다면서요?"

　　"응. 선배가 소개한 인테리어 회사에 맡겼는데 질질 끌잖아. 게다가 계속 더 좋은 자재를 써야 한다며 수정만 부추기고. 현재는 잠깐 중단된 상태야."

　　"어디 다른 인테리어 회사 찾으셨어요?"

　　"아니. 소개해 줄 데 있어?"

　　"실은 저희 사촌 언니가 미국에서 인테리어 공부를 했는데 이번에 사무실을 냈거든요. 모르긴 몰라도 제 부탁이면 아주 끝내주게 해줄 거예요. 그리고 미국에서 일한 경험이 있어서 실력은 보장하구요."

　　"그래? 그럼 연락처 좀 줘봐."

　　집의 리모델링은 아직 그리 신경 못 쓰고 있는 상태였다. 제욱이 건성건성 대답을 하면서 한새의 눈치를 보았다. 차갑게 가라앉은 표정을 보아하니 아무래도 여태 그녀의 집에 빈대 붙어 있는 것이 내심 못마땅한 모양이다. 이번 기회에 담을 트고 두 집을 합치는 건 어떨까? 지희가 건네주는 전화번호를 입력하며 제욱이 머리 속으로 떠오르는 영상에 오늘 저녁 처음 만족한 미소를 그려냈다.

"치키치키 챠카챠카 쵸코쵸코초. 사랑하며 살면은~ 치키치키 챠카챠카 쵸코쵸코초. 평화는 올 거~야."

"야, 장한새. 엉덩이 좀 들어봐. 바지는 벗어야 할 거 아냐!"

제욱이 술에 만취한 한새의 옷을 벗기느라 진땀을 뺐다.

"한 번 마시면 아주 끝을 보지, 젠장!"

"고제욱! 불꽃 슛, 피구 왕 통키 어떻게 하는 거더라?"

"아침 해가 빛나는 끝이 없는 바닷가. 맑은 공기 마시며 자아, 신나게 달려보자. 너와 내 가슴속에 가득 품은 큰 꿈은……."

"세계 제일의 피구 왕! 맞아. 낄낄낄!"

"그만 웃고 정신 좀 차려봐. 할 말 있다."

"응?"

지금 말해도 될까? 제욱이 그녀의 뺨을 살짝살짝 때리며 초조하게 그녀를 다그쳤다. 묻고 싶은 것은 산더미였지만, 우선 그의 머리에 떠오른 생각부터 처리하기로 한 제욱이었다. 어차피 한새는 나와 같이 있다. 다른 건 생각하지 말자. 흔들리지 말자.

"우리 담을 트고 두 집을 합치는 게 어때? 좋은 생각이지?"

"뭐라고? 집을 합쳐?"

"그래. 어차피 너 혼자 이 큰 집 간수하기는 벅차잖아."

"싫어."

술 취한 와중에도 그녀의 대답은 단호했다.

"왜?"

"연애한다고 네것내것 개념없이 막 섞이는 거 너 싫어하잖아.

나도 그건 싫어."

"야, 그건……."

"그냥 연애하자며. 왜 복잡하게 엉키려고 해? 난 이대로가 좋아. 이렇게……."

그녀가 그의 얼굴을 잡아끌며 입술을 겹쳐 왔다. 알싸하게 입 안에서 퍼지는 맥주 향에 그의 머리가 짠하게 얼어붙었다. 뭐라는 거니, 장한새! 제욱이 목에 감긴 그녀의 팔을 풀어내며 제대로 된 사고를 하려 했으나, 나긋나긋하게 온몸을 휘감아오는 그녀와 적당히 달아오른 취기 때문에 사실상 불가능해 보였다.

"역시 내 애인의 입술이 최고야."

한참 후 흐릿해진 눈동자의 한새가 손등으로 그의 얼굴을 쓰다듬었다. 타액으로 촉촉해진 그녀의 입술이 그를 유혹하느라 살짝 벌어져 있었다. 제욱이 그녀의 입술을 혀로 핥았다. 어차피 지금은 대화하는 건 불가능해. 사고가 정지한 뇌를 정염덩이가 다 태워 버린 듯 그가 허겁지겁 밀려드는 폭풍에 몸을 내맡겼다.

지끈거리는 머리와 갈증 때문에 한새가 새벽에 눈을 떴다. 관자놀이를 매만지며 옆을 보니 정신없이 잠에 취해 있는 제욱이 보였다. 시계의 초침 소리가 점점 거세게 뇌를 콕콕 찔러댔다. 한새가 침대 밑에 흐트러진 옷을 주워 입고 방을 나서려다 돌아서 그를 바라보았다. 달빛에 수려한 그의 용모가 들어왔다. 허리에 감겨진 시트 밑으로 드러난 매끈한 몸매. 흐트러진 머리카락이 덮고 있는 이마 밑으로 우뚝 솟은 콧날. 엎드려 있느라 살짝 찌그러진 입술.

달빛이 훑는 그의 얼굴이 꼬마의 사진과 겹쳐 보였다. 그녀가 고개를 흔들며 방을 빠져나왔다.

시원한 물을 한 잔 마시고 식탁에 앉은 한새의 머리에 또다시 먹구름이 내려앉았다. 아무리 별거 아니라고 생각하려 해도 불쾌하게 신발에 달라붙어 떨어지지 않는 껌딱지처럼 좀처럼 떨쳐지지 않는 아이의 얼굴과 심란한 상상. 한참 노력해서 간신히 조금씩 변해간다 생각했는데, 오늘은 중심을 잡기가 힘들었다. 덕분에 술을 마셔도 취하지 않았다. 하지만 맨정신으로 그를 대할 수 없어 일부러 취한 척을 했던 그녀였다. 그리고 그를 안았다. 여전히 뜨거운 제욱 때문에 잠시 마음을 갉아먹는 생각은 잊을 수 있었다. 그래, 이 세상에 닮은 사람이 어디 한둘이야? 그게 뭐 대수라고 하루종일 심란해하는 거야? 그녀가 무릎에 팔을 얹고 턱을 괸 채 중얼거렸다.

"이 세상에 괴물 고제욱이 또 있으려고."

"뭐 해?"

"아이고, 깜짝이야!"

소리없이 다가온 제욱 때문에 놀란 한새가 가슴을 쓸었다. 이 녀석 괴물 맞네.

"인기척 좀 내고 다녀. 애 떨어지는 줄 알았네."

"너, 너 설마?"

"뭐가 설마야? 그냥 놀랐다는 거지."

"아! 그런데 새벽에 웬 청승이야?"

"목말라서 나왔어. 그런데 넌 왜?"

"자다 보니까 네가 없잖아."

제욱이 등 뒤에서 그녀를 안아왔다. 포근하다. 가슴이 두근두근 만족한 소리를 내었다. 이 느낌을 놓치고 싶지 않아. 괜한 걱정으로 이 편안한 관계를 망치지 말자. 고제욱은 내 애인이야. 심장이 시키는 대로 그녀가 마음을 다잡자 갑자기 목이 멨다. 한새가 두어 번 헛기침을 하고 간신히 입을 열었다.

"들어가자. 너 일찍 출근해야 하는데."

"장한새."

"응?"

한새가 살짝 몸을 틀려고 하자 제욱이 더욱 꼭 그녀를 안아왔다. 등 뒤에서 느껴지는 단단한 가슴 근육의 느낌. 그의 불규칙한 심장 소리가 그녀의 귀에 스며들었다.

"불안해."

"뭐가?"

"이 작은 머리로 대체 뭘 생각하는지 불안하다고."

"뭐래?"

"나만 생각해."

제욱이 그녀를 돌려 마주 보게 만들었다. 그의 깊은 눈이 진심을 담아 반짝이는 것을 보니 코끝이 시큰, 눈꼬리가 아려왔다.

"이제부터 이 머리로는 나만 생각해라."

Jeux d'adultes—11

이른 새벽, 허전한 느낌에 눈을 뜬 제욱은 갑자기 버려진 아이처럼 초조해하는 자신을 발견했다. 머리 속 가득 그녀가 했던 말이 그를 괴롭혀 댔다. 애인으로서만 좋다는 말이 왜 그렇게 서운한 걸까? 손끝에 아직 그녀의 냄새가 난다. 벌떡 일어나 방을 나와 두리번거리다 만난 환한 거실 불빛에 제욱의 얼굴이 저절로 찡그려졌다. 그 불빛의 끝에 한새가 우두커니 주방 식탁에 앉아 있는 것이 보였다. 꾸부정한 그녀의 등이 유난히 쓸쓸해 보인다. 왜지? 왜 그렇게 앉아 있는 건데? 그가 여전히 못마땅한 표정으로 다가가 그녀를 품에 끌어안았다.

"이제부터 이 머리로는 나만 생각해라."

"어이쿠, 감동이다. 이렇게 대답해 줄까? 자식, 너 영화 너무 많이 봤어. 여자들이 나만 봐, 나만 생각해! 이러면 다 쓰러지지?"

"야!"

빈정거리는 한새의 말에 제욱이 얼굴을 붉히며 떨어져 앉아 고개를 돌렸다. 그녀가 무릎 위에 턱을 괴고 나지막이 중얼거리는 소리가 주방을 가득 메웠다.

"그리고 나보고 너만 생각했다가 머리 터지라고?"

"뭐?"

"너 나한테 어디로 튈지 모른다고 했지? 요즘 네가 그래. 널 짐작하는 게 힘들어. 어제 아침에도 대뜸 전화해서 고래고래 소리를 지르면서 사람 당황하게 하질 않나……."

"그건 미안하다."

"이것 봐. 이건 너답지 않아."

"뭐가 나다운 건데?"

"내가 만날 엉뚱한 짓 저지르고 사과하고, 넌 끝까지 꼬투리 잡고 늘어지는 게 우리다운 거지."

우리. 그 말이 제욱의 가슴에 아프게 와 박혔다. 그 우리가 현재의 우리가 아닌 것만 같다는 생각이 들었다. 그가 다시 그녀를 품에 안아 기대게 만들었다. 그냥 토 안 달고 넘어가는 게 없어요. 네가 나만 생각할 수 없다면 그렇게 만들어야 하나? ……두 사람이 서로 다른 생각의 무게에 쓸려 새벽을 맞고 있었다.

━……영화 '접속'과 '친니친니'의 삽입곡으로 쓰였던 'A Lover's Concerto'를 좋아하시는 분들 많으실 겁니다. 이 'A Lover's

Concerto'는 1725년에 작곡된 요한 세바스찬 바흐의 G장조 미뉴에
트가 원곡입니다. 부제로 '안나 막달레나를 위한 미뉴에트'라 붙어
있는 이 곡은 바흐가 아내 안나 막달레나 바흐를 위해 작곡한 곡이
라고 합니다. 이 곡을 '아브라카 타브라' 님이 신청해 주셨는데요, 이
아브라카 타브라는 히브리어로 '말한 대로 이루어지리라'라는 뜻이
라고 설명을 곁들여 주셨네요. 흠, 말한 대로 이루어지리라, 촉촉한
비가 가을을 재촉하는 아침, '오늘은 좋은 일이 생길 거야!'라고 거
울을 보시고 자신을 향해 한번 웃어주시는 건 어떨까요? 아니
면…….

그날 새벽, 한새는 우연히 튼 라디오에서 들려오는 멘트에 고개
를 끄덕였다. 아브라카 타브라. 말한 대로 이루어지리라……. 별
일 아냐. 신경 쓰지 마. 혹여 네가 우려하는 일이 있더라도 그건
과거잖아. 친구였을 때 그의 과거를 네가 지금 와서 어떻게 하겠
어? 다행히 아직 힘있는 자아가 중얼거리는 소리에 한새가 용기를
얻어 새로운 하루를 시작했다.

아침부터 비가 내리더니 오후에는 맑게 개어 제욱과 한새는 예
정했던 대로 과수원으로 향했다. 어린 시절의 추억과 함께 부모님
과 할머니가 잠들어 계신 곳. 일 년 만에 제욱과 함께 찾아온 과수
원은 새로운 감회로 다가왔다. 이번에는 일 년에 몇 번씩 의례적
으로 들르는 것이 아닌, 늘 아픔으로 기억하는 대신, 제욱과 둘이
온전하게 과수원 곳곳에서 다시 추억을 만들 생각을 하니 기분이
들뜨는 한새였다. 하지만 그녀가 버려둔 시간만큼 정리해야 할 일
들이 가득이었다. 우선 그동안 돌봐주셨던 관리인 아저씨 부부에

게 인사를 하고 한창 때인 복숭아와 포도의 수확을 돕는 등 바쁘게 움직이며 온종일을 소비해야 했는데, 곁에서 제욱이 투덜거리면서도 동에 번쩍 서에 번쩍 홍길동처럼 날아다녀 그녀의 웃음을 자아내게 만들었다.

"대체 여행을 온 거냐, 아니면 머슴을 부리려고 온 거냐?"

밤이 늦어서야 일을 마친 한새가 샤워하다가 투덜거리는 제욱의 목소리를 들으며 빙그레 미소를 지었다. 하지만 곧 아랫배가 싸해지더니 다리 사이로 흐르는 예정치 못한 현상을 보고 미간을 찌푸렸다.

"욱아! 나 새, 생리대 좀 사다 줘."

"뭐? 지금? 아니, 또 해? 일주일 전에 했잖아."

"그러게, 이상하네. 그런데 이럴 때 가끔 있어. 그나저나 사다 줄 거야, 말 거야?"

"지금 이 시간에? 기집애가 쪽 팔리게 이젠 별걸 다 시키고 있어, 젠장…… 어떤 걸로 사 와야 하는데?"

제욱의 기척이 멀어지자 한새가 거울에 비친 창백한 자신을 보며 중얼거렸다.

"오늘 무리를 했나? 가끔 신경을 쓰는 일이 있으면 이럴 때가 있었지만…… 빌어먹을, 정말 강아지도 아니고 대체 얼마를 하는 거야?"

애고, 팔자야. 여자로 태어난 게 죄지. 한새가 신음을 흘리며 머리를 부여잡았다.

그 다음날은 꼼짝없이 침대 신세를 져야 했다. 갑자기 터진 매직도 문제였지만, 어제 무리를 했는지 정말 여기저기 안 쑤시는 데가 없었다. 제욱이 투덜거리긴 했지만 안절부절못하면서 한새의 곁을 지켰다. 제연이 복지원 행사에 참가하게 되어 간신히 둘이 오게 된 여행이라 처음 소풍 가는 꼬마처럼 들떠 있던 그에게 미안한 마음이 들었다. 그래서 한새는 웬만큼 정신이 들자, 저녁 식사 후 그의 손을 잡고 산책을 청했다. 하루종일 그에게 여왕 아닌 여왕 대접을 받았더니 정말 말짱해진 것 같았다.

노을빛이 내려앉는 포도밭 사이를 거닐며 애기를 나누던 두 사람이 마지막에 다다른 곳은 창고 앞이었다. 한새가 익숙하게 문을 여는 제욱의 등을 치며 입을 열었다.

"네가 어떻게 여길 알아?"

"예전에 아저씨랑 와본 적이 있어."

먼지가 켜켜이 쌓여 있는 창고 안에 들어가자 제욱이 상자들 틈에서 술병 하나를 꺼내 보였다.

"이건……."

"이것들이 아저씨가 네가 태어나던 해부터 담그신 포도주라며. 너 시집갈 때 풀어놓으신다고 매해 제일 좋은 포도로만 담그셨다면서?"

"그것도 알아?"

"예전에 나 가출했던 거 기억나냐?"

"아! 고등학교 1학년 때, 맞지? 그런데 그때 왜 가출한 거야?"

"그때가 엄마와 제일 힘들 때였어. 어느 날 아빠한테서 이혼소장이 도착한 걸 봤는데, 엄마는 누나랑 나 결혼할 때까지 안 된다

고 끝끝내 버티겠다는 거야. 있으나마나 한 양반을 자식들 때문에
참아보겠다고…….”

“그랬구나.”

“그래서 견디지 못하고 집을 나가 버렸지. 그리고 그 나이 때 애
들이 반항하는 것처럼 여기저기 몰려다니면서 쌈질을 해댔는데,
매일 누군가가 날 건드려 주는 게 그렇게 고마울 수가 없더라. 그
래서 맞고 때리고 또 맞고……. 결국 어느 날은 그렇게 싸우고 다
니다가 파출소에 잡혀 간 적이 있었는데, 그때 아저씨가 날 파출
소로 찾아오셨어.”

창고로 들어오는 붉은 노을빛 한줄기가 그의 이마에 주름인지
모를 가로줄을 새겨놓았다. 깊은 그의 눈이 무슨 생각을 하는지
가늠할 수 없었다. 한새가 포도주 상자들을 쓸며 그의 얘기를 듣
다가 그의 손에 이끌려 포도 나무 아래 술병을 들고 앉았다. 그녀
의 허벅지를 베고 누운 제욱의 이야기가 계속 이어졌다.

“아저씨가 파출소에 들어서자마자 내 손을 잡고 피해자 앞에
무릎을 꿇고 비시더라. ‘이게 다 못난 아비 탓입니다’……. 같이
싸웠던 놈들이 황송해서 선생님 선생님 하고 계속 아저씨를 일어
서게 했지만, 아저씬 그러지 않으셨어. 그 모습을 보면서 난……
난 우리 아버지가 버린 자식을 거두어주시는 너희 아버님께 너무
죄송하고 고마워서 울고만 싶었어. 고개도 들 수 없더라. 그리고
그때 파출소를 나와서 아저씨 손에 이끌려 온 곳이 여기였다.”

“그랬구나. 그래서 여길 아는구나.”

“포도주 창고를 보여주시며 그 포도주들의 사연을 애기해 주시

다가 어느 한 상자를 여시고 한참을 말씀이 없으시더군. 그건 네가 태어나기 전에 담그신 포도주였다고 들었는데, 너 바로 위에 오빠가 있었다지?"

"응, 나도 말로만 들었어. 엄마 몸이 약해서 사산이 되었다는……."

"아줌마가 첫 아이를 가지신 걸 알고 기쁨에 들떠 술을 담그셨는데, 그 슬픈 일이 일어난 후 그걸 꼭꼭 숨겨두셨던 모양이야."

제욱의 눈시울이 살짝 붉어지는 것과 동시에 한새의 눈도 촉촉히 젖어들었다.

"그날 아저씨가 그 술을 내게 주시더라. 이제 넌 내 아들이다 하시면서……. 이렇게 누워서 아저씨와 함께 밤새 그 술을 다 비웠다. 그때도 하늘에 이렇게 별이 많았는데……."

그녀가 그의 시선을 따라 고개를 젖히고 하늘을 보며 별을 세기 시작했다. 부모님을 생각해도 예전처럼 눈물은 나오지 않았다. 그 이유에는 세월의 흐름이 준 담담함도 있겠지만, 이렇게 손을 뻗으면 곁에 있었던 그의 든든한 품 때문이라는 걸 새삼 깨닫는 한새였다. 그의 심장 소리에 기대어 눈을 감는 그녀의 머리카락을 고르는 제욱의 손길이 부드러웠다. 아빠, 그랬어? ……이 손길이 꼭 아빠 같아.

"이제, 넌 내 아들이다."

"한새가 시험을 못 봐서 심란한 모양이야. 네가 가서 좀 들여다 봐 주련? 동생처럼 잘 보살펴 주어야 한다. 부탁한다."

그의 머리 속에 한새 아버지가 유언처럼 남긴 말이 맴돌았다.

하지만 이젠 그녀를 친구, 동생처럼 여길 수가 없다. 그녀를 볼 때마다 울컥거리는 욕망을 더 이상 숨길 자신이 없는데, 어떻게 견디란 말인가? 십삼 년도 길었다. 혹여 지하에 계신 한새의 부모님이 벌떡 일어나 멱살을 잡을지언정, 이렇게 된 이상 뒤돌아갈 수 없다는 것을 새삼 뼈저리게 느끼는 제욱이었다.

'아저씨 아들, 이젠 못해요. 더 이상 그게 안 돼요.'

제욱이 그녀의 머리를 쓰다듬던 손을 멈추고 그녀를 가슴에 끌어 올려 입을 맞췄다. 코를 찌르는 상큼한 포도 냄새와 그녀의 입에서 느껴지는 이십 년이 넘는 포도주 향이 그를 벌써 취하게 만들었다. 맞닿은 심장이 쿵쾅쿵쾅 방망이를 친다. 어느새 그의 귀를 간질이던 벌레 소리도 들리지 않는다. 말캉한 입술을 머금고, 그녀의 혀를 감아 마시자 서서히 달아오르는 욕망. 또다시 주체할 수 없는 뜨거움이 내부에서 꿈틀대는 것을 느낀 제욱이 그녀를 더욱 꼭 껴안으며 신음을 흘렸다.

"아아……."

별들의 뜨거운 시선을 외면한 제욱의 손길이 거칠어졌다. 허리선을 더듬고 가는 그녀의 다리와 자신의 긴 다리를 엮으며 단단해진 중심에 그녀를 비벼댔다. 그와 비슷한 욕망으로 흐려진 그녀의 눈을 마주하자 뼈들이 흐느적거리는 바람에 온몸을 틀어대는 그의 귀를 한새가 잘근잘근 씹어대는 것이 느껴졌다.

"후아. 젠장, 미치겠네."

한새의 이마에 흐트러진 머리카락을 고르며 그가 얼굴을 찡그렸다. 코를 간질이는 포도 냄새와 그녀의 냄새가 미치게 하는데,

당장 그녀를 가질 수 없다는 사실이 못내 불만스러웠다.

"아, 포도밭 거사를 잔뜩 기대했구나?"

"그렇다기보다 뭐……."

"큭. 미안해서 어쩌나?"

그녀를 품에 가두고 제욱이 잔뜩 달아오른 몸을 진정시키느라 거친 숨을 몰아쉴 때였다. 한새의 눈이 반짝거린다 싶더니 셔츠가 말아 올려지고 그녀의 작은 손이 그의 가슴을 농락하기 시작했다.

"야! 너!"

"가만있어 봐."

당황스러워하는 제욱의 입술에 살짝 입을 맞추고는 장난기 가득한 얼굴을 그의 가슴에 비벼대는 한새 때문에 그는 이제 미칠 지경이었다.

'안 돼. 오늘은 안 돼. 제길, 그거 하나 못 참아서…….'

한 가닥 이성이 그의 목을 타고 나오려다, 결국 그녀가 주는 자극에 터진 신음 소리에 묻혀 버리고 말았다. 살짝살짝 자신의 유두를 핥는 소리가 무척 자극적으로 그를 몰아쳤다. 제욱이 흥분에 못 이겨 그녀의 작은 머리에 힘을 주며 평평한 배로 인도할 때 그녀의 손은 이미 성이 날 대로 난 그의 분신을 조몰락거리고 있는 중이었다. 배꼽을 가지고 장난하던 그녀의 혀가 내려와 조금씩 그의 분신을 못살게 굴자 그는 더 이상 참을 수 없음에 벌떡 일어나고 말았다.

"됐어. 그만, 그만 하자. 더 이상 하다간……."

하지만 제욱은 더 이상 말을 잊지 못하고 숨만 거칠게 몰아쉴

뿐이었다. 한새가 갑자기 위통을 벗어 던지고 하얀 나신을 드러냈기 때문이다. 막 얼굴을 내민 희미한 달빛에 반사되는 뽀얀 가슴이 오르락내리락거리며 그의 정신을 희미하게 만들었다.

'이건 고문이야!'

숨도 쉴 수 없을 만큼 그녀를 원하지만 막상 손을 내밀 자신이 없는 제욱의 주먹이 허공에서 멈칫거렸다. 그런데 그런 그의 주저함에 쐐기를 박는 놀라운 일이 있어났다.

"뭐, 뭐 하는 거야?"

그녀의 가슴이 그의 분신을 감싸 안은 것이다. 탱탱하고 말캉한 느낌이 그를 조여대는 것이 마치 그녀의 자궁 안 같았다. 제욱이 고개를 젖히고 헐떡이며 주위의 잡초를 쥐어뜯었다. 하늘에 총총히 박힌 다이아몬드 강이 흘러내려 그의 피부를 훑어 내렸다.

"으헉!"

잠시 후, 불편한 자세를 못 견디겠는지 그녀가 입 안에 그의 분신을 머금고 혀로 농락하기 시작했다. 뜨겁고 강한 폭풍이 그의 목에 걸려 갸르릉거리는 소리를 내었다. 손으로 쓰다듬고, 혀로 자극하다 급하게 빨아대는 자극에 짜릿짜릿한 감각들이 머리에서부터 허벅지를 타고 흘러내렸다. 그리고 마침내 견딜 수 없는 폭풍의 끝에 그가 크게 허리를 휘며 소리를 내질렀다.

"헉헉. 대체 너, 너!"

자신 못지않게 땀으로 범벅이 된 한새가 고개를 들어 미소를 지으며 그의 손에 깍지를 끼었다. 제욱이 그녀를 가슴에 올려 꼭 껴안으며 그녀의 맨살을 쓰다듬었다. 미치도록 황홀한 순간이었다.

대담한 한새의 행동이 얼떨떨하고 부끄럽기도 하고 또 더없이 예쁘게만 보여 제욱이 아무 말 못하고 그녀의 온몸에 자잘한 키스를 퍼부었다. 마음속에서 울컥울컥 이상한 감정들이 그를 흔들어놓았다. 이게 뭔지 모르지만, 확실한 건 영원히 널 놓을 수 없다는 거야. 알아? 알아, 한새야? 이제 별들이 쏟아져 내리는 느낌을 그녀에게 보여주기 위해, 제욱이 세심하고 정성스럽게 그녀를 달구기 시작했다. 물론 함께 느끼면 더 좋겠지만, 상황이 상황인만큼 삽입이 아니어도 커다란 환락을 느낄 수 있다는 것을 증명하고픈 그의 가슴에 좀 전의 흥분이 되살아나며 보름달이 두둥 떠올랐다.

기대한 것 이상의 행복한 주말이었다. 둘만이 함께 있는 시간이 좋았고, 오랜만에 그녀와 추억을 더듬는 일도 새로운 기쁨이었다. 그리고 함께 한새의 부모님과 할머님을 뵙고 오면서 그 앞에 새로운 소망을 하나 심고 돌아올 수 있었다. 앞으로도 주욱 한새의 손을 잡고 찾아뵙고 싶다는. 하지만 마지막 서울에 거의 도착했을 때 문득 한새의 입에서 흘러나온 이야기가 그의 기분을 싹 망쳐버렸다.

"인테리어 담당자하고는 통화해 봤어?"
"내일 만나기로 했어. 참, 집 말이야. 담 트면 더 넓고……."
"싫다고 했잖아. 그 얘기는 패스!"
"왜?"
"아직 부모님의 기억을 지우고 싶지 않아."
그녀의 말을 이해하면서도 또 서운한 마음이 드는 제욱이었다.

주말 동안 둘 사이의 담을 아주 많이 허물었다고 생각했는데, 그건 또 혼자만의 착각인가 보다. 부모님을 뵙고 와서 그런 거야. 제욱이 자꾸만 처지려는 자신의 마음을 억지로 추슬렀다.

"그래, 알았어. 그건 그렇고, 이제 자주자주 놀러가자. 공기도 좋고 너무 좋던데. 안 그래?"

"응, 예전하곤 또 달라. 기억나? 고등학교 때 여름이면 반 친구들과 함께 야영도 오고 그랬잖아."

"그랬지."

"그놈들은 다 뭐 할까? 궁금하네."

"그러게. 다음 동창회는 과수원에서 하자고 할까?"

"에구, 넌 또 바쁘다는 핑계로 맨 마지막에 빠질 거고, 난 너 때문에 변명을 하느라 쩔쩔맬 텐데 뭐 하러?"

"이젠 안 그래."

제욱이 삐죽이는 한새의 입술을 주욱 늘렸다가 놓자 그녀가 살짝 눈을 흘기며 창밖으로 시선을 던졌다. 그의 눈에 비친 그녀의 뒤통수가 아주 많은 이야기를 하고 있는 것 같았다. 그가 기어에 올려놓았던 손에 잔뜩 힘을 주었다. 알고 싶다, 요즘 들어 네 뒷모습을 보면 왜 자꾸 불안해지는지.

월요일 오전, 회사로 찾아온 인테리어 담당자와 마주한 제욱이 소스라치게 놀란 표정을 지었다.

"오랜만이다, 고제욱. 아니, 클라이언트니까 함부로 부르면 안 되지? 고 감독님이라고 불러야 하나?"

"이영주? 로리 리가 바로 너라니!"

"나도 지희한테 네 이름 듣고 설마 설마 했어. 이게 얼마 만이니?"

환하게 미소 짓는 영주의 손을 잡고 흔드는 제욱의 표정이 창백했다. 이영주와는 고등학교 동창이고, 군대 다녀와서 잠시 만난 적이 있었다. 그러니 사 년? 오 년? 정신없이 기억을 더듬는 그 앞에서 아직도 해후의 기쁨에 젖은 듯 영주가 묘한 표정을 지었다.

"아직 그 집에 살아? 한새네 옆집?"

"그래."

"여전하네. 설마 했는데."

"일 얘기 하러 온 거 아니냐?"

"집을 한번 봐야겠지만, 우선 네가 메일로 보낸 사진을 바탕으로 간단한 스케치를 해봤어. 볼래?"

제욱이 그녀가 내미는 스케치를 건성으로 훑어보았다. 머리에 하나도 들어오지 않았다. 진한 겐죠 파딸 향이 그의 머리를 어지럽혔다.

"다 좋다. 시간 날 때 연락 주고 집으로 와."

"잘 지냈냐고 묻지도 않네. 그것도 여전하다, 고제욱."

"뭐?"

"한 번 끝난 일은 뒤돌아보지 않는 거. 무서운 사람이란 건 알았지만 이 정도인 줄은 몰랐다고."

"훗, 너도 끝까지 물고 늘어지는 건 여전하군."

날카로운 제욱의 지적에 영주가 움찔하는 모습을 보였다. 뭔가 안 좋은 예감이 그의 뒤통수를 쳤다. 그녀가 재빠르게 당황한 표정을 숨기고 직업적인 표정을 지었다. 두 사람 사이에 어색한 분위기가 감도는 가운데 다시 일 얘기로 돌아갔다.

제욱의 전화를 끊은 한새가 하얗게 질린 얼굴로 손님의 약 조제를 하고 있는 지희의 뒤통수를 바라보았다.

[오늘 인테리어 담당자 만났어. 그런데 그 사람이…… 이영주 기억하냐?…… 네가 신경 쓸까 봐 미리 얘기하는 거야. 네가 다 알고 있으니까…… 혹시 네가 싫다면…….]

고민이 가득한 그의 마음을 읽을 수 있을 정도로 제욱은 동요하는 모습을 보였다. 애써 자신은 상관없다는 듯이 얘기하고 전화를 끊었지만, 마음은 전혀 그렇지 못한 한새였다. 지희가 손님을 반갑게 배웅하고 돌아서자 머뭇거리던 그녀가 말문을 열었다.

"저기…… 지희 씨, 그 사촌 언니 이름이 이영주 맞아?"

"네. 그건 왜요?"

"그 꼬마의 엄마가 그럼……."

"맞아요, 그런데 언니, 영주 언니 아세요?"

"어? 어. 고, 고등학교 동창이야."

뭔가 한 대 맞은 듯 뒤통수가 얼얼했다. 입술이 제멋대로 덜덜 떨렸다. 외면하려던 진실을 맞부딪친 순간의 충격은 생각보다 더 강했다. 그럼, 그 아이는?

"어머, 정말이요? 맞다. 동림고! 왜 그걸 생각 못했지? 언니, 만나보셨어요?"

"응? 아니, 제욱이가 금방 전화로 그러네. 자기도 놀랐다고."

"세상 좁다더니 정말 그러네요. 그쵸?"

"그, 그래."

"그런데 언니 얼굴이 창백해 보여요. 괜찮으세요?"

"나, 나 생리통인가 봐. 먼저 집에 가서 쉴게."

한새가 허겁지겁 약국을 빠져나왔다. 눈앞이 노랗다는 것이 실감이 났다. 만약 그 아이가 제욱의 아이라면 어떻게 되는 거지? 우리의 아이는? 아, 녀석이 영주에게 돌아간다면, 난? 난 이제 제욱에게 어떤 존재가 되는 걸까? 친구? 아니면 버려진 여자?

어떻게 집에 왔는지 기억이 없었다. 한새가 쓰러지듯 침대에 누워 눈을 감았다. 생각하고 싶지 않은 기억이 머리에 스며들었다.

"이영주."

그녀가 동그랗게 몸을 말고 갑자기 입으로 튀어나온 이름에 흠칫 놀라 다시 입을 막았다.

"나 너랑 친하고 싶어."

맨 처음 학교 부회장이었던 영주가 그녀에게 다가온 것은 고2 때였다. 공부밖에 모르던 여자애. 큰 키에 마른 몸으로 유난히 큰 안경을 쓰고 다녀 다들 올리브라고 불렀다. 뽀빠이 애인인 올리브가 안경을 쓰면 그런 모습일 거라며 그 뽀빠이가 누가 될 것인가 다들 내기를 하곤 했었는데……

"너도 제욱이 때문이야?"

그때 한참 훤칠한 외모에 카리스마를 풍기는 제욱을 쫓아다니는 여학생들이 몇 트럭이었는지 기억조차 나지 않는다. 아무튼 여

자애들은 제욱에게 다가가기 위해 제일 만만한 돌다리로 한새를
꼽았다. 그 많은 여학생들 중에서 영주가 제일 기억에 남는 이유
는, 수줍어하면서도 끝까지 내숭을 떨지 않던 그 모습 때문이었
다. 다들 맨 처음에 한 번씩은 부정을 하는데, 영주는 아주 솔직하
게 사실을 인정하고 자신의 도움을 청했던 것이다.

"그런 이유라면 싫어."

그녀의 모진 대답에도 실망치 않고 열심히 따라붙는 영주 때문
에 그녀의 신경질이 모두 제욱에게로 돌아갔다. 맨 처음 영주에
대한 이야기를 전하며 불평을 할 때도 그는 심드렁한 표정을 짓더
니, 그녀가 열받아 방방 뜰 때는 재미있어 죽겠다는 표정을 지었
다. 결국 그녀가 영주의 손을 들어준 것은, 어느 비 오는 날 제욱
과 패스트푸드점에 들러 창밖을 바라보았을 때였다. 건너편 버스
정류장에서 한없이 제욱을 바라보던 그녀의 모습이 마음을 흔들
어놓았던 것이다. 우산을 받치고 있어도 차가 지나면서 물을 튀기
는 것도 모르고 멍하니 제욱을 바라보던 그 모습을 보고는 한새가
참지 못하고 그녀를 불러들이게 되었다. 발개진 얼굴로 비에 젖은
안경을 벗어 닦으며 수줍게 미소 짓던 그녀의 얼굴이 아직도 눈앞
에 생생했다.

그 후 세 사람이 아무 문제 없이 몰려다녔지만, 고3이 되고 사
고가 난 후, 한새가 제욱을 마음에 두면서 셋 사이에는 불편함이
싹트게 되었다. 그동안 영주와 제욱을 함께 붙여놓고 마음을 놓은
이유는 설마 영주 같은 여자애를 제욱이 좋아할까 하는 자만심이
컸기 때문이었을 것이다. 하지만 고3이 되면서 제욱이 공부한답

시고 영주와 자주 몰려다니자 한새의 마음이 불안해졌다. 이러다
가 그대로 그의 마음 구석 자리도 못 차지하는 건 아닐까? 그래서
일부러 영주를 만나기로 한 자리에 미리 제욱을 불러내어 그의 의
중을 떠본 일이 있었다.

"영주 어떻게 생각해?"

"똑똑하고 뭐……."

"언제는 끈적끈적한 눈길이 신경 쓰인다면서?"

"그런 건 무시하고 말지 어떻게 일일이 다 신경을 쓰냐?"

"걔가 너 좋아해."

"알아. 하지만 관심없다."

"왜? 영주 네 말대로 공부도 잘하고, 착하고, 알고 보면 장점이
더 많을 수도 있어."

"너 나랑 영주랑 엮으려고 하는 의도가 뭐야? 자꾸 이러면 너도
그 무식한 유도부 부장한테 넘겨 버린다?"

"이 자식이!"

두 사람이 투덕거리는 사이, 눈가가 벌게진 채로 뛰어가는 영주
의 뒷모습이 눈에 들어왔다. 한새는 영주에게 죄책감과 미안함이
들었지만 어차피 한 번은 겪어야 될 일이었고, 그녀도 어서 진실
을 알게 해주어야 한다는 가당치도 않은 변명으로 스스로를 위로
했다.

그 다음부터 영주는 제욱과 한새의 앞에 나타나지 않았다. 한새
가 영주의 존재 때문에 안절부절못하는 반면 별다른 관심을 보이
지 않는 제욱 덕에 그녀도 쉽게 영주를 잊을 수 있었다. 하지만 제

욱이 군대 제대 후 새로운 애인이라며 데리고 온 영주 앞에서 그
녀는 놀란 입을 다물지 못했다. 같은 서울에 있었다지만 다른 학
교였고 완전히 관심 밖이어서 기억도 못했는데, 그녀는 아주 달라
진 모습으로 나타나 한새를 주눅 들게 만들었던 것이다. 여전히
말랐어도 통통한 자신에 비해 훨씬 예뻐 보였다. 게다가 세련된
옷차림과 화장, 당당해진 말투가 제욱에게 아주 잘 어울렸다. 한
새는 예전의 죄책감으로 더 이상 두 사람 사이에 껴들 수가 없어
계속 그들을 피해 다녀야 했다. 한 육 개월? 제욱이 만난 여자들
중에 그래도 제일 긴 축에 속하는 연애를 했다는 것은 그의 마음
에 들었다는 얘기다. 그렇다면 함께 보낸 밤도 많았을 테고……
한새가 날짜를 세다가 갑자기 아랫배가 끊어질 듯이 아파오는 바
람에 생각을 멈추었다.

　마음이 아파서 몸이 아픈 거야, 아니면 몸이 아파서 마음이 약
해진 거야?

　아니나 다를까, 제욱이 허겁지겁 집에 들어오니 한새가 잔뜩 얼
굴을 구기고 잠들어 있음에 가슴이 철렁 내려앉았다. 자식, 그렇
게 신경이 쓰이면서 왜 아무렇지도 않은 척하는 건데? 그가 작게
한숨을 쉬며 그녀의 작은 손을 쓸어냈을 때, 그녀가 잠에서 깨어
그를 바라보는 게 느껴졌다.

　“어디 아프냐?”

　“생리통.”

　“아직도? 병원 가봐야 하는 거 아냐?”

"이제 괜찮아질 거야. 늘 이런데 뭐."

제욱이 이불 속으로 손을 집어넣어 그녀의 배를 살살 어루만지기 시작했다.

"찜질해 줄까?"

"됐어. 어서 씻어. 밥은?"

"기다려. 따뜻한 물과 수건 가지고 올게."

대충 찜질할 것을 챙겨온 그가 한새를 반듯하게 누이고 그녀의 배를 찜질하면서 쉼없이 중얼거렸다.

"오빠 손은 약손. 제욱이 손은 약손……."

"큭. 웃겨서 더 아픈 거 같아."

"쓸데없는 생각을 얼마나 많이 하면 배까지 아픈 거야? 어서 잠이나 자."

힘없는 미소를 던지고 눈을 감은 한새를 보는 제욱의 표정이 심상치 않았다. 늘 이런 녀석이다. 힘들고 아픈 일이 있어도 곪아서 터져야 아프다고 말하는 녀석. 아마 오늘은 영주의 존재 때문에 더 아픈 거겠지. 말을 하지 않아도 그녀가 얼마나 고민하는지 느껴진다. 하지만 괜한 말을 더해 그녀의 고민을 더하고 싶지 않은 제욱은 말을 아꼈다.

'믿어줘. 지금 난 너만 보여.'

대충 저녁을 때운 제욱이 한새의 곁에 모로 누워 그녀를 바라보며 계속 한숨을 쉴 때였다.

"천장 꺼지겠다."

까끌한 그녀의 목소리에 놀란 그가 벌떡 일어나 앉아 곁에 있던 죽을 챙겨 들었다.

"이거 먹고 자. 진통제를 얼마나 먹었으면 잠만 자냐?"

"원래 매직할 땐 잠이 많아져. 잠자는 공주가 매직에 걸려 그런 거 몰라?"

"풋, 말이나 못하면. 자, 입 벌려."

"어이구, 이런 황송함은 싫네요. 게다가 죽이라니, 내가 죽을병이라도 걸렸냐?"

"우선 만든 사람 성의를 생각해서 먹어봐. 너 계속 축 늘어져 있으니까 심심하고 심란해 죽겠다."

"계속 아플가 보다. 서비스가 너무 좋네."

"이 자식, 못하는 소리가 없어!"

버럭 소리를 지르는 제욱을 살짝 흘기고 죽을 떠먹는 한새의 머리를 그가 정리해 주었다.

"그래도 제대로 끓였네. 으음, 맛있다."

"다 먹으니까 얼마나 좋냐? ……어? 그런데 그냥 잘 거야?"

"그냥 자지, 그럼 뭐 하자고?"

"나랑 얘기라도 하고, 아니면 같이 TV를 보든지……."

"고제욱, 진짜 심심한가 보네. 예전에는 혼자서도 잘 놀더니, 왜 갑자기 옆에 붙어서 난리니?"

"그렇게 눈에 쌍심지를 커니까 좀 나아 보이긴 하는데, 안 예쁘거든?"

"너한테 예뻐 보여서 뭐 해? 나 힘들어, 잘 거야."

이불을 뒤집어쓴 한새의 등을 제욱이 멍하니 바라보았다. 얼굴

색은 좀 창백해도 성질을 부리는 거 보면 괜찮은 것 같은데. 함께 얘기라도 하면 얼마나 좋아? 그가 팔베개를 하고 누워 시계에 시선을 던졌다. 겨우 밤 열한 시가 조금 넘은 시간. 시계 소리가 유난히 처량맞게 들린다. 둘이 있어도 혼자 있는 느낌이 바로 이런 건가? 아니지, 아픈 애 데리고 무슨 생각 하는 거야? 피식. 제욱이 한새의 등에 붙어 그녀를 꼭 껴안았다. 품에 꼭 들어오는 느낌이 좋았다. 하지만……!

"야, 등에 뭐가 찔러."

아씨! 그놈의 생각지도 않은 욕심이 또 부채질을 하는 바람에 제욱이 슬그머니 떨어져 그녀의 등을 째려보았다. 꼭 변태가 된 느낌이다. 여자는 매직통에 쩔쩔매는데, 남자 놈이 욕망 하나 제대로 못 다스려 그대로 당하는 꼴이라니. 이렇게 자존심이 상하던 때가 있던가? 제욱이 시무룩한 얼굴로 다시 한숨을 쉬었다.

"등 좀 데워봐. 춥다."

등을 보이고 누운 한새의 중얼거림에 제욱이 슬쩍 눈을 흘기며 그녀를 껴안고는 이를 악물었다. 그리고 심호흡과 마인드 컨트롤로 자신을 다스리기 시작했다. 하지만 아무리 해도 작아질 줄 모르는 욕망. 제욱이 더 이상 견디지 못하고 그녀를 채근하기 시작했다. 얘기라도 나누다 잠들면 괜찮겠지.

"한새, 자냐?"

"어."

"잔다면서 대답만 잘하네."

"왜? 잠 안 와?"

“응.”

“그럼 양을 세.”

“양 하나, 양 둘…… 이게 아니지. 한새 하나, 한새 둘, 한새 셋…… 휴우. 이렇게 많았으면 좋겠다. 그럼 회사에도 가져다 놓고, 화장실에 하나 놓고, 주머니에 하나 넣고 다니고, 이럴 때…….”

“풋. 얘가 뭘 잘못 먹었나?”

자신이 생각해도 유치한 발상임에 틀림이 없었다. 제욱이 눈을 감고 다시 한새를 세기 시작했다. 온몸에서 열이 폴폴 나는 것 같았다. 하지만 그 고문 같은 시간도 즐기면 행복하다는 것을 깨닫는 제욱이었다.

“자?”

“잔다니까.”

“차라리 대답을 말든지……. 장한새, 잠 안 오면 우리 얘기 좀 하자.”

“무슨 얘기?”

“오늘 뭐 했나, 지금 뭐 생각 하느냐 이런 거?”

“요점을 말해.”

“그냥 이야기를 나누자는 거야. 음, 요즘 유행하는 유머가 뭐야?”

“그런 실없는 얘기 하려면 관두셔.”

지금 물어도 될까? 제욱이 그녀의 어깨에 턱을 괴고 오늘 하루 종일 그의 마음을 괴롭히는 질문을 그녀에게 흘렸다. 아니길 바

라. 그러면 진짜 이를 악물고 조용히 잠잘게.

"혹시…… 이영주 때문에 마음 쓰이냐?"

그녀의 고른 호흡이 잠깐 흐트러진 것을 제욱은 놓치지 않았다. 괜히 물어봐서 녀석의 고민에 무게만 더하게 되었나 보다.

"안 쓰인다면 거짓말이지."

"다 끝난 이야기다. 걱정하지 마."

"사람 관계는 일방적일 수 없어. 함께 시작해 놓고, 한 사람이 끝내자고 하면 자동으로 다른 사람이 정리해 줘야 하는 거, 그거 뭔가 잘못됐다고 생각하지 않아? 끝내자고 한 사람이 자동으로 정리해야 하는 사람의 마음을 헤아리는 것 정도는 해줘야지."

"무슨 얘기를 하고 싶은데? 그러니까 이영주랑 나랑 아직도 감정이 있다는 거야? 너도 알다시피 그건 벌써 오 년이나 된 얘기야. 내가 지난 얘기 들춰가며 다시 열 올리는 거 봤냐?"

"난 일반적인 걸 얘기한 거야."

화가 났다. 괜히 자신이 먼저 건드린 건 알지만, 그녀의 솔직하고 담담한 마음이 느껴져 화가 나는 바람에 목소리가 커지고 말았다. 이건 그녀의 질투라기보다 투명한 그녀의 마음을 보는 것 같았다. 확실하게 선을 그어놓은 그녀의 마음. 오해가 없길 바라는 마음에 열심히 설명을 해도, 이미 그녀가 갖춘 틀에는 그 대답이 여전히 모자란 모양이다.

"젠장. 그래도 그렇지, 그렇게 신경 쓰이면서 왜 이영주한테 일을 맡기라고 한 건데?"

"그러면 좀 쿨해 보이잖아."

"쿨하긴 개뿔. ……걱정 마. 내일 당장 다른 사람한테 일을 맡길 테니까. 너 신경 쓰는 거 싫다."

"다른 사람한테 맡기는 것도 우스워. 그건 네가 아직도 이영주와 껄끄럽다는 걸 인정하는 것밖에 안 되고. ……내가 지금 몸이 찌뿌드드하니까 쓸데없는 생각이 많아서 그래. 걱정 말고 추진하셔. 금방 다른 일에 몰두하면 그 얘긴 곧 잊어버릴 거야. 그리고 영주랑도……."

그녀가 말을 흐리는 것이 그의 마음에 콱 와 박혔다.

"둘이 나 모르는 새 무슨 일 있었던 거야?"

"그런 건 아닌데, 그냥…… 아, 모르겠다."

"네가 불편해하는 건 싫어, 싫다고. 확실히 해. 뭐가 그렇게 신경 쓰이는지 물으면 다 대답해 줄게. 뭐야?"

"다, 솔직히 다 신경 쓰여. 하지만 일일이 물어서 괜한 문제 만들고 싶지 않아."

"그럼 뭐가 제일 신경이 쓰이는데?"

"흠, 둘이 함께…… 아니, 둘이 왜 헤어졌어?"

"그야 뭐, 감정이 식어서겠지. 아니, 감정이 있었는지도 기억이 나질 않는다. 제길, 그만큼 이영주와의 관계는 아주 미미한 거니까 신경 쓸 것 없어."

잠깐 그에게로 내밀었던 어깨가 다시 기울어졌다. 그 모습이 싫은 제욱이 그녀를 더욱 꼬옥 껴안았다. 예전에 영주와 있었던 일을 생각해 보려 해도 정말 기억이 나지 않았다. 하지만 그 일이 한새와의 관계에 아주 많이 신경 쓰이게 한다니 자꾸만 화가 나는 제욱이었다.

“우리 내기하자.”

“무슨 내기?”

한새의 갑작스런 말에 제욱이 움찔거리며 그녀를 마주 보게 만들었지만, 그녀가 다시 고개를 돌려 버리는 바람에 어정쩡한 광경이 연출되었다.

“먼저 헤어지자고 말하는 사람이 상대방 소원 들어주기.”

“뭐? 그런 웃기는 얘기가 어딨냐?”

“우리도 언젠간 헤어질 거고, 그것도 누군가 말을 먼저 꺼내야 할 거 아냐.”

“빌어먹을 쓸데없는 얘기 하려면 잠이나 자!”

제욱이 거칠게 등을 돌리고 이불을 뒤집어썼다. 뭐, 벌써 헤어지는 생각을 하는 거야? 누구 마음대로? 그의 이불이 들썩이는 동안 한새의 힘없는 목소리가 그의 귓속을 파고들었다.

“내 소원은…… 다시 친구로 돌아가는 거야.”

소원이 고작 다시 친구로 돌아가는 것이라니! 자신이 말해 놓고도 너무 허무해진 한새가 피식 실소를 터뜨렸다. 하지만 한쪽 가슴이 우지끈 갈라지는 소리가 들렸다. 힘들 거란 짐작을 하고 뛰어들었으면서 너무 쉽게 무너지는 자신의 모습과 정작 아무 대답이 없는 제욱의 태도에 실망감이 들었다. 되돌리기엔 너무 빨리, 쉽게, 게다가 멀리 와버린 거리. 그것이 현재 친구와 연인의 차이였다. 그런데 다시 친구로 돌아가길 바란다고? 설사 제욱도 그걸 원한다고 해도 그렇게 될 수 있을까?…… 당연히 튀어나와야 할 대답이 선뜻 나오지 않았다. 머리 속에 주말 동안 그가 보여주었던 다정한 행동들이 울컥 그녀의 감정을 자극해 버렸기 때문이다. 친구일 때보다 더 친밀하고 정열적이었던 그의 작은 몸짓 하나하나를 어떻게 잊을 수 있을까? 만약 우리가 헤어진다면…… 그 모든 것들을 기억하면서도 아무렇지도 않게 그 앞에서 웃을 수 있다는 건 완전한 자만이다. 그래도 영영 볼 수 없는 것보다 낫지 않은가? 영영 볼 수 없다는 것보다……!

"……장한새가 다르게 보인다. 이젠 여자로 보도록 노력해 보겠어. 그러니까 내 아이를 낳아."

바보 같은 제안에 덜컥 예스를 해버린 미친 심보는 다 어디로 간 걸까?

"내 아이의 엄마라면 달라질 수도 있겠지만, 알다시피 기대는 하지 않는 게 좋다."

아이 때문에 시작된 관계라지만 녀석의 대우가 달아졌으면 하고 기대를 전혀 안 한 건 아니다. 혹시 아이라도 가지게 된다면, 그렇다면 녀석을 잡을 수 있을 거란 생각을 왜 안 해보았겠는가?

"내가 이상해진다고, 변했다고 하지 마라. 그게 바로 여자들을 대할 때의 고제욱이니까."

변했다, 그것도 상당히 이상하게. 아마 다른 여자들한테도 그렇게 하는지 모르지만, 거부할 수 없을 만큼 달콤하게 변해 버린 그의 모습에 가슴이 설레고, 기쁘고, 혹시나 그 모습으로 영원히 내 곁에 있어줄지도 모른다는 착각에도 빠져 허우적댈 정도로 그는 많이 변했다.

"너와 나, 그래, 맨 처음은 아이라는 구실로 유치원 애들 같은 발상으로 시작했지만, 서로 간절히 끌리고 있다는 건 인정해야 할 거야. 그렇지?"

만약 녀석에게 정말 아이가 있다면 이 유치원 애들이 저질러 놓음직한 녀석과의 관계는 어떻게 마무리를 해야 할까?

"저번에도 말했듯이 이제 우리는 더 이상 친구가 아니다. 아까부터 이상한 얘기로 얼렁뚱땅, 예전처럼 대충 네 가출 문제를 마무리 짓고 싶은 모양인데, 여기서 그냥 이렇게 끝내면 너랑 나랑은 더 이상 아무 사이도 될 수 없어. 알아?"

혼란스러웠던 머리에 쐐기를 박던 말. 녀석의 입에서 나온 아무 사이도 못 된다는 말이 왜 그렇게 서럽고 두렵게만 들리던지. 그게 싫어서 무작정 그의 손을 잡고 달려나왔지만 결국……!

"나 더 이상 네 친구 고제욱 아니다. 자꾸 안고 싶어 죽겠는데 친구라고? 자꾸 만지고 싶은데 친구는 개뿔! 대체 몇 번 말해줘야 돼?"

돌아갈 수 없다. 이제야 알겠다. 이게 정답이다. 녀석은 정확히 본질을 꿰고 있다. 나 혼자서만 미적거리는 것일 뿐이다.

그동안 제욱과의 관계를 짚어보던 한새는 날이 밝아올 때까지 한숨도 자지 못했다. 문득 제욱의 등을 바라보니 코끝이 시큰해졌다. 그가 일부러 그녀를 아프게 하는 것이 아님에도 불구하고 원망이 가득 가슴에 차 오르는 게 느껴졌다.

'이제 우리는 어떻게 될까? 그땐…… 이렇게 한침대에 누워 있는 우리의 모습을 상상할 수도 없겠지?'

새삼 늘 품에 안고 재워주던 제욱의 손길이 그리워진 한새가 조심스럽게 팔을 뻗었다. 그와 함께 지내면서 구입한 침대가 새삼 넓다는 것을 깨닫는 그녀였다. 한새가 소리나지 않도록 조심스럽게 그에게 다다가 그의 뒤통수를 쓰다듬었다.

"오늘 산 것을 내일 후회하지 않도록 열심히 살아야 한다."

문득 아버지가 가훈처럼 입에 달고 다니시던 말이 가슴에 맺혀 흘러내렸다. 그녀가 그 말을 되새기듯 작게 소리 내어 중얼거리며 제욱의 허리를 살짝 껴안았다.

"오늘 사랑한 것을 내일 후회하지 않도록 열심히 사랑해야 한다."

잠에 취해서도 여전히 딱딱하게 굳어 있는 제욱의 몸에서 그가 자신이 던진 말에 얼마나 상처를 입었는지 충분히 느낄 수 있었다.

'미안해, 욱아. 이제 와서 고작 그런 말밖에 내뱉을 수밖에 없어서 말이야. 하지만…… 나 무섭다. 그래서 그래. 무서워…… 나중에 내가 상상하고 있는 것보다 더 많이 아플까 봐, 그래서 결국 견디지 못하고 너까지 상처 줄까 봐…… 무서워.'

그에게 건네지 못하는 말들을 뺨에, 그의 등에 문질렀다. 하지만 굳어진 제욱의 몸은 풀릴 줄 몰랐다.

한참을 그렇게 있던 한새가 막 새벽 다섯 시를 알리는 종소리에 정신을 차리고 그를 안았던 손을 빼려 할 때였다. 갑자기 제욱의 손이 느슨해진 그녀의 손을 꽉 잡아버리는 게 아닌가?

"네가 생각하는 일은 죽어도 일어나지 않을 거야."

한참 탁해져 있는 목소리로 보아 그 역시 여태껏 잠들지 못한 것임이 틀림없었다. 한새가 치밀어 오르는 감정에 목이 메어 주춤거렸다. 감히 허락하지 않은 눈물이 뺨을 타고 흘러내리는 것이 느껴졌다. 그에게 손을 꽉 잡힌 채, 고개를 그의 등에 기대고 있는 한새의 어깨가 오랫동안 작게 흔들렸다는 것을 제욱도 알고 있으리라.

[몸도 안 좋은데, 택시 타고 가.]

새벽까지 뒤척이던 한새가 간신히 잠이 들었다 깨었을 때는 제욱이 벌써 출근한 후였기에 다행히 얼굴을 마주해야 하는 불편한 상황은 모면할 수 있었다. 하지만 오늘 오후에 한국을 떠나는 정혜를 배웅한다는 사실을 아는 제욱이 그녀가 일어나자마자 전화를 해왔다.

[내가 데려다 주어야 하는데…… 이모한테 가시는 거 못 뵈어서 죄송하고 서운하다고 전해줘라. 그리고…….]

그가 말을 이으려는 순간 잠시 누군가의 인기척이 수화기 너머로 들리면서 제욱의 목소리가 멀어졌다.

[감독님, L&J 인테리어 이영주 사장님께서 오셨는데요.]

[이 분 있다가 들어오시게 해.]

한새가 수화기를 고쳐 들고 한층 예민해진 청신경을 바짝 곤두세웠지만 더 이상 아무것도 들리지 않았다.

[여보세요?]

"듣고 있어. 바쁜 거 같은데 그만 끊어. 이모한테는 내가 알아서 잘 말해줄게."

[그래. 참, 나 며칠 촬영 때문에 못 들어간다. 오늘 아침에 너 자는 바람에 얘기하지 못했어.]

"알았어. 근데 갈아입을 옷은 챙겨 나간 거야?"

잠시 멈칫하는 소리가 들렸다. 한새가 신경질적으로 커피 잔을 내려놓으며 머리를 쓸어 올렸다.

[네 몸이나 잘 챙겨. 전화 자주 할게.]

"응."

다시 커피 잔을 잡는 한새의 손이 작게 떨렸다. 일부러 연하게 내렸음에도 불구하고 그와의 통화 동안 식어버린 커피는 지독히 썼다. 그녀가 어렵게 커피 잔을 비우고 일어나 나갈 채비를 시작했다.

제욱이 끊긴 전화를 잠시 멍하니 바라보았다. 몸이 아픈데도 불구하고 옷을 챙기라고 잔소리를 하다니 갑자기 가슴이 뻐근하게 시려왔다. 새벽 그의 어깨에 기대어 울던 한새의 느낌이 아직 등에 달라붙어 있는 것 같았다.

"자식, 꼭 마누라처럼 굴면서……."

그녀의 불안한 마음을 이해 못하는 건 아니지만, 조금이라도 그를 믿는다면 그녀가 그렇게 쉽게 헤어짐이라는 단어를 내뱉지는 못할 것이란 게 제욱의 생각이었다. 그리고 그녀에게 그만큼의 신뢰도 주지 못한 자신이 한심해 미칠 지경이었다. 이 관계를 끝내고 다시 친구로 돌아간다니 얼마나 잔인한 생각인가? 그동안 자신은 한 번도 생각해 보지 못한 것을 서슴없이 하고 말로 내뱉는 한새의 이성적인 행동이 소름이 끼치고 화가 나는 바람에 어젯밤에 한숨도 자지 못한 제욱이었다. 그녀 역시 잠이 들지 못했다는 것을 알고 있었지만 등도 돌릴 수 없었다. 그랬다간 아픈 그녀를 다그치다 못해, 그녀와 자신 둘 다에게 상처받을 짓을 저지를 것 같았기 때문이다. 그리고 마침내 자신을 조심스럽게 안아오는 한새의 행동에 가슴이 뭉클해져서 울컥 소리없이 눈물을 쏟고 말았다. 그 행동이 너무 따뜻해서 마냥 그렇게만 있고 싶었다. 그래서 또다시 고개도 돌리지 못하고 그녀의 손을 꽉 쥐어버렸다. 아침에 그녀의 얼굴을 보지 않고 허둥지둥 출근해 버린 이유도 그 때문이었다. 요즘따라 순간적으로 감정에 치우쳐 행동한 적이 많아졌다. 제욱이 우선 머리를 식히고 상황을 냉정하게 판단하기 위해 그녀와의 거리를 두고자 맡지 않아도 될 일을 떠맡았다. 이상하게 꼬여가는 지금의 상황에 제대로 된 판단을 하지 않으면 되돌릴 수 없는 실수를 저지를 것이다. 지금까지 힘들게 진전된 두 사람의 관계가 까닥하다간 산산이 조각나 버릴지도 모른다. 더 이상 한새를 아프게 할 수는 없다.

제욱이 휴대전화에 저장된 그녀의 사진을 물끄러미 바라보며 이를 악물었다. 조금 전 통화를 했는데도 벌써 그녀가 그리웠다.

"그런 표정은 처음 보네. 이젠 들어가도 돼?"

만약 영주가 쳐들어오지 않았다면 아마 그대로 책상에 엎어졌을지도 모를 제욱이었다. 살짝 문 사이에 고개를 뺀 그녀의 얼굴을 보자마자 그의 표정이 딱딱하게 굳어졌다.

"누구랑 통화를 했기에 그렇게 울고 싶은 표정을 하고 있어?"

“일하러 온 거면 일 얘기를 해.”

“아, 이거 분위기 살벌해서 뭔 말을 못하겠네. 난 친구 일이라는 이유로 다른 일에 치이면서도 친히 이렇게 프레젠테이션을 하러 왔건만.”

“일이 많다니 다행이다.”

제욱이 담배를 꺼내 물고 또 하나를 영주에게 내밀었다. 어리둥 절해하던 그녀의 표정이 다시 환하게 밝아졌다.

한새가 공항에서 빠져나오며 빨개진 코를 계속 풀어댔다. 그동 안 피붙이보다 더 믿고 의지하던 엄마의 후배 정혜가 떠난 공항에 서 그녀는 마치 미아가 된 느낌을 받았다.

“놀러 와. 자리 잡으면 연락할게.”

붉은 눈자위를 연신 문지르며 멀어지는 정혜를 얼마나 붙잡고 싶었는지 모른다. 부모님께서 모두 떠나셨을 때도 이러진 않았는 데, 왜 이렇게 허전한 걸까? 아마 지금 안 좋은 기분 탓이리라. 오 늘 같은 날은 왜 날씨까지 꿀꿀한지 모르겠다. 제욱의 말대로 차 를 가져오지 않기를 잘했다는 생각을 하며 한새가 자꾸만 풀리려 는 다리를 억지로 부여잡고 택시에 올랐다. 그리고 그 순간 휴대 전화가 자지러질 듯이 울어대자 그녀가 액정을 확인하고 눈을 감 았다. 제욱이다. 몇 번을 계속해서 울려대는 휴대전화 소리 때문 에 운전사가 이마를 구기며 룸미러로 그녀의 눈치를 보는 게 느껴 졌다. 한새가 모른 척하며 이번엔 새로 도착한 문자를 확인해 보 았다.

〈걱정되게 전화를 왜 안 받아?〉

미안. 지금 네 목소리를 들으면 안 될 것 같다.

  피곤했지만 억지로 약국에라도 한번 들러봐야겠다는 것은 실수였다. 한새가 약국 문을 열자마자 보이는 뒤통수에 멈칫하고 서버렸다.
  "어? 언니, 벌써 왔어요?"
  지희의 곁에 있던 영주가 한새를 돌아다보았다.
  "한새야!"
  반가워하는 그녀의 목소리와 달리 그녀의 눈은 웃고 있지 않았다.
  "오랜만이야. 이렇게 만나다니, 정말 세상 좁다."
  자신이 생각하기에도 어색한 목소리다.
  "그러게. 지희한테 듣고 한번 보고 싶어서 왔어."
  "어, 그래. 잘했어."
  "너희 약국은 하나도 변한 게 없네. 후후, 아직도 박카스 훔쳐서 친구들한테 돌리고 그래?"
  "훗, 그런 것도 기억하니?"
  "너에 대한 건 대부분."
  싱긋 영주의 미소와 달리 말속에 뼈가 있다는 이야기를 실감하며 한새가 자신도 모르게 얼굴을 딱딱하게 굳히고 말았다.

"요즘 약국도 최신 인테리어에, 최신 장비를 놓고 손님 끌지 않으면 다 망한다는데. 이게 다 뭐야? 내가 한번 신경 써줄까?"

"됐어. 막 한국 들어와서 바쁘다면서. 욱이네 집이나 잘 좀 봐줘."

"제욱이는 잠시 집 리모델링 하는 것을 미룬다고 하던데?"

지희가 가져온 찻잔을 잡던 한새의 손이 잠시 멈칫거렸다. 영주가 탐색하는 눈으로 자신을 바라보는 것이 느껴졌다. 곧 표정을 수습한 한새가 그녀에게 어정쩡한 미소를 지었다. 두 사람의 시선이 얽히며 허공에 알 수 없는 어색함을 만들어냈다. 그 후에 지희가 이야기에 끼어들어 그녀는 잠시 뒤로 물러나 영주를 찬찬히 살필 수 있었다. 당당한 커리어우먼으로 성공했다고 하더니, 풍기는 이미지는 정말 완벽했다. 초라하게 약국을 운영하고 있는 자신의 모습과는 차원이 다르다. 그나저나 제욱이 리모델링을 그만둔다는 것이 마음에 걸리는 한새였다. 그리고 가슴 한 켠에 쌓여 있는 지워지지 않는 질문 한 덩어리. 하지만 한새는 끝끝내 그 질문 덩어리를 풀지 못한 채 가슴에 다시 꾹꾹 담아버리고 말았다. 아직 진실을 마주하기엔 자신의 상태가 너무 위태로웠기 때문이다. 언젠가 밝혀질 진실인데 먼저 판도라의 상자를 열어 고통의 무게를 더하고 싶지 않았다.

환장하겠군. 제욱이 머리를 쓸어 올리며 카메라 렌즈를 보다가 고개를 숙여 버렸다. 눈앞에 있는 화면이 통 눈에 들어오지 않았다.

"잠시 쉬었다 가자."

일을 시작하면 단번에 끝을 보고 마는 그가 쉬자는 말에 다들 놀란 표정을 지었다. 조용한 스튜디오 안에 스텝들이 그의 눈치를 보며 조심스럽게 움직이는 것이 느껴져 제욱이 조감독을 불러 세우며 분위기를 환기시켰다.

"저번에 완성된 대아 필름 가져와 봐. 모레가 프레젠테이션이지?"

혼자 틀어박혀 일하는 척하는 게 차라리 자신을 위해서도, 다른 사람들을 위해서도 나을지도 모른다. 제욱이 조감독이 가져온 필름을 건성건성 바라보며 혼자만의 생각에 빠져들었다. 한새가 궁금해 전화를 걸었지만 받지도 않았고, 문자를 해도 연락이 없어 초초해 미칠 지경이었다. 그럼에도 제욱은 선뜻 그녀에게 다가갈 엄두가 나지 않았다. 왜 이렇게 불안한 걸까? 이영주와 부딪칠 일은 이미 삭제해 버렸고, 이제 그녀의 마음만 잡으면 되는데 왜 이렇게 신경이 쓰이고 자꾸 움츠러드는지 모를 일이었다. 오늘 아침 창백해 보이는 그녀를 두고 그냥 나와 버려서인가? 그래, 늘 건강한 모습을 자랑하던 녀석이 약한 모습을 보이니까 자꾸 마음이 쓰이는 거야. 제욱이 머리를 흔들고 리와인드 버튼을 눌러 지나쳐 버린 화면을 꼼꼼하게 체크하기 시작했다. 별거 아냐. 다 잘될 거야. 우선 내일 대아 홍보팀을 만나는 것부터 신경 쓰자. 이경표 앞에서 망신을 당할 순 없잖아.

"사랑하니까 보내준다는 것…… 아마, 고 감독은 절대 그 마음을 이해 못하겠죠. 그래서 당신이 그 부족한 것을 채울 수 있는 사람이라고 해도 제가 인정을 못하는 겁니다.”

문득 언젠가 그가 지껄였던 말이 귓가에 윙윙거렸다. 사랑하니까? 사랑이라…… 연상 작용처럼 제욱은 아버지와 마지막 나누던 대화를 다시 기억해 냈다. 바로 사고로 어머니가 돌아가시기 전, 처음으로 그의 학교로 찾아온 아버지 앞에서 고개를 숙이고 있을 때 담배만 피워대던 아버지가 일어서시기 전에 한 말이었다.

“……날 억지로 이해해 달라고 하는 게 아니다, 최소한 변명을 해야 할 것 같아서 찾아온 거야. ……네 엄마는 내 친한 후배의 여자였다. 함께 학생운동을 한답시고 나다니던 시절, 셋이 부단히 붙어 다니다 보니 자연스럽게 나 역시 네 엄마를 사랑하게 되었지. 그게 비극의 시작이었던 거다. ……그렇게 그 후배가 잡혀가 버리고 난 그 틈을 이용해 네 엄마를 차지할 수 있었지만 네 엄마의 마음은 늘 그 후배에게 있었다. 결혼해서도 난 늘 셋이 사는 느낌이었지. 혹시 아이가 생기면 나아질까 했지만, 네가 태어난 후에도 네 엄마는 늘 냉랭했다. 더 이상 견딜 수 없었어. ……날 사랑하지 않는 여자의 뒷모습을 보는 것이 아마 세상에서 제일 큰 형벌이 아닐까 하는 생각이 들었다. ……그렇게 사랑하는 여자의 외면을 더 이상 지켜볼 수 없어 결국 난 비겁하게 떠도는 것을 택한 거야. 물론 나 혼자만 힘들었다고 변명하는 게 아니다. 아마 네 엄마도 힘들었겠지. 그래서 헤어지려는 거야. 사랑하니까, 늦었지만 이제라도 네 엄마를 편하게 놓아주고 싶어. 그게 모두를 위해 최선이라고 생각한다.”

아버지는 스스로 비겁하다는 것을 알고 있었다. 그리고 이기적이었다. 그렇다고 자식들 때문에 이혼을 못하겠다고 버틴 어머니의 편을 드는 건 아니다. 그가 이해할 수 없는 것은 자신이 벌려놓은 감정들의 뒷수습을 무턱대고 '사랑하기에'라고 규명 짓는 사람들의 모습이었다. 아버지는 어머니를 너무 사랑해서 떠나려 했고, 어머니는 자식들을 사랑해서 헤어질 수 없다고 버텼다. 대체 그놈의 사랑이 뭐길래? 남녀 사이에 있어서 책임질 수 없는 감정은 함부로 입으로든 행동으로든 흘리지 말아야 한다는 것이 그의 생각이었다. 그래서 여태 그것에 대해서는 잘 컨트롤을 해왔다고 자부해 왔건만 한새에 있어서는…… 답이 나오지 않는다. 여태 만나왔던 여자들과 확실히 다른 뭔가가 있다.

'여하튼 난 이경표처럼 사랑하니까 보내준다는 건 죽어도 못한다. 그러면 난 한새를 사랑하지 않는 게 되는 건가? 녀석 마음에 내가 지워져 힘들다 하더라도 난 녀석을 놓아주지 못하겠는데…… 이건 뭐란 말인가!'

이기적인 자신의 마음이 아버지를 꼭 닮았다는 것은 부정할 수 없었다. 그가 절망적인 얼굴로 눈을 감았다.

그 시간 한새는 안절부절못한 마음을 다스리지 못하고 약국을 나서고 있었다. 막상 집으로 가려니 제욱도 들어오지 못하는 마당에 혼자 있다가는 머리가 터질 것 같다는 생각이 들어 휴대전화 수신 목록을 열어 무작정 통화 버튼을 눌렀다. 오늘만은 다른 사람을 만나 가벼운 주제로 얘기하며 자신을 둘러싼 문제에서 벗어나고 싶었다.

“네가 먼저 연락을 해서 얼마나 놀랐는지 아냐?”

경표가 뜻밖이라는 표정과 함께 반가움을 표시하자 한새가 가볍게 웃어주었다.

“바쁜데 불러낸 거 아냐?”

“아니, 그냥 의외라서.”

“왜? 난 오빠한테 전화해서 만나면 안 되나?”

“이 녀석, 잊었나 보네. 우리 연인이었다가 헤어진 사람들이야. 당연히 어색해야지. 너 그동안 나랑 단둘이 만나는 거 싫어했잖아.”

“그랬나? 그래서 지금 어색해?”

“훗, 아니.”

“거봐. 그리고 보면 우리 잘 헤어진 것 같아. 예전보다 더 편하고 얘기도 잘 통하잖아.”

농담이라고 했는데 경표가 얼굴을 굳히니 오히려 당황한 것은 한새였다.

“내가 실수했나 보네. 하하, 미안. 오빠, 그나저나 뭘 사줄 건데? 나 배고프다.”

한새가 가볍게 말을 돌리며 경표의 팔에 팔짱을 꼈다. 하지만 고기집에 도착해서도 한동안 둘 사이에 흐르는 서먹함은 쉽게 사라지지 않았다.

“내가 좀 오버가 심하긴 했어. 그런데 오빠가 그렇게 나오니 민망하잖아.”

“미안. 생각할 게 있어서.”

“응?”

“네가 날 편하게 생각하는 걸 좋게 받아들여야 할지, 아니면…….”

“그냥 오빠 마음이 가는 대로 생각해. 억지로 상대방을 위한답시고 자신의 감정에 상처를 주는 건 옳지 않아.”

“그런 넌 지금 행복하니?”

뭔가 꿰뚫을 듯한 경표의 시선에 그녀가 고개를 떨어뜨렸다가 억지로 표정을 수습하며 입을 열었다.

“오빠, 고기 식어. 어서 먹자.”

일부러 환하게 웃으며 경표의 시선과 마주한 한새의 표정이 살짝 흔들리고 있었다.

“그래, 많이 먹어.”

그 후 저녁 시간은 가시방석 같았다. 상대를 잘못 골랐어. 이게 아닌데. 오늘은 사람들과 감정 놓고 씨름할 여력이 없단 말이다!

“난 네가 편안하길 바랐어. 그래서 보내준 거야. 우리 부모님, 나를 둘러싼 환경 등 네가 버거워하는 건 다 제거해 주고 싶었는데 그럴 순 없고, 그래서 보내준 거야. 하지만 지금 네 표정을 보니까 내가 잘못 생각한 것 같다.”

“왜?”

“나와 있을 때와 별다른 게 없는 것이 전혀 행복한 표정이 아니잖아.”

“훗, 행복한 표정이 대체 어떤 건데? 만날 흐흐 이렇게 웃고 다닐까?”

“넌 늘 고 감독에 대해 얘기할 때마다 세상에서 가장 편안하고 부드러운 표정을 지었어. 그래서 너희 둘이 연인으로 발전했다고 했을 때는 그다지 놀라지 않았지. 부럽고 질투가 났지만 참을 만했다. 하지만…… 지금은 아냐.”

“오빠, 오버한다. 지금.”

“너와 고 감독이 남녀 관계의 우정도 대단할 수 있다는 것을 보여준 모범적인 케이스라면, 난 예전 애인도 친구로 발전할 수 있다는 걸 보이고 싶었나 보지.”

“그런데?”

“역시 남녀가 친구가 될 수 있다는 명제는 모순이 많아. 그 상대방에 대해 아무런 성적 매력을 느끼지 않는다면 모를까…… 훗, 솔직히 말하지. 내가 지금 겉으로 보기엔 쿨한 척 널 기다리는 듯하지만, 속병이 다 날 지경이다.”

그의 말이 타당성이 있지만 썩 와 닿지 않는다. 나중에 자신 역시 저런 모습이 되는 건 아닌지. 경표의 안절부절못하는 표정이 꼭 자신을 보는 것 같아 한새의 입술에서는 마냥 삐뚤어진 말들이 쏟아져 나왔다.

“오빠, 실력 많이 줄었네. 예전에 타이밍에 잘 맞춰 여자들을 들뜨게 하는 기술이 있었던 것 같은데, 지금 그 말 상당히 불쾌해.”

“진심이야. 나 기다린다.”

“오빠는 아냐. 한 번 아닌 건 아니라고.”

냉랭한 목소리로 자조적으로 중얼거리는 한새의 머리 속에 영주와 제욱의 모습이 지나쳤다.

"난 편하게 지낼 수 있을 것 같은데, 정작 제욱이는 그렇지 않은 가 봐."

오늘 오후, 영주가 무심코 던진 말이 술잔 안에서 뱅뱅 도는 것이 보였다. 술이 쓰다. 그 후 술이 오르면서 점차 한새가 말을 잃어갔다. 당황한 경표가 어떻게든 분위기를 수습해 보려 했지만, 다운된 그녀의 기분은 나아질 줄 몰랐다.

삼 일 만에 집에 들어갔을 때에도 한새와 제욱 간에 흐르는 정체된 검은 기류는 가시지 않고 있었다. 제욱이 막 씻고 로션을 바르고 있는 한새의 뒤통수를 보며 중얼거렸다.

"오랜만에 집에 들어왔는데 반갑지도 않냐?"

"겨우 삼 일 만인데 뭐. 피곤해 보인다. 얼른 쉬어."

"장한새."

"참, 집수리도 그만두기로 했다면서 이제 집으로 돌아가야지?"

"그건 내가 여기에 들어오려고 만든 구실이란 거 알잖아."

거울 속 한새의 눈은 많은 것을 말하고 있었지만, 정작 그녀는 아무 대꾸도 하지 않았다. 제욱이 침대에 누워 손을 벌렸다. 오늘은 아무 생각 안 하고 그녀를 품에 안고 깊은 잠에 빠져들고 싶은 생각뿐이었다.

"불만있으면 내일 얘기하자. 네 말대로 나 피곤해. 이리 와."

한새가 잠시 주춤거리다가 그의 품 안으로 파고들었다. 제욱이 그녀의 머리에 얼굴을 묻고 눈을 감았다.

윤택의 전화에 허겁지겁 모임에 나온 제욱이 당황함에 얼굴을 딱딱하게 굳히고 말았다. 지희와 윤택이 조금씩 관계에 진전을 보이고 있는 시점에 영주가 그에게 동창회를 한번 하자고 졸랐던 모양이다. 급하게 메일과 전화로 연락이 되고 친구들이 모인다는 연락을 받았지만, 제욱은 나갈 마음이 없었다. 그리고 한새도 이번에는 별로 가고 싶지 않다고 얘기를 해서 마음을 놓고 있었는데, 갑자기 윤택이 한새가 모임에 왔다고 전화를 해 부랴부랴 달려온 그였다. 그동안 한새의 말수가 줄어들고, 유난히 우울해하는 바람에 두 사람의 관계는 살얼음판을 걷는 것처럼 위태로웠다. 대체 무엇이 문제인지 알아보려 해도 통 그 이유를 알 수 없어 속만 태우던 제욱은 모임에 들어서자마자 구석에서 얌전히 술잔을 기울이는 한새를 신경 쓰며 팽팽해진 신경을 억지로 다잡아야 했다.

"너희 둘이 사귀지 않았냐?"

웬만큼 친구들이 모이고 술잔이 여러 차례 돌았을 즈음, 눈치없는 동창 녀석 중에 하나가 영주와 제욱을 번갈아보며 물었다. 미간이 저절로 구겨지고 그의 더듬이가 한새를 향해 바짝 일어섰다.

"그랬지. 한 육 개월쯤 사귀었나?"

영주가 기다란 손가락을 들어 셈을 하다 제욱을 바라보자 그가 무시를 하고 질문을 던진 동창 녀석을 째려보았다.

"그런데 막상 깨지고 나니까 차마 친구들이 모인다고 하면 나올 수가 없는 거야. 죄지은 것도 아닌데, 다른 사람들이 괜히 우리 얘기를 하며 뒤에서 수군거릴까 봐 신경 쓰이는 거 있잖아. 내가 아는 사람들이 다 욱이가 아는 사람들이니 혼자 피해 다니면서.

맨 처음엔 그게 얼마나 억울하던지.”

영주의 담담한 목소리였지만 그것엔 날이 서 있었다.

“이영주, 그만 마셔라.”

풀린 혀로 무슨 짓을 못할까? 제욱은 영주가 하는 과거 이야기에 대해 자신은 더 이상 상관없다 싶었지만 창백한 한새의 표정이 신경 쓰이는 바람에 끼지 말아도 될 틈에 끼고 말았다. 그가 영주의 술잔을 잡고 멀리 밀어놓자 모든 사람들의 시선이 두 사람에게 모아졌다. 빌어먹을, 이게 아닌데!

“오호, 고제욱. 내 걱정 해주는 거야? 큭…… 이제 우리도 친구로 돌아온 건가? 그럼 여태 나만 불편해하고 있다는 거잖아. 뭐야? 더 비참해지는 게 기분이 상당히 안 좋은걸?”

“뭐가 비참한데? 너도 지금은 편하게 말하고 있다 아이가. 그게 친구라는 거고 우정의 장점 아이고 또 뭐꼬?”

윤택이 껴들어 둘 사이에 중재를 하고 나섰다. 다시 술잔을 들려는 영주를 말리고 나선 것도 윤택이었다. 제욱이 속에서 끓어오르는 불쾌함을 감추려 억지로 주먹을 쥐었다.

“한새야, 정말 그러니? 너도 자신있어?”

영주의 뜻 모를 질문에 모두들 의아한 표정을 지었다. 제욱이 더 이상 참지 못하고 한새 대신 먼저 입을 열었다.

“이영주, 네가 무슨 목적으로 여기 나왔는지 알겠는데, 잘못 짚었다. 타깃이 나였으면 날 공격해야지, 왜 한새를 잡고 늘어져?”

“너희들 한 쌍이잖아?”

술자리가 웅성웅성 들뜨고 이제 한새와 제욱이 스포트라이트를 받기 시작했다. 그 분위기가 싫어 벌떡 일어난 그가 자리를 뜨기 위해 한새의 팔을 잡아 일으키자 윤택이 말리고 나섰다.

"분위기 와 카노? 야, 인마, 진정해라. 영주, 자가 취해서 그카는 거 가지고……."

"나 아직 안 취했거든? 호호. 그런데 다들 제욱이와 한새 사이에 흐르는 이상 기류를 전혀 몰랐다는 투네? 아무튼 고제욱, 장한새, 둘 다 대단해. 안 그러니, 애들아? 자, 우리 우정과 사랑의 기로에 서 있는 두 사람을 위해 건배할까?"

영주가 잔을 번쩍 들어 보였지만 다들 뻘쭘해하며 제욱과 한새의 눈치를 보는 게 느껴졌다.

"이거 나 또 왕딴 거야? 크큭."

제욱이 한새의 팔을 잡아 일으켰지만 그녀가 그의 팔을 살짝 밀치고 영주의 시니컬한 웃음에 잔을 높이 들어주었다.

"그래도 장한새밖에 없네. 예전에도 네가 날 유일하게 친구로 인정해 줬지. 난 다른 목적으로 다가섰는데 말이야. 하긴 속으로는 나 정도면 신경 쓰지 않아도 된다고 생각했을 거야. 그치? 나 같은 애가 고제욱의 마음에 들겠냐 이 마음이었지? 그런데 예전에 제욱이와 사귄다고 함께 나타났을 때, 네 표정 정말 죽었어. 아직도 생생하다니까?"

"이영주, 그만 닥치는 게 좋을 텐데."

제욱이 이를 갈며 낮게 으르렁거렸다. 이제 어느 누구도 그들을 말리고 나서는 사람들이 없었다.

"뭐, 분위기 망친 거 계속 가보는 것도 좋잖아? 근데 니들 둘 아직도 친구라고 우기면서 서로 탐색 중이니? 다른 사람 눈에는 보이는데, 왜 두 사람 눈에는 그게 보이지 않을까?"

"씨발, 우리가 무슨 관계든 네가 상관할 바 아니잖아! 그리고 네가 눈치챘다시피 우리 두 사람 더 이상 친……."

"고제욱!"

제욱이 흥분하여 영주에게 다가서는 것을 한새가 벌떡 일어나 막아섰다.

"이영주, 그동안 네게 미안한 감정 가지고 있었는데, 오늘 보니까 더 이상 그럴 필요 없을 것 같다. 그래, 네 말이 다 옳아. 하지만 틀린 게 하나 있어. 나와 제욱이는 탐색전을 하고 있던 게 아니라 서로에게 호감이 있었지만 지금까지의 우정이 깨질까 두려운 나머지 선뜻 다가서지 못한 것뿐이야. 그리고 네 말대로 친구와 연인은 다르더라. 지금 내가 그걸 느껴. 넌 연인으로서 제욱에게 실패했기 때문에 우정으로도 다시 돌아올 수 없었는지 모르지만, 난 아냐. 우리가 끝난다고 해도 제욱이를 친구로 생각했던 그 우정 다시 찾아올 자신 있어. 지금 내가 욱이를 생각하는 감정의 밑바닥엔 우정이 단단하게 받쳐 주고 있거든. 그게 바로 너와 나의 차이야."

한새가 또박또박한 말투로 모든 얘기를 끝냈으나, 제욱은 그녀가 쥔 주먹이 살짝 흔들리는 것을 놓치지 않았다.

"나가자, 장한새."

얼굴을 잔뜩 구긴 이영주가 우는지 웃는지 모를 이상한 소리를 내며 탁자에 엎어졌다.

오만 덩어리, 장한새! 한새는 자신의 이중성을 참을 수 없었다. 영주가 노골적으로 제욱을 향해 공격을 하는 것을 막고자 떠들어 댔지만, 그건 명백히 자신을 비난하는 말들이었다. 제욱과 한새는 집으로 돌아오는 내내 한마디도 나누지 않았다. 그 역시 뭐가 그리 화가 나는지 딱딱하게 얼굴을 굳히고 그녀와 눈도 마주치지 않았다. 이제 더 이상 견딜 자신이 없다. 지친다, 정말…….

한새가 집 안에 들어서자마자 소파에 쓰러졌다.

"피곤하지 않으면 얘기 좀 하자."

한새가 살짝 눈을 뜨자 제욱이 허리에 손을 얹은 채 씩씩거리며 그녀를 내려다보고 있었다.

"무슨 얘기? 아까 그 얘기의 연장이면 그만 하고 싶어."

그녀가 그의 시선을 외면한 채 등을 돌렸을 때였다. 기어코 제욱이 폭발해 버렸다.

"오늘 반드시 끝내야 할 이야기야. 아니면 두고두고 우리 사이에 끼어들어 괴롭힐 테니까!"

"고제욱!"

"대체 거길 간 이유가 뭐야? 뭘 확인하고 싶었는데? 게다가 그 놈의 우정 우정! 지겹지도 않아? 언제까지……."

"왜 거기 갔냐고? 나도 그 기집애 모른 척하고 싶어. 그런데 자꾸만 신경이 쓰이는 걸 어떡해? 이영주가 왜 갑자기 동창회를 하자고 했을 것 같아? 만약에 우리 둘 다 거기에 나가지 않았으면……."

한새가 간신히 일어나 앉아 고개를 쳐들고 그를 노려보았다. 눈자위가 시큰거리고 입술이 덜덜 떨려왔다.

"왜 우리가 남의 시선을 신경 써야 하는데? 우리 둘 감정이 더 소중한 거 아냐? 우리 둘만 생각하기에도 아까운 시간들인데, 왜 다른 데 신경을 쓰냔 말이야!"

그건 맞는 말이다. 하지만 가슴에 꽉 막혀 있는 이걸 어떻게 설명을 해야 할까? 기어코 눈물이 앞을 가렸다. 흥분을 하니 머리 속에 생각들이 꼬여 입 안에서만 뱅뱅 맴돌 뿐 반박할 힘도 나오지 않았다.

"이, 일을 이렇게 만든 게 누군데? 왜 그딴 기집애한테……."

"그래, 그건 내가 잘못했다. 하지만 다 예전 일이야. 그걸 다시 끄집어내서 나보고 어쩌라고? 내가 더 이상 아무것도 아니라고 했으면 그냥 그런가 보다 해주면 안 되냐?"

한새의 눈에서 쉼없이 떨어지는 눈물을 보자 당황한 제욱이 그녀를 와락 껴안았다. 그녀가 대성통곡을 하기 시작했다.

'나도, 그러고 싶어. 그런데 제욱아, 확인하지 못한 진실이 무서워. 만약 지금보다 더 나쁜 일이 생기면 그땐 어떡해?'

녀석의 잘못은 없다. 괜히 과거를 잡고 징징대는 건 자신이었다. 한새가 차마 입으로 꺼내지 못한 말들을 눈물로 쏟아냈다.

"미안해. 내가 막 산 죄를 이렇게 받나 보다. 정말 미안하다. 하지만 한새야, 너도 잘못한 거야. 왜 자꾸 그놈의 우정인지 뭔지를 꺼내서 사람 가슴을 철렁하게 만들어. 나 싫다고. 다시는 우정이니 뭐니 싫다잖아. 너 내 마음 몰라? 내가 왜 이러는지 몰라?"

그가 자신의 눈을 맞추며 초조한 듯 말을 이었다. 그의 진심이 전해진다. 하지만 정신이 자꾸만 까무룩 흩어지는 게 느껴졌다.

"다른 누구보다, 내 목숨보다 널 아껴. 널 처음 내 곁에 두었던 때부터 그랬어. 아주 오래됐어. 지금 그 시간을 우정인 척 포장해서 낭비한 시간이 아깝단 말이야."

너도 그랬어? 난, 난…… 뭐라고 얘기해 주어야 하는데, 더 이상 입술이 말을 듣지 않는다.

"한새야, 너 왜 그래? 장한새, 정신 차려! 빌어먹을, 정신 차려 봐. 헉! 이, 피!"

제욱이 멍한 상태로 잠들어 있는 한새를 바라보았다. 하얀 병실 벽보다 더 창백한 그녀의 얼굴이 살짝 찡그려져 있었다. 어떻게 응급실까지 왔는지 기억이 나지 않는다. 그저 피를 흘리며 정신을 잃은 그녀를 품에 안고 어쩔 줄 모르다가 휴대전화의 통화 버튼을 눌렀고, 119 대원들과 함께 윤택이 들어섰다는 것밖에. 그가 정신을 차린 것은 윤택이 어디서 구했는지 가져온 옷을 갈아입고서였다.

"조금 있으면 깨어나실 겁니다."

등 뒤에서 나지막한 목소리가 그의 주위를 끌려 했으나 실패였다. 제욱은 마치 딱딱하게 굳은 동상처럼 앉아 움직일 줄 몰랐다. 그런 그의 뒤에서 의사가 직업적인 말투로 그녀의 상태에 대해 설

명하기 시작했다. 잘 알아들을 수 없는 용어들을 섞는 것이 듣는
사람을 위로하려는 건지, 아니면 위협하려는 건지 알 수 없었지만
제욱은 그의 귀에 걸리는 건조한 목소리에 심장이 난도질당하는
것을 느꼈다. 그가 이해할 수 있는 건 한새가 지금 많이 아프다는
것. 그리고 그건 바로 자신이 저지른 일 때문이라는 것이다. 온몸
에 소름이 돋고 한기가 몰리는 바람에 그의 어깨가 심한 진동을
해댔다.

"더 검사를 해봐야 알겠지만, 아무래도……."

"알겠습니다. 환자에게는 당분간 모든 걸 비밀로 해주십시오."

눈에 뻐근한 통증이 느껴졌다. 그의 입에서 억지로 흘러나오는
말들이 뚝뚝 눈물과 함께 바닥에 떨어지며 부서져 내렸다.

"으음."

한새가 이마를 구기며 눈을 떴을 때 보이는 하얀 천장에 흠칫
몸을 떨었다. 어디지? 나른한 기분과 함께 공포감이 몰려왔다. 그
녀가 억지로 고개를 돌리자 제욱이 두 손으로 머리를 감싸 안은
채 무릎에 기대고 있는 것이 보였다.

"욱아."

"깼어?"

"여기……?"

"병원이야. 이 바보 같은 자식, 너 때문에 심장 떨어지는 줄 알
았잖아!"

"왜? 내가 왜 여기 있어?"

“잠깐 우선 간호사 좀 불러올게.”

허둥지둥 제욱이 나가고 한새가 자신의 상태를 보려고 몸을 움직이려 했지만 말을 듣지 않았다. 왜 이래? 어떻게 된 거야? 그녀가 공포감이 가득한 눈으로 막 누군가를 부르려 했을 때였다. 분홍색 제복을 입은 간호사와 함께 제욱이 병실 안으로 들어왔다. 약간 피곤해 보이기는 하지만 반짝이는 그의 눈을 보니 약간 마음이 놓이는 한새였다.

“많이 놀라셨죠? 우선 푸욱 쉬시는 게 제일이에요.”

수액을 바꾸고 그녀의 체온을 잰 간호사가 이불을 정리해 주며 토닥거려 주었다.

“어떻게 된 거예요?”

“임신하셨잖아요. 그런데 하혈을 하셔서 병원에 실려오신 거예요.”

“네에?”

“어휴, 내가 너 때문에 못산다. 가만있지 못해? 주사 빠지잖아.”

놀란 한새가 벌떡 일어나려다 제욱의 손에 의해 다시 뉘어지고 말았다. 임신? 지금 내가 제대로 들은 거 맞아?

“후후. 남편 분께서 얼마나 걱정하셨는지 몰라요. 자, 이제 남편 분 말씀 잘 듣고 편히 쉬세요.”

“고맙습니다.”

부드럽게 미소를 짓는 제욱을 향해 간호사가 가볍게 웃으며 답을 하곤 병실을 빠져나갔다. 한새가 동그란 눈을 들어 다시 그를 향해 물었다.

"정말이야?"

"그럼 거짓말하겠냐?"

"하지만 난 분명히 생리 중이었는데. 게다가……."

"그럴 수도 있단다. 그래서 임신 삼사 개월이 지나도록 임신 사실을 모르는 사람도 있다는데 뭐. 그리고 아까는 까딱했으면 큰일 날 뻔했다. 알아?"

"아! 저, 정말이야? 진짜지?"

믿을 수 없다는 듯이 한새가 제욱의 팔을 잡고 흔들어대자, 그가 인상을 쓰며 그녀의 손을 꽉 쥐었다.

"진짜다. 십 주래."

"아, 그렇구나. 하아, 실감이 안 나."

"왜 실감이 안 나?"

"너도 좋아하는 표정이 아니잖아."

그의 창백한 얼굴을 보고 한새가 그의 눈치를 보았다.

"그럼 춤이라도 춰줘? 놀라서 그렇지, 인마. 갑자기 정신을 잃으면서 피를 쏟는데, 난 너 어떻게 되는 줄 알고……."

그런 거였어? 그가 말을 잇지 못하자 한새가 그와 맞잡은 손에 힘을 주며 미소를 지었다.

"미안. 많이 놀랐겠다."

"다시 놀래키기만 해. 아주 죽을 줄 알아."

"어이, 이거 임산부한테 너무 심한 말 하는 거 아냐? 그건 그렇고 왜 아직 실감이 안 날까? 이상해."

그녀가 슬쩍 아직 평평한 아랫배를 쓸어보았다.

"내가 그동안 얼마나 애를 썼는데, 왜 실감이 안 나냐? 바로 여기에 그동안 이 고제욱이 힘을 쓴 결과가 있다니까?"

제욱이 그녀의 아랫배에 놓여 있는 손에 자신의 손을 겹치며 히죽 미소를 지었다.

"그러게, 너 용썼다. 고생했어."

"고생은 이제부터 시작이야, 인마. 네가 자궁이 약해서 당분간 입원해서 지켜봐야 한대."

"혹시 유산기 뭐 그런 거 있는 거야?"

"병원에서 꼼짝 안 하고 잠시만 버티면 돼. 으이구, 이제 왕비마마를 모시게 생겼네."

"흐흐. 왕자를 생산할 몸이니, 당연 왕비마마지."

그가 갑자기 입을 다물고 그녀의 머리를 가지런히 정돈해 주었다. 녀석과 나만의 아이. 그의 긴 손가락이 그녀의 뺨을 쓰다듬자 기분이 이상해지는 한새였다.

"난…… 난 너 닮은 딸이었음 좋겠다."

감동의 젖은 목소리, 분명 기뻐하는 거 맞지? 한새가 얼굴을 붉히며 손으로 그의 옆구리를 간질였다.

"큭, 난 그냥 건강하고 예쁘기만 하면 좋겠어."

"그래, 그럴 거야. 그러려면 엄마가 건강해야 한대. 아직 얼굴이 창백하다. 어서 푹 자."

"응, 그럴게. 그런데 너도 피곤해 보여. 집에 가서 자고 내일 와."

"아니, 괜찮아. 어차피 돌쇠가 되기로 한 몸, 오늘은 여기서 지켜봐 줄게, 너나 어서 편하게 자라.”

새삼 또 그의 피곤해 보이는 얼굴이 신경 쓰였다. 그녀가 쓰러지고 혼자서 놀라 허둥대는 그의 모습이 눈앞에 그려지는 듯했다. 아마 몸이 괜찮아지면 그때 일을 되새기며 혼자 잘난 척을 하겠지? 그녀가 슬쩍 웃으며 팔을 내밀었다.

“그럼 여기 올라와서 같이 자자.”

“좁아. 쓸데없는 소리 하지 말고 자라니까?”

“둘이 꼭 껴안고 자면 되잖아. 아니면 내가 네 위에 올라가서 자면 되지? 너 꽤 푹신해.”

머뭇거리던 제욱이 그녀의 칭얼거림에 침대로 올라와 꼭 안아주었다. 한새는 티셔츠 아래에 느껴지는 따뜻한 그의 체온과 살의 느낌이 오늘따라 뭔가 다르다는 생각이 들었다. 듬직하고 따뜻하고. 아마 아이를 가져서일까? 갑자기 뭉클한 뭔가가 솟아오르며 그녀의 뺨을 적셔댔다.

“새, 너 우냐?”

“몰라, 이상해.”

“자식.”

제욱이 토닥토닥 그녀의 등을 두드리다 더욱 품에 끌어당겨 안았다. 잔잔한 그의 떨림이 그녀에게 전해졌다. 그녀는 눈을 감으며 정신을 잃기 전 마지막으로 제욱에게서 들었던 말을 떠올렸다. 미안해, 제욱아. 이런 줄도 모르고 계속 불안해하고 너까지 힘들게 해서 미안해.

“너한테 미안하고 우리 아기한테 미안해. 네게 고맙고, 우리 아기한테도 고마워.”

한새의 중얼거림을 들은 제욱이 가볍게 입을 맞추어왔다. 그도 울었나 보다. 그의 입술에서 짠기가 느껴진다.

아아! 그건 꿈이 아니었다. 눈을 뜨자마자 자신이 병원 침대에 누워 있고, 제욱이 출근 준비를 하는 것을 보며 한새가 살짝 미소 지었다. 오늘따라 부지런히 셔츠를 꿰어 입고 머리를 매만지는 그의 동작 하나하나가 사랑스럽게 느껴진다. 아직 침대에서 그의 향기가 맴돌며 그녀를 부끄럽게 만들었다. 밤새 자신의 아랫배를 쓸어주던 제욱의 손길이 아직 느껴지는 듯했다. 몇 번이나 몸을 섞었으면서도 막상 그녀의 아랫배를 쓰다듬든지, 아니면 가슴을 만지든지 하는 친밀한 그의 작은 행동에 서먹하면서도 감동을 느끼는 한새였다.

“일어났어? 나 집에 갔다가 회사 들러서 휴가 내고 바로 올게.”

“뭐 하러 그래? 죽을병도 아닌데. 그건 그렇고 혼자 있기 심심할 것 같아. 어디 이 인실이나 다른 병실 없어?”

제욱이 말끔하게 차려입은 후 얼굴을 딱딱하게 굳혔다.

“말 들어. 약국도 지켜봐야 하니까 당분간 네가 입원해 있을 때만 그럴 거야. 그리고 병실은 내가 다녀와서 바꿔달라 해보지.”

이런 이제 애 아빠가 된다고 어깨에 힘 주는 거야? 딱딱한 명령조로 얘기를 하는 제욱 앞에서 한새가 풋 하고 웃어버렸다.

“알았다, 돌쇠. 마님은 쉬고 있을 테니, 어서 볼일 끝내고 오너라.”

“핫! 야, 장한새!”

"어허, 어디 아랫것이 감히 원자 아기씨를 생산할 중전마마 앞에서 무엄한 말투로고!"

"기가 막히는군."

"올 때 야채 만두나 많이 사 오는 거 잊지 마시게나."

"못산다, 내가. 알았어. 다른 건?"

"흐흐. 실은 아직 딱히 먹고 싶은 거 없어. 그냥 갑자기 그게 생각나서."

"그래, 얌전히 있어. 알았지?"

제욱이 그녀의 이마에 살짝 입을 맞추고 병실을 빠져나갔다. 한새가 미소 지으며 눈을 감았다. 따뜻한 아침 햇살이 나른하게 그녀의 침대에 부서지며 잠을 몰고 왔다. 아이가 생기면 잠이 많아진다던데 정말인가 보다.

마음이 마냥 급했다. 제욱이 허겁지겁 일을 마무리 짓고 휴가를 신청했다. 일벌레로 소문난 그가 휴가를 자청하자 사람들이 의아한 표정을 지었지만 그에게 그 반응이 보일 리 만무했다. 다행히 제일 커다란 대아 건이 마무리가 되었기에 무리없이 휴가를 받을 수 있었다. 그러나 그는 그 며칠 동안 어떻게 한새의 일을 처리해야 할지 아득해졌다. 아이를 가졌다는 것에 이제 편안해 보이고 기뻐 들떠 있는 그녀를 대할 때마다 가슴이 쓰려 미칠 지경이었다. 우선 그녀의 귀에 들어가지 않도록 대충 의사와 간호사들에게 부탁을 해두었어도 아직 안심이 되지 않았다. 몸도 약해진 마당에 그녀가 모든 진실을 알게 된다면 그 상처는 아마 영원히 치유되지 못할지도 모른다는 걱정 때문에 잠시 수를 써놓긴 했어도 마냥 불안했다. 고백을 들었을까? 자신이 얼마나 그녀를 생각하는지 알아준다면, 믿어준다면 조금 괜찮을까? 그녀가 좋아하는 만두집에서 만두를 사들고 운전대를 잡은 제욱이 문득 보이는 십자가를 보며 생전 불러보지 않은 신의 이름을 부르기 시작했다.

"어휴, 배불러. 도저히 더 못 먹겠다."
꺼억 트림까지 하고 만족한 웃음을 흘리는 한새를 제욱이 어색한 미소를 지으며 바라보았다. 당분간 거울이라도 보며 표정 연습을 해야 할까 보다.
"참, 이거 봤어? 이게 아까 찍은 초음파 사진이야."
한새가 내민 흑백사진을 제욱이 떨리는 손으로 건네받았다.
"아직 모르겠지? 쬐그만 점이 우리 아긴데 내 몸에 있는 거 맞대."
"그럼 거짓말일까? 그래서 병원에 있는 거잖아."
"흐흐. 아직 아무 표가 나지 않으니까 실감이 안 나잖아. 아직 생리도 하고……."
"몸을 안정시켜야 해. 잘 먹고 잘 자고. 의사 말 못 들었어?"
"어. 그런데 원 무슨 검사를 그렇게 많이 하는지. 무서워 죽는 줄 알았어."
"워, 원래 그런 거래. 자식, 겁은 많아가지고."
"피이, 너도 병원 가는 거 죽기보다 싫어하잖아."
입술을 삐죽이던 한새가 만두 하나를 집어 그의 입에 억지로 구겨 넣자, 제욱이 모른 척 받아먹었다. 무슨 맛인지는 모르지만 열심히 씹었다. 하지만 곧 목이 메는 바람에 캑캑거리며 인상을 쓰고 말았다. 덕분에 찔끔 나온 눈물의 핑계를 댈 수는 있었다.

마치 여왕이 된 기분이다. 세상이 이렇게 아름다워 보일 수 있는 거구나. 제욱이 약국 문을 닫으러 간 다음, 한새가 기분 좋게 기지개를 켜고 옆 침대를 바라보았다. 조금 전까지 그녀와 수다를 떨던 환자가 정신없이 잠들어 있는 것이 보였다. 자궁암이라고 했나? 아주 어렵게 아이를 낳고 자궁적출 수술을 했다고 했다. 다행히 아이가 둘이나 된다고 했으나 이제 여자로서의 생명이 끝난 거나 마찬가지. 여자는 아이를 살린 것에 기뻐 자신이 여성성을 상실했다는 것은 잘 모르는 것 같았다. 한새는 안쓰러운 마음이 들었다. 아이를 먼저 생각할 만큼 모성애가 강한 그녀가 존경스러워 보이기도 했다. 아이. 바로 그와 아이 때문에 관계를 시작했지만, 이렇게 성큼 다가올 줄은 몰랐다. 그럼 이제 어떻게 되는 건가? 아기가 생겼으니…….

"다른 누구보다, 내 목숨보다 널 아껴."

다른 무슨 말이 소용있으랴! 복잡한 생각은 더 이상 하지 않기로 했다. 그동안 억누르던 감정과 괴로움도 다 풀어버리리라. 아이가 생겼다는 것은 희망이 있다는 얘기다. 한새는 난생처음 신에게 고맙다는 기도를 했다.

그 후, 편안한 일상이 이어졌다. 하루에 몇 번씩 검사를 하는 게 힘이 들었지만, 이제 출혈도 더 이상 하지 않고 몸도 가뿐하다. 제

욱이 며칠씩 커다란 몸을 보조 침대에 쪼그리고 자는 게 마음에
걸렸지만, 그가 안달해하며 자신을 보살펴 주는 것이 마냥 즐거운
한새였다. 괜히 아무렇지도 않은데, 밤늦게 먹거리 심부름도 시키
고 투정도 부려보았다. 그럴 때마다 얼굴을 찡그리긴 하지만 그녀
의 말이라면 뭐든지 들어주는 제욱이 든든하고 예뻐 보였다. 무슨
일이 생겨도 이젠 그 든든한 품이 있으니 무섭지 않다는 생각도
들었다. 그래서 제욱이 잠시 집에 필요한 물품을 가지러 간 사이
반갑지 않은 손님이 들이닥쳤을 때에도 무덤덤하게 맞을 수 있는
용기가 생긴 한새였다.

"다행히 좋아 보이네. 오늘 퇴원한다면서?"

"응. 어떻게 알고 왔어?"

"지희한테 얘기 들었어."

"그랬구나. 뭐 좀 마실래?"

"아니, 걱정됐는데 보니까 좋다."

"걱정?"

"실은 윤택이한테 얘기 들었을 때, 내가 그날 술 먹고 한 말에
네가 충격을 받아서 유산이라도 했을까 봐 많이 놀랐거든."

"그랬구나. 보다시피 난 건강해. 요즘 좀 신경 쓰는 일이 많아서
스트레스를 받았었나 봐. 쉬니까 좋아졌어."

"정말 다행이다."

오늘따라 마주한 영주의 눈빛도 선하게 보였다. 아마 아이 때문
에 넉넉해진 마음 때문인가 보다. 그녀를 향해 진심으로 웃어줄
정도였으니 말이다.

“그때는 내가 미안했어.”

“…….”

“훗, 유치하게 아주 오랜 시간 질투해 왔던 게 바로 그때 터져 버린 것 같아. 그리고 깨끗이 정리했다고 했는데, 너희 둘 잘 지내는 것 보니 꼬인 마음이 걷잡을 수 없을 정로도 삐딱선을 탄 거지.”

“이해해. 그럴 수 있어.”

“그렇다면 나도 조금 마음을 편하게 가져도 되겠지?”

“그래.”

“이해해 줘서 고맙다.”

“고맙긴. 아냐, 너 때문에 나도 다시 여러 가지를 생각하게 되었는데 뭐.”

“제욱이와 너에 대해?”

“그래. 솔직히 네가 본 그대로였는데, 그때 확신이 서더라고.”

“게다가 아이도 생겼으니 이제 둘이 결혼하는 것만 남았네?”

결혼. 한새가 살짝 미소를 짓고 입을 다물었다. 그녀가 그들의 계약을 알게 되면 어떤 표정을 지을까 궁금해졌다. 그녀가 아는 고제욱이라면 분명 결혼을 진저리치며 싫어하는데 말이다.

“설마 혼자 낳아 키울 거야? 제욱이 결혼하자고 안 해?”

“왜 제욱이가 아이 때문에 결혼할 거라고 생각해?”

“그거야…….”

이제 물어보자. 더 이상 불안한 마음으로 판도라의 상자를 껴안고만 있지 말고 당당하게 맞서자. 나도 이제 든든한 지원군이 있지 않은가?

"그럼 넌? 왜 결혼 안 했어? 얘기 들었어, 아들이 있다고."

눈에 띄게 흔들리는 영주의 표정이 마음에 걸렸지만 한새는 외면하지 않았다.

"그래, 아들이 있어. 하지만 아이 때문에 남자를 붙잡고 싶지 않았거든. 우리 티미……."

"그 맘 이해해."

머뭇거리는 영주의 행동에 한새가 살짝 끼어들며 호흡을 골랐다. 약간 분위기를 정리할 필요가 있다. 아무리 이제 괜찮다고 해도 진실을 마주하는 데는 많은 용기가 필요했기 때문이다.

"우리 티미가 누구 아이인지 궁금하지 않아?"

툭툭툭. 심장이 천천히 속도를 높이는 것이 느껴졌다.

"네 아이잖아."

"그래, 내 아이. 하지만 네가 신경 쓸 거라고 생각했어. 왜냐면……."

"당연히 신경 많이 쓰여. 맨 처음 지희가 사진을 보여주었을 때는 얼마나 놀랐는지 몰라. 하지만 제욱의 아이라면 내가 아는 이 영주는 그냥 그렇게 감출 사람이 아니란 것도 알아."

"내가 그래 보여?"

영주의 애매한 대답에 한새가 고개를 끄덕여 보였다.

"그래, 그렇게 보이는구나. 그럼 아직 내가 제욱이를 많이 사랑하는 것처럼 보이니?"

"그래도 할 수 없어. 이젠 내 남자니까."

"그렇구나. 나도 지금 제욱에게 아주 감정이 없다고는 말 못해. 그러니까 그날 그렇게 깽판을 친 거겠지. 하지만 이제 남의 남자라니, 더 이상 어떻게 해볼 생각도 없어. 그때 네가 하는 말을 듣고 많이 반성했어. 이제는 나 싫다는 남자의 그림자를 붙잡고 구질구질하게 살지 말자고."

"너 지금 질투날 만큼 충분히 멋져 보여. 그리고 혼자서 아이를 키우고 있는 것도 대단해 보이고."

"그래? 아이를 혼자서 키우는 게 얼마나 힘든지 넌 상상도 못할 거야. 지금 겉으로 대단해 보이기까지 내가 얼마나 많이 울었었는데."

영주가 편하게 그녀의 침대에 걸터앉아 그동안 힘들었던 이야기를 끄집어내기 시작했다. 이제 두 사람은 한 남자를 사이에 두고 씨름하는 여자들이 아닌 예전 고등학교 시절 아이스크림을 입에 물고 수다를 떨던 동창생일 뿐이었다. 그녀의 입에서 나오는 고생담에 한새의 얼굴이 저절로 찡그려졌다. 한때는 심각하게 고민했던 미혼모의 삶이 눈앞에 펼쳐지는 듯했기 때문이다. 살짝 떨리는 영주의 입술에서 흘러나오는 그 이야기들에 자신이 그동안 얼마나 피상적이고 이기적으로만 생각했는지 부끄러움이 몰려왔다. 아직 결혼에 대한 확신은 없었다. 하지만 제욱이 아이에게 무한한 애정을 보이는 것으로 보아 그나마 자신은 최소한 영주만큼은 힘들지 않을 거라는 생각이 들었다. 이제 영주를 바라보는 한새의 시선에 안타까움이 잔뜩 묻어 있었다.

오후에 퇴원을 하는 한새에게 필요한 용품을 챙겨서 병원에 왔을 때, 그녀는 창문에 기대 뭔가 골똘히 생각에 빠져 있었다. 제욱이 가슴이 철렁한 바람에 다짜고짜 그녀의 어깨를 잡고 침대로 끌었다.

"무슨 생각 해? 오늘 퇴원은 하지만 아직 몸이 정상이 아니란 말이야. 왜 자꾸 움직여?"

"이제 괜찮아."

"내가 안 괜찮아!"

"알았어, 알았다고. 휴우, 애 가진 사람은 난데 왜 네가 갑자기 그렇게 예민하게 굴어? 사람 놀래키기나 하고."

찡그린 한새의 얼굴에 제욱이 조마조마한 심정으로 그녀의 마음을 읽으려 애를 썼다. 약간 피곤해 보이는 얼굴과 더불어 그녀의 말투가 심상치 않았다.

"퇴원하기 싫어? 오늘 말투도 그렇고, 피곤해 보이는 게 무슨 일 있는 것 같다?"

"아냐. 더 이상 여기 갇혀 있다간 답답해 죽을 거 같아. 퇴원 수속은 했어?"

"조금 있다가 의사 보고 퇴원하면 된대. 그런데 진짜 아무 일 없었냐?"

"없다니까. 그럼 조금 있다가 결과도 알 수 있어?"

흠칫. 그녀의 셔츠에 단추를 채워주던 제욱의 손이 놀라 미끄러지고 말았다.

"다음 주 되어야 알 수 있대. 넌 아이 낳을 때까지 죽으라고 먹고, 자고 그래야 돼. 조금이라도 방심하다간…….”

“알았어, 알았다고. 이거 원, 돌쇠가 아니라 시어머니야.”

투덜대는 한새의 눈이 작게 가늘어졌다. 제욱은 자신의 가슴이 철렁이고 찢어지다 못해 너덜해진 것을 억지로 숨기며 그녀를 품에 안았다.

“마님, 뭐 먹고 싶은 거 없냐?”

“음, 해물탕. 해줄래?”

“그래, 장 봐서 들어가자.”

“오호? 그것도 해봤어?”

“요즘 인터넷 레시피가 얼마나 훌륭한데.”

“흐흐. 좋아, 믿어보지. 아가야, 오늘 저녁에도 포식이다.”

한새가 아랫배를 보며 중얼거리는 모습에 제욱이 그녀 모르게 한숨을 쉬었다. 언제까지 숨길 수 있을지, 시간이 지날수록 초조해지는 그였다. 조금 더 그녀가 강해지기를. 그때는 자신을 용서할 수 있기를…….

한새를 집에 데려다 놓고 정리를 위해 약국에 들른 제욱은 나쁜 일은 겹쳐서 일어난다는 인생 법칙을 뼈저리게 느끼고 말았다. 윤택과 지희가 뭔가를 들여다보며 심각하여 얘기를 나누고 있다가 그를 보고 후다닥 숨기며 난처해하자, 그것을 다그친 게 화근이었다.

“뭔데 감추냐?”

“아이다. 근데 한새는 퇴원 잘했나?”

“응. 그런데 뭐야?”

“오빠, 아무것도 아니에요.”

“뭔데 그래? 이리 줘봐.”

지희가 애써 뒤로 감추려는 디지털 카메라를 뺏어 들여다본 제욱의 얼굴이 딱딱하게 굳어졌다.

“누구?”

“아, 사촌 조카요.”

한 꼬마 아이의 얼굴이 크게 클로즈업되어 있는 사진. 뭔가 기분 나쁜 예감이 그의 뒷목을 뻣뻣하게 만들었다. 그리고 그 다음 사진을 보려 버튼을 눌렀다가 그는 그만 사진기를 떨어뜨릴 뻔했다. 영주가 아이를 안고 환하게 웃고 있던 것이다.

“이영주 아들?”

“예.”

아이의 사진은 누군가를 많이 닮았다. 그 누군가가 자신임은 한눈에 알 수 있었다. 제욱이 사진기를 건네주고 멍한 표정을 지었다.

“내도 영주 가가 아들까지 있다 해서 놀랐다 아이가. 그런데 지희가 자꾸 니캉 닮았다고 해 봤는데, 닮긴 뭐가 닮았노?”

“한새 언니도 닮았다고 했다니까.”

윤택과 투덕거리다가 내뱉은 지희의 말에 제욱은 또 뒤통수를 한 방 얻어맞은 것 같았다. 한새가 벌써 봤다고? 그리고 날 닮았다고 했다고? 이제야 왜 한새가 그토록 영주의 일에 민감하게 굴었는지 감이 잡힌다.

“그거였어? 하아!”

제욱이 관자놀이를 집으며 의자에 쓰러졌다. 뭐가 뭔지 아무것도 제대로 생각할 수 없었다. 그가 다시 지희의 손에서 사진기를 빼앗아 들고 세심하게 아이의 얼굴을 살폈다.

"세상에 닮은 사람이 어데 한둘이가? 맞제, 지희야?"

"그, 그럼요."

아무리 봐도 닮았다. 마치 어린 시절의 자신을 보는 것 같았다. 제욱이 거칠게 사진기를 내동댕이치고 빠른 걸음으로 약국을 빠져나갔다.

"욱아! 고제욱! 네 어디 가노? 약국은 우짜고?"

정신없이 걸었다. 충격을 가라앉히고 이성적으로 생각해 보려고 해도, 폭발할 것 같은 머리는 제대로 작동해 주지 않았다.

이영주와 만나기 시작한 건, 한새가 갑자기 나이 어린 게이머와 연애를 한다고 공표했을 때였다. 우연히 술을 먹다가 이영주를 만났고 충동적으로 만나기 시작했다. 그 충동적인 이유란 바로 한새가 유일하게 신경을 쓰며 반응했던 여자였기 때문이란 걸 제욱은 이제야 깨달았다. 몇 번 이영주와 관계를 했으나 언제나 뒤처리가 깔끔했다. 만약 계속 한새와의 관계에 대해 집요하게 물고 늘어지지 않았다면 더 오래 만났을지도 모를 만큼, 이영주는 성관계에 있어 그를 편하게 만들어주었다. 항상 먼저 피임을 신경 썼고, 유난히 까다롭게 굴었다. 하지만 마지막 헤어지던 날…… 그날은 한새가 남자 친구와 헤어지고 울고불고 하는 바람에 이영주와 함께 있다가 그대로 그녀에게 달려간 날이었다. 한새를 진정시키고 그녀의 집으로 돌아왔을 때, 엉망이 된 이영주가 문 앞에 쪼그리고 앉아 있었다. 그리고 그에게 다른 여자는 괜찮지만, 한새는 안 된다고 하면서 거칠게 달려들었었다.

"엉엉! 한새는 안 돼. 다른 여자한테는 가도 되지만, 한새는 안 된단 말이야. 왜 이렇게 날 비참하게 만들어! 내가 널 사랑하는 게 죄야? 이 나쁜 놈!"

그날은 남자 친구 때문에 그의 품에서 울어대던 한새가 미웠고, 그런 한새 때문에 화를 내던 자신도 미웠고, 사랑한다고 집요하게 자신에게 파고드는 이영주도 미웠다. 그래서 거침없이 술을 먹었다. 그리고 깨어나 보니 그녀의 침대였다.

"이제 끝이야?"

"그래."

"미리 경고한 걸 무시한 내가 바보지."

"미안하다."

"나 너 영원히 미워할 거야."

"그렇게 해서 네 마음이 편하다면."

"나쁜 새끼!"

그의 뒤통수에 티슈 곽이 딱 하고 부딪치며 떨어졌다. 머리가 얼얼했다. 등 뒤에서 끅끅거리는 이영주의 울음소리를 들으면서도 제욱은 뒤돌아보지 않았다. 자신의 더러운 욕망이 추하게 일그러진 자리를 되짚어보고 싶지 않았다.

하아. 이영주, 이게 복수냐? 머리가 지끈거리고 속이 메슥거린다. 그럴 리 없다는 생각을 하다가도 아이의 얼굴이 또렷하게 떠오르면서 갑자기 두려운 감정이 그를 어지럽게 만든다. 한새야,

나 어떡하냐? 아니, 우리 어떡하지? 빌어먹을! 제욱이 길가 포플러 나무의 허리를 잡고 무너져 내렸다.

제욱이 새벽이 되어 윤택의 등에 업혀오자 놀란 한새가 얼굴을 잔뜩 찌푸리고 그를 맞았다.
"대체 어떻게 된 거야?"
"그게 간만에 인마랑 한잔한다는 게 그만……."
"아휴, 못살아. 사람 걱정하는 건 생각 안 하니? 전화라도 해줘야지!"
"어? 한새다. 우리 예쁜 새!"
몸도 제대로 못 가누던 제욱이 갑자기 눈을 뜨자마자 한새의 날갯죽지에 파고드는 바람에 그녀가 휘청이며 그의 목을 감았다.
"야!"
"윤택아, 이러고 있으니까 우리 고목나무에 매미 같지 않냐?"
"그게 느그들 별명 아이가? 큭."
"놔. 어지러워."
"새야. 우리 새는 아프지 말고 이렇게 꼭 내 옆에 붙어 있어라. 응? 내가…… 내가 나쁜 놈인 거는 아는데…… 여태 다 잘 참아줬잖아. 응?"
"뭐래? 정신 안 차려?"
그가 자신의 뺨으로 꾹 그녀의 뺨을 누르는 바람에 한새가 버둥거리며 그의 어깨를 쳐댔다.
"조금만 참아줘. 믿어줘."

소파에 벌러덩 넘어져서도 제욱은 한새에게 감은 팔을 풀지 않았다. 윤택 앞에서 난감한 장면을 연출한 그녀가 민망함에 화를 내며 그를 밀치고 일어섰다.

"애가 오늘 왜 안 하던 짓을 하고 그래? 윤택아, 침대에 좀⋯⋯."

윤택이 고개를 끄덕이고 제욱을 부축해 방으로 데려다 놓은 다음 잔뜩 피곤한 표정을 짓자 한새가 미안한 표정을 지었다.

"고생이다. 매일 우리 때문에⋯⋯. 커피라도 한 잔 하고 갈래?"

"고생은 무슨. 근데 시원한 거 뭐 없나?"

윤택에게 시원한 주스를 내주면서도 한새의 시선은 줄곧 방문을 향해 있었다. 하지만 곧 윤택의 처음 보는 심각한 어조에 놀라 눈을 동그랗게 뜨고 말았다.

"새야, 네 욱이 맘 알재?"

"응?"

"이제 그만 방황하고 정착하면 안 되겠나?"

"무슨⋯⋯?"

"욱이 자가 네 많이 좋아하는 거 꽤 됐다. 근데 저놈아가 아직지 맘을 표현할 줄 모른다 아이가. 오늘도 술 묵는데 계속 네 얘기만 하드라. 맨 처음 네 첨 봤을 때부터, 그라고⋯⋯."

"그리고?"

"니가 이영주 때문에 힘들어하는 거 알고 우짤 줄을 모르더라."

"⋯⋯!!"

"저놈아가 여자 많이 후리고 다니던 바람둥이라 케도 실은 겉으로만 그랬지, 상처받는 게 무서버 정은 안 준 거 알재?"

"응."

"내가 저놈아 그렇게 산 걸 용서해라 마라 하는 게 아이고, 새
니가 저놈아 진짜 사랑하면 그 정도는 봐줄 수 있지 않나 하는 기
다. 니라도 쫌 용기를 내야 둘이 잘되지 않겠나?"

대답 대신 한새가 미소를 지었다. 그걸 자신도 이제야 깨닫고
있는데, 윤택은 진작 느끼고 있었나 보다.

"아도 생겼으니 좀 잘해봐라."

"그래, 고마워. 윤택아."

"내한테 고마울 게 뭐 있나? 내가 매일 그렇게 눈치 줘도 두 사
람 끄떡도 안 하다만, 이렇게 되고 보이 좀 황당하고 배신감이 들
긴 하더라. 크큭. 근데 몸은 쫌 괜안나?"

"응."

"그럼 몸조심해라."

한새가 얼굴을 붉히고 고개를 끄덕였다. 윤택이 그녀에게 손을
흔들며 사라졌다. 그녀가 조심스럽게 방으로 들어가 침대에 걸터
앉아 제욱을 바라보았다.

"이제 애 아빠도 되는데 술 좀 그만 먹지, 고제욱 씨!"

그에게서 나는 술 냄새가 몹시 역겨웠지만 한새가 조심스럽게
그의 셔츠를 벗기며 미소를 머금었다. 잠결에도 계속 자신의 이름
을 부르며 얼굴을 찡그리는 것이 꼭 아이가 투정 부리는 것처럼
보였다. 힘들었어? 자식, 말을 하지. 혼자 또 잘난 척은. 한새가 그
의 곁에 누워 조심스럽게 그를 품에 안았다. 버릇처럼 제욱의 한
손이 그녀의 가슴에 파고들어 조몰락거리는 것이 기분이 좋았다.

제욱은 하루종일 멍한 상태로 시체처럼 굴고 있었다. 아침에 일어나 한새의 얼굴을 보자마자 가슴이 깨지는 듯 아파서 눈도 제대로 맞추지 못한 그였다. 그런 그의 상태를 모르는 한새가 투덜대면서도 해장국을 끓여 대령했고, 평소보다 밝게 그를 대해주는 바람에 그는 점점 더 커다란 혼란에 시달려야 했다. 뿐만 아니라, 지희를 통해 들은 영주의 이야기는 그 무게를 더해주었다. 미국에 유학을 가서 혼자 몸으로 아이를 낳고 공부를 끝마치느라 고생을 했다는 이야기를 하며 지희가 뭔가를 묻고 싶어했지만 제욱은 그 여지를 주지 않았다. 단순한 혼란으로 끝나지 않을 거란 생각에 우선 자신의 감정을 추스르는 것이 더 중요했기 때문이다. 하지만 좀 정리가 되었다 싶었을 때 받은 전화 한 통은 그를 완전히 무기력 상태로 몰고 갔다. 점입가경이라고 했던가?

[장한새 씨 검사 결과가 나왔는데, 빠른 시일 내로 입원을 하시는 게 좋을 것 같습니다.]

"많이 안 좋습니까?"

[생각보다 좀…….]

의사가 내뱉는 말 한 마디 한 마디에 점점 그의 손이 힘을 잃고 덜덜 떨렸다.

"알겠습니다."

간신히 대답을 하고 전화를 끊은 제욱의 얼굴은 시체의 그것보다 창백하게 바래 있었다. 아직 숙취가 덜 깬 머리가 도끼로 찍어내듯 쑤셔오고, 귀가 윙윙거렸다. 한새가 그를 보고 이상하다는

듯이 손을 휘휘 저어 보일 때에도 제욱은 멍하니 초점도 맞추지
못한 채였다.

"무슨 전화인데, 이렇게 충격먹은 얼굴이야?"

"어, 어. 회사 일."

"왜? 너 없어서 곤란하게 됐대?"

"응. 사장이 지랄 지랄 한다."

"거봐, 그럴 줄 알았어. 그런데 고제욱이 그까짓 협박에 떠는 거
보면 이제 퇴물 다 됐나 봐?"

"큭, 그런가?"

"어우, 야! 농담이야. 자식 진짜 충격 먹었나 보네?"

"아, 아냐. 점심 먹어야지? 뭐 먹고 싶어?"

"음, 우리 나가서 오랜만에 진하네 들러보자. 응? 진하네 가본
지도 꽤 됐잖아. 어떻게 지내는지 궁금하고 함께 진하가 좋아하는
자장면도 먹고 그러고 싶어. 그동안 내가 정신이 없어서 신경을
못 썼잖아."

허벅지에 타고 조잘조잘 떠드는 한새의 모습은 눈물이 날 만큼
예뻐 보였다. 제욱이 한 손을 들어 살며시 그녀의 뺨을 쓰다듬었
다. 한새야, 이제 너를 어떡해야 하나?

"그리고 이번 주말이 제연 언니 생일이니까 오늘 나가서 선물
도 사고, 또…… 흐흐, 백화점 아기용품점에 한번 가보고 싶어. 오
늘 광고지 온 거 보니까 아기용품만 세일한다더라. 어때? 나 이 정
도면 좋은 엄마 될 자격 있지?"

목이 멨다. 제욱이 웃으려 애를 썼지만 이상하게 자꾸만 표정이

일그러졌다. 슬쩍 삐져 나오려는 눈물 때문에 그가 그녀의 어깨에 코를 박았다. 희미한 베이비 분 냄새가 그의 감정을 더욱 부추겨 댔다.

"어쭈, 이건 웬 투정? 피곤해? 나가기 싫어?"

"아니. 술이 아직 덜 깼는지 머리가 좀 아프다."

"으이구, 그러게 좀 작작 마시지. 이젠 너도 애 아빠야. 네 마음 대로 아무렇게나 몸을 굴리면 안 된다고."

겨우 그녀의 옷에 눈을 비비고 제욱이 힘겹게 웃어 보였다. 그래도 한새가 두 개로 보였다.

"흠, 내가 술 빨리 깨게 해줄까?"

"응?"

놀란 제욱의 입술에 촉촉한 한새의 입술이 내려앉았다. 키득키득 웃으며 입술을 비비다가 점점 더 깊게 밀착해 오는 그녀의 행동에 제욱이 으스러지듯 그녀를 껴안았다. 갈증이 난다. 아무리 네 입술을 마셔도 갈증이 나. 그가 오랫동안 사막을 헤매다가 만난 오아시스를 갈구하듯 그녀의 입술을 물고 빨아댔다. 그리고 점점 더 깊게 파고들며 가슴을 쩍쩍 갈라지게 만드는 갈증을 해소하려 애를 썼다.

"후아."

"좋아?"

"응. 그런데……."

"자식, 쫄았나 보네. 키스 정도는 괜찮아."

오랜만에 전기가 오듯 온몸의 피가 흥분으로 팔딱대는 것을 참으며 제욱이 그녀를 껴안았다. 빌어먹을. 자신의 분별없는 욕망 때문에 그녀가 아프게 됐는데, 또 어처구니없이 그녀를 안고 싶어지는 자신의 동물적 욕망에 치가 떨렸다.

"제욱아, 나 할 말 있어."

제욱이 간신히 욕망을 억누르고 그녀의 촉촉해진 입술을 쓰다듬을 때였다. 한새가 그의 얼굴을 감싸 안고 눈을 맞춰오며 진지하게 입을 열자 그의 심장이 툭 하고 바닥에 떨어졌다.

"나 너 사랑해."

사랑한다는 말에 낯빛이 새파랗게 질리는 제욱을 보고 한새
가 당황하여 그의 손을 꼭 잡았다. 그 말을 죽도록 혐오한다는 것
은 알았지만 이런 반응이라니! 하지만 한 번 내뱉은 말은 주워 담
을 수 없는 일. 그래, 솔직해지자. 그가 싫어한다 해도 내 마음을
표현하는 게 뭐가 나빠? 이제 우린 두 사람이 아니라 세 사람이야.
아기와 함께 제욱이에게도 사랑을 가르치면 돼. 그 말이 더 이상
싫어지지 않도록 천천히 가르치면 되는 거야. 억지로 당황한 표정
을 수습한 한새가 일부러 아무렇지도 않은 듯 말을 이었다.

"너한테 뭘 바라고 이러는 거 아냐. 아이가 생겼다고 너한테 뭘
해달라고 그러는 것도 아니고, 그냥 솔직한 내 마음을 알려주고
싶었어."

"무슨 말 하는지 알아."

잠깐 흔들렸던 제욱의 눈동자에 오롯이 자신의 모습이 들어 있는 것을 발견한 한새가 그제야 짧은 숨을 내쉬었다. 아는 걸로 됐어. 그래, 그 정도면 많이 발전한 거야. 잠깐 떨어졌던 두 사람이 다시 포개어지며 서로의 온기를 탐했다. 한새가 빠르게 뛰는 그의 심장을 세면서 눈을 감았다. 아가야, 이 사람이 너의 아빠야.

"나도 네 맘 알아, 제욱아."

잔잔한 웃음소리를 뿌리는 제욱 때문에 그녀의 몸도 함께 작게 흔들렸다.

한새와 함께 진하네 집에서 시간을 보내고 백화점에 온 제욱이 그녀가 이끄는 대로 끌려 다니고 있었다. 백화점 순례를 싫어하는 그에게 온갖 잔소리를 퍼부으면서도 한새의 동그랗게 말린 눈빛은 풀릴 줄 몰랐다. 유아용품 코너 앞에서 조그만 신발과 인형 옷 같은 아이 옷을 들어보며 작게 탄성을 지르는 그녀를 바라보는 제욱의 눈빛도 따뜻했다. 하지만 그의 마음에는 불안함으로 시베리아 강풍이 몰아치고 있었다.

한새에게 사랑한다는 말을 듣는 순간 가슴이 터지는 것 같았다. 다른 여자들에게 듣던 말과 달리 달콤하고 마냥 따뜻해서 눈물이 날 지경이었다. 하지만 그 역시 사랑한다 말하면, 그가 사랑을 믿지 않는다 믿고 있는 한새에게 거짓으로 들릴까 봐 그저 고개만 끄덕였던 제욱이었다. 그런 자신의 모습에 짜증이 났다. 그녀에게 준 것이라곤 이제 앞으로도 줄 것이라곤 어쩌면 고통밖에 없는데,

사랑한다는 말로는 자신을 변호하는 것밖에 안 된다는 생각이 들어 미칠 것 같았다. 그녀는 아이라는 존재 때문에 강해지고 있는데 그 곁에 있는 자신은 자꾸만 움츠러들 뿐이니, 이러다가 영영 그녀를 놓치는 건 아닌지.

이런 무거운 상념으로 한새의 뒤통수를 놓친 제욱이 백화점 내부를 불안한 시선으로 훑고 있을 때, 그의 다리에 무언가가 와서 부딪치자 놀라서 아래를 내려다보았다. 한 네댓 살 먹은 남자 아이가 넘어져서 울상을 짓고 있었다. 제욱이 무릎을 굽히고 어색한 손짓으로 아이를 일으켜 주었다.

"건아, 고맙습니다 해야지."

"고마쯤니다."

아이가 꾸벅 인사하고 제 엄마로 보이는 여자와 총총히 사라지자 제욱이 그들이 사라진 곳을 하염없이 바라보았다. 아이. 머리 속에 어쩌면 자신의 아이일지도 모를 저 아이와 비슷한 또래의 한 아이 얼굴이 스쳐 지나갔다. 그동안 심각하게 생각하지 않다가 어느 날 느닷없이 생긴 아이에 대한 소유욕으로 지금 한새와 관계를 이 지경으로 만들고 말았는데, 또 갑자기 그를 혼란스럽게 만드는 아이의 등장이라니. 그 아이도 저만할까?

제욱이 고개를 설레설레 흔들고 일어나 옷을 털었을 때, 조금 떨어진 곳에 한새가 그를 부르며 손짓을 하는 게 보였다. 그녀에게 다가서는 제욱의 발걸음이 무거웠다. 아버지처럼 안 살겠다고 다짐을 하고 살았건만, 결국 아버지보다 더한 짓을 저지른 자신이었다. 그리고 아직 아버지가 될 자격을 갖추지 못한 그를 놀리기

라도 하듯 벼락을 맞고 말았다. 하지만 왜 하필 한새란 말인가? 아
니, 신은 정확히 알고 있다. 한새를 아프게 하면 고제욱이란 인간
은 그 자리에서 말라 죽고 만다는 것을.

"이거 예쁘지? 살까?"

"그래."

"흠, 이건 어때?"

"좋아."

제욱이 환하게 고개를 끄덕이는 것에도 불구하고 한새가 손에
쥐고 있던 것들을 모두 놓아버렸다. 조금 전에 그가 한 남자애를
붙들고 지었던 찡그린 표정이 그녀를 불편하게 만들었기 때문이
다.

"그냥, 가자. 아직 점만한 아이 가지고."

"아냐, 이게 좋다. 이거 사자."

제욱이 한새의 찡그림에 허둥지둥 비유를 맞추려고 했지만 그
녀는 그게 더 불쾌하고 짜증이 났다. 그래, 이유가 있겠지. 그렇
지? 언젠가 그 이유도 말해주겠지? 아빠가 오늘은 기분이 좋지 않
은가 봐. 다음에 쇼핑하자, 아가. 한새가 억지로 아이를 생각해 웃
어 보였다.

"그냥 가자니까. 돌아다녔더니 또 배고파."

한새가 제욱의 팔짱을 끼며 유아용품 코너를 빠져나왔다. 그녀
의 손에서 떨어진 작은 신발이 그들의 뒷모습을 원망스럽게 바라
보고 있었다.

그 이후로 이틀 동안 멍한 제욱의 상태가 나아지지 않자 한새는

슬그머니 걱정이 되었다. 무슨 일이 있는 건 확실한데 물으려 할 때마다 더 허둥대는 제욱 때문에 대놓고 물어볼 수도 없는 상황이었고, 그렇게 답답함만 쌓여가던 중 방금 제욱이 갑자기 약속이 생겼다고 나가 버리자 한새가 주방을 서성이며 손톱을 깨물다 휴대전화를 꺼내 들었다. 혹시 영주? 어쩌면……? 그녀는 제발 자신의 기우가 기우로 끝나길 바랐다. 그게 아니라면 조금이라도 그의 심적 장애를 나눠 갖고 싶었다. 이렇게 하는 것이 잘하는 짓인지 확신이 서지 않았지만 말이다.

진실을 확인하기 위해 용기를 내는 건 어렵지 않았다. 하지만 그가 두려운 것은 그 진실이 몰고 올 파장이었다. 우선 맞을 수 있는 만큼만 맞자. 그리고 천천히 해결해 나가자.

이틀 밤을 새운 끝에 제욱이 이영주에게 전화를 걸어 만나자는 약속을 받아냈다. 그리고 그녀의 회사 근처 아담한 카페에 마주 앉아 입술을 지그시 깨물었다.

"갑자기 네가 날 보자고 하다니, 무슨 일이야?"

제욱이 단숨에 컵에 든 잔을 비운 다음 준비했던 질문을 던졌다.

"네게 아들이 있다고?"

"으응. 그런데?"

그녀의 말투가 흔들림과 동시에 제욱의 심장도 거칠게 폭주를 시작했다.

"누구 아이인지 밝혀."

"갑자기 그건 왜? 내가 왜 그래야 하지? 어떻게 티미에 대해서 안 거야?"

"모르는 척하지 마! 네가 지희를 통해서 내게 알려지도록 한 거 겠지. 아냐?"

"쿡. 고제욱, 너 웃긴다. 그래, 그랬다고 치자. 왜? 티미가 네 아 들일까 봐 겁나니?"

잔인하게 일그러지는 영주의 얼굴을 보면서 제욱이 눈을 감았 다.

"그럴 리 없어."

"그럼 됐지, 뭘 확인하고 싶어서 날 불러내 이렇게 우습게 만드 는 건데?"

"다른 사람들이 다 네 아이…… 가 나와 닮았다고 하니까. 한새 조차도 그랬다는데, 신경 쓰이는 건 당연하지. 안 그래? 대체 어떻 게 된 건지 네 입으로 듣고 싶다."

그녀가 지갑에서 사진을 꺼내어 그 앞으로 내밀었다.

"그래, 좀 닮았어. 크면서 점점 더 닮아가. 그런 티미를 보면서 나도 가끔 놀라곤 한다니까?"

제욱의 시선이 그 사진에서 떨어지지 않았다. 햇살이 버거운 듯 찡그린 아이의 표정이 거울을 보는 것 같다. 잠시 후, 그가 마른침 을 삼키고 딱딱하게 굳은 시선을 이영주에게 던졌다.

"요점만 말해."

"만약 네 아들인지 아닌지 확인하고 싶었다면 먼저 몇 살인지, 뭐 그딴 것부터 물어야 하는 거 아냐?"

“난 사실만 확인하면 돼.”

“쿡, 잔인하군. 내가 말 안 해주면 어떡할 건데?”

“친자 확인이라도 해야겠지.”

“그래서? 만약 네 아들이라면 어떡할 건데?”

제욱이 텅 빈 담뱃갑을 신경질적으로 구겨 버렸다.

“책임진다.”

“책임? 그럼 너 나랑 결혼이라도 하겠다는 거야?”

“……책임은 져. 하지만 결혼은 안 돼.”

“그럼 그렇지. 십 년 넘게 마음에 두었던 한새가 아이를 가졌어도 결혼하자고 못하는 놈이니.”

재떨이에 수북한 담배꽁초를 바라보며 제욱이 눈을 감았다. 얼마나 많이 피워댔는지 목이 칼칼하고 머리가 어질어질했다. 말려들지 마. 확인되지 않은 사실에 두려워하지도 마. 그가 더 이상 영주와 입씨름하기 싫다는 듯이 몸을 일으키려 하자 그녀가 하얀 담배를 빼어 들고 뒤를 보며 중얼거렸다.

“미안하다, 한새야. 이러려고 그런 게 아닌데…….”

놀란 제욱의 동공에 한 여자가 들어왔다. 바로 영주의 등 뒤에서 귀신처럼 일어나 카페를 빠져나가는 여자는 바로 한새였다. 그가 팔을 뻗었지만 그녀는 이미 사라지고 없었다. 뭐라고 소리쳐야 하는데, 뛰쳐나가야 하는데 이상하게 입도, 발도 움직여지지 않았다. 다리가 풀려 풀썩 의자에 쓰러졌을 뿐이다. 그런 그를 영주가 안됐다는 식으로 바라보며 떠들기 시작했다.

“한새에게서 전화가 왔었어. 너랑 만난다고 하니까 진실을 알려달라고 하더군. 그래서 한새가 오겠다는 것을 말리지 않았어."

머리가 백지가 된 듯하다. 제욱이 창밖에 시선을 두었다. 부슬부슬 내리는 비. 한새는 우산을 가지고 나왔을까? 바보 같은 녀석, 조금만 참아주지. 그랬으면 내가 다 말했을 텐데.

"나도 이렇게까지 하고 싶지 않았는데, 네가 그렇게 나오니 흥분해 버렸어. 미안해."

약간 흥분한 듯한 그녀의 표정이 미안함을 담고 있었지만 그는 아무것도 느끼지 못했다.

"한새에게 가서 지금 내가 하는 얘기를 잘 전해. 다 듣고 가면 좋았을 텐데, 못 듣고 갔으니 오해가 심할 거야. ……너와 헤어지고 곧장 미국으로 갔을 때, 거기서 한 남자를 만났어. 난 버스에 있었고, 그 사람은 여유롭게 길을 걷고 있었는데 너와 너무 닮은 모습에 가슴이 뛰더라. 빌어먹을. 분명 내가 견디지 못하고 헤어져 놓고는 네가 너무 그리워서 가슴이 미친 듯이 뛰는 거야. 버스에 내려서 미친년처럼 그 남자를 찾아 헤맸어. 네가 날 찾아왔구나. 그렇게 생각하니 계속 눈물이 났어. 그리고 그 남자를 드디어 만났는데…… 그 남자는 네가 아니었어."

마네킹처럼 꼼짝하지 않고 그녀를 응시하고 있는 제욱의 눈은 깊었지만 빛을 잃고 있었다. 영주가 상관없다는 듯이 넋두리를 하듯 계속 이야기를 이어나갔다.

"그의 이름은 히람. 미술 복원을 하는 남자였는데 유머도 넘치고, 참 따뜻하고, 정열적인 남자였어. ……그 남자가 날 살렸어. 공부가 힘들고, 외롭고 죽을 것 같은 가운데 그 사람이 날 지켜줬어. 그래서 우린 사랑에 빠졌지. 너무 행복했어. 그런데 말이야, 휴우…… 결국 그 사람이 알아버렸어. 내가 그 남자를 계속 만나 온 이유가 바로…… 그 남자 형을 잊지 못했기 때문이란 걸 말이 야.”

지금 내가 무슨 얘기를 듣고 있는 거야? 이 여자는 누구지? 한 새한테 가봐야 하는데, 왜 몸은 말을 듣지 않는 거야. 제기랄!

“괴로워하더군. 그래서, 미안해서 내가 떠났어. 자신은 괜찮다 괜찮다 하는 남자를…… 내가…… 네 동생을 버렸어.”

더 이상 영주의 눈에는 제욱이 없었다. 그가 멍하니 그런 그녀 의 입 모양만 바라보았다. 거짓말이야. 이영주 너, 유학 가서 거짓 말만 늘었지? 아이에 대한 존재보다 더 큰 충격에 그는 지금 자신 의 존재를 비롯한 모든 것을 다 부정하고 싶었다.

“널 다시 만났을 때, 그 사람 생각이 났어. 그 모든 주범이 너라 고 생각하니까 자꾸 네가 미워지는 거야. 그래서 일부러 사람들이 오해하게 놔뒀어. ……알아, 나 미친년인 거. 내 집착이 날 이렇게 만들어냈다는 것도 알아. 그래서 나도 괴로웠다. 이제 내가 사랑 하는 사람은 네가 아니라 히람인데 난 너에 대한 복수랍시고 그 남자를 버렸고, 또 아이를 내세워 너에게 이렇게 분풀이를 하고 있으니…….”

“빌어먹을!”

“얼마 전에 병원에 있는 한새를 찾아간 적이 있었지. 내가 동창 회에서 깽판 친 날, 그것 때문에 한새가 어떻게 됐는지 걱정도 됐 고, 또 한편으로는 그날 너무 단단한 모습을 보여준 한새를 괴롭혀 주고 싶었거든? 그런데 한새는 내가 얘기도 하지 않았는데, 널 믿더라. 그리고 나도 믿어줬어. 그래서 많이 미안했다. 그런데 이 놈의 욱하는 성격에, 조금 아까 네가 나한테 하는 말 한 마디 한 마디에 화가 나서 그만……."

"네가 지금 무슨 짓을 저지른 줄 알아?"

"그래, 알아. 괜히 한새에게 이런 모습을 보여주어서 나도 미안하게……."

"지금 저 자식 정상 아니야! 자궁암이라고. 아이도 잃을 거다. 아니, 하나는 벌써 잃었지. 쌍둥이였는데, 제길!"

빗줄기가 거세지자 카페로 사람들이 몰려들었다. 제욱이 갑자기 치는 벼락을 바라보며 얼굴을 찡그렸다. 이영주에 대한 미움이나 갑자기 알게 된 이복형제에 대한 감정 등은 이제 손톱만큼도 남아 있지 않았다. 어차피 자신은 맞아야 할 벼락을 맞은 것뿐이다. 잘못이라면 전적으로 자신에게 있었다. 이영주는 자신의 감정에 충실하게 행동을 했고, 어느 정도 타당성도 있었다. 아니, 미워하고 싶어도 그 죄질이 자신에 비하면 새 발에 피인지라 그녀를 몰아칠 자격도 되지 않았다. 혹시 한새라면 모를까.

"크크큭."

그가 웃다가 울다가를 반복하자 영주가 당황하여 어쩔 줄 모르는 것이 보였다. 아버지, 더 이상 당신을 욕할 힘도 없습니다. 그 아버지에 그 아들이니까요.

길을 헤매고 있던 한새가 갑자기 내리는 비를 피해 어느 상점

문턱에 앉아 빗줄기를 바라보았다. 영주가 하는 말은 더 이상 중요하지 않았다. 제욱이 아이의 존재를 알아내고 고통을 받았을 거라고 이해하면서도 그가 하는 말 한 마디 한 마디에 충격을 받았다.

"책임진다. 하지만 결혼은 안 돼."

뭘 어떻게 책임질 건데? 하아, 아니지. 난 바보같이 그곳에 나가서 뭘 확인하고 싶었던 걸까? 그냥 제욱이를 믿어줬으면 좋았을 텐데. 아니, 제욱이가 어떻게 하길 바란 건데? 젠장! 그의 마음을 십분 이해하면서도 속이 탔다. 이제 그녀의 머리엔 혼돈뿐이었다. 뭐가 뭔지 모르겠어. 왜 이렇게 된 거니? 그녀가 신경질적으로 고인 눈물을 털어냈을 때, 바지 주머니에 있던 휴대전화가 꾸물꾸물 그녀의 허벅지를 간질여 댔다. 제욱? 그녀가 놀라서 흠칫거리다 모르는 번호가 뜬 것에 조심스럽게 플립을 열었다.

[장한새 씨 휴대전화 맞습니까?]

"네, 그런데요."

[경화의료원입니다. 오늘 오후에 병원에 오시기로 하셨는데, 연락이 없으셔서서요.]

점심에 약속이 있다고 나가며 제욱이 오후에 함께 병원에 가자고 했던 말이 생각이 났다.

"아! 제가 깜빡……."

[입원실을 간신히 만들어놨거든요. 김 박사님이 수술 날짜도 원하시는 대로 빼주시겠다고…….]

"수, 수술이요?"

[네.]

"무슨…… 아니, 제, 제가 지금 병원으로 가겠습니다."

뭐지? 수술? 대체 이건 또 무슨 날벼락인 거야? 나도 모르는 수술이라니? 이것도 고제욱 네 짓이야? 혼란스러운 머리에 덧씌워진 충격에 그녀가 빗속을 헤치고 나가 덜덜 떨리는 손을 높이 들어 택시를 잡았다.

"아, 이거 난감하군요. 전 남편 분께서 벌써 알리신 줄 알고……."

"집에 일이 있었어요. 바쁜 일이…… 아무튼 제 상태가 어떻다는 거죠?"

"예, 환자 분은 자궁암입니다. 정확히 말하면 자궁경부암으로 현재 검사 결과로 보아 2기가 막 진행된 상태인데 다행히 쌍태아 임신과 잇단 한 태아의 유산 때문에 발견이 된 겁니다. 만약 더 진전이 되었을 때 발견했다면 손을 쓰지 못했을 겁니다. 하지만 현재 환자 분의 자궁 상태가 상당히 약해져 있어서 임신 유지는 불가능할 것으로 보입니다. 남편 분께서 인터넷에서 자료를 찾으셨는지 이렇게 저렇게 하면 아이와 산모 둘 다 살릴 수 있지 않나 하고 매일 질문을 해오시는데, 어쨌든 간에 당장 치료를 하지 않으면 위험한 상태입니다. 또 태아가 아기집에 있으니 치료에는 상관이 없다 하더라도 임시방편으로 암의 전이를 막기 위한 조치를 취해야 하는데 항생제 투입이나 마취 없이 레이저 시술을 받으셔야 하기 때문에 환자 분의 고통은 이루 말할 수 없습니다. 그리고 만약 그렇게 해서 출산을 하신다고 해도 아기가 기형이 되지 않을 것이라고는 확답을 드릴 수 없는 데다가……."

의사가 말을 끝내기도 전에 더 이상 계속 듣고 있기 힘들어진 한새가 무작정 진료실을 뛰쳐나왔다. 암? 쌍태아 중 하나가 유산되었다고? 하, 당장 치료를 하지 않으면 위험하다니, 이건 또 무슨 말이야? 의사의 딱딱한 얼굴이 제욱의 것과 겹쳐 보여 그녀는 하마터면 의사의 턱을 날릴 뻔했다. 그동안 왜 그가 전전긍긍하며 불안한 모습을 보였는지 이제 이해가 되었다. 고제욱, 이게 날 위한답시고 고민 고민 하면서 저지른 일이니? 하아, 나도 모르게 수술을 시킨다고? 한새의 머리에 제욱의 어두운 얼굴이 스쳐 지나갔다. 그 순간 걷잡을 수 없는 분노와 함께 두려움이 몰아닥쳤다. 하느님, 맙소사. 이건 해도 해도 너무하잖아. 어떻게, 어떻게 나에게 이런 일이! 무작정 사람들을 헤치고 앞으로 나아가는 한새의 얼굴이 눈물범벅이었다.

제욱이 안절부절못하며 시계를 보며 거실을 서성이고 있었다. 벌써 열두 시가 넘었는데, 한새는 집으로 돌아오지 않고 있었다. 만일…… 만일이라는 단어가 이렇게 원망스러울 때가 있을까? 지금까지 물 한 모금 먹지 않은 제욱은 말 그대로 지옥을 맛보고 있었다. 무사히 돌아만 와. 네가 하자는 대로 다 할 테니까 돌아만 와. 아니야, 그러다가 갑자기 헤어지자고 하면! 그건 안 돼. 지금이 어떤 땐데. 어떡해야 하지? 아아, 대체 왜 이렇게 된 거야? 제발 한새야! 장한새! 빌어먹을 장한새! 눈앞에 보여야 무슨 애기를 하고 말고 할 것 아냐! 그가 거칠게 의자를 넘어뜨리고 가쁜 숨을 내쉬었을 때였다.

"그래서 의자 부서지겠어?"

갑자기 들리는 목소리에 제욱이 거칠게 뒤를 돌아다보았다. 현관에서 한새가 그를 싸늘히 노려보고 있었다. 아마 흥분해서 의자를 넘어뜨리느라 문소리를 듣지 못했나 보다.

"대체 어디 갔다 이제 와?"

버럭 소리를 지르고 제욱이 그녀에게 다가섰다. 이게 아닌데, 이러려고 한 게 아닌데. 화가 난 사람치고 목소리는 컸지만 그의 표정은 두려움으로 새하얗게 질려 있었다.

"야, 장한새. 사람 피를 말려도……."

"영주는 잘 만났어?"

"그, 그게…… 왜 그때 뛰쳐나갔어? 왔으면 얘기를 끝까지 들어봐야 할 거 아냐?"

"내가 들을 얘기가 아닌 것 같아서."

창백해진 입술이 도드라지게 떨리는 것이 안쓰러울 정도였다. 제욱이 그녀에게 손을 내밀었다.

"장한새, 그게 어떻게 된 거냐 하면……."

"비켜!"

그녀가 그의 손을 뿌리치고 소파에 앉아 흥분을 가라앉히려는 듯 입술을 깨물었다. 제욱이 어정쩡하게 서서 그녀를 내려다보았다.

"얘기 듣고 싶어서 그 자리에 찾아온 거 아니냐?"

“맞아. 하지만 이제 그 얘기는 별 흥미 없어졌어.”

“또 뭐야? 또 뭐가 널…….”

“언제 말할 참이었니?”

그녀가 고개를 바짝 들고 그를 쏘아보았다. 원망이 가득한 눈으로 간신히 눈물을 참고 있는 것을 보고 제욱이 휘청거리며 소파의 등을 잡았다.

“무, 무슨……?”

“그래, 날 위한답시고 속여오면서 많이 힘들었겠다, 고제욱? 그러니까 말해봐. 언제, 어떻게 고백하려고 그랬는지.”

“너, 서, 설마!”

“내가 왜 수술을 받아야 해?”

제욱이 눈을 감아버렸다. 원망을 넘어 분노가 가득한 한새의 시선이 그의 가슴속 깊숙이 박히며 심장을 난도질해 댔다. 찢어질 듯한 그녀의 목소리가 뒤통수를 세게 갈겨댔다.

“설마 너도 날 사랑해서…… 그래서라고는 말 못하겠지. 넌 그런 거 모르는 사람이니까. 아무튼 날 죽을 만큼 아껴서, 그래서 숨기고 혼자 끙끙대 왔던 거 같으니 어디 말해보라고! 어떤 말을 하나 들어나 보자, 이 자식아!”

“장한새!”

눈도 뜨지 못한 그의 입술에서 그녀의 이름이 흘러나왔지만, 기도와 식도가 콱 막혀 버린 듯 다른 말은 따라오지 못했다.

“하긴 어떤 변명도 납득이 안 갈 거야. 가증스러워. 어떻게 네가 나한테 이래? 어떻게…….”

"그래! 널 생각해서 그랬다! 어떻게 내 입으로 말을 해? 나 때문에, 내 욕심 때문에 생긴 아이 중 하나가 나 때문에 죽었어. 그리고 그나마 하나 남은 아이, 그 아이도 없애지 않으면 네가 위험할지 모른다는 얘기를 어떻게 하냐고!"

"바보 같은 자식! 그래서 너 혼자 처리하려고 끙끙대서 결과가 어떻게 됐는데? 나 죽은 다음에 미안하다고 할 작정이었니? 아니면 아이를 없애고 나서 어쩔 수 없었다고 하면 내가 살려줘서 고맙다고 할 줄 알았어?"

"그게 아니잖아. 내 마음 몰라? 내, 내 마음……."

"그래, 네 마음 알아. 그러니까 화가 나는 거야, 이 바보 같은 자식아! 그럼 넌 왜 내 마음을 모르는 건데. 왜 내 마음은 몰라. 입으로 말해줘도 몰라? 너한테 사랑한다고 말한 게 장난으로 보였어? 흑흑. 이 나쁜 자식, 미친 새끼야! ……네 마음 알아. 그러니까 내가 더 미치겠는 거야. 엉엉……. 영주의 아이가 누구의 아이인지 몰랐을 때 전전긍긍하는 네 마음을 왜 내가 이해 못해? 네 아버지와 똑같은 사람이 될까 두려워하는 마음을 내가 모를 줄 알아?"

"그만, 그만 해!"

"흑흑…… 아니, 들어. 흡. 혼자서 내가 아프다는 것을 알았을 때도 죄책감에 어쩔 줄 몰랐겠지. 그리고 혹시나 내가 어떻게 될까 봐, 충격을 받을까 봐 힘들었겠지. 그래…… 나 충격받았어. 안 멀쩡해! 어떻게 해도 결과는 같을 거란 건 알아. 하지만 네가 원망스러워. 죽을 만큼 밉다고!"

한새가 방 안으로 뛰어들어 가 문을 잠그는 소리가 들렸다. 그제야 제욱이 덜덜 떨리는 손으로 눈물을 훔치고 돌아섰다. 앞이 제대로 보이지 않았다. 가서 한새를 안아주어야 하는데 몸이 말을 듣지 않았다. 이 자식아, 알면…… 알면 좀 모른 척 따라주지. 그렇게 아픈 모습을 보이면 난 어떡하라고? 응? 어떡하라고! 바닥에 주저앉은 제욱이 다시 흐느끼기 시작했다.

죽지 않은 이상, 해가 뜨면 눈이 저절로 떠진다. 한새가 눈을 뜨고 멍하니 천장을 바라보았다. 어제 입었던 옷 그대로 침대 위에서 펑펑 울다가 잠이 든 모양이었다. 입은 옷은 구겨져 있고 눈은 퉁퉁 부어 떴다 감았다 하는 것조차 힘들었다. 어제 있었던 일들이 마치 꿈처럼 느껴졌다. 제욱이 저 문을 열고 들어와 일어나 아침 먹으라고 하면 난 투정을 부리다가 마지못해 따라 일어나겠지? 하지만 아직도 한쪽 가슴이 심하게 저려오는 걸 보면 꿈은 아닌가 보다. 어차피 맞닥뜨려야 하는 진실. 아무리 외면해도 없어지지 않을 상처. 한새가 살짝 아랫배를 쓸어보았다.
"아가야, 엄마가 어떡해야 할까?"
누군가 목구멍에 긴 파이프를 집어넣은 듯 중얼거리는 와중에도 목이 콱 막혀 쓰리고 목소리마저 울려 나왔다. 이제 어떻게 제욱을 봐야 할까? 그녀가 눈두덩에 팔을 얹은 채, 어제 정신없이 그를 몰아쳤던 일을 생각해 냈다. 병원을 나와 여기저기 쏘다니면서 생각을 정리한 결과 제욱에게는 그다지 큰 잘못이 없다는 결론을 내렸다. 어떻게 보면 그는 자신이 저지른 일들에 대한 벌을 받고 있는 거고, 그녀는 그를 사랑한다는 죄로 그 고통을 나누어야 할 운명일지도 모른다는 생각이 들었다. 하지만 그 모든 것을 받아들이고 말고 할 그 타이밍이 문제였다. 어느 한쪽이라도 편한 마음 상태였다면, 조금이라도 덜 사랑했다면 아마 좀 더 쉬웠으리라. 하지만 서로 더 사랑한다고 우기는 가운데, 말이 아닌 행동으로 서로를 보살핀다고 저지른 일이었건만 결과는 최악이었다. 한새는 자신의 몸에 생긴 나쁜 병보다 자신이 처한 상황이 더 무서웠다. 이대로 서로에게 상처를 주고 외면하는 일만 남은 제욱과의 관계를 참을 수 없었다.

똑똑!

제욱이 문을 두드리는 소리에 한새가 벌떡 일어나 앉았다.

"장한새, 깼으면 문 열어."

그를 보며 무슨 말을 해야 할까? 그녀가 허겁지겁 자신의 몰골을 비춰 보고 매무새를 다듬었다.

덜컥덜컥.

문을 따는 소리에 거울을 보던 한새가 피식 웃고 말았다. 이 심각한 상황에서도 제욱에게 미운 모습을 보이기 싫은 거니?

"이, 일어났어?"

제욱이 방 안에 들어서자마자 콘솔 앞에 앉아 있는 한새를 거울 너머로 보며 당황한 듯 말을 더듬었다. 수염도 깎지 않은 듯 파리한 얼굴이 아침 햇빛을 받아 더 초췌해 보여 한새가 고개를 돌리며 눈을 감아버렸다.

통통 부운 얼굴과 억지로 빗질한 티가 나는 한새의 모습을 보는 순간, 제욱은 또 심장이 반쪽으로 갈라지는 아픔을 느껴야 했다.

벌써 오전이 다 지나간 시간, 계속 조용한 방을 바라만 보고 있는 것이 겁나 열쇠로 문을 따고 들어오긴 했지만 문을 여는 그 몇 초 동안 그는 자신의 머리 속을 맴도는 무서운 상상에 온몸을 벌벌 떨어야 했다. 하지만 그보다 더 가슴을 떨리게 만드는 것은 아무렇지도 않은 듯 보이려 애쓰는 한새의 모습이었다.

"밥 먹고, 나가자."

"어디?"

"병원."

병원이라는 말에 어깨를 움츠리는 한새. 제욱이 차마 방문을 넘지 못하고 무덤덤한 목소리로 말을 이었다. 잔인하다지만 어쩔 수 없었다. 더 이상 감정싸움에 진을 소비할 시간도 없을뿐더러 어차피 이렇게 된 마당에 미친놈 소리, 인간 같지도 않다는 소리는 별 의미가 없었다. 중요한 건 바로 그녀, 한새였으니까 말이다.

"다 알았으니까 새삼 애기할 필요 없겠지. 조금 전 병원에 전화해서 오늘 간다고 했으니까. 어서 나와 준비해."

"고제욱."

문을 닫고 나가려다 한새의 목이 멘 목소리에 제욱이 등을 돌린 채 딱 굳어져 버렸다.

"수술할게. 그럼…… 너나 나나 이제 볼일없는 거 맞지?"

"네가 원하는 거냐?"

"네 생각을 우선 듣고 싶어."

"그 말 참 잔인하네. 벌써 넌 결정을 내렸고, 내가 무슨 말을 하든 넌 생각을 바꾸지 않을 거잖아. 안 그래?"

"맞아."

"네가 지금 무슨 생각을 하는지는 알겠는데, 어제의 그 용감하던 장한새는 다 어디 갔냐? 날 이해한다고 하지 않았어? 그럼 내가 어떻게 할지도 알겠네. 내가 언젠가 말했지, 네가 우려하는 일은 죽어도 일어나지 않는다고. 생각 바꿔. 우린 계속 이렇게 살 거다."

재빠르게 말을 내뱉은 제욱이 이를 악물며 문을 닫았다.

제욱이 곁을 지켜주고 잡아주는 것이 고마우면서도 이건 아니라는 생각이 드는 한새였다. 어떻게 이 불편한 관계를 계속 이어나갈까? 곁에서 세심하게 신경 쓰는 그를 볼 때마다 한새는 아무리 아닌 척해도 상처가 욱신거리는 통에 그를 편하게 대할 자신이 점점 없어졌다. 아마 잊은 듯 살 수는 있을 것이다. 하지만 아예 잊히지 않는 이상, 두 사람의 관계는 여기서 딱 멈춰 버릴 것이다. 그럼 난 어떻게 될까? 아무리 좋게 생각해 보려 해도 절망적이었다.

"어머, 남편이 왜 이렇게 잘생겼어?"

"아직 결혼 안 했는데요."

같은 병실을 쓰는 사십오 세 유방암 환자다. 맨 처음엔 자신의 가슴을 들어낸다는 것에 울고불고 하더니만 요즘은 인공 가슴도 있고, 얼마든지 성형수술로 복원할 수 있다는 말에 희망을 갖은 듯 편안해 보였다.

"그려? 그런데 그럼 아가씨는 병이 뭐랬지?"

"자궁암이요."

"안됐네."

한새가 돌아누워 버리자 수다를 떨자는 듯이 몸을 일으키던 여자가 끄응 하면서 도로 누워버리는 것이 느껴졌다. 아줌마는 복원이라도 할 수 있죠. 전요, 수술하면 지금 우리 아이도 없애야 하고, 앞으로 다시는 아이를 낳지 못할지도 모른대요. 암이 그렇게 무섭다네요. 그녀가 자신의 처지에 또 비관이 되어 눈물을 훔치며 베개 끝을 악물었다. 조금 있으면 제욱이 올 시간, 그에게 또 통통 부은 얼굴을 들키기 싫었다.

"야그 들었어? 글쎄, 내 옆에 있는 아가씨는 결혼도 안 했는데 애가 생겼다. 게다가 암이라서 애하고 자궁을 같이 들어내야 한다는구먼?"

"어머! 어쩌다가. 몸을 함부로 굴린 벌을 받는 건가? 그래도 불쌍하긴 하네."

제욱이 병실을 들어서려다 문 앞 보호자용 의자에서 수다를 떨고 있는 두 여자를 보고 얼굴을 찡그렸다. 한 여자는 분명 한새의 옆 침대의 환자가 맞았다. 그러면 아마도 그 불쌍한 여자는 한새를 말하는 것이리라. 이를 악물고 어렵게 손잡이를 돌리는 그의 표정을 보았는지 두 여자가 허겁지겁 도망쳐 버렸다. 울고 싶다. 하루에도 이렇게 몇 번씩 울고 싶었다. 별거 아니라고 생각하고, 수술만 하면 나을 거라고 생각하다가도 문득 이런 상황이 되면 자신도 어쩔 수 없는 공포감이 몰려왔다. 자신도 이런데 하물며 당사자는 어쩌랴?

제욱이 다시 꿀꺽 침을 삼키고 마음을 정리한 다음 씩씩하게 문을 열었다.

"장한새!"

역시 오늘도 대답이 없이 등을 돌리고 있는 한새의 뒤통수가 그녀를 맞았다. 제욱이 아무렇지도 않은 듯 입을 열었지만 짐을 정리하는 그의 손길이 작게 흔들리고 있었다.

"네가 말한 노트북 가져왔어."

"거기다 놔."

"뭐 할 건데? 게임하고 싶어? 아니면……."

"나 수술 언제라고 했지?"

뜬금없는 수술 소리에 그가 고개를 번쩍 들었다.

"다음 주 수요일."

"그땐 우리 아이도 사라지는 거 맞지?"

"……."

"제욱아, 그전에 부탁이 있어."

"뭔데?"

"나 저번에 사려고 했던 아기 신발이랑 옷 갖고 싶어. 사다 줄래?"

그게 무슨 소용이냐고 묻고 싶었지만 묵묵히 고개를 끄덕여 주었다. 이젠 눈물도 흘리지 않는 한새의 얼굴은 사막 같았다. 눈물이 말라붙어 버석한 피부가 바람이 불면 다 일어날 듯하고 그녀의 눈은 사막 위에 뜬 달처럼 차갑게 얼어붙어 있었다.

“바보 같은 짓이라고 욕 안 해?”

쩍쩍 갈라진 그녀의 입술에 제욱이 손을 가져다 대며 희미하게 웃어주었다.

“설마 네가 입으려고?”

농담이라고 한 것이 이 모양이라니. 그래도 한새의 입술이 동그랗게 말아진 것을 보면 그렇게 형편없지는 않았나 보다.

창 너머로 제욱의 차가 완전히 병원을 빠져나간 것을 확인한 한새가 허겁지겁 물건을 챙기기 시작했다. 옷 몇 가지와 노트북이 전부였지만 그 소소한 것을 챙기는 데도 힘이 들었다. 그동안 누워만 있었던 데다가 계속 투여했던 약 때문이었다. 한새가 수술을 할 때까지 아기를 지키고 싶다고 우기는 바람에 겨우 아기에게 해가 되지 않는 약으로 처방을 받았지만 암 치료용이라서 그런지 온몸의 진을 다 빠지게 만들었다.

“아가야, 조금만 참아. 알았지?”

한새가 간신히 옷을 갈아입고 가방을 든 채 가만히 아랫배를 쓸어보았다. 무모한 짓이라는 건 안다. 하지만 이러니저러니해도 지옥을 겪기는 마찬가지, 이대로 포기할 수 없다는 결론에 도착한 그녀의 마음이 마냥 조급했다. 분명 무슨 방법이 있으리라. 그리고 아이와 둘 함께가 아니라면 그녀에게 이 세상은 더 이상 의미가 없었다. 제욱, 그에게 잠시 미안한 마음이 들었지만 간신히 약해지려는 마음을 다잡으며 세차게 도리질을 하는 한새였다.

없다!

병실 문을 열고 제욱이 멍한 표정을 지었다. 그리고 혹시 병실을 잘못 찾았나 싶어 다시 문을 열고 호실을 확인했으나 곁에 누워 있는 환자 하며 호수는 정확했다. 당황한 제욱이 마치 미친 사람처럼 이 사람 저 사람 붙들고 한새를 찾기 시작했다. 하지만 찾을 수 없었다. 그가 난리를 치는 바람에 병원도 발칵 뒤집어졌다. 제욱은 점점 패닉 상태에 빠져들었다. 그의 한 손엔 한새가 부탁한 아이용품이 들어 있는 종이 가방이 아슬아슬하게 걸려 있었다. 제욱이 한바탕 다시 병원 정원을 뒤진 후 현관 입구에서 가쁜 숨을 몰아쉬고 있을 때, 재킷에서 휴대전화가 요란한 진동을 해대며 그를 다시 떨게 만들었다.

"장한새!"

[아이고, 귀야. 귀청 떨어져.]

"어디야! 어디냐고, 대체!"

[학교야.]

"뭐?"

[우리 학교 등나무 기억나?]

"너 미쳤어? 거기 꼼짝 마! 젠장, 전화 끊지 마. 전화 끊으면 죽을 줄 알아!"

하지만 뚝 하고 전화가 끊기고 말았다. 빌어먹을! 제욱이 온 힘을 다해 차를 향해 뛰기 시작했다.

아무리 한새에게 전화를 해도 전원을 꺼놓았는지 받지 않았다. 제욱이 거친 숨을 몰아쉬며 학교 운동장에 뛰어들어 가며 소리를 쳤다.

"한새야! 장한새! 장한새, 어딨어?"

순간 울리는 휴대전화 벨소리. 허둥대는 그의 손에서 휴대전화가 잘 열리지 않자 그가 짧게 욕설을 내뱉었다.

[나 못 찾아?]

"장난해? 응? 숨바꼭질하냐? 못 찾겠다, 꾀꼬리야. 장한새, 빨리 나와!"

그가 바람처럼 등나무 아래로 달려가 고개를 휘휘 저어보았지만 쥐새끼 그림자도 보이지 않았다. 스산한 바람이 그의 이마에 맺힌 땀방울을 훑어 내렸다.

"이런 거 재미없어. 재미없다고!"

[우리 둘이 새겨놓은 자리 기억나니?]

"장한새!"

[사랑은 핑크빛이라 변하기 쉽지만, 우정은 하얀색이라 변하지 않는다. 새와 욱이. 뭐 이런 내용이었는데…….]

제욱이 한 손으로 휴대전화를 쥔 채로 열심히 등나무 밑을 찾았지만, 어느새 나무가 아닌 딱딱한 시멘트 탁자로 바뀐 자리에선 예전 자신들이 새겨놓은 흔적은 찾을 수 없었다. 순간 제욱은 그녀가 이곳에 있지 않다는 것을 깨달았다.

"너 어딨어? 대체 어.딨.냐.고!"

낮고 딱딱 끊어지는 목소리를 내뱉는 제욱의 눈빛이 불안하게 흔들렸다.

[나 찾지 마.]

"장한새, 너 미쳤어? 지금 나 놀리니? 차라리 미우면 밉다고 말로 하지 지금 뭐 하자는 거야?"

[헤어지자.]

"뭐?"

[헤어지자고.]

"씨발, 누구 죽는 꼴 보고 싶어?"

제욱이 그래도 혹시나 하고 운동장 구석구석을 훑어보았지만 까만 어둠 속은 몇 개의 가로등만이 스산하게 운동장을 비추고 있을 뿐이었다.

[우리 친구였을 때는 할 말 못할 말 무수히 나누었지. 기억하니? 하지만…… 이젠 그게 안 돼. 너나 나나 서로를 너무 위한답시고 아픈 말을 쏙쏙 빼놓고 달콤한 말만 하려 하지. 그 달콤함이 나중에 독이 된다는 것을 모르고 말이야. 아무리 마음이 통하면 뭘해? 상처 주는 게 마음 아파서, 상처받기 싫어서 골라서 보고, 골라서만 말하는데…… 나 이젠 더 이상 그러기 싫어.]

"너 나 사랑한다며, 사랑한다면서 어떻게 나한테 이래?"

[널 사랑해. 언제부턴지 나도 몰라. 하지만 이제 그 사랑이 버겁다. 친구 고제욱은 이해가 잘되는데, 애인 고제욱은 너무 버거워. ……진작 그걸 알았지만 한 번쯤 너와 사랑을 해보고 싶다는 욕심이 있었어. 그리고 네 아기도 가지고 싶다는 생각을 했지. 하지만 욕심으로 시작한 사랑의 끝은…… 이것밖에 안 돼. 욱아, 우리 욕심이 지나쳤어. 우리처럼 상처받기 두려워서 전전긍긍, 자신밖에 모르는 인간이 어떻게 아이를 갖니? 처음부터 잘못된 거야.]

"아냐, 잘못된 거 아냐. 서로의 마음을 눈치채지 못했을 뿐, 우리의 마음은 같았잖아. 그래서 아이가 생긴 거야. 내가 처음부터 잘못 표현하고, 잘못 행동한 건 알지만 우린 잘 마무리할 수 있어. 착오는 누구나 겪는 거잖아? 이제 솔직히 서로에게 털어놓고, 더 노력하면 돼. 난 너랑은 뭐든지 할 수 있다고!"

[착오치고는 치러야 하는 대가가 너무 크다. 우리 아이는? 우리의 말도 안 되는 욕심 때문에 세상 빛도 못 보고 죽어야 하는 우리 아이는 어떡해?]

"한새야, 제발……."

그가 거칠게 눈가를 훔치고 휴대전화를 고쳐 잡았다. 온몸이 떨리다 못해 다리가 풀리는 바람에 어느새 철푸덕 땅바닥에 앉고 만 제욱이었다.

"장한새, 이러는 거 아냐. ……너 먼저 헤어지자고 말하는 사람이 소원 들어주기로 했지? 그래, 소원 들어줘. 빨리 나타나란 말이야! 어디야!"

[그 소원 못 들어줘서 미안하다.]

"제발…… 보고 싶어, 한새야."

꽉 막힌 목소리로 간신히 보고 싶다는 말을 내뱉었을 때, 수화기 너머에 흐느끼는 소리가 들렸다.

[이, 이젠…… 너…… 너와 나, 친구라는…… 이름으로도 못 봐, 욱아.]

그녀의 울음소리 속 간간이 섞여 나오는 이야기에 그의 가슴에는 이제 핏물이 고이는 것이 느껴졌다. 완벽하게 심장이 쫙 갈라지는 소리가 들렸다. 제욱이 머리를 땅에 박으며 운동장이 울리도록 크게 소리를 쳤다. 하지만 점점 작아지는 목소리. 듣는 이 없는 처절한 흐느낌에 달빛이 안타까워 구름 뒤에 숨어버리자 마침내 그의 그림자도 어둠 속에 묻히고 말았다.

"그래, 나 너 사랑 안 해. 그거로는 다 설명 못해. 보다 더 큰…… 큰 뭔가 다른 게 있을 거야. 사랑하니까로 변명 따위나 하는 그런 사랑이 아니라고……."

한새가 눈물을 훔치고 제욱이 쓰러져 있는 운동장을 바라보았다. 오열하는 그의 등을 보니 다시 눈물이 흘러내렸다. 달려나가 그를 안아주고 싶었지만 그럴 수 없었다. 헤어지자는 말을 꺼낼 때 벌써 풀려 버린 다리 때문에 그녀 역시 벤치에 거의 눕다시피 했기 때문이다.

"바보야, 흡, 등나무 그늘이 거기 하나뿐인 줄 알아?"

학교 측면 수돗가 옆 등나무 벤치에 누운 한새가 간신히 몸을 일으켜 나무 탁자 위에 그들이 새겨놓은 글자를 만지며 눈물을 떨어뜨렸다. 멀리 제욱이 누군가에게 전화를 걸어 고래고래 소리를 지르는 것이 보였다.

"흑. 잘한 거야. 비겁해도 할 수 없어."

날 용서하지 마. 네가 날 지켜줄 거란 걸 믿지 못하는 게 아니라, 너에게 기대기만 하다가 스스로 파멸할 내가 더 두려워서 네 곁에 있을 수가 없어. 그러면 너 역시 무너지겠지? 그건 싫다. 내가 여태 기대어온 든든한 나무가 쓰러지는 걸 볼 자신이 없어. 하지만 난…… 믿어. 아니, 믿을래. 비록 내가 지금 사랑을 놓지만, 다시 만난다면 우리가 다져 놓았던 그 우정은 다시 찾을 수 있을 거라고.

"이거, 꼭, 새길 때도 꼭, 유치하다고 발악을 하더니. 흡…… 너랑 동감하는 녀석들…… 흑, 많은가 보다. 흑…… 너 이거 보면 한마디 하겠어. 선배한테 대드는 나쁜 놈들이라고. 하하하!"

끊임없이 흘러내리는 그녀의 눈물에 젖어 도드라진 문구 밑에 와방유치, 뽕까시네라는, 후배들이 새겨놓음직한 장난기 가득한 댓글들이 눈길을 끌었다. 한새가 가만히 미소를 지으며 그 위에 뺨을 대고 눈을 감았다.

한참 후에야 정신을 차린 한새가 추위에 어깨를 쓸며 운동장을 바라보았다. 스산한 바람만이 제욱이 있던 자리에 뱅뱅 돌고 있었다. 그래도 윤택이 데려갔으니 다행이야. 별일이야 있겠어? 그런데 난 어쩌나? 그녀가 자신의 휴대전화 전화번호부를 뒤져 누군가에게 도움을 청해야 하나 고민을 했지만 마땅히 부를 사람이 없었다. 결국 고민 고민 끝에 심호흡을 하고 통화 버튼을 누른 것은 바로 이영주의 전화번호였다.

[한새니? 한새 맞지?]

"그래. 나야. 너 혼자니?"

[응. 어떻게 된 거야? 지희가 우리 집에 있다가 제욱이 쓰러졌다는 소식 듣고 급하게 달려나갔어. 그리고 다들 널 찾는 것 같던데…….]

"너한테도 전화 왔었어?"

[아니, 지희가 통화할 때 안 거라니까. 아무튼 어디야? 내가 데리러 갈게.]

"네가 제욱이에게 연락 안 한다는 걸 어떻게 믿고?"

[지금 그게 문제야? 아니, 안 한다. 걱정 마. 네가 어디로 튈지 모르는 앤 건 세상이 다 아는데, 안 해. 아니, 그 자식 속 좀 썩게 연락 안 할란다.]

"도와…… 줄래? 정말 제욱이한테, 또 다른 애들한테도 말하지 말고 도와줄래? 너 나한테 미안한 마음도 있지? 그러니까 이번 한 번만 내 부탁 좀 들어줘."

수화기 너머 그녀가 눈물을 삼키는 것이 들렸다. 너도 아니? 제욱이가 벌써 말했니?

[그래, 알았어. 어딘지나 말해. 금방 갈게.]

"아니, 내가 찾아갈게. 너희 집 주소나 가르쳐 줘."

한새가 전화를 끊고 간신히 몸을 일으켜 짐을 챙겨 들었다. 이제 앞으로 혼자서 헤쳐 나가야 할 일들이 지금 눈앞에 있는 어둠처럼 느껴져 막막했지만 그래도 힘을 내는 그녀였다. 아이. 아직 그녀에게 남아 있는 불빛. 제욱을 등지고 용감하게 뛰쳐나올 수 있도록 해준 아이에게 모든 희망을 걸었다. 그를 아프게 한 만큼

아이만은 꼭 살리고 싶다는 욕심이 그녀의 가슴에 가득 차 올랐
다. 하지만 한 걸음 한 걸음 발걸음을 옮길 때마다 벌써 그가 보고
싶었다.

영주가 약속대로 아파트 입구에서 기다리고 있었다. 호들갑스
럽지 않은 차분한 그녀의 시선에 잠시 마음을 놓았으나, 그녀의
아파트에 들어서자마자 터져 나오는 한숨은 어쩔 수 없었다. 등잔
밑이 어둡다는 속담처럼 지금 상황에서 제욱이 영주에게까지는
연락을 하지 않을 거란 생각에 그녀에게 도움을 청했을 뿐, 그녀
를 완전히 신뢰하는 건 아니었다. 호텔로 갈 수도 있었지만 혹여
혼자 있다가 불상사가 생겨 아이까지 어떻게 될까 두려운 나머지,
찜찜함은 과감히 접어두고 영주를 택한 한새였다.

"고마워. 오늘은 네 신세 좀 지자."

"고맙긴. 그런데 내가 잘한 건지 모르겠다. 너 이제 어떡하려
고? 후우…… 제욱이한테 너 아프다는 얘기 들었어. 그날…… 그
말을 듣고 내가 얼마나 후회했는지 몰라. 흑……."

"너까지 이러면 나 여기 못 있어. 이제 더 힘든 일이 기다리고
있는데, 벌써부터 진을 빼고 싶지 않아."

"그래, 알았어. 그럼 이제 어떻게 할 거야?"

"우선 쉬고 싶어."

영주가 자리를 비켜주자 한새가 침대에 쓰러지며 한숨을 내쉬
었다. 슬프고 아픈 긴 하루였다. 아직도 눈언저리가 꾹꾹 쑤셔온
다. 그녀가 얼굴을 쓱쓱 문지르고 눈을 감았다. 며칠 동안 고민하

고 고민한 끝에 그를 떠나오긴 했지만, 솔직히 아직 실감이 나지 않았다. 잘한 짓이라고, 이 길밖에 없었다고 아무리 마음을 다져도 한쪽 가슴이 쓰리긴 마찬가지였다. 그러나 힘을 내야 한다. 한새는 다시 자기 암시를 시작했다. 어이없이 보내 버린 한 아이. 그 아이에 대한 슬픔을 표현하기도 전에 알아버린 병. 그래도 아직 또 하나의 아이가 살아 있다는 게 어딘가? 혹시나 엄마가 병도 모른 채 죽을 것을 염려해 같이 살고 싶다면서 아이가 자신을 부추기는 것 같았다. 만약 이 아이마저 허무하게 보내 버리고 산다면, 아마 평생 가슴에 지워지지 않는 네 번째 멍을 안고 사는 것이리라. 부모님, 잃어버린 아이, 그리고 제욱. 멍은 이것으로 족했다. 그녀가 자신의 의지없이 흘러내리는 눈물을 훔치고 허파에 바람을 집어넣어 부풀렸다.

'힘들 테지? 하지만 아직 함께 살아 있잖아. 그치, 아가야?'

한새는 그날 밤, 자신이 극한 상황에서도 희망을 잃지 않는 인간이 되었다는 것을 자랑스럽게 여기기로 했다. 그리고 이렇게 강하게 자신을 몰아치는 모성애와 삶의 의지를 준 아이를 놓칠 수 없다고, 제욱만큼 사랑하겠다고 맹세를 했다.

그 시간, 잠시 정신을 잃었던 제욱이 간신히 눈을 떴다.

"증말 병원에 안 가도 되나?"

"우선 안정제를 났으니까 괜찮아요."

누군가 얘기를 나누는 소리에 그가 힘들게 깨어났다는 시늉을 해 보였다.

“괘안나? 네 정신 드나? 이게 무슨 난리고?”

“어떻게 된 거냐?”

“우예 되긴. 니가 내한테 전화해서 한새 가 찾아내라고 지랄 지랄 하다가 전화가 끊겼다 아이가. 근데 니가 학교 운동장 뭐라고 뭐라고 하길래 가보이 대짜로 뻗어 있드만. 어휴! 내사 마, 니까지 우예 되삐는 줄 알고…….”

“이건 뭐야?”

“아, 지희 야가 아는 의사에게 부탁해서 안정제와 영양제 한 대 났다 아이가. 참내, 내 살다 마 고제욱이 쓰러지는 것도 보고…….”

제욱이 팔뚝에 꽂힌 주사기를 거칠게 빼고 일어나 앉았다. 며칠 잠도 못 잔 데다가 진을 다 뺐더니 머리가 어질어질했다.

“뭐 하노? 네 미친나?”

“한새 연락없어?”

“새 가도 가지만, 니부터 몸을 쫌 챙겨야지. 이놈아가 진짜로…….”

“멀리 못 갔을 거야. 주위에 있을 거야. 찾아야 해.”

“우선은 내 여기저기 갈 만한 데는 다 알아봤고, 경찰서에도 말은 해놨다 아이가. 그니까 쫌 기다려 보자, 마. 금마도 울매나 충격이 컸으면 그리했겠노?”

“나쁜 자식!”

“그카 말하면 안 된다. 오죽하면 가가…….”

“시끄러!”

찾아야 한다. 늦기 전에 찾아야 한다. 누군 제 심정을 이해 못해서 이러는 줄 아나? 바보 같은 녀석. 이젠 서운함을 떠나 분노가 그의 가슴에 스며들었다. 매정하고 어처구니없는 그녀의 행동에 걷잡을 수 없는 화가 치밀었다. 하지만 곧 어디서 한새가 쓰러져 있는 건 아닌지 하는 생각에 눈앞이 아득해졌다. 그가 창백한 얼굴로 허둥지둥 일어나 옷을 꿰고 차 키를 찾았다. 우선 병원에 갔다가 과수원에 가볼 작정이었다. 혹시 진하네 갔을까? 아! 먼저 미국에 계신 이모님께 전화를 걸어야겠군! 빠르게 뛰쳐나가는 제욱의 뒤로 펄펄 뛰는 윤택의 목소리가 들렸지만 그를 잡기에는 역부족이었다.

오전 늦게 일어난 한새가 조심스럽게 거실에 나왔을 때, 뜻밖에 영주가 음식을 만들고 있는 것을 보고 우뚝 서버리고 말았다. 진작 일어났지만 앞으로 어떻게 해야 할까, 제욱은 괜찮을까 이런저런 고민을 하느라 시간을 보내고 어색하게 방문을 열었다가 영주를 보는 순간 딱 굳어져 버린 그녀였다. 낯선 잠자리. 드디어 자신이 제욱의 그늘 아래에서 완전히 벗어났다는 것을 깨닫는 순간이었다.

"일어났어? 푹 쉬라고 안 깨웠는데. 배고프지? 어서 와."

"출근 안 했어? 아이는?"

"어, 월차 냈어. 티미는 어린이집에. 네 살인데 아직 어린이집을 낯설어해서 걱정이야. 휴우. 그나저나 우리 티미 볼 때마다 너한테 자꾸 미안하고 그렇다."

“미안하기까지야.”

“미안하지. 아무리 제욱이가 미웠어도, 그 녀석이 그렇게 나온다고 해도 좀 참았어야 하는데 그만…….”

“그만 해. 나 이젠 거기까지 신경 쓸 여력이 없다. ……그런데 너도 완벽한 악역은 못하나 보다. 네 성질에 못 이겨 발끈하는 건 옛날하고 어쩜 그렇게 똑같니? 너 얌전해 보이다가도 갑자기 화가 나면 걷잡을 수가 없었잖아, 왜?”

“후후. 그랬나? 그런데 너 제욱이하고 어떻게 된 거야? 오늘 아침에 지희한테 전화해 보니까…… 아, 그런 표정 짓지 마. 그냥 너 여기 있다는 얘기는 안 하고 상황이 궁금해서 지나가는 말로 한번 물어봤어. 그랬더니 어젯밤에 링거 맞다가 뛰쳐나가서 아직 소식이 없단다. 너 찾으러 갔다는데…….”

눈앞의 음식들에 시선을 둔 한새가 갑자기 속이 메슥거리는 바람에 손으로 입을 막고 얼굴을 찡그리고 말았다. 우욱. 왜 하필?

“괜찮아?”

“아, 응. 이게 입덧인가?”

“그런가 보다. 여태 입덧 안 했어?”

“제욱이가 밥 먹는데 조금 고생을 하기에 남들이 대신하나 보다 하고 놀리더니, 헤어지니까 이렇게 표가 나네.”

“뭐? 헤어져? 호, 혹시 나 때문에?”

“아냐, 그런 거. 남자 여자 헤어지는데 이유랄 게 뭐가 있겠어? 둘 중 하나가 변심하는 거지.”

“변심? 누가? 제욱이는 아닌 것 같고, 설마 네가? 왜?”

"믿을 수 없으니까. 더 이상 나도, 그 녀석도 믿을 수 없으니까……. 야, 뭐야? 밥상에서. 음식 식겠다. 어서 먹자."

한새가 슬쩍 말을 돌리고 열심히 수저질을 시작했다. 아직 속이 메스꺼워 불편했지만, 영주의 안타까워하는 시선을 피하려면 어쩔 수 없었다.

두 사람이 식사를 마치고 차를 준비해 마주 앉았을 때였다. 영주가 드디어 참지 못하겠다는 듯이 입을 열었다.

"그나저나 몸은 괜찮아? 갑자기 어떻게 될까 봐 불안하다."

"아니, 괜찮아. 이상하게 아무 통증이 없어. 병원에서도 약 때문에 힘들었지, 통증이나 그런 건 못 느꼈거든. 그래서 그런지 아직 실감이 안 나."

"그래도……."

"스피노자가 그랬나? 내일 죽더라도 난 한 그루의 사과나무를 심겠다고. 큭, 개뿔. 내일 죽겠는데, 무슨 사과?"

"내일 지구의 종말이 온다 해도 한 그루의 사과나무를 심겠다, 뭐 이거 아니었니?"

"그거나 이거나. 지구의 종말이란 바로 자신의 죽음과 같은 말이잖아. 아무튼 난 늘 궁금했어. 그 아저씨는 죽기 전에 과연 자신이 한 말을 생각이나 했을까 하고. 사춘기 때 곧잘 감상적으로 내일 죽으면 어떻게 될까 하고 상상할 때도 있었는데, 막상 이렇게 되니 무슨 생각이 드는 줄 알아? 살고 싶다는 거야. 하루만 더…… 그게 나약한 인간의 본모습이지."

"벌써 죽음을 생각한다니, 너답지 않아."

"풋, 그런가? 걱정 마, 말이 그렇다는 거지 나 살 거야. 열심히 여기저기 용하다는 병원 찾아다니면서 살려달라고 애걸이라도 할 거야."

영주가 어두운 표정으로 찻잔을 만지작거리며 고개를 끄덕였다. 한새가 그녀의 불편한 시선을 견디지 못하고 일부러 화제를 돌리고자 머리를 굴렸다.

"혹시 티미가 누구 아들인지는 물어봐도 돼?"

타이밍이 마음에 들지 않지만 그 궁금증을 풀 시간은 지금밖에 없다는 생각에 간신히 입을 떼었고, 그런 한새의 시선이 살짝 흔들리고 있었다.

"제욱이한테 못 들었어?"

"그럴 여유가 있었어야지."

"잠깐 기다려 봐."

그녀가 사진첩을 가져와 뒤적이다 한 남자의 사진을 내밀었다. 낯익은 미소! 서양인의 뼈대를 갖춘 남자였지만 그 미소는 제욱의 것과 똑 닮아 있었다. 한새가 살짝 떨리는 눈으로 그의 모든 것을 훑었다.

"티미의 아빠야."

"설마!"

"응, 맞아. 신기하지?"

"어떻게 이런 일이? 티미 아빠는 뭐 하는 사람이야? 티미가 있다는 거 알아?"

"지금 뉴욕 구겐하임 미술관에 근무해. 티미가 태어난 거야 당연히 알지. 가끔 만나게 해주니까. 야, 그렇게 놀란 표정 짓지 마. 뭐, 내가 특별나게 뉴요커 흉내를 내는 건 아니고, 내가 결혼하기 싫어서 그렇게 된 거니까."

"너……."

"아직 제욱이를 사랑하냐고? 저번에 내가 얘기 안 했니? 제욱이는 그저 한때의 열풍이었어. 그 얘기는 다시는 꺼내기 싫다, 후후후. ……지금 나 티미 아빠 사랑해. 하지만 그 남자 애인 있어."

"뭐어? 왜 놓쳤어?"

"그 얘기 하려면 밤새워야 돼."

다시 찻잔이 채워지고 영주의 이야기가 이어졌다. 티미가 말로만 듣던 제욱의 이복동생이라니. 하아, 기묘한 인연이란 게 바로 이런 것일까? 한참 동안 영주의 슬픈 로맨스를 들은 한새는 자신의 처지와 별다른 바 없는 그녀의 처지에 작은 동질감을 느끼기 시작했다.

"이제 보니 너랑 나랑 비슷하네. 남자 한 번 잘못 만나서 이게 무슨 고생이니? 참네. 잠깐, 우리 둘이 이렇게 된 건 다 그 고제욱 때문이잖아? 이 나쁜 놈!"

"사랑받지 못한 게 죄지, 사랑을 주지 않은 사람은 죄 없다. 그거 몰라? 그리고 너랑 나랑 뭐가 비슷해? 난 우리 티미가 있는데. 너 나와 비슷하게 되려면 어서 이 악물고 병도 이기고 아이도 낳아야 해."

한새가 영주가 하고자 하는 말을 이해하고 고개를 끄덕여 주었다. 만약 무사히 아이를 낳는다면, 나도 그녀처럼 미혼모가 되는 건가? 아이를 낳고도 살 순 있을까? 영주가 그녀의 입술에 걸린 쓸쓸한 미소를 보았는지 재빠르게 말을 이으며 그녀의 눈치를 보았다.

"알아, 내가 네 상태가 어떤지도 모르고 지껄인 거. 오죽하면 제욱이가 수술을 해야 한다면서 괴로워했을까? 하지만 이 세상에 기적은 얼마든지 일어나잖아. 나도 우리 티미 낳을 때 어려운 고비 여러 번 넘겼어. 그래서 말인데, 너 미국에 가지 않을래? 내 예전 주치의가 여성암 쪽 권위자거든. 소개시켜 줄게."

"미국으로 당장 어떻게 가? 비자가 나올지도 의문이지만, 돈도 없어."

"그런가? 하긴 비자가 문제구나. 그럼 한국에 있는 그쪽 권위자를 얼른 알아봐야겠다. 여기저기 인맥을 통하면 문제없을 거야."

"그냥 한국에 있다간 제욱이한테 잡힐걸? 얼마 전에 미국에 친한 이모가 이민을 갔거든. 그래서 나도 미국으로 갈까 생각 안 한 건 아닌데, 그쪽도 어차피 제욱이와 연결된 곳이라 포기했어."

"들통나면 어때? 네가 네 아이 낳고, 암도 치료하겠다는 건데."

"솔직히 나, 조금 힘들대. 제욱이는 그게 견딜 수 없는 거야. 자기가 저지른 일인데…… 큭, 애를 가지고 일이라 표현하니 좀 그렇지만, 아무튼 그 자식 지금 자기혐오에 여러 가지 복잡한 죄책감에 빠져 있거든? 분명 어떻게든 날 찾아서 수술시키려 할 거야."

"수술할 마음은 없어?"

"아니. 그렇게 해도 100% 완치는 힘들다더라. 그럴 바엔 우리 아기랑 함께 싸우고 싶어.”

“그렇구나, 한국도 힘들고. 그럼 어쩌지?”

“우선 지방에 내려가서 한방 치료부터 받고, 그리고 다른 종합
병원 알아보려고. 그렇게 시간을 벌다가…….”

“야, 암도 힘든데 도망까지 다닌다고? 아서라, 아무리 고제욱이
무섭다 하지만. 보자, 어디 좋은 방법이 없을까? 우선 입국하는 데
비자가 필요없는…… 유럽? 아하, 맞다. 티미 아빠, 그러니까 히람
의 여동생이 프랑스에 살아.”

“어? 제욱이에게 또 다른 동생이 있어?”

“응. 그건 말 안 했구나? 아무튼 루이사가 의사거든. 프랑스 남
자랑 결혼해서 지금 파리에 살아. 거기는 어때?”

“글쎄.”

언뜻 생각해도 썩 좋은 생각은 아니다. 바로 스스로 제욱과의
인연을 끊어버린 마당에 그와 엉킨 다른 인연을 찾아 나서다니!

“제욱이 때문에 그래? 그놈은 지 이복동생들한테는 관심도 없
는 것 같던데 뭐.”

“아마 제욱 어머님이 마음고생 하시는 걸 오래 봐와서 그럴 거
야. 휴, 그런 걸 내가 다 아는데 어떻게 그래? 관두자.”

“그냥 편하게 내가 아는 사람이라고 생각하면 안 돼? 나도 네
도움이 되고 싶어.”

“이렇게 의논 상대가 되어주는 것만으로도 고마워. 정 안 되면
네 도움 청할게.”

한새가 가볍게 웃으며 그녀의 손을 토닥거려 주었다.

벌써 삼 일째. 제대로 잠도 못 자고, 먹지도 못한 제욱의 꼴은 엉망진창이었다. 윤택이 안절부절못하여 곁에서 난리를 쳤지만 그는 한순간이라도 잠시 한눈을 팔다간 그대로 미쳐 버릴 것 같다는 생각이 드는 통에 가만히 있지를 못했다. 거리에서 부딪치는 사람들이 모두 한새로 보였다. 이제 미움도, 분노도 남지 않은 그의 마음엔 오직 그녀에 대한 그리움뿐이었다. 만약 이대로 찾지 못하고 그녀가 어떻게라도 된다면? 그 공포에 잠시 눈을 붙이고 있다가도 하루에 몇 번씩 벌떡벌떡 몸을 일으키고 마는 제욱이었다.

"쯧쯧, 저게 사람이가 귀신이가?"

하루종일 돌아다니다가 힘겹게 약국 문을 열었을 때, 윤택의 찡그린 얼굴과 어쩔 줄 몰라 하는 지희가 눈에 들어왔다. 제욱이 의자에 힘겹게 쓰러지며 눈을 감았다.

"마, 마! 밥은 묵었나?"

제욱이 지희가 건네는 영양제 드링크의 뚜껑을 힘겹게 따고 벌컥벌컥 마시며 그에 대한 답을 무시해 버렸다.

"이 문디, 네 몸까지 상하면 내 우짜라고? 새, 그 못된 가스나도 시체로 나타나면 대체 몇 구의 시체를 치워야 되는 기고?"

"누가 시체로 나타난다는 거야!"

버럭 소리를 지르는 제욱의 목소리가 심하게 갈라져 나왔다.

"니 꼴을 봐라. 그렇게 악착같이 찾는다고 맘먹고 숨어버린 가스나가 찾아지겠나?"

"찾아, 찾아낼 거야!"

"니 허구한 날 그리 새야 몰아붙였제? 십 년이 넘게 숨겼던 마음을 풀어놓고 나더니, 이제 네 완전히 미치뿌따 아이가. 내 그게 늘 조마조마했다. 네 그 꽁꽁 숨겨놓은 마음 터지면 새야 가가 숨막혀 할 긴데 하고."

"네가 뭘 안다고!"

"기억 안 나나? 내 한새 좋아한다고 새야 가 집 앞에서 서성거릴 때, 내 멱살 잡고 네 뭐라켓노? 내 같은 허접이한테는 안 어울린다 켓다 아이가. 내 그때 상처 많이 받았데이. 그래도 내 네 눈에 비친 새야에 대한 마음 읽고 이해했다 아이가. 하지만 지금 니도 허접이다, 인마야."

지희가 두 사람의 상황이 심상치 않음에 뭔가 사 오겠다고 나가 버리자 이제 무거운 침묵이 두 사람을 감싸 안았다. 윤택이 물 한 컵을 마시며 진정을 하고, 이내 뭐가 생각났는지 빙그레 미소를 지으며 말을 꺼냈다.

"한새 가스나 처음에 전학 왔을 때, 내는 초등학생인 줄 알았다 아이가. 똘망똘망한 눈에다 뽀샤시한 얼굴, 무지 귀여웠제. 우리 반에서 미진이 가가 젤로 이쁘다고 딴 아들이 다 그래도, 낸 한새밖에 안 뵈더라. 그런데 담임이 맨 앞 내 옆에 앉으라 할 때는 싫다고 박박 우기드만, 맨 뒤 네 옆에 가 앉는 거 보고 내 짜리몽땅한 다리가 월매나 원망스러웠는지 아나? 그 가스나 새침 떨던 거 생각하모 아이고, 내사 마 청소 시간에 하도 열받아서 쥐새끼 한 마리 던져 뿌떠마 마침 옆에 있던 니한테 폭 안기뿌데. 크큭, 그때 네 얼굴 볼만했다 아이가. 엉엉 우는 아를 떼어뿌리지도 못하고 얼굴만 벌게 가지고⋯⋯.”

기억난다, 한새가 숨도 못 쉬도록 꽉 목을 감고 있어서 힘들었지만, 그 보드라운 감촉과 그녀에게서 나는 향기가 너무 좋아서 그대로 한참을 참고 있었던 거. 하지만 막 수줍게 솟아오른 봉우리가 그의 가슴을 짓누르는 통에 얼마나 난감했던가?

“그 자식, 내 옆에 앉고 싶어했던 게 아니라 맨 뒤에 앉는 게 소원이었단다. 그래서 녀석 교과서랑 참고서는 늘 걸상에 쌓여 있었지.”

“하하, 그랬나?”

두 남자가 서로를 마주 보며 나지막이 웃음을 터뜨렸다.

“니 만날 새야 가가 만나는 남자들 한 번씩 다 검사한다고 만나서 협박했던 거 내 모를 줄 알았나? 자슥, 자그마치 몇 년이고? 보자⋯⋯ 그라이까 십삼 년이가? 아무튼 그라는 느그 둘을 봄시로 내 언제 일이 터질까 그것만 기다렸는데 이 꼴이 뭐꼬?”

“내가 그렇게 한새를 힘들게 한 거냐?”

제욱이 미소를 지운 눈가에 억울함을 담고 윤택을 바라보았다.

“느그 둘 다 똑같다. 오랫동안 친구로 지내오면서 알 거 다 알다 보이, 서로를 너무 잘 아는 게 병이 됐다는 거 알면서 왜 묻노? 그리 잘 알면서도 막상 감정이 섞이면 바로 지금처럼 못 보는 게 하나 있다. 그 가스나가 외로워한다는 걸 누구보다 잘 아는 니가 사랑한다는 이유로 당장 그 가스나 병을 고치겠다꼬 먼저 혼자 수술을 결정해 뿐 거, 그거 보면 모르겠나? 한새 가가 만약 병이 낫는다 케도 그 다음엔 제대로 살 수 있다 생각하나? 니가 친구였다면 우선 새야 가 얘기를 들었을 기다. 그리고 이성적으로 생각을 해가, 가가 제일 다치지 않는 방법을 찾았겠지. 아이가? 욱아, 명심해라. 해님과 구름의 내기 얘기 네 알제? 지나가는 사람의 윗옷을 벗긴 건, 억수로 바람을 불어대던 구름이 아이라 방실방실 웃는 해님이었다."

사랑해서! 하아. 그래, 사랑해서 그랬다. 제욱이 고개를 떨어뜨렸다. 비참하게도 그가 지금 당장 찾은 변명거리는 자신이 제일 싫어하는 '사랑하기에' 였다. 하지만 윤택이 모르는 것 중에 하나가 두 사람이 서로의 사랑을 확인한 후 발전된 관계가 아니라, 무턱대고 자신의 욕심에 맞추다가 아이를 가질 계획을 세웠으며 그 이기심 때문에 지금 한새가 고통을 받고 있다는 것이다.

"아무래도 좋아. 어서 찾아야 해. 어떻게든 찾을 거다."

"내 고향 친구 중에 경찰 된 아가 있어 알아봤는데 가족이 아니면 가출, 실종신고 뭐 이런 것도 못한다 카드라. 닌 새야 가한테 지금 친구도 뭐도 아이다. 그러니까는……."

가족! 쩍 갈라진 심장이 욱신 쓰려왔다. 한새와 자신이 아무리 가족같이 느끼고 있었다지만, 윤택의 말처럼 엄연한 타인이었다. 결혼이 아니라면 영영 남인 채 살아야 하는 것이다. 결혼, 결혼이라!

"혼인신고 하면 며칠 걸리지?"

"와? 지금 이제 와서 새야랑 혼인신고까지 할라고? 문디, 혹시 미친 거 아이가? 네 지금까지 내 얘기 뭐로 들었나? 그렇게 하면

새야 가가 고맙다고 니한테 뛰어올 줄 아나?"

"그 방법밖에 없잖아. 한새는 가족이 없어. 먼 친척이 있기는 한 것 같은데, 그쪽하고는 연결할 방법이 없고. 하루라도 빨리 찾아 내야 해!"

"니 진짜 가 사랑하나? 그거 지나친 집착 아이가? 가도 성인이다. 아무려면 그 가스나가 그냥 쓰러져서 죽을 거 같나? 문디 새끼! 정신 차리라, 마!"

"집착이라도 좋아. 찾기만 하면 돼. 아니면, 아니면 내가 죽어!"

거칠게 소리치고 머리를 쥐어뜯는 제욱을 보며 윤택이 입을 딱 벌린 채 아무 소리도 하지 못했다. 그저 안타깝게 가슴을 쳐댈 뿐.

영주의 도움으로 대전한방병원에 입원을 한 한새는 본격적인 치료에 들어가면서 이제 완전히 그녀에게 의존을 할 수밖에 없었다. 휴대전화를 새로 사고 우선은 그녀에게 경제적인 도움을 받기로 했다. 그리고 제욱이 포기를 할 때쯤, 몰래 약국을 처분해서 치료 비용을 마련할 작정이었다. 하루에도 몇 번씩 울고 싶었지만 아직까지는 견딜 만했다. 머리에 복잡한 생각들이 얽히고 제욱에 대한 그리움까지 일어나 피가 바짝 말라들 것 같은 순간에는 우선 아이를 떠올렸다. 죽음에 대한 공포를 떠올릴 때면 신과 아이에게 자신이 저지른 터무니없는 죄를 갚을 때까지만이라도 힘을 달라는 기도를 올렸다. 자신이 생각하기에도 기특하게 침착한 이성이 그녀를 지탱해 주고 있었다. 혹시나 자신이 잘못되었을 경우, 혼자 아이를 낳아서 키울 경우, 그 모든 가능성을 생각해 꼼꼼히 메모를 하는 습관까지 생겼으니 말이다.

"뭐 해?"

노트북을 껴안고 이것저것 생각에 잠겨 있는 차에 갑자기 문이 열리며 영주가 들어오자 한새가 빙긋이 웃어 보였다.

"그냥. 그나저나 연락도 없이 웬일이야?"

"대전에 볼일이 있어서. 넌 어때? 괜찮아?"

"응, 아직까지는. 약 먹는 거하고 침 맞는 게 좀 힘들어도 견딜 만해."

"그래, 다행이다. 그런데 한새야, 이거……."

"이게 뭐야?"

"저번에 내 여권 갱신하면서 네 것도 신청해 주겠다고 했잖아. 그런데 이것 좀 봐. 주민등록등본."

한새가 영주가 내민 주민등록등본을 보고 깜짝 놀라고 말았다.

"인터넷으로 신청한 것이 오늘 왔는데, 글쎄……."

남편 고제욱? 이게 어떻게 된 일이란 말인가? 혼인신고 날짜는 바로 오 일 전이었다.

"지희 말에 의하면 제욱이가 거의 반 미쳐 있다고 하더라고. 경찰에 네 실종 신고하려다 가족밖에 안 된다고 하니까 혼자서 일을 저지른 것 같아."

"이럴 수도 있어?"

"그런가 봐. 아무래도 제욱이한테 연락해야 하는 거 아닐까?"

서류에서 눈을 떼지 못하는 한새 옆에서 영주가 안절부절못하는 동안, 그녀는 피가 배어나오도록 입술을 꽉 깨물고 온몸을 부들부들 떨 뿐이었다. 고제욱, 너 미쳤구나!

　제욱이 떨리는 손으로 메일함의 수신자 이름 장한새를 누르고 화면을 노려보았다. 그녀에게 어떻게든 알려야겠다고 생각했는데, 벌써 알아차린 모양이다.

　〈고제욱! 다 끝난 사이에 혼인신고라니. 하루 빨리 정정을 해놓지 않으면 혼인무효소송을 걸겠어.〉

　딱 두 줄이었다. 혹시라도 그녀가 안다면 펄펄 뛰면서 전화를 할 것이라고 생각했지, 이렇게 사무적인 내용의 메일은 생각지도 못했다. 제욱이 그동안 그녀의 은행 거래 내역을 살펴보았지만 아무 흔적이 없는 것에 초조해하고 있었다. 카드라도 쓴 것이 있으면 어디에서 썼는지, 무엇을 했는지 나올 텐데 그녀는 용의주도하게 카드조차 쓰지 않고 있으니 답답해 미칠 지경이었다. 게다가 휴대전화는 이미 정지된 후였다. 혹시나 크게 일을 당한 건 아닌지 초조했는데, 두 줄의 메일이 그를 잠시 안도케 했다. 그래도 아직 팔팔한가 보네, 이렇게 메일을 보낼 수도 있고. 아니, 다른 누군가를 시킨 것일까? 제욱의 머리에 그녀를 도울 만한 사람 리스트를 떠올렸다. 맨 마지막에 영주와 경표를 떠올리긴 했지만, 그가 곧 고개를 가로젓고 말았다. 지희가 영주를 여러 차례 떠보았지만 별로 이상한 점을 발견하지 못했다고 했다. 그리고 바로 얼마 전, 모든 자존심을 접고 이경표에게 도움을 청했을 때,

그는 화를 내며 자신의 멱살을 잡기까지 했다. 제욱이 이제 지푸라기라도 잡는 심정으로 그녀의 메일 아이디를 가지고 로그인을 시도했다.

왜 그가 찾아줄 거라고 기대를 하지 않았겠는가? 겉으로 멀쩡한 척했지만, 하루종일 치료로 몸이 지치고 혼자 남는 밤이 되면 어김없이 제욱을 떠올렸고 스스로 번호를 바꿔 버린 주제에 꼭 휴대전화를 껴안고 잠이 드는 그녀였다. 그런데 혼인신고라니! 그녀가 아는 사람 중에 제일 이성적이라고 생각했던 제욱이 벌인 짓 중에 최악의 일이었다. 맨 처음 그 사실을 알고 화가 나 방방 뛰며 전화를 할까도 한참 고민했었지만 목소리를 듣게 되면 그에게 설득당해 찾아와 달라고 울어버릴까 봐 억지로 참아내고 메일만 보내야 했다. 그리고 지금 그가 보낸 답장의 메일을 보고 심각한 고민에 빠져 버렸다. 열어봐도 후회, 안 열어봐도 후회할 것 같은 아이러니가 그녀를 못살게 굴었다. 이제 떨어져 있으니 희미해져도 될 제욱을 향한 더듬이가 바짝 긴장을 하며 일어섰다. 이윽고 심호흡을 한 한새가 조심스럽게 마우스를 쥔 오른손 검지에 힘을 주었다.

〈사람들은 내게 미쳤다고 한다. 나도 그렇다고 생각하지만 난 여기서 멈출 수 없다. 만약 이대로 널 포기한다면 십상 년이 넘게 친구로 지내온 시간보다 더 오래 후회하면서 살 것 같거든. 너를 오래오래 곁에 두고 싶다는 욕심에 친구라는 관계를 고집하다 결국 남자로

서의 욕망에 져버려 너에게 돌이킬 수 없는 상처를 주고 만 내 행동은 비겁했다. 그리고 억지로 가족이라는 끈으로 널 묶어놓으려 한 것도 나의 절대적인 이기심이었다는 걸 인정한다. 하지만 난 내 이 모든 결정을 후회하지 않는다.

단, 내 감정에 치우쳐 너의 마음을 헤아리지 못한 것, 그래서 절실히 가족을 원하는 네게 무조건 내 옆에만 있으라고 강요하며 너의 모성애까지 무시했던 것은 내가 잘못했다. 그 벌은 얼마든지 받을 테니, 돌아와라. 널 세상 누구보다, 내 자신보다 더 아낀다는 말을 믿는다면 네 자리로 돌아와. 그럼 두고두고 네 옆에서 너에 대한 내 마음을 다 보여줄게. 기다린다, 장한새.〉

실망감과 서운함이 밀려온다. 그건 사랑한다는 말을 듣지 못해서도 아니요, 그의 절절한 마음을 느끼지 못해서도 아니었다. 오히려 담담하고 강한 그의 문체에서 한새는 아직 어린애마냥 떼쓰고 있는 제욱이 느껴져 속이 다 아릴 지경이었다. 아직 가족이라는 그 본질적인 의미를 깨닫지 못하고 있는 데다가 자신의 마음을 확실히 인지하고 있는 반면 그녀의 마음은 아직 다 이해하지 못했다는 것에 화가 났다. 그에겐 가족이 있다. 제연뿐만 아니라, 아버지와 두 이복동생. 그 가족은 대체 뭐란 말인가? 한새는 그에게 진짜 가족을 찾아주고 싶다는 생각이 들었다. 확실히 그건 무리일지도 모른다. 자신의 상태도 그렇고 이미 그를 포기하고 돌아선 마당에 그의 가족까지 걱정하는 것은 오버다. 하지만 사　　람이 완전한 포기를 할 수 있다면 이 세상에 마음 편하지 않은 사람이 누가 있겠는가? 제욱을 사랑하는 마음이 죽을 때까지 지울 수 없는 것이라면, 죽기 전에 깨닫게는 해주리라. 한새가 눈물을 훔치고 조용히 눈을 감았다.

"아가야, 너도 바라는 거지? 엄마에게 힘을 줘."

머리를 쥐어뜯으며 컴퓨터 앞에 앉아 있는 제욱의 얼굴에 거친 수염이 가득 뒤덮여 있었다. 한새가 사라진 지 벌써 삼 주가 지났다. 처음 메일의 답도 아직 돌아오지 않는 상태에다가 여기저기 아는 사람들을 총동원해 찾고 있지만 도통 실마리를 잡을 수 없자, 이제 그는 거의 미치기 일보 직전이었다. 바짝 마른 몸과 충혈된 눈이 보는 이로 하여금 섬뜩하게 만드는 바람에 주위 사람들이 걱정을 하며 그를 만류해 보지만 그는 멈추지 않았다. 만약 이대로 멈춰 버린다면 정말 그녀가 떠났다는 것을 인정하고 마는 것이기 때문이다.

"무조건 살아만 있어. 더 아파도 안 돼."

모니터를 바라보며 중얼거리는 탁한 그의 목소리가 음산하게 허공에 울려 퍼졌다. 아직 알아내지 못한 한새의 메일 비밀번호. 사이버 수사대에 의뢰를 했지만 그 과정이 복잡하고 까다로워 의뢰를 철회해야 했다. 대신 그는 자신이 알고 있는 한새에 대한 모든 정보를 동원해 이렇게 조금 시간이 남는다 싶으면 컴퓨터에 앉아 있곤 했다. 지금 그가 하고 있는 짓이 자신을 더욱 미친놈처럼 보이게 한다는 것을 알고 있었지만, 제욱은 이렇게밖에 할 수 없는 자신의 마음이 조금이라도 그녀에게 다가서길 바랄 뿐이었다.

"고제욱, 잘한다. 아직도 그러고 있니?"

늦은 밤, 갑자기 약국 문이 열리고 들리는 소음에 고개를 들었을 때, 뜻밖에도 영주가 들어서고 있었다.

"이참에 아예 유서까지 쓰지 그래?"

제욱이 두 손으로 마른세수를 하고 구긴 얼굴을 풀어보려 애를 썼지만 쉽지 않았다. 지금 이 순간 제일 보고 싶지 않은 사람이 있다면 바로 그녀였다.

"무슨 일이냐?"

"할 말이 있어."

영주가 그의 심정을 알았는지 단도직입적으로 입을 열었다. 제욱이 그녀의 시선을 피하며 냉장고에서 드링크제를 꺼내 건네주고 계속하라는 손짓을 해 보였다.

"한새는 잘 있어."

띵! 누군가 커다란 망치를 뒤통수에 내려친 듯 머리가 아득해졌다. 입 안 가득 머금었던 액체가 흘러내리며 그의 앞섶을 적셨다.

"뭐? 다시 말해봐."

“한새 잘 있다고.”

한새! 뭐? 사람 피 말리게 해놓고 잘 있다고? 제욱이 거칠게 일어나 드링크 병을 집어 던지며 다짜고짜 소리쳤다.

“빌어먹을! 그럼 넌 알고 있었단 말이야? 아하, 이게…… 그래, 내가 미쳐 날뛰는 동안 입을 쭉 다물고 있었다니! 이것도 네 복수냐? 어디 있어? 장한새 어디다 숨겼어!”

“진정해. 그렇게밖에 생각을 못해? 한새가 원한 일이야. 나도 웬만큼 한새에게 책임감이 들어서 걔 말대로 해준 거고.”

잔뜩 흥분한 자신과 달리 차분하게 드링크 병을 매만지는 영주의 모습을 그가 어이없는 표정으로 바라보았다.

“씨발, 다 필요없어. 어디야? 앞장서! 아니다, 어디 있는지만 말해!”

“지금 찾아가 봤자 한새는 없을 거야. 내가 여기 올 줄 알고 있으니 벌써 사라졌겠지.”

“그럼 대체 넌 여길 왜 온 거야? 젠장, 그 자식 내 생각은 조금도 안 한다냐? 내가 지금 얼마나…….”

“지금 네 꼴을 보니까 정말 말해주기 싫다. 왜 한새가 그 몸으로 나한테까지 와서 도와달라고 한지 알겠어. 너 굉장히 이기적인 거 알지? 너만 소중해? 지금 한새가 어떤 상황일지 생각은 해봤니?”

영주의 거친 외침에 그가 무너지듯 쓰러져 머리를 감싸 안았다. 한새가 영주를 찾아갈 때의 심정이 느껴져 가슴이 심하게 들썩거렸다.

“알다시피 나 제정신 아니다. 알려줘. 한새…… 한새 어떻게 지내냐?"

가까스로 정신을 차린 제욱이 영주를 바라보며 중얼거렸다. 쥐어짜는 그의 목소리와 초점을 잃은 눈동자에 영주가 애써 흥분을 가라앉히고 말을 고르는 게 보였다.

"대전한방병원에서 치료 받고 있어. 현재 암의 진전과 전이를 막는 치료를 받고 있는데, 한방이라도 그 한약이며 침, 뜸 등이 무척 독할 텐데 아직까지는 잘 견디는 편이야."

"고맙다."

"너한테 고맙다는 얘기 들으려고 한 거 아냐. 아무튼 그 치료에도 이제 한계가 보이는 것 같아. 그래서 생각한 건데, 한새의 치료를 위해 조금 멀리 보내려고 해."

"뭐? 어딜?"

"미국으로 보내고 싶지만 비자 받는 것도 그렇고, 내가 아는 의사가 있는 프랑스로 보내려고."

"프랑스? 미쳤어? 왜 하필 프랑스야? 혼자서 말도 안 통하는데 그 먼 데 가서 어떻게 하려고!"

"한새가 동의한 거야. 내 아주 친한 친구가 의사인데, 남편이 프랑스에서 꽤 유명한 산부의과 전문의거든? 한새의 상태를 메일로 보내서 알아봤는데, 그런 경우를 치료해 봤다고 하더라고. 게다가 그 사람은 수술보다 아이와 산모 둘 다 살릴 수 있는 치료를 해보겠다는 꽤 호의적인 대답을 주었어. 그런데 나 역시 한새 혼자 보내는 게 마음에 걸려. 그래서 한새가 난리칠 것을 알면서도 너와 상의하러 온 거야."

"왜 그렇게 멀리 가려는 건데? 혹시 나 때문에 그러냐? 그렇다면 차라리 내가 없어져 줄게. 그럼 마음 편하게 한국에서 치료를 받을 수 있는 거지? 나도 유명한 산부인과 박사들은 다 만나봤어. 아주 가능성이 없는 건 아니라고 하더라. 이영주, 네가 한새를 설득해 주면 안 되겠냐? 어떻게든……."

"실은 한새 이틀 후에 떠나."

"뭐?"

"한새 스스로 떠나길 원해서 결정한 거야. 그러니까 내가 너와 상의하고 싶은 건 혼자서 떠나야 하는 한새를 이제 어떻게 도와줘야 하는가에 대해서고. 그런데 너 진짜 한새 앞에서 없어져 줄 용기는 있는 거야? 그런 애가 덜컥 혼인신고를 하니?"

제욱의 고개가 힘없이 바닥을 향해 떨어졌다. 한새가 떠난다. 더 이상 자신과 같은 하늘을 지고 치료를 할 생각이 없어 스스로 떠나는 것을 결정했다고 한다.

"아니, 못해. 자신없다. 그래, 혼인신고 해버린 건 내 이기심이었어. 무조건 빨리 찾아야 한다는 생각에 잔머리를 굴린 거지. 하지만 더 큰 이유는…… 마, 만약 만에 하나 그 녀석이 잘못됐을 경우, 더 이상 이 세상에 한새를 기억할 가족이 아무도 없다는 것이 날 미치게 만들었다. 그 자식이 간절히 아이를 원하는 이유 중의 하나도 바로 그거였거든. 다른 사람들의 기억에서 점점 희미해지는 자신의 존재를 깨우쳐 줄 핏줄, 가족. ……안다. 어떻게 감히 그런 불길한 생각을 할 수 있는지 나도 내가 용서가 안 되고 말도 안 되는 거 알아. 그런데…… 그, 그렇게 내 이름 옆에 붙여놓으면 내 곁에 살았던 흔적이라도 남게 되잖아. 내가 살아 있는 동안은 적어도 모두 나와 한새를 함께 기억할 테니……."

더 이상 말을 잇지 못하는 제욱의 목소리 가득 물기가 배어나왔다. 고개 숙인 그를 안타깝게 바라보던 영주가 짜증난다는 듯이 중얼거렸지만 그녀의 목소리 역시 작게 흔들리고 있었다.

"너희들 둘 다 구제 불능이다. 이제 나도 몰라. 네가 공항에서 한새를 잡든지, 아니면……."

어떻게 집으로 돌아왔는지 기억이 없다. 영주의 이야기를 듣고 그대로 대전으로 뛰어가야 한다고 생각했지만, 그럴 수 없었던 이유는 바로 마지막에 영주가 남긴 이야기 때문이었다.

"한새는 그런 네 생각을 다 꿰뚫고 있는 것 같더라. 맨 처음 불같이 화를 냈지만, 지금 그냥 참고 있는 이유도 아마 그 때문일 거야. 그런 그 기집애 마음은 어떻겠니? 너에게 어쩌면 평생 슬픈 기억으로 남을지도 모른다는 걸 스스로 깨우치고 있는 개 마음은 어떻겠냐고! 그래서 더 악착같이 어떻게든 살겠다고 버텨내는 그 마음을. 하아, 정말 미치겠네. ……네가 아무리 힘들다고 하지만, 그건 한새의 백 분의 일도 안 돼. 그걸 이해한다면 한새를 존중해 줘. 그런 한새를 위해 어떻게 해야 할지 잘 생각해 봐."

살아 있는 것만으로 감사하며 그녀가 돌아오기를 기다려야 하는지, 아니면 자신의 마음이 부추기는 대로 달려가야 하는지 대체 어느 것이 그녀가 원하는 것인지 판단이 서지 않았다. 무기력증이 밀려왔다. 제욱은 달랑거리는 심장과 어질어질한 머리를 붙잡고 거실 소파에 쓰러졌다.

"바, 밥은?"

그의 머리 위에서 걱정이 가득한 제연의 목소리가 들렸다. 제욱이 작은 손짓으로 대답을 하고 다시 고개를 처박았다.

"바, 밥은 먹어야지. 너, 너 이러고 있는 거 새가 알면……."

"누나."

"으응?"

"한새가 없어도 배가 고프고 졸려. 힘들어서 죽을 것 같은데 화장실도 가게 되고 목이 말라서 물을 찾게 되더라. 이런 내가 무섭다. 그 자식은 어디서 어떻게 됐는지도 모르는데, 이렇게라도 살려고 몸부림치는 내 본능이 싫어 죽겠어."

눈가를 가린 그의 손 밑으로 한줄기 눈물이 흘러내렸다. 제욱이 점점 더 크게 가슴을 들썩이자 곁에서 짙은 한숨을 내뱉던 제연이 안타깝게 중얼거린다.

"한새 잘 있대."

헉! 대체 이건 또 무슨 얘기야? 제욱이 벌떡 일어나 엉망이 된 얼굴로 제연의 휠체어를 잡고 다그치기 시작했다.

"뭐? 누나랑도 연락이 된 거야?"

"응, 메일로."

"왜 진작 나한테 말 안 했어! 지금 걔가 정상도 아니고. 아! 왜들 나한테만 이러는 거야! 젠장, 누나도, 이영주도……."

"새가 무슨 심정인지 아, 아니까."

제연이 울먹이며 그의 팔을 잡아당겼다. 제욱이 멍한 표정으로 무릎을 꿇고 허공을 바라보았다.

"아픈 새지만…… 씩씩하게 견뎌내고 잘 날아오를 거야. ……난 믿어. 넌 못 믿어? ……보내줘. 자알, 잘 날아가게."

"안 돼. 그렇게 못해!"

"사랑하면 그, 그 정도는 해줘야지."

"누나도 빌어먹을 사랑 타령이야? 사랑? 대체 그게 뭔데? 사랑하니까 떠난다, 그런 거 아주 신물이 나! 누나, 기억 안 나? 아버지도 그랬어, 엄마도 그랬고. 그런데 이젠 나까지……."

제연이 소파를 탁탁 치며 흥분하는 제욱 앞으로 뭔가를 내밀었다.

"이건 어, 엄마의 유품에서 발견한 거야. 봐."

작은 상자에 가득 차 있는 것은 편지들이었다.

"엄마는 아빠를 사랑했어. 하, 하지만 말을 하지 못했지. ……편지야. 엄마가 부치지 못한 편지."

그가 잠시 그 편지 뭉텅이를 바라보다가 떨리는 손으로 제일 앞의 것을 펴 들었다. 날짜로 보아 그건 사고가 나기 전 아버지와 이혼 문제로 다투던 때 쓰인 편지 같았다.

〈……당신이 원하는 대로 보내 드리고 싶지만, 전 그럴 수 없어요. 왜냐하면 나 역시 당신을 사랑하니까. 사랑하니까 기다릴 수 있습니다.〉

내용도 낯설었고, 오랜만에 보는 어머니의 필체도 그의 가슴을 먹먹하게 만들었다. 어머니나 아버지 두 사람 모두 똑같은 마음이었지만, 늘 다른 쪽을 보는 척하고 있었다는 것을 이제야 알아챌 수 있었다. 그럴 수밖에 없었던 이유는 아마 서로에게 마음을 펴보일 수 없도록 어긋난 타이밍 때문이리라. 그는 그런 부모님의 모습에서 한 치 다를 게 없는 자신과 한새의 모습을 보았다. 사랑하니까 떠나 버린 아버지는 이제 한새의 모습으로, 사랑하므로 기다렸던 어머니는 자신의 모습으로. 전혀 다른 면이 이어져 있는 뫼비우스 띠가 꽁꽁 온몸을 휘감는 느낌이다.

"내가 잘한 건, 너와 제연이를 낳은 거야."

이제 어머니가 남긴 마지막 한마디가 그의 머리 속에 가득 차올랐다. 어머니가 왜 그런 얘기를 했는지 완벽하게 이해가 된다. 한새가 왜 자신을 두고 아이를 택했는지 납득이 가기 시작한다.

제욱이 막 책상 위에 놓인 노트북을 닫으려 할 때였다. 책상 구석에 먼지를 뒤집어쓰고 있는 유리구슬이 눈에 들어왔다. 언젠가 그가 프랑스로 출장 갔다가 사다 준 유리구슬로 흔들다가 가만히 손에 올려놓으면 몽블랑 산에 눈이 흩날리는 모습을 한 구슬이었다.

"우와, 멋지다. 다음에 신혼여행은 샤모니로 갈 거야."

이걸 처음 보았을 때 한새의 말을 떠올린 제욱이 무엇인가 감이 잡힌 듯 허겁지겁 한새의 메일 비밀번호 찾기를 눌렀다.

'제일 가고 싶은 곳, 샤모니!'

열려라, 참깨! 드디어 열릴 것 같지 않던 한새의 메일함이 열렸다. 제연과 영주와 나눈 메일들과 달리 역시나 자신의 메일은 건드리지 않은 채다. 하지만 서운함을 느끼는 것도 잠시, 다른 메일들에서 희망을 잃지 않으려는 그녀의 태도와 그동안 어떤 마음으로 암과 싸우고 있는지를 읽어내고는 시큰해 오는 코를 비틀어 쥐었다. 그를 난감하게 만든 것은 그뿐이 아니었다. 최근에 등록한 미혼모의 카페에 남긴 글에는 자신의 아픔을 숨긴 채, 다른 사람들에게 희망을 주고자 노력하는 그녀의 글들이 빼곡히 올라와 있었기 때문이다.

맨 처음 한새가 프랑스로 가고 싶다고 했을 때, 잠시 기뻐하는 모습을 보이던 영주가 그녀의 의중을 읽고는 팔팔 뛰기 시작했다.

"갑자기 생각을 바꾼 이유가 뭐야? 혹시 제욱이 때문이야? 그런 이유라면 난 반대야. 그렇게 힘들게 그놈을 떠나왔으면서, 왜 이제 와서……."

"나도 몰라. 우습게도 그냥 그게 꼭 내가 마지막 해야 할 일이라는 생각이 들어."

"미쳤어, 너! 네가 무슨 비련의 여주인공이니? 치료도 힘든데 그 와중에 그놈까지 챙겨야겠어? 걔? 지금 저래도 금방 멀쩡해져. 아픈 건 그 자식이 아니라 바로 너라고!"

"난 표가 나게 아프지. 하지만 그 녀석은 자신이 아픈 줄도 몰라. 외로운 줄도 모른다고. 그 녀석 차 사고가 났을 때 처음 외롭다는 소리를 하더라. 그만큼 무딘 녀석이야."

"난 정말 이해가 안 된다."

"이 마음이 십 년 넘게 그 녀석 옆에 친구로 있게 했어. 나만 녀석의 그런 면을 알고 있으니까 나라도 오래 지켜줘야지 했는데, 이젠 더 이상 친구도 아니고 또 앞으로 내가 어떻게 될지 모르니…… 자꾸 마지막이라고 해서 미안한데 이제 내가 그 녀석에겐 해줄 수 있는 게 이것밖에 없는 것 같아. 진짜 가족을 찾아주고 싶어. 그리고 혹시 내가 프랑스에 가서 몸까지 나을 수 있다면 이거야말로 꿩 먹고 알 먹고 하는 거잖아."

힘들게 그를 떠났다. 하지만 몸이 떠났다고 해서 금방 마음까지 어찌할 수 있는 건 아니었다. 한새는 흐르는 마음을 다시 억지로 막으려 하지 않았다. '만약'에 대한 수많은 경우를 생각해 놓은 것 중에 제욱을 우선으로 꼽았다. 그리고 어렵게 영주를 설득해 그의 마음을 떠보게 만들었다. 하지만 제욱은 공항에 나오지 않았다. 그렇다고 거기서 실망을 할 한새가 아니었다.

꼼꼼하게 챙겨준 영주의 도움으로, 그리고 부푼 희망 덕에 한새는 생각보다 편안한 여행 끝에 파리에 도착할 수 있었다. 파리에서 그녀를 기다린 것은 한국인 아르바이트 간병인인 연미 씨와 히람, 그의 동생 루이사와 루이사의 프랑스 남편이었는데 그들은 왜 굳이 그녀가 파리까지 와 치료하려는지는 묻지 않고 반갑게 맞아주었다. 아마 영주가 미리 손을 썼으리라.

〈내가 욱과 닮았나요?〉

히람을 보는 순간 한새는 가슴이 떨려 죽는 줄 알았다. 실제로 보니 그는 제욱과 더 많이 닮아 있었다. 그를 보는 순간 제욱에 대한 그리움이 목 한가득 차 오르는 바람에 말 대신 간신히 고개를 끄덕인 그녀였다.

〈꼭 나아서 그를 소개시켜 줘요.〉

그의 따뜻한 미소에 또 열심히 고개를 끄덕이기만 하자 곁에 있는 간병인이 혹시 반한 거 아니냐며 놀려댔다. 낯선 곳에서 제욱의 닮은 미소를 볼 수 있다는 것에 한새는 모든 두려움이 말끔이 사라지는 것을 느꼈다.

'이제 그도 올 거예요.'

한새가 그들의 뒤를 따르며 아련한 기억 속 제욱의 장난스러운 미소를 떠올렸다.

한새가 입원한 파리 중심가에 위치한 병원 앞에서 제욱이 복잡한 심정으로 담배를 물고 있었다. 그녀가 떠나자마자 영주의 도움을 받아 간신히 여기까지 오긴 했지만, 막상 그녀를 볼 수 있다고 생각하니 발이 선뜻 움직여 주지 않는다. 한 달 만에 만나는 그녀의 모습이 어떨지, 아프진 않은지 안부가 궁금하면서도 또 다른 두려움이 울컥 솟아오르며 그를 떨게 만들었다.

'너무 아파서 원망하다가 나 같은 건 보기 싫다고 하는 건 아닐까? 먼저 뭐라고 한다? 네가 뛰어봤자 벼룩이다. 그런데 멀리도 뛰었네. 아, 이게 아니지……'

설레기도 하고, 화가 나기도 하고 과연 그녀 앞에서 어떻게 행동해야 할지 상상만 하는 것만으로 땀이 삐질 배어나왔다. 우선 눈으로 괜찮은지 확인하자. 절대로 약한 모습은 보여주지 말자.

제욱이 다 타버린 꽁초를 짓이기고 깊게 심호흡을 한 후, 천천히 발걸음을 옮기기 시작했다. 한 발자국 내디딜 때마다 그의 심장이 함께 출렁이며 정신을 아득하게 만든다.

친절한 간호원들의 안내에 따라 막 한새의 병실에 다다랐을 때, 그녀의 병실 문 앞에서 간병인으로 보이는 여자와 얘기를 나누고 있는 한 남자를 보고 제욱의 몸이 석고상처럼 굳어졌다. 그 남자는……! 얼굴을 보자마자 그가 누구인지 알 수 있었다. 이게 어떻게 된 거야? 왜 저놈이 여기 있는 거지? 너무 놀라 차마 가까이 다가가지 못한 채 멍청히 바라만 보고 있을 때, 갑자기 그가 몸을 돌리는 것을 보고 제욱이 허둥지둥 병원을 빠져나왔다. 그리고 근처 벤치에 앉아 혼란스러운 기분을 추스르려 애를 썼다. 한새에 대한 걱정으로 머리가 폭발하기 일보 직전이건만 몸이 움직이지 않는다. 이것도 이영주 네 짓이냐? 제욱이 더 이상 안 되겠다 싶은 마음에 공중전화를 찾아 떨리는 손으로 꾹꾹 번호를 찍어댔다.

[아까 전화하고 또 웬일이야?]

"설명해. 왜 그 자식이 한새 병실에 있어? 너 무슨 짓을 한 거야!"

[뭐라는 거니? 누구?]

"누구긴? 몰라서 물어? 그, 그 네 아들의 생부라는 자 말이야!"

[아, 히람? 내가 혼자서 어떻게 한새를 프랑스로 보냈겠어? 히람의 도움이 필요했고 그 사람은 친구로서 도와준 거야. 프랑스 출장이 있다고 하더니 벌써 갔나 보네.]

아무렇지도 않은 그녀의 말투에 그가 잠시 할 말을 잊었다.

"무슨 꿍꿍이냐?"

[지금 내가 무슨 꿍꿍이를 꾸밀 처지로 보여? 난 단지 한새를 도왔을 뿐이야.]

"그럼 출장 온 사람이 왜 한새를 만나는 건데?"

[한새가 내 친구라고 하니까 문병을 갔나 보지.]

빌어먹을! 혼란스럽게 전화를 끊는 제욱은 영주가 히람 어쩌고 저쩌고 하는 말을 듣지 못했다. 그저 세차게 전화기를 끊으며 화풀이를 해댈 뿐이었다.

제욱이 왔다는 얘기를 들었는데 보이지 않으니 한새의 초조함이 극에 달해 있었다.

"히람이 자신 때문에 못 오는 거 아니냐고 걱정해요."

곁에서 히람이 우울하게 내려다보고, 간병인이 통역을 해주자 그녀가 작게 고개를 저어 보였다.

"정말 장하대요. 이름 뜻처럼 장한새래요. 아까 레이저 시술할 때 많이 아팠을 텐데 잘 견뎌줘서 고맙대요."

이번 통역은 루이사의 얘기다. 그녀가 힘겹게 웃어 보였다. 생각보다 치료는 힘들었다. 특히 레이저 시술을 받을 때—마취를 하지 못하는 관계로 그녀가 견딜 수 있는 만큼씩만 암을 레이저로 죽인다고 한다—아무리 소리를 질러도 고통이 사그라지기는커녕 가끔 기절하는 적도 있었다. 그렇게 견디고 나면 머리는 깨끗한 백지장이 되었다. 하지만 지금은 부풀어 오를 대로 부풀어 오른 불안함과 기대감 때문에 거의 통증도 느껴지지 않았다.

똑똑.

잠시 후, 노크 소리가 들리고 한 남자가 병실 문을 열고 들어왔다. 한새가 놀란 눈으로 그를 바라보았다.

"잘 지냈냐?"

그가 곧장 침대로 다가와 그녀를 내려다보았다. 한새가 터질 듯한 심장을 붙들고 간신히 고개를 끄덕여 보였다.

"오랜만이네."

그녀의 목소리가 담담하고 차가웠다.

"이십팔 일 만이다."

제욱이 군대에 갔을 때 빼고 두 사람이 이렇게 오래 떨어져 있은 적이 없었다. 잔뜩 기대한 상봉은 한새의 떨떠름한 표정과 곁에 있는 사람들로 인해 다소 밋밋해져 있었다. 뭘 바랐던 걸까? 반가운 눈물을 흘리며 자신의 품에 안기는 것? 다소 실망한 제욱이 그녀를 훑어보았다. 마치 사내아이처럼 짧게 자른 머리와 한층 말라 있는 그녀가 눈에 아프게 박힌다.

"그런가?"

"보고 싶었어."

"아 참 소개해 줘요, 연미 씨. 여긴 고제욱 씨. 여기는 내 친구 히람과 루이사."

자신을 무시해 버리는 한새의 태도에 제욱이 미간을 구겼다. 그렇지 않아도 신경이 쓰이는 히람의 존재를 이번엔 그가 무시해 버리고 고개도 돌리지 않았다. 덕분에 남아 있는 사람들만 어쩔 줄 모르고 두 사람의 눈치를 보기 시작했다.

"나 기다렸냐?"

"아니. 이젠 아무 사이도 아닌데, 내가 왜 기다려?"

"……!!"

"참, 혼인신고는 만약 아이를 낳고 내가 어떻게 되면, 아무래도 네가 키워야 할 것 같아 좀 절차를 쉽게 하려고 참고 있는 것뿐이야."

"뭐? 하아, 지금 무슨 소리를 하는 거야? 말 다 했어? 어떻게 되다니?"

"사람 일은 알 수 없는 거잖아. 그건 그렇고 그것도 못해주겠다는 거야?"

"그 말이 아니잖아. 그러니까 내 말은……."

"그게 싫으면 빨리 정리해 줘. 내 호적에 아무 흠집 안 나게."

"아니, 네가 일어나서 직접 소송을 걸어. 벌떡 일어나서 내 목을 잡고 흔들면 그때 해주지."

오랜만에 만나서 하는 짓이 겨우 이런 팽팽한 신경전이라니! 그녀를 만나기 전까지 어렵게 다듬었던 마음이 마구 흐트러진 것에 제욱이 머리를 거칠게 쓸어 올리고 창밖을 노려보았다. 그 모습을 본 다른 사람들이 허둥지둥 병실에서 나가려 하자 한새가 그들을 붙잡는다.

"히람, 가지 마. 아기에게 책 읽어준다고 했잖아."

제욱과 히람의 눈이 허공에서 처음 만났다. 제욱이 무작정 치밀어 오르는 화를 담아 그를 힘껏 째려보았다. 한새가 히람의 팔을 끌며 중간에 끼어들었다.

"원래 네 형이 이래. 한 번 흥분하면 눈앞에 뵈는 게 없는 인간이야. 자, 책!"

어정쩡하게 통역을 하는 간병인과 어쩔 줄 몰라 하는 다른 여자. 최악의 상황이다. 형이라니! 제욱이 소름 끼치는 눈으로 히람과 한새를 훑고는 거칠게 병실을 빠져나갔다.

바보 같은 자식! 그 후에 제욱은 자신을 자책하는 마음 반, 한새를 원망하는 마음 반으로 병실 근처를 맴돌 뿐 선뜻 다가가지 못하고 있었다. 아픈 그녀의 마음을 이해하고 그녀가 뭐라고 하든 다 참아주겠다고 했으나 절대로 그럴 수 없는 것이 있으니, 바로 그녀의 곁에 딱 붙어 있는 한 남자의 존재였다. 하지만 그것뿐이 아니었다. 제욱이 담당의와 한새의 상태를 상의하기 위해 어렵게 약속을 잡았을 때, 그녀의 병실에서 본 적이 있는 한 여자가 또 그의 신경을 마구 자극해 댔다.

〈다시 소개할게요. 난 루이사 오드릭, 히람 고의 동생이기도 해요.〉

약간 통통한 아랍풍인 여자, 어딘가 모르게 낯이 익다 했더니 히람의 동생? 혼란과 혼란이 더해진 가운데 분노가 들끓기 시작하고, 게다가 한새에 대한 걱정까지 중첩이 된 그의 뇌는 이제 폭발하기 일보 직전이었다. 제욱은 간신히 이성의 끈을 잡고 루이사를 무시해 버리고 나서야 담당의와 무사히 얘기를 마칠 수 있었다. 그날 제욱은 한새를 보러 가지 않았다. 마음속에서는 그녀에 대한 그리움이 가득 차 올라 포화된 상태였지만, 그 못지않게 울렁이는 분노 때문에 차마 발을 뗄 수가 없었기 때문이다.

호텔로 돌아온 제욱은 처음으로 자신의 한도를 넘어 술을 마셔 댔다. 그것이 폭발할 것 같은 머리를 식히는 데 전혀 도움이 되지 않는다는 것을 알면서도 멈출 수 없었다.

첫날 이후 제욱이 보이지 않자 한새의 마음도 잔뜩 흐려 있었다. 괜한 짓을 저지른 건가? 역시 녀석에겐 무리였을까? 오후에 루이사와 히람이 와서 제욱에 대한 깊은 우려를 표했을 때도 그녀는 무조건 긍정적인 미소를 보여주었다. 하지만 깊은 밤, 통증이 잠시 물러선 자리에 제욱에 대한 걱정이 들어서며 한숨이 저절로 흘러나왔다. 한새가 창가에 아직 놓여 있는 제욱의 짐을 한없이 바라보다 곁에 누워 있는 간병인을 깨웠다.

"연미 씨, 안 자면 저것 좀 이리 가져다 줄래요?"

그 안에는 먹고 싶었던 쥐포며 한국 음식들, 그녀가 아끼는 몽블랑 구슬과 사진, 그리고 몇 권의 책과 게임 CD 등이 들어 있었다. 뿐만 아니라 그가 남긴 수첩에는 그의 버릇대로 빼곡한 메모가 적혀 있었는데, 자신을 찾으러 갔던 곳의 메모, 넋두리, 그녀의 집 전기세와 보험료 등을 잊지 않게 적어둔 것들에서 새삼 꼼꼼한 그의 습관을 느낀 한새가 살짝 미소를 지었다. 그리고 맨 마지막 페이지의 '드디어 만난다' 라고 써 있는 곳에 굵게 두 줄이 쳐진 걸 보고 안도의 눈물을 뽑아냈다. 그러나 그것이 끝이 아니었다. 한새를 결정적으로 울컥이게 만든 것은 예전에 백화점에서 사고 싶다고 했던 아기 신발과 옷 두 벌씩이었다.

"흡, 바보 같은 놈."

한새가 아기 신발을 가슴에 얹고 중얼거렸다.

"아가야, 아빠가 왔어. 조금 더 힘낼 수 있지?"

눈물로 얼룩진 미소를 흘리는 그녀의 모습을 지켜보던 간병인이 한새의 손을 가볍게 토닥거려 주었다.

그 다음날, 제욱이 딱딱하게 굳은 얼굴로 나타났다. 그리고 한마디도 하지 않은 채 그녀의 병실을 지켰다. 불편한 한새가 일부러 그를 더 무시하고 히람과 루이사까지 동원해 법석을 떨었지만, 그는 요지부동이었다. 마치 두 사람을 철저히 없는 사람으로 취급하기로 한 듯 그녀가 무시하는 것에도 아랑곳하지 않고 열심히 한새에게만 말을 시켰다. 게다가 마지막에 병실을 나갈 때 하는 말이라곤!

"장한새, 네 몸 추스르는 데나 힘써. 괜한 일에 힘 낭비하지 말고."

이다. 역시 역부족인가? 한새가 절망적인 표정으로 창밖을 바라보았다. 어느새 옷을 다 벗어버린 나무들이 만세를 하고 몸을 흔들고 있는 게 눈에 들어왔다. 저 나무도 봄에는 싹을 틔우겠지? 어쩌면 자신의 생각보다 오래 끌지도 모르는 상황에 그녀가 다시 희망을 불어넣으려 주문을 외우며 아랫배를 만지작거렸다.

점점 한새를 지켜보는 게 힘들어졌다. 치료실까지 따라 들어갈 수 없어 어떻게 진행이 되는지 알 수 없지만, 치료가 끝나면 그녀는 만신창이가 되어 실려왔다. 그녀가 악착같이 참아주는 바람에 다행히 암의 진전이 멈추었다고 하지만 그게 얼마나 고통스러울지 상상만 해야 하는 그는 점점 부풀어 오르는 배와 달리 앙상해져 가는 한새를 볼 때마다 엉엉 울고 싶었다. 게다가 철저히 배다른 동생들을 무시하고 한새만 생각하기로 했지만, 그렇게 할수록 점점 더 주변 상황이 목을 졸라대는 통에 그는 술이 아니면 통 잠이 들 수 없었다.

그런 제욱이 호텔로 들어와 여느 때처럼 널브러져 술독에 빠져 있을 때였다. 누군가 문을 두드리는 소리에 문을 여니, 뜻밖에 자신과 너무도 닮은 한 남자가 서 있는 것을 보고 몸을 딱딱하게 굳히고 말았다.

〈뭐지?〉

〈이거, 가방을 놓고 갔습니다.〉

그 가방을 보니 치료실에 다녀와 정신을 잃은 한새를 보고 간호원실에서 난동을 부리다 쫓겨나는 바람에 미처 가방을 챙기지 못한 사실이 떠올랐다. 그가 거칠게 가방을 낚아채고 문을 닫으려고 하는데, 이제는 히람의 신발이 문을 가로막는다.

〈얘기를 하고 싶습니다.〉

〈난 할 얘기 없다.〉

〈한새 얘기입니다.〉

한새의 이름이 나오자 제욱이 한 발자국 물러나 그를 안으로 들어오게 해주었다.

〈빨리 끝내.〉

〈힘들면 루이사네 와서 같이 지내죠. 호텔비도 만만치 않

고…….〉

〈네가 상관할 바 아니다.〉

〈한새가 그래 주었으면 합니다.〉

〈그건 내가 한새랑 얘기해. 하지만 넌 한새랑 내 얘기 하지 마라. 짜증나니까.〉

그의 입에서 한새의 이야기가 나오는 것도 불쾌했다. 제욱이 날카로운 심사를 숨기지 않고 그대로 드러내 보였다. 그 탓에 부드러운 모습을 보이던 히람의 모습도 딱딱하게 굳어졌다.

〈맨 처음 나도 당신을 만나기를 꺼려했습니다. 아버지가 입버릇처럼 당신이 자신을 싫어한다고 말해왔기에, 나 역시 나를 달가워하지 않을 당신을 만날 마음이 전혀 없었죠. 하지만 한새가 아이에게 삼촌과 고모가 있다는 것을 가르쳐 주고 싶다고 하기에 마음을 바꾸었습니다.〉

〈내 아이가 삼촌을 원하든 그게 한새의 뜻이든 상관없다. 어쨌든 나랑 너랑은 상관없는 사람이다.〉

〈인정하기 싫겠지만 우린 가족입니다.〉

〈누구 마음대로 가족이야?〉

〈당신에겐 한새보다 많은 가족이 있습니다. 왜 한새가 굳이 여기까지 와서 치료를 받으려 하는지 모르겠습니까?〉

"빌어먹을, 나에겐 누나 하나로 족해. 한새로 됐다고!"

"형!"

그의 입에서 흘러나온 소리에 놀란 제욱이 인상을 쓰고 히람을 바라보았다.

<난 형의 여자이기 때문에 한새를 좋아하고 그녀를 존중합니다. 그녀가 암과 싸우고 있을 때만이라도 좋은 모습을 보여줄 수 없겠습니까?>

제욱이 대답을 하지 못하고 등을 돌렸다. 등 뒤로 히람이 방을 빠져나가는 소리가 들리고, 스산한 공기가 그의 어깨를 훑는 것이 느껴졌다. 빌어먹을! 이건 아니다. 최소한 마음의 준비는 할 수 있게 해줘야 하는 거 아닌가? 아버지는 간신히 이해했다고 하지만 아직 피가 다른 형제는 감당하기 힘들단 말이다.

한새가 악몽에 시달리다 눈을 떴을 때, 제욱이 잔뜩 얼굴을 구기고 있는 것이 보였다. 힘이 들어 다시 눈을 감고 싶지만, 다시 악몽에 시달리는 것도 두려웠고 또 오랜만에 가까이 제욱을 더 보고 싶은 마음에 그녀가 간신히 눈에 힘을 주었다. 오늘은 그와 신경전을 벌일 힘도 없었다.

"아프면 아프다고 해. 그건 통역없이 할 수 있잖아. 그냥 소리 지르라고! 아픈데 왜 참아?"

"조용히 해. 머리 아파."

"진통제 달라고 할까? 아니, 주사?"

"호들갑 떨지 마. 그래서 나아지는 거 아냐."

제욱이 그녀의 손을 꼭 쥐고 흔들었다.

"그럼 아플 때, 내 손을 꽉 쥐어. 내가 대신 소리쳐 줄게."

목이 멘 한새가 간신히 고개를 끄덕였다. 왜 자신이라고 소리를 치고 싶지 않겠는가? 하지만 그녀가 소리를 지르기 전에 그가 먼저 얼굴을 찡그리는 걸 잘 알기에 그럴 수가 없었다. 그건 그녀의 마음을 더 아프게 만들었기 때문이다. 한새가 제욱의 손을 잡고 눈을 감았다. 잠시 눈에 넣어둔 그의 모습 때문에 마음이 안정이 되는 것 같았다.

그녀가 눈을 떴을 때, 히람과 루이사가 아기를 찍은 초음파 사진을 보며 애기를 나누는 것이 보였다. 제욱은 오늘도 멀리 그들에게서 떨어져 창밖만 바라보고 있다. 한새가 제욱을 신경 쓰는 게 느껴졌는지, 사진을 들고 있던 히람이 그에게 다가가 어깨를 치며 사진을 내밀었다.

〈예쁘죠?〉

잠시 힐끗 사진을 바라본 제욱이 금세 고개를 돌려 버렸다. 그 모습을 본 그녀가 더 이상 참지 못하고 버럭 소리를 질렀다.

"야, 고제욱!"

그의 어깨가 잠시 움찔거렸지만 그뿐이었다. 히람이 괜찮다는 듯이 팔을 토닥여 주었어도 그녀는 제욱에 대한 원망을 풀 수 없었다. 이제 히람이 그녀의 옆구리를 간질이며 마음을 풀라고 부추겨 댔다.

"야!"

한새가 억지로 미소를 지어 보였을 때, 갑자기 제욱이 버럭 소리를 지르자 모든 사람들의 시선이 고스란히 제욱에게 모아졌다.

〈형수를 위하는 건 좋은데 좀 만지지 말란 말이야!〉

아마 창문을 통해 병실을 다 엿보고 있었나 보다.

"씨발, 나도 잘 만지지 못하는 데를……."

“Sorry, 혀엉.”

“혀엉이 아니고 형! 발음이라도 제대로 하라고!”

히람이 형, 형 연습을 하고, 다가온 제욱이 펄펄 뛰며 그를 다그쳤다. 한새와 루이사가 서로 바라보며 어벙한 표정을 짓다가 마침내 커다랗게 웃음을 터뜨리고 말았다.

“그리고 여긴 형수! 따라 해봐. 형.수!”

벌써 프랑스에 온 지 삼 개월. 이렇다 할 진전이 없는 한새
의 건강 상태와 한 달에 한 번씩 한국을 오가야 하는 고된 생활에
제욱은 점점 지쳐 가고 있었다. 그나마 그가 견딜 수 있는 것은 아
직 희망을 잃지 않으려 애를 쓰는 한새의 노력과 새로 생긴 가족
이었다. 미국에 있는 히람이 틈만 나면 프랑스로 날아왔으며 루이
사가 한새를 극진히 돌봐주는 덕에 제욱은 아직 겉으로는 표현하
지 못하고 있었지만, 어느새 자연스럽게 그들에게 마음 한자락을
펼쳐 보이며 기대고 있는 자신을 발견했다. 맨 처음 탐탁지 않은
도움을 받아야 하는 상황에 그 정도는 아버지가 자신을 내팽개친
것에 대한 보답이라며 우기기도 했지만, 점점 시간이 지나면서 과
거의 엇갈린 인연 때문에 상처를 받은 사람은 그만이 아니라는 것

을 이해하고 있었고, 새롭게 가족을 형성하려고 노력하는 이복형제들을 보며 고개를 숙이고 싶을 정도였다.

"이제 오시는군요. 기다리고 있었습니다."

막 은행에 볼일을 보고 루이사의 아파트 앞에 도착했을 때, 한 남자의 기다란 그림자 밑에 수북이 쌓여 있는 담배꽁초를 보고 제욱이 고개를 들었다. 이경표였다. 출장 때문에 프랑스에 왔다는 그가 오늘 한새를 만나러 온다는 것은 알고 있었지만 자신을 기다리고 있다는 건 의외였다.

근처 카페에 자리를 잡은 두 사람이 작은 에스프레소 잔 앞에서 어색한 침묵을 교환하다 마침내 경표가 조심스럽게 입을 열었다.

"한새는 생각보다 좋아 보여 다행입니다."

"네, 아주 잘 견뎌주고 있습니다."

"두 사람 아주 보기 좋습니다."

"그렇게 봐주시니 고맙군요."

"아직 저와 마주하기 껄끄러운 이유가 한새 때문입니까?"

"다른 이유가 또 있겠습니까?"

"훗. 저는 이미 넉다운된 상태인데요? 예전에는 고 감독이 한새에게 상처를 준다면 여차없이 한새를 데려오겠다는 생각을 했습니다만 제가 고 감독의 마음을 너무 얕본 행동이란 걸 압니다. ……이제 '사랑하니까' 라는 말을 이해하십니까?"

"대답할 이유가 없군요."

"하긴 지금 바로 고 감독 눈에 보입니다. 제가 그때는 주제없이 그렇게 떠들었지만, 지금 고 감독의 행동을 보니 새삼 그게 얼마나 힘든 것인지 깨닫게 되는군요. 후후. 그건 그렇고, 실은 일 때문에 만나뵙고 싶었습니다. 이번에 저희 그룹에서 독자적으로 광고회사를 설립할 예정이거든요. 현재 회사를 그만두신 상태라고 들었는데, 그 담당 디렉터를 맡아주십사 하고요."

"제가요?"

"고 감독의 능력이야 새삼 따질 필요도 없고, 아직 회사가 테두리를 갖추려면 몇 달이 걸릴 테니 그동안 잘 생각해서 결정해 주셨으면 합니다."

제욱이 경표가 내민 뜻밖의 제안에 어리둥절한 표정을 지었다. 하지만 그의 눈에 드러나 있는 진지한 호의를 보고 곧바로 고개를 숙였다.

"고맙습니다. 생각해 보겠습니다."

"고 감독이랑 함께 일하게 되었으면 좋겠군요."

"다음에 한국에 가면 소주 한잔합시다."

"그러죠. 그때까지 한새에 대한 마음은 싹 비워두겠습니다."

이제 제법 농담까지 하는 경표에게 그가 손을 내밀었다. 두 남자가 어깨를 나란히 하고 미소를 교환했다. 아주 느린 속도지만 흩어져 있던 행성들이 제각기 궤도를 찾고 있다. 이제 한새만 건강한 모습으로 돌아와 준다면 더할 나위 없이 완벽한 그의 태양계.

이경표가 택시를 타고 사라지자 제욱이 코트 속에 손을 집어넣은 채 발걸음을 재촉했다.

그날 저녁, 한새의 방에 들어선 제욱이 한참 잠들어 있는 그녀의 얼굴을 쓰다듬었다. 한 줌도 안 되는 손목과 까칠한 얼굴. 눈 밑의 그늘과 땀으로 얼룩진 이마에 흩어져 있는 짧은 머리를 쓰다듬는 그의 손이 안타깝게 살짝 떨리고 있었다. 한새가 잠결에 코에 주름을 잡은 채 혀로 마른 입술을 축였다. 그가 손으로 살짝 그 입술을 더듬다 살짝 입맞춤을 시도했다. 가슴에 찌르르한 무언가가 퍼지고 심장이 두근거렸다.

'한새야, 우리가 그냥 친구였다면 네가 이렇게 아프지 않았겠지? 하지만 널 가진 걸 후회하지 않는다. 내 마음을 계속 숨기다가 다른 사람에게 널 내주어야 하는 날이 온다면 그날이 바로 내 장례 일이었을 테니까 말이야. 나쁜 놈이지, 나? 넌 아파 죽을 거 같은데, 이렇게라도 내 옆에 있는 네가 고맙고 안심이 되니⋯⋯. 그러니까 이 자식아, 내가 미우면 어서 일어나. 빨리 훌훌 털고 일어나서 나 때문이라고 욕을 해도 좋으니 내 옆에만 있어. 네 앞에서 사라지라는 말만 아니면 평생 뭐든 다 들어줄 테니 나에게도 기회를 줘. 나 좀 봐, 한새야.'

오늘도 기도처럼 속으로 넋두리를 하며 찢어진 마음을 꿰매는 제욱의 마음은 거친 한겨울의 날씨보다 더 스산했다. 가슴에 비가 내리고 진눈깨비가 쌓였다. 그녀의 온기가 없다면 이대로 꽁꽁 얼어버리리라. 그가 눈에 고여드는 안개를 훔치고 이제 우뚝 솟아오른 그녀의 배를 쓰다듬으며 중얼거리기 시작했다.

"고운새, 아빠야. 잘 잤어? 아니, 아직도 자냐? 자식, 잠 많은 건 지 엄마랑 똑같네. 예전에 네 엄마도 아침잠이 많아서 지각 대

장이었다? 매일 머리에 까치집을 짓고 허둥지둥 대문을 뛰쳐나오
는 엄마를 놀리는 게 아빠의 커다란 즐거움이기도 했지. 어떤 때
는 얼굴에 연습장 자국을 새긴 채, 눈곱도 떼지 않고 학교까지 간
적도 있었어. 큭큭. 그래도 예뻤다. 감히 손을 대기 두려울 정도로
예뻤어. ……엄마와 처음 짝꿍이 되던 날, 아빠가 그렇게 구박을
하는데도 교과서를 포개놓고 앉을망정 네 엄마가 자리를 바꾸지
않는 거야. 아빤 그게 키에 대한 콤플렉스라고만 느꼈거든? 그런
데 지금 생각해 보니 늘 가슴이 허해서 움츠리고 다녀야 했던 아
빠에게 일부러 온기를 전해주려고 고목나무에 매미처럼 꼭 달라
붙어 있었다는 걸 이제야 깨달았어.”

제욱이 마른침을 삼켰다. 목이 메는 바람에 일부러 큼큼거리며
창밖의 하늘을 바라보았다. 별도 보이지 않는 새까만 하늘이 그와
꼭 닮아 있었다.

“얼어죽을 것 같았다. 어느 날 갑자기 네 엄마를 잃어버리면 그
냥 얼어죽어 버릴 것만 같아서, 일부러 말도 안 되는 얘기를 꺼냈
는데 아빠가 잘못했어. 그건 아빠가 잘못했는데, 그만큼 절박해서
어쩔 수 없었다. 너희들이 생겼을 때는 솔직히 아무 생각도 나지
않았어. 엄마를 아프게 한 게 너희가 아니란 거 아는데, 난 네 엄
마가 더 절실히 필요해서 나쁜 생각까지 했다. 아빠 참 나쁜 사람
이야. 나쁜 사람……. 그래도 이제 용서해 주면 안 될까? 네가 태
어나면 정말 좋은 아빠가 되도록 노력할게. 얘기도 많이 하고, 같
이 놀아주고, 2등으로 소중히 여겨줄게. 아빠에게 기회를 줘.”

그날은 아무도 아버지와 아이의 데이트를 방해하지 않았다. 다

행히 한새는 통증없이 줄곧 잠만 잤고, 제욱은 새벽이 올 때까지 아이에게 자신의 소중한 추억들을 모조리 꺼내 들려줄 수 있었다. 그녀와 함께 있으면서 늘 웃고만 살았던 것은 아니다. 그리고 힘든 날들이 있었기에 좋은 날 더 많이 웃을 수 있었다는 것을 가르쳐 준 것은 바로 한새였다. 여명이 스며드는 창가, 한줄기 붉은 햇살이 스며들며 제욱의 얼굴에서 피곤함을 지워내고 대신 작은 미소를 피워 올리고 있었다.

아랫도리에서 진물이 나고 미식거리는 증상과 더불어 미열 때문에 정신을 차리지 못하는 가운데, 루이사가 치료 부위의 드레싱을 하려고 한새의 방으로 들어왔다. 그녀가 이를 악물고 간신히 정신을 차려보니, 어느샌가 제욱이 쫓아 들어와 동생과 실랑이를 하는 것이 보였다. 다른 모습은 다 보여도 그에게 고통에 일그러지는 자신의 모습과 상처까진 차마 보여주기 싫다. 한새는 이를 악물고 있는 힘껏 소리쳤다.

"네가 여길 왜 들어와?"

〈루이사, 내가 할게.〉

루이사에게서 치료 도구를 뺏어 든 제욱이 그녀의 침대로 한 발짝 다가섰다.

"나가, 너 필요없어. 저리 가라고!"

"쪽 팔리게 어디서 큰소리야."

"나가, 네가 제일 보기 싫어. 나가!"

"보기 싫어도 이제 내가 할 거야."

"고제욱!"

"너 루이사한테 치료 받을 때 소리도 못 지르고 끙끙대는 거 더 이상 못 봐주겠어. 아프면 아프다고 말하고, 소리 지르고 싶으면 소리 지르고, 울고 싶으면 울어! 이 자식아!"

"젠장, 안 나가? 네가 더 싫어! 당장 나가란 말이야! 아프든 말든 제발 내버려 두고……."

주위의 물건을 집어 던지며 거칠게 반항하는 한새를 힘으로 장악한 제욱이 입술로 그녀의 입을 막았다. 있는 힘을 다해 뿌리치려 했지만 그럴수록 더욱더 부드럽게 안아오는 제욱 때문에 그녀는 점차 몸에서 기운이 빠져나가는 것을 느꼈다. 그들 뒤로 루이사가 조용히 문을 닫고 나갔다. 한새가 몸을 덜덜 떨며 붉어진 눈을 부라렸지만 제욱은 한참이 지나서야 입술을 떼고 조심스럽게 그녀의 얼굴을 더듬어댈 뿐이었다.

"빌어먹을 누가 이, 이따위……."

"가만히 있어. 그렇지 않으면 조용히 할 때까지 계속 주사 놓는다. 입술주사."

"하나도 안 웃겨."

"자, 어디 보자."

"싫다니까……."

억지로 이불을 들추고 상처 부위를 살펴보는 제욱 때문에 한새의 얼굴이 창백해졌다. 아무리 볼 것 다 본 사이라지만, 진물이 나고 보기 흉할 아랫도리를 내놓을 만큼 그녀는 강심장이 아니었다. 드레싱하는 그의 손길을 느낄 때마다 그녀의 얼굴이 구겨지고 땀이 배어나오고 있었다.

"나 싸우고 터질 때마다 네가 상처를 치료해 줬지. 그때 이런 맘이었냐?"

상처를 다독이는 서툰 그의 손길이 자꾸 떨리는 것을 느낀 한새가 주먹을 입에 넣고 세게 깨물었다.

"낫기만 해봐라, 그랬지?"

그녀가 더 이상 참지 못하고 대답 대신 작은 신음을 흘렸다. 그리고 억지로 대답을 하기 위해 목소리를 가다듬었다.

"고등학교 때 영주로 수학여행 간 거 생각나냐? 술 먹고 다른 학교 애들하고 싸웠을 때."

"그건 중학교 때고, 고등학교 때는 설악산이야."

"그런가? 아무튼 호스텔 문이 닫혀서 몰래 들어가려 했는데, 네가 학주한테 꼬질렀잖아."

"만약 안 그랬으면 너 정학이었어."

"그때 너한테 맞은 게 더 아팠어, 인마. 쬐만한 게 힘만 세가지고. 그런데 그때 그 약들은 다 어디서 구했던 거야? 네가 빨간 약으로 온 얼굴에 떡칠을 해놔서 그 다음날 돌아다닐 때 엄청 쪽 팔렸던 거 알지?"

제욱이 아픔을 분산시키고자 그녀의 주위를 끌기 위해 계속 이야기를 시켜댔다. 그런 그의 마음을 모르는 건 아니었지만, 한새는 얼굴을 들 수 없었다.

그가 치료를 끝내고 옷을 정돈해 준 다음 이불을 목까지 꼼꼼하게 만져 주고 그녀를 바라보았다. 한새가 뭉클해진 마음을 들키기 싫어 고개를 돌리고 이불에 머리를 처박았다.

"그러고 보니, 너랑 단둘이 제대로 여행을 가본 건 과수원뿐이
다."

살짝 목이 멘 그의 목소리를 계속 듣고 있다간 펑펑 울게 될 것
같아 그에게 나가라고 손짓을 했다.

"그때가 최고로 행복했어. 너 없어지고 가봤는데, 수확이 다 끝
나서 자리가 휑하더라."

허공을 가로지르는 한새의 손을 잡아채어 제욱이 가슴에 가두
었다. 그리고 그 위에 작게 입술 도장을 찍은 다음 그녀의 불룩한
배를 조심스럽게 쓰다듬었다.

"자, 이제 우리 아기한테 책 읽어줄 시간이다."

〈뭐? 어디를 가겠다고?〉

〈샤모니.〉

〈지금 저 상태의 한새를 데리고? 그건 곤란해.〉

〈알아.〉

〈알면서 그래? 이제 레이저 치료도, 냉동 요법도 더 이상 진행
시킬 수 없어. 통증이 나날이 심해질 거야. 이 주 후에 아이를 꺼
내려고 수술 날짜까지 잡았는데 갑자기 여행이라니?〉

제욱이 다짜고짜 히람과 루이사에게 한새와 함께 샤모니로 여
행을 가고 싶다는 얘기를 꺼내자 두 사람이 새하얗게 질린 채로
그를 만류하고 나섰다.

〈곧 한새 생일이다. 그리고 그 다음날은 내 생일이기도 하지.

한새가 그리 보고 싶어했던 몽블랑을 보여주고 싶어. 부탁이다. 도와줘.〉

그가 부탁한다는 말과 함께 간절한 표정을 짓자 두 사람이 안타까운 표정을 지으며 서로를 마주 보았다. 자신이 생각해도 무리라는 것을 알지만, 제욱은 한새에게 어떻게 해서든 몽블랑을 꼭 보여주고 싶었다. 요즘 들어 부쩍 힘들어하고 점점 용기를 잃는 그녀에게 살아야 할 이유를 다시 한 번 새겨주고 싶었다.

아침부터 법석을 떠는 히람과 루이사 부부, 그리고 제욱이 한새를 데리고 짧은 여행이라는 명목하에 엠뷸런스를 태웠다. 솔직히 그동안의 고된 생활로 지쳐 여행이고 뭐고 관심이 없었지만, 오랜만에 형제들과 함께 연말을 근사하게 보내고 싶다는 루이사의 이야기와 제욱의 간절한 눈빛에 간신히 고개를 끄덕인 그녀였다. 그리고 마침내 도착한 도시에서 어리둥절한 표정으로 제욱을 올려다보았다.

"여긴?"

"신혼여행으로 오고 싶다면서?"

다짜고짜 그녀를 안아 든 제욱이 가리킨 지명 표지에는 바로 몽블랑이라고 써 있었다. 파리에 도착해서 한 번도 밖에 제대로 나가보지 않은 그녀에게는 마치 동화책 속으로 들어온 듯한 느낌을 주었다.

"멋지다."

"아직 감탄은 일러."

온몸을 꽁꽁 무장하고 제욱의 코트 안에 안긴 한새가 정신을 차리고 그가 안내하는 도시를 돌아보았다. 흰 산봉우리에 둘러싸인 작은 마을에는 스키를 타려고 몰려든 관광객들로 넘쳐 났다. 그림 같이 예쁜 집들과 여기저기 매달려 있는 크리스마스 장식들이 눈을 즐겁게 하자 그녀가 아낌없는 탄성을 쏟아놓았다. 그러나 거기서 끝이 아니었다. 제욱이 어떻게 했는지 케이블카를 통째로 빌려온 가족이 함께 몽블랑을 오르기 시작한 것이다. 언젠가 제욱이 촬영으로 다녀온 후, 하얀 만년설에 노을이 부딪치며 붉게 물드는 사진을 보여준 적이 있는데, 그 모습을 실제로 볼 수 있다니 가슴이 마구 떨려왔다.

"괜찮아? 속이 이상하거나 힘들면 말해."

뒤에서 한새를 단단히 안아 든 제욱이 다시 한 번 옷을 꼭 여며준 다음 그녀의 귓가에 속삭였다. 눈앞에 펼쳐지는 장관에 할 말을 잊은 한새가 고개를 끄덕이며 미소를 지었다. 여태 몸이 아파 짜증을 내었던 일, 마음속에서 꿈틀거리던 모든 불안함 등이 흰 눈에 덮여 다 사그라지는 것 같았다. 약 기운으로 나른한 가운데 몽환처럼 뿌연 행복이 그녀의 가슴에 파고들었다. 그리고 마침내 정상에 올라 해가 지며 설원을 온통 붉게 물들이는 것을 눈에 담으며 작게 울먹였다. 그런 그녀의 귀에 제욱의 따뜻한 목소리가 파고들었다.

"생일 축하한다, 장한새."

최고의 선물이다. 스물아홉. 사랑하는 남자의 축하도 받았고, 아이도 있으며 아직 살아 있다. 행복하다. 한새가 눈을 감았다. 제

욱을 사랑하고, 오늘까지 이렇게 그의 곁에 있을 수 있다는 것이
감사했다.

　호텔에 한새를 뉘인 제욱이 식은땀을 흘리는 그녀를 꼼꼼히 닦
아주며 얼굴을 찌푸렸다. 역시 자신의 욕심이 과했나 보다. 맨 처
음 시큰둥하던 한새가 마침내 환한 얼굴로 탄성을 지를 때는 그의
가슴이 다 먹먹해지는 바람에 몇 번이나 울컥거렸는지 모른다. 그
동안 내내 짜증을 내고 자신을 거들떠보지도 않던 그녀가 품에 안
겨서 쉴 새 없이 종알거리는 것을 보며 그는 천국을 느꼈다. 그러
나 겨우 한나절이었다. 제욱이 잠이 든 한새를 잠깐 바라보고 창
가에 기대어 어둠에 잠긴 도시에 시선을 던졌다. 아직 보여주고
싶은 것도, 해주고 싶은 것도 너무 많은데 한새가 점점 힘을 잃고
있는 것이 안타까웠다. 만약 일어난다면 예전에 꼭 가보고 싶다고
했던 인도도 데려가 줘야지. 그리고 나이아가라 폭포에서 목욕하
고 싶다는 소원도 들어주리라.
　"아기 이름이 고운새라니 너무 촌스러워."
　갑자기 들리는 한새의 목소리에 제욱이 재빠르게 고개를 돌리
고 허둥지둥 그녀의 곁으로 다가섰다.
　"깼어? 불편해? 루이사 부를까?"
　"아니, 자고 나니까 나아졌어."
　"배고파?"
　"어차피 소화도 못 시킬 텐데 뭐."
　그녀가 애써 웃는데 찡그린 얼굴이다. 제욱의 손길이 찡그려진

그녀의 미간을 더듬었다. 그런 그의 모습을 가만히 응시하던 한새가 어렵게 입을 열었다.

"널 잘 안다고 생각했어. 네 버릇, 좋아하는 거, 싫어하는 음식…… 아마 친구로서는 너에 대해 모르는 게 없을 거야. 하지만 남자로서는 네가 참 버거워서 떠났거든?"

"……!!"

"그런데 지금 아빠로는 손색이 없을 거라 생각해."

제욱의 얼굴이 붉어졌다. 그녀의 입에서 드디어 아이의 아빠로 인정을 해주는 이야기가 나왔다는 것에 자못 흥분이 되었다.

"잘할게. 우리 운새한테도, 너한테도."

"하지만 아버지란 마음가짐으로만 되는 게 아니잖아. 너 아직 아버지를 용서하지 못했잖아. 난 우리 아이에게 엄마, 아빠, 삼촌 고모, 이왕이면 할아버지까지 다 만들어주고 싶어."

제욱이 할 말을 잃고 고개를 숙인 채 가만히 그녀의 손을 잡았다.

"고제욱, 넌 지금 우리가 어떤 관계라고 생각해? 혼인신고를 한 친구? 우습지 않아?"

"……."

"나 우리가 한 그 우스운 계약에 대해 생각해 봤어. 그런데 우리, 아이를 갖자고 해놓고는 제대로 정성을 다한 기억이 없더라? 예쁜 아이를 주십사 기도를 한 것도 아닐뿐더러 서로에 대해 못 믿어서 아프게만 했지. 정작 그 약속을 위해 노력한 것이 하나도 없더라고. 그런 우리의 모든 상황을 알고도 찾아온 아이야. 그런 아이에게 이제부터라도 제대로 된 엄마, 아빠가 되어야 하지 않겠어?"

"그, 그러니까 그 말은 너랑 나……."

"계약 조건에 대해 다시 생각해 봐야겠어. 좋은 부모가 되기 위한 조항을 첨부해야지."

그녀가 웃었다. 이제 온 세상을 얻은 느낌이다. 제욱이 감정에 북받쳐 열심히 고개를 끄덕이다 그녀의 손에 자잘한 입맞춤을 하고는 깍지를 끼었다.

"생일 축하해."

그의 어깨 너머를 턱짓으로 가리킨 한새가 나지막이 속삭였다. 새해 1월 1일. 이제 그는 스물아홉 살이 된다. 곁에는 여전히 활짝 웃어주는 사랑하는 여자가 있고, 그들의 아이가 건강하게 자리고 있다. 행복하다.

"해피 뉴 이어."

제욱이 한새의 콧잔등에 살짝 입맞춤을 하고 예쁘게 웃어 보였다. 그리고 편안하게 눈을 감는 그녀의 곁에 누워 나지막이 울려 퍼지는 교회 종소리를 들으며 새해에는 건강한 가족을 이룰 수 있게 해주십사 하는 소원을 열심히 되뇌기 시작했다.

히람이 잔뜩 긴장감으로 굳어진 제욱의 어깨를 부드럽게 토닥여 주었다. 어렵게 찾아온 쿠웨이트 아버지의 집. 한새의 말대로 진짜 아버지다운 아버지가 되기 위해 찾아오긴 했지만 선뜻 발이 떨어지지 않았다. 히람의 말을 빌면, 쿠웨이트 기술자로 왔을 때

방황하던 아버지를 잡아준 사람이 바로 히람의 어머니였으나, 그 누구보다 독점욕이 강해 늘 한국을 그리워하는 아버지와 다툼이 끊이지 않았다고 했다. 때문에 아버지의 모든 관심은 히람과 루이 사에게 모아졌고, 틈만 나면 피부색이 다른 한국의 형과 누나에 대해 얘기해 주었다고 했다. 그리고 히람의 어머니가 삼 년 전에 갑자기 뇌졸중으로 돌아가시자 줄곧 혼자 지내오신 아버지는 내내 한국을 그리워했다고 한다.

〈늘 형과 누나에게 주고 싶었던 사랑을 우리에게 아낌없이 쏟아주셨다. 그런 아버지를 난 이해하고 사랑한다.〉

제욱이 마지막 히람의 이야기에 고개를 끄덕이고 현관문을 열었다. 그리고 초라한 아파트 내부에 가득 걸려 있는 한국 전통 장식품들을 눈으로 쓸었다. 히람의 안내로 거실에 들어서자 예전엔 거대한 산처럼 보였던 아버지의 등이 그보다 훨씬 작아져 그를 기다리고 있었다.

"흠흠."

히람의 인기척에 돌아서는 아버지의 하얀 머리가 창문에 들어오는 빛에 반사되어 눈이 부셨다.

"오랜만이다."

살짝 떨리는 아버지의 목소리에 눈이 욱신거리며 젖어든다. 그가 가볍게 고개를 숙여 보였다. 히람이 뭔가를 빠르게 얘기하고 나간 후에도 두 사람의 거리는 가까워지지 않았다. 그저 이십 년이 넘은 세월 동안 변해 버린 상대를 열심히 눈으로 익힐 뿐이다. 그걸로 충분했다. 그동안 마음에 담아왔던 많은 이야기들이 그들 사이에 놓여 있는 침묵에 자연스럽게 녹아들어 서로에게 다가가는 것이 느껴졌다. 한참을 그렇게 서 있던 제욱이 주섬주섬 가방에서 꺼낸 작은 상자를 내밀었다.

"어머니의 편지입니다."

제욱이 떨리는 손을 내미는 아버지에게 다가가 그의 손을 얼마 동안 꼭 쥐었다 놓았다. 아버지가 손끝으로 아쉬운 듯 쉼없이 그 상자를 어루만지다 마침내 북받치는 감정 때문에 한층 두터워진 목소리로 작게 속삭였다.

"언젠가 네가 한 여자를 사랑하게 되면 날 이해해 줄 거라고 생각했다."

"이해합니다. ……하지만 전 아버지처럼 그냥 놓아버리는 실수는 하지 않습니다."

"……."

"그리고 아버지를 미워한 적은 있으나 잊은 적은 없었습니다. 제가 어떤 짓을 해도 당신 아들인 것처럼 아버지는 아버지니까요. 그걸…… 한 아이의 아버지가 되어보니 이제 알겠습니다."

한줄기 눈물이 아버지의 주름을 타고 흘러내렸다. 그가 미소를 짓는 것에 제욱도 고개를 끄덕여 보이고 천천히 등을 돌려 거실을 빠져나왔다. 문 너머 작게 오열하는 아버지의 목소리가 그의 가슴을 쓸어내렸다. 제욱이 시큰거리는 눈가를 매만졌다. 아마, 지금쯤 한새는 수술실에 들어가 있겠지? 각자 숙제를 잘하기로 했으니 어디 두고 보자고, 장한새!

"제욱아, 우리 계약 1조 1항 생각했어."

"뭔데?"

"떳떳한 엄마, 아빠가 되는 거."

"그게 뭐야?"

"난 수술을 잘 마치고 건강하게 우리 아기 곁에 서는 거고, 넌 약속한 대로 우리 아이의 할아버지를 모셔오는 거야."

"그런 게 어디 있어? 그런 중요한 날에 설마 너 혼자……."

"내가 수술실에 들어가는데 네가 밖에 있는다고 해서 내가 덜 아프거나 아니면 잘못될 게 잘되는 것도 아니잖아. 그러니까 우린 제 몫의 일을 해내자고."

"그래도 싫어. 내가 그랬지? 이젠 죽어도 떨어지지 않는다고. 싫다. 다시 네가 내 눈앞에 없는 것도 싫고, 그리고 만약, 만약 에……."

"너 생각나? 너 매일 허겁지겁 방학 숙제 베끼고 그랬어. 그런 데 나 그때 나도 하기 싫은데, 너 보여주려고 열심히 방학 숙제 했 다? 그리고 너도 나 믿고 숙제 안 하고 펑펑 놀았다는 거 알아. 그 런데 지금 우리가 가지고 있는 숙제는 누가 누구 것을 대신 할 수 있는 게 아니잖아. 그러니까 각자의 몫을 잘해내서 누가 더 잘했 는지 우리 아기한테 검사 받자고. 응?"

그 시간 한새는 막 모든 준비를 끝내고 수술실로 향하는 중이었 다. 멀리서 달려온 영주가 그녀의 손을 잡고 함께 뛰며 걱정스러 운 표정을 했다.

"괜찮겠어?"

한새가 고개를 끄덕여 보였다.

"그런데 제욱이는 왜 보낸 거야?"

투덜대는 영주의 얼굴이 초조함으로 붉어져 있었다. 한새가 그녀를 잡은 손에 힘을 주었다. 씩씩하게 각자의 몫을 해내자고 했지만 솔직히 두려운 건 사실이었다. 늘 떨치지 못하는 만약이라는 불안한 가정. 그 만약 중에 최악의 경우가 그녀에게 다가온다고 했을 때, 제욱이 곁에 있다면 마음에 걸려서 온전히 눈을 감을 수 없을 것 같았다. 제욱이 그녀에게 해준 것들은 이제 차고 넘칠 정도였다. 변함없이 곁을 지키고 자신 못지않게 고통스러운 시간을 보냈다는 것을 잘 알고 있었다. 그래서 이제 마지막 관문은 씩씩하게 혼자 넘고 싶었다. 그리고 잘 견디어내고 돌아와 아이와 제욱의 곁에 자랑스러운 얼굴로 서고 싶었다. 아마 지금쯤 그도 제 몫의 과제를 잘 해결하고 있으리라. 그러니 어떤 결과가 두 사람을 기다리고 있든 두 사람이 함께 있었음으로 행복했던 기억은 오래오래 지워지지 않을 것이다. 눈을 감은 한새의 머리 속에 이제 예전에 처음 만났던 제욱의 모습과 새롭게 만날 아이의 모습이 오버랩되기 시작했다.

"첫키스의 대한 건 다시 생각하기도 싫지만 그래도 니들한테 게임기랑 브로마이드도 받고 꽤 괜찮은 수확이었어."

"진짜 그때부터 장한새 억지는 아주 유명했다. 우리가 3박 4일 동안 네 욕한 거 모르지?"

"왜 몰라? 둘이 그 유도부 주장도 아주 늘씬하게 패주었다면서? 크큭. 그런데 넌 고1 봄, 수미랑이 첫키스지?”

“누가 그래?”

“소문 쫙 났었잖아.”

“소문이었을 뿐이야. 그 기집애가 떠벌리고 다니는 게 귀찮아
서 그냥 놔둔 거라고.”

“그럼 누군데? 응? 난 말했는데, 넌 말 안 하냐?”

“그걸 알아서 뭐 해?”

“흥, 좋아. 그렇게 나온다 이거지? 나쁜 자식!”

“흥분하지 마. 우리 아기한테 해롭다구.”

“아가야, 네 아빠가 이렇게 비겁하단다. 엄마를 살살 꼬여서 다
불게 만들더니, 치사하게 자기는 꾹 입 다물고 있고. 이걸 어떡할
까? 용서해 줄까, 말까?”

수술하기 며칠 전, 제욱과 오랜만에 예전 이야기를 나누던 한새
가 마침내 삐쳐서 돌아눕자 그가 안절부절못하고 그녀의 등만 째
려보았다. 속이 부글부글 끓었다. 유치하게도 그는 질투하고 있었
다. 첫키스의 기억이라곤 그에게 아주 아픈 기억으로 남아 있는
데, 그녀가 아주 재미있어하며 첫키스 운운하는 것이 마음에 들지
않았던 것이다. 군대 가기 전날, 잔뜩 취한 한새의 입술을 훔치고
미친 듯이 술을 마셨던 것이 바로 그의 첫키스였다. 당시 군대 문
제가 대두되면서 한새에 대한 감정이 친구냐, 여자냐 사이에서 갈
등하고 있을 때였다. 우선 그녀에 대한 마음을 확인해 보고자 조
급한 마음에 입술을 붙이고 난감해하고 있을 때, 아주 자연스럽게
입술을 빨아대는 그녀 때문에 얼마나 당황했는지 모른다. 그녀가

첫키스를 해봤다는 건 알았지만, 너무나 자연스러운 그녀의 반응
이 그를 혼란스럽게 만들었던 것이다. 그리고 그런 자신의 모습을
들킬까 두려워 그날 무지막지하게 술을 마셨고, 친구라는 관계를
단단히 주지시켰던 제욱이었다.

"나 군대 가기 전날, 기억나냐?"

"응. 왜?"

"그날…….."

"그날이 뭐?"

"그날이 처음이었다고!"

그가 버럭 소리를 지르자 한새가 눈을 동그랗게 뜨고는 설마라
는 표정을 지었다.

"혹시, 내가 생각하는 그거 아니지?"

"그럴걸?"

"헉! 그, 그럼! 뭐야? 고제욱, 그동안 날라리처럼 행동한 건 또
뭐고, 그날, 그러니까…….."

"넌 그날 동아리 모임 갔다가 늦게 왔고, 난 우리 과에서 열어
준 송별회에 갔다가 늦게 와서, 둘 다 취해 횡설수설했잖아. 그리
고 우리 집 거실에서 둘만의 송별회랍시고 또 마시다 술김
에…….."

"술김에…… 그랬지. 그러면 말이야, 이건 좀 난감한 질문인데,
혹시 그때까지 그러니까 뭐냐, 너 총각이었어?"

"이 자식, 별걸 다 물어?"

"그게 첫키스라며? 그럼 당연히…….."

"뭐가 당연해? 예전에 진실게임 할 때 첫 경험은 처음 외박 나왔을 때라고 얘기했잖아!"

"푸하하하하!"

"이 자식이! 우리 아기 놀라게 갑자기 왜 웃고 난리야?"

"그게 아니라, 너무 재밌어서. 크크큭."

"뭐가 재밌어?"

"너 첫 경험 외박 나왔을 때 아냐."

"무슨 헛소리야? 내가 그때 조금 따르는 여자애들은 많았지만……."

"하하. 그게 아니래도! 흐흐, 너무 웃기다. 내가 이건 말 안 하려고 했는데, 그날 네가 나 덮쳤었어."

"뭐어?"

"진짜야. 나도 정신이 들었을 때 난감해서 죽는 줄 알았다니까? 근데 네가 기억을 못하길래 다행이다 싶었지. 그 다음날 우리 둘이 소파에서 깬 건 기억 안 나?"

"아, 아무 일 없었다고 했잖아."

"아침에 일어나자마자 박박 친구니 뭐니 하는 네 앞에서 어제 우리가 함께 거사를 치렀다고 얘기해 줘봤자 나만 쪽 팔릴 텐데, 그걸 어떻게 얘기하냐?"

"그래도 얘기를 했어야지! 으아악!"

"그때 굉장히 비참했는데 친구란 이름으로 억지로 참은 거 알지?"

"기가 막히는군. 그럼 설마…… 혹시 예전에 너한테 술김에 무지막지하게 달려들면서도 허둥지둥 쩔쩔맸다고 하던 놈이 바로 나?"

한새가 고개를 끄덕이며 계속 웃어댔다. 하지만 그는 웃을 수 없었다. 기억나지 않는 그녀와의 첫 경험이 억울하고 억울한 제욱이었다. 그러나 잠시 후, 그가 진정을 하고 그녀를 품에 안으며 마음을 고쳐먹었다. 첫키스는 남한테 빼앗겼어도, 처음과 지금부터 영원히 온전히 그녀를 품을 수 있다는 사실에 만족하기로 했다. 자신이 생각해도 유치하고 졸렬하기 짝이 없는 모습이었지만 어쩔 수 없었다.

한새가 무사히 아들을 출산했다. 하지만 제욱이 쿠웨이트에서 돌아왔을 때 그녀는 여전히 잠에 빠져 있었고, 이틀 동안 혼수상태에 빠지는 바람에 모두를 바짝 긴장하게 만들었다.

〈어떻게 된 거지? 왜 깨어나지 않는 거야?〉

〈여태 잘 견뎠잖아. 수술이 생각보다 길어서 피곤해서 그런 거야. 걱정하지 마. 곧 깨어날 거야.〉

〈잘못된 것은 아니지? 루이사, 정확히 말해줘.〉

〈아까 삐에르가 말했잖아. 아냐, 제왕절개 수술도 아주 잘됐고, 레이저로 수술한 자국도 잘 아물어서 이제 암이 문제가 아니라 한새의 체력과 의지가 중요해. 이건 기적이라고.〉

루이사의 토닥거림에 제욱이 크게 한숨을 쉬고 커다란 유리문 너머에 잠들어 있는 한새를 바라보았다. 그의 등 뒤에 든든한 지원군들이 그와 한새를 응원해 주고 있었다. 그중 단연 그의 힘이 되는 사람은 아버지였다.

"너와 한새가 만들어낸 기적이다. 내 아들과 손주, 그리고 한새가 자랑스럽다."

나른한 눈꺼풀에 힘을 주었다. 하얀 벽과 온몸에 얽혀 있는 장치들이 눈에 거치적거렸다. 한새가 살짝 고개를 돌리자 제욱이 그녀의 손을 꼭 잡은 채 고개를 숙이고 있는 게 보였다. 나 살았구나. 그치, 제욱아? 살짝 잡힌 손에 힘을 주니 그의 놀란 눈이 마주쳐 온다.

"몇 시야?"

그가 입술을 덜덜 떨더니 고개를 돌려 시간을 확인해 주었다.

"아침 열 시가 조금 넘었어."

"또 늦잠이네."

제욱의 얼굴이 벌써 눈물콧물 범벅으로 뒤덮여 흉해 보인다. 하지만 그의 듣기 좋은 목소리를 듣자니, 아직 신이 자신에게 건넨 시간이 멈추지 않았음이 현실로 느껴졌다.

"집에 가고 싶어, 욱아."

마른 입술을 적시며 한새가 제욱의 엄지를 부여잡고 작게 칭얼거렸다.

"그래, 가자."

그가 거칠게 눈물을 거둬내고 열심히 맞잡은 손을 흔들어댔다. 그리고 침대 위에 있는 버튼을 누르고 다시 두 손의 깍지를 꼈다. 한새가 만족스럽다는 듯이 그의 손가락을 더듬었다. 그 순간부터 이제 말이 필요없었다. 오랜 시간 동안 친구로 지내오면서 익숙해진 눈빛으로 침묵 속에서 서로의 생각을 읽고 사랑을 속삭이기 시작한 것이다. 그의 호출에 간호원과 의사들이 달려오고, 제욱이 잠시 물러나 한새를 바라보며 눈을 깜빡였다. 한새도 한번 깜빡이며 대답해 주었다.

'너 얼굴 지금 열라 이상해.'

'씻으면 괜찮아져.'

'우리 아기 어때? 정상이야?'

'응, 정상이야. 아주 예쁘고 건강한 아들이다.'

'다행이다. 아들이면 기럭지는 널 닮아야 하는데……'

'생긴 것도 아빠를 닮아야지.'

'그런 게 어디 있냐?'

'억울하면 딸 하나 더 낳든지.'

'누구 좋으라고?'

'이봐, 친구! 이제 좀 결혼해 주지?'

'핏, 좋아하네! 친구, 얼마나 좋아? 위 아 더 프렌드!'

'야! 장한새, 너 정말 이럴래?'

'큭, 덤비려면 덤비든지! 이제 아들도 하나 있겠다, 고제욱쯤은 하나도 안 무섭다.'

'내 아들이야!'

'내 아들이지. 무슨 소리?'

두 사람이 눈으로 나누는 대화는 끝이 없었다. 잠시 어두운 터널을 지나오면서 더욱 돈독해진 그들의 우정이 이제야 진정한 사

랑으로 거듭나게 되었고, 그동안 속에만 담아두었던 마음을 서로
에게 꺼내 보이며 드디어 완벽한 가족이라는 이름으로 평생을 함
께하게 된 것이다.

창밖엔 때아닌 눈이 쌓이고 있었다.

"……맞잡은 두 사람의 손에 힘이 들어갔다. 그리고 늘 함께 걸어가기를 꿈꾸어왔던 그 길을 향해 여태껏 함께했던 익숙한 발맞춤으로 그렇게 한 발자국씩을 떼었다. 공유를 지향했던 우정이 서로에 대한 독점인 사랑으로 변했다지만, 그들에게 있어 웨딩마치는 예전에 함께 어깨동무를 하고 발맞추며 신나게 불러 제꼈던 행진가와 별로 다를 게 없었다. 친구라는 이름으로 늘 함께하면서 가꾸어왔던 그들만의 사랑이 이제야 결실을 맞게 된 순간이었다…… 우와, 멋지다. 언니!"

"으응? 뭐가?"

마지막 수정 원고를 다 읽은 한새가 제연을 향해 글썽이는 눈빛을 던지자 그녀가 쑥스러운 듯 미소를 지어 보였다.

"그런데 이거 언제부터 쓴 거야? 가만히 보면 내용이 예사롭지 않은데?"

제연이 쓴 소설의 주인공은 바로 제욱과 한새였다. 이름만 바뀌었을 뿐 주인공들이 겪었던 자잘한 에피소드나 이야기의 흐름이 딱 그들의 이야기였다.

"꽤 됐어."

"그래? 흠, 이거 나랑 욱이 얘기 같은데? 맞지?"

"응. 왜? 싫어?"

"아니. 그런데 만약에 나랑 욱이가 그렇게 헤어졌으면 어쩔 뻔했어?"

"아, 안 썼을 거야. ……너희 이야기를 쓰, 쓴 거지만, ……실은 내 소망이 담겨 있기도 해. 새, 새랑 욱이가 함께 있는 거 보면 나도, 나도 행복해지거든."

한새가 제연을 와락 껴안았다. 운새가 세 살이니 이제 모두 가족이 된 지 삼 년. 그사이 한 번 더 암이 재발해 힘든 상황도 있었지만, 그것 역시 잘 견딜 수 있었던 것은 바로 제욱이 만들어준 가족 때문이었다. 그들이 한국에 돌아온 지 일 년 후, 제욱의 아버지가 한국으로 들어와 아예 정착을 하자 다른 가족들도 모두 서울 생활을 정리하고 천안 과수원에 내려와 함께 모여 살기 시작했다. 제욱이 이경표가 설립한 회사로 옮기면서 수원으로 통근을 해야 했지만 큰 불만은 없는 듯했다. 그리고 미국에 있는 히람이 두 달이 멀다 하고 한국에 다녀갔으며, 루이사도 얼마 전 한국에 와서 예쁜 딸을 출산하고 돌아갔다. 뒤늦게 서로에 대한 마음을 확인한 가족이라서 그런지 그 우애가 남달랐으며, 그 중심에 서 있는 제욱이 튼튼하게 받아주는 덕에 다시 암이 재발했을 때에도 한새는 두렵지 않았다. 욱이라는 기둥과 가족이라는 울타리에서 당당히 암과 맞서 싸웠기에 이제 거의 완치라는 고지를 앞에 둘 수가 있었던 것이다.

"그, 그런데 언제…… 어, 언제 결혼식 할 거야?"

"결혼식?"

"욱이 또 요즘에 그, 그것 때문에 삐쳤잖아. 몰라?"

"왜 몰라. 그런데 뭐 걔가 그러는 게 어디 하루 이틀이어야지. 휴우, 혼인신고 했으면 됐지, 이제 와서 새삼스럽게 식은……."

"그래도 난 우리 새가 웨딩드레스 입은 거 보고 싶어."

"에이, 됐어. 그런 거 싫어. 아무튼 고제욱 미워 죽겠다니까? 프러포즈도 없이 무작정 제멋대로 혼인신고 해놓고, 가끔 결혼 얘기로 사람 오장육부를 뒤집어놓지를 않나 내가 애를 하나 더 키우는 기분이야. 안 그래, 친구?"

한새가 제연의 시선을 피해 곁에서 놀고 있는 운새의 뒤통수를 쓰다듬었다. 아이가 엄마의 말에 열심히 고개를 끄덕이곤 다시 블록놀이에 집중을 하기 시작했다. 제욱을 닮아선지 벌써 다른 애들보다 머리 하나가 큰 운새는 엄마가 친구라고 불러주는 것을 제일 좋아했다. 그리고 엄마가 아픈 줄 알고 알아서 건강하게 자라주는 아이가 얼마나 고마운지, 볼 때마다 뿌듯하고 자랑스러운 한새였다. 아, 그런데 고제욱! 문제는 바로 운새 부(父) 고제욱이다. 어떤 때는 어른스럽고 기둥같이 느껴지는데, 한 번 화가 나거나 떼를 쓰기 시작하면 아무도 못 말리는 별종. 게다가 요즘 들어 운새가 부쩍 어눌한 말투로 엄마와 아빠를 싸잡아 친구처럼 대하는 경우가 종종 생기자 그런 아이와 신경전까지 벌이는 등 반항이 더 심해지는 바람에 그녀는 이중의 골머리를 앓고 있는 중이었다. 한새가 작게 한숨을 쉬고 외출 준비를 서둘렀다. 오전에 병원에서 결과를 보러 오라는 전화를 받아서이기도 했지만, 어젯밤부터 단단히 삐쳐 있는 제욱에게 오늘은 직접 찾아가 볼 참이었기 때문이다.

한새가 흥분한 기색을 감추며 막 병원 문을 나서려 할 때였다. 눈앞에 영주와 히람이 티미의 손을 잡고 웃으며 병원을 나서는 것이 보였다. 어라? 히람이 연락도 없이 언제 온 거지? 한새가 잠시 머뭇거리는 사이 히람을 알아본 운새가 먼저 다가가 그의 다리를 잡고 늘어지자, 그들이 돌아보며 반가운 기색 반 당황한 얼굴 반을 해 보였다.

"히람, 언제 왔어요?"

"응, 어제."

"한새야, 오늘이 정기검진이었어?"

"아니, 볼일이 있어서. 참, 티미 오늘 제욱이네 CF 촬영 있지 않니?"

"어, 맞아. 지금 가려는 참이야. 이 녀석이 오늘 아침에 갑자기 배앓이를 해서 병원에 가려는데, 마침 히람이 티미가 보고 싶다고 전화를 했더라고. 그래서……."

“그랬구나. 참, 지금 대아엔터로 갈 거면 나도 같이 묻어가도 되지?”

“응? 으응, 그래. 당연하지.”

유난히 오버하는 영주가 의심쩍었지만 한새는 그냥 부드럽게 웃어주고 말았다. 히람이 두 아이의 손을 잡고 계속 그녀들의 눈치를 보며 먼저 앞장을 섰다. 둘 사이에 뭔가가 있군. 영주와 히람이 친구 사이를 유지하고 있는 가운데, 은근히 둘이 서로 잘되었으면 하고 바랐는데, 마침 그녀의 소원이 이루어질 모양이다. 한새가 먼저 영주의 옆 좌석을 낼름 차지하며 그녀의 옆구리를 찔렀다.

“뭐야? 분위기 좋잖아?”

“뭐가? 아냐, 아냐. 그냥 우연히…….”

“에이, 그게 아닌 거 같은데?”

“무슨 소리야? 우린 친구야. 알잖아.”

“누가 친구 아니래? 좀 진한 친구, 맞지?”

“얘가 미쳤어?”

버럭 소리를 지르고 시동을 거는 영주를 바라보다 힐끗 뒤를 돌아보니 히람이 그녀들이 하는 얘기를 알아들었는지 어쩔 줄 몰라 하는 표정으로 창밖을 바라보고 있었다.

“기획서는 읽어본 거야? 스토리 보드가 왜 이 모양이야?”

제욱의 사무실에서 큰 소리가 한참 난 후 풀이 죽은 한 여자 스탭이 눈물이 그렁그렁하게 맺힌 채 뛰쳐나왔다.

"소영 씨, 괜찮아?"

"흑흑. 어쩌면 고 감독님 저러실 수 있어요? 어제는 분명 이렇게 밀고 가라고 하셨단 말이에요. 으헝…… 고 감독님께 칭찬받을 생각으로 잔뜩 들떠서 왔는데, 이건 또 무슨 날벼락이냐구요."

"그러길래 내가 조금 있다가 들어가 보라고 했잖아. 아침부터 쭉 저기압이신데, 왜 부득부득 그때 들어가서 그 불똥을 다 맞고 그래?"

"대체 감독님 왜 그러신데요? 선배는 알아요?"

"글쎄, 낸들 그걸 아나?"

"분명 성격 파탄자일 거예요. 그래서 애인도 없고, 노총각 스트레스를 이렇게 푸시는 걸 거야."

"장난해? 감독님 아들 있다. 몰랐어?"

"네에? 아니, 결혼반지도 없는데 무슨?"

"결혼반지가 없어서 많은 여자들이 감독님 앞에서 난리를 치는데 말이야, 그때마다 감독님이 뭐라고 하시는 줄 알아? 우리 아들한테 이를 겁니다! 큭, 그때 여자들 표정이란…… 소영 씨도 솔직히 말해봐. 감독님께 흑심 품었었지?"

"아, 아니에요! 저런 괴, 괴팍한 사람한테……. 그런데 정말 아들이 있으시대요?"

"응. 가끔 지갑에서 사진 꺼내서 히죽거리실 때 있지? 아들 사진이래."

"어머머머, 그럼 부인은요? 도망갔죠? 그렇죠?"

"그건 몰라. 누구 말에 의하면 예전에 베슨기획 나오시고 나서 프랑스에 가셨던 적이 있으시다던데 그때 프랑스 여자랑 결혼했다는 소문도 있고, 또 예전부터 동거하던 여자가 아이만 낳고 도망갔다는 얘기도 있고……."

"그럼 미혼부? 아이를 혼자 키우시는 거예요? 우와, 놀랍다! 부성애가 넘치는 남자라니 너무 멋지잖아요?"

"뭐가 멋져?"

한참 수다를 떨던 중 갑자니 끼어든 그림자 때문에 두 여자가 동시에 심한 딸꾹질을 시작했다.

"아, 딸꾹! 죄송…… 딸꾹! 합니다."

"뒤에서 남 얘기할 시간도 있고 팔자 좋네, 두 사람. 좋아, 오늘 오후 촬영 때 보자고. 제대로 세팅 안 해놓으면 알지? 그리고 말해 두겠는데, 나 미혼부 아냐. 멀쩡한 마누라가 있는 유부남이야. 왜 이래!"

꽝!

소리없이 다가온 제욱이 커다란 핵탄두를 투하해 놓고 사라지자 사무실 안에 있던 사람들의 얼굴이 다 노랗게 변해 버렸다.

빌어먹을! 내가 왜 미혼부야? 엄연히 마누라도 있고, 눈에 넣어도 안 아플 아들도 있단 말이다. 그뿐이야? 으아악! 이게 다 장한 새 때문이야. 운새 돌 지나면 식 올리자고 할 때 생각해 보겠다고 하더니, 이제 그 흔한 반지 하나 간단히 나눠 끼자고 해도 싫다고 하고, 내가 왜 이런 수모를 당해야 하냔 말이야! 젠장, 젠장, 젠장 맞을!

제욱이 머리를 쥐어뜯으며 마치 성난 코뿔소처럼 씩씩거렸다.
그리고 사무실 창 너머로 직원들이 그의 눈치를 보며 힐끗거리는
것이 보이자 재빨리 블라인드를 치고는 핸드폰를 잡았다.

"혀엉."

자꾸만 음성사서함으로 넘어가는 한새의 휴대전화 때문에 이제
막 폭발 일보 직전의 제욱이 화를 억지로 참으며 쓰러지듯 소파에
주저앉았을 때였다. 히람이 어깨가 축 처진 채 들어와 그와 함께
소파에 널브러졌다.

"언제 왔냐?"

"어제."

"티미는?"

"밑에 영주하고 형수랑 함께 있어."

"왜 같이 안 올라오고?"

"이 이사라는 남자하고 또…… 무슨 프로게이머라는 사람하고
만나고 있어."

"프로게이머? 김진재?"

"그런 이름이었던 것 같아."

제욱이 이마에 꾸불꾸불한 굴곡을 만들어냈다. 김진재는 오늘
오후에 들어갈 대아컴퓨터 광고 촬영의 메인 모델로 요즘 한창 잘
나가는 게이머였다. 대아그룹에서 그를 스폰해 주기 때문에 이번
컴퓨터 CF 모델로 삼았지만, 그보다 더 큰 이유는 그의 수려한 용
모와 더불어 자신감 넘치는 게임으로 많은 여성 팬은 물론 다양한
팬층을 확보하고 있었기 때문이다. 하지만 놈은 역시나 인기만큼

싸가지가 없었다. 한마디로 거만 덩어리라고나 할까? 얼마 전 캐스팅을 위해 만났을 때도, 혼자 무게를 다 잡고 마치 감독이나 된 듯이 꼬치꼬치 따지고 드는 바람에 제욱의 꼭지를 돌게 만든 장본인이었던 것이다. 게다가 어제, 케이블 TV로 중계하는 그의 게임을 보고 있던 한새에게 이런저런 김진재에 대한 실체를 낱낱이 파헤쳐 주었으나 그녀는 눈에 하트를 달고 TV에 빠져 있었을 뿐, 자신의 말은 거들떠보지도 않더란 말이다. 그뿐인가? 오늘 촬영에 와서 사인이라도 받으면 안 되겠냐고 부탁을 하는 바람에 그의 이름을 들으면 자동적으로 스팀다리미처럼 머리에 김이 모락모락 피어올랐다. 그러나 제일 커다란 미운 털은 바로 그가 한새의 옛 연하 남자 친구였다는 데 있었다. 제욱이 입에 거품을 물었다. 일에 대한 철두철미한 직업의식이나 여러 가지 광고의 파급효과를 생각하지 않았다만 당장 잘라 버렸을 터였다.

"미친놈. 일을 하러 온 거야, 노닥거리러 온 거야?"

"내 말이."

"그런데 넌 왜 그렇게 시큰둥해? 혹시 영주 때문이냐?"

"그렇다기보다……."

"솔직히 난 그 여자 마음에 안 든다. 그나마 티미 엄마이고, 한새에게 잘하니까 참아주는 거야. 설마 아직도 그 여자에 대한 미련이 있는 건 아니겠지?"

"영주는 매일 친구라고 해."

"지랄하네. 여자랑 남자가 어떻게 친구가 돼?"

"형하고 형수는 친구였잖아."

"친구인 척한 거지. 그나저나 빨리 정리해라. 친구 하다가 슬쩍 애인 되고, 그러다가……."

"몰라, 모른다고!"

히람이 얼굴을 잔뜩 찌푸리고 엎어지자 제욱이 인상을 쓰며 그를 다그치기 시작했다.

"너 솔직히 말해. 정리 안 돼? 사고쳤냐? 응?"

"그, 그게……."

"으악! 난 지금도 그 여자 보는 거 반갑지 않은데 네가 이 모양이면 어쩌라는 거야? 그냥 이영주는 티미의 엄마로만 생각해, 이 등신아! 빌어먹을! 외국 놈이 왜 이렇게 생각이 고루해?"

"고루?"

"그래, 새꺄!"

안다, 자신이 얼마나 억지를 쓰고 있는지. 제욱은 히람이 아직도 이영주를 많이 사랑하고 있으면서도 형 입장을 생각해 그녀에게 다가가지도 못하고 빙빙 돌다가 이제야 겨우 서로를 편하게 보고 있다는 것을 눈치채고 있었다. 친구? 빌어먹을, 세상에서 제일 섬뜩한 단어다. 하지만 그것 때문에 그나마 지금까지 한새와 함께 할 수 있었던 게 아닌가? 그런데 녀석은 아직 이러지도 저러지도 못하고 있다. 불쌍한 놈! 자신의 입장만 생각했던 것이 미안해지자 제욱이 괜히 그의 어깨를 치며 투덜거렸다.

"좋아. 한 번만 봐준다. 이번에 온 김에 확 잡아버리지 못하면 그때는 진짜 결사반대야. 할 수 있어?"

"응? 진짜?"

"그래, 바보 같은 놈! 그냥 밀어붙여! 확 덮쳐 버리라고!"

"요즘 여자들이 그렇게 한다고 넘어오는 것도 아니고 그건 좀 그렇다. 특히 영주는 더 까다롭더라고. 아무리 해도 안 돼."

"뭐? 그럼 니들 벌써?"

"응. 그래도 친구라니 미치겠는 거지."

"돌아가시겠군."

"어떻게 해야 하지?"

"뭘 어떡해? 여기서 징징대지 말고 그냥 납치해서 협박해 버려."

"그게 통할까?"

"그야 해봐야 알지. 그나저나 부럽다, 인마."

"뭐가?"

제욱이 이제 풀이 죽은 모습으로 의자에 찌그러졌다. 조금 전까지만 해도 의기소침해 있던 히람이 무슨 생각을 했는지 잔뜩 흥분한 얼굴로 그의 사무실을 나가며 소리쳤다.

"내가 가서 형수랑 영주 옆에 있는 놈들 다 밀어놓고 올게."

웃기는 놈! 어디다 밀어? 그가 낮게 자조적인 웃음을 흘렸다. 지금 당장이라도 밑에 내려가 한새의 손목을 잡아끌고 오고 싶은 마음은 굴뚝이었으나 억지로 참아내는 제욱이었다. 어젯밤에도 티격태격하다가 속 좁은 놈이라는 소리까지 들었는데, 오늘까지 일을 친다면 거의 회복불가능일 터였다. 한새는 이제 거의 완치 단계였다. 한 번의 재발이 있었지만 용감하게 잘 견뎌줬고, 지금은 예전처럼 건강해져 제법 포동포동 살이 오른 상태. 그런 그녀가 고마웠고 곁에 있어주는 것만으로 행복하다고 느끼기는 하지만…… 그건 마음뿐이지, 몸은 말을 듣지 않았다. 벌써 삼 년 동안 거의 독수공방을 하는 왕성한 성욕의 남자가 어디 가겠는가? 물론 가끔 한새가 그녀만의 방법으로 그를 위로해 주기도 했지만, 그건 차원이 달랐다. 그녀를 안고 싶어 안달이 나다 못해 거의 욕구불만에 빠져 있는 자신의 모습이 처참했고, 가끔 참을 수 없을 때는 이렇게 별거 아닌 일로 한새에게 짜증을 부리고 마는 자신이 한심해 죽을 지경이었다. 그렇다고 다른 여자를 보면 동하느냐? 이상하게도 그럴 때는 제법 이성이 작동을 한다. 한새가 곁에서 함께 있어주는 것만으로도 행복하지 않느냐고 이성이 브레이크를 걸어주는 것이다.

오랜만에 우연히 이경표, 김진재와 만나 잠시 수다를 떨고 있는 중에도 한새의 마음은 영주에 대한 궁금증으로 가득 차 있었다. 결국 두 사람을 어렵게 떼어놓은 그녀가 더 이상 참지 못하고 영주를 다그치기 시작했다.

"솔직히 말해봐. 히람하고 잘되어가는 거지?"

"잘되어간다기보다……."

"으이구, 뭘 망설여? 그냥 자빠뜨려 버려! 히람 눈을 보면 몰라? 이제 티미도 학교에 다니는데, 언제까지 그렇게 친구 친구 하며 지낼래?"

"확실히 여자랑 남자 사이에 친구란 게 좀 힘들겠지?"

"두 사람 사이에 감정이 있는 한 힘들지. 하지만 그렇지 않다면 여느 동성들 간의 우정보다 단단하다고 봐."

"그렇군. 하긴 니들 보고도 내가 이런다."

"나도 마찬가지야. 아직 친구로서 제욱이 더 좋아. 남자로서는…… 모르지, 걔가 얼마나 고집불통에 속이 좁은지? 으악, 나 미치겠다."

"큭, 내가 보기엔 귀엽던데."

"귀엽긴 개뿔."

"왜? 둘이 아직도 싸우니? 뭘 가지고 싸워? 내가 보기엔 부럽기만 하구만."

어떻게 설명해야 할까? 가족이라고 생각하면서도 그녀가 가진 병으로 인해 아직도 곁으로만 떠돌고 있는 두 사람을 말이다.

"내가 문제야. 내 몸이 이러니까 늘 제욱이를 밀어내는 위치지."

"결혼 문제 말이구나?"

"그것도 그렇고……."

"아하, 부부 사이 일?"

"솔직히 내 아픈 꼴을 다 본 마당에 여전히 날 여자로 느끼는지 궁금하기도 하고, 또 혹시나 친구와 가족으로서의 의무감 때문에 결혼하자고 하는 건 아닌지 아직 잘 모르겠어."

"이 바보들. 여전히 변한 게 없네. 그러다가 평생 둘이 손만 잡고 늙어 죽을래? 확인해 봐. 그리고 대화를 하라고!"

"어떻게?"

"덮쳐!"

"야, 그건……."

"아무튼 사람들 웃겨. 남의 일은 쉽고 자신의 일은 어려우니. 내가 보기엔 네가 나보다 더 쉬울 거 같은데? 한번 덮쳐서 녀석의 반응을 보면 될 거 아냐. 그리고 솔직히 이러이러하다고 말해. 내가 보기엔 니들 그 어느 커플보다 더 열렬히 서로를 사랑하고 있어. 그런데 아직도 소꿉장난하는 듯하니, 쯧쯧쯧."

"너나 잘하지?"

"푸하하!"

"크크큭."

두 여자가 시원하게 폭소를 터뜨렸다. 머리로는 되는데, 감정에서 행동으로 옮겨지기까지가 왜 이렇게 힘든 건지. 그래, 말하자. 그동안 제욱이 마음고생을 한 만큼 자신도 힘들었다고 고백해 보자. 아마, 사랑한다면 이해해 주리라. 아니, 친구니까 통하겠지? 한새가 가까스로 용기를 내어 마음을 다잡았다.

촬영이 시작된 지 벌써 네 시간. 제욱의 머리는 이제 폭발 일보 직전이었다. 촬영이 잘 안 풀리는 것도 있지만, 구석에서 한새와 경표가 노닥거리는 것이 신경이 쓰여 허둥대다 보니 자꾸만 짜증을 내고 있던 것이다.

"잠깐, 컷! 김진재 씨, 그렇게 무게만 잡지 말고 저 아이처럼 좀 활짝 웃을 수 없습니까?"

"저게 웃는 얼굴이에요? 계속 애가 징징대고 있잖아요. 그러니 처음부터 제가 꼬마 대신 여자를 쓰자고 하지 않았습니까? 그러면 금방 끝났을……."

"네가 감독이야!"

드디어 터져 버렸다. 대체 히람과 영주는 어디 갔는지 촬영이 길어지자 아이가 계속 찡찡댔고, 김진재의 표정도 부드럽게 나와 주질 않아서 애를 먹는 와중에 그가 던진 한마디에 제욱이 폭발해 버린 것이다.

"네가 해, 그럼!"

"감독님!"

"고 감독!"

제욱이 김진재 앞으로 다가서서 인상을 쓰자 여기저기서 당황하며 난리가 났다.

"이봐, 지금 누가 누구한테 화내야 하는 거야? 나도 스케줄이……."

"잠깐만, 고제욱 씨, 김진재 씨!"

아무도 두 사람 사이에 껴들지 못하고 발만 동동 구르는 가운데 갑자기 한새가 비집고 나섰다. 제욱의 인상이 더 험악해졌다.

"애들도 아니고, 두 사람 왜 이래요?"

"네가 어딜 나서!"

"운새 아빠!"

한새가 버럭 소리를 지르자 제욱이 찔끔하고 꼬리를 내렸다. 주위의 사람들이 모두 놀란 표정을 짓는다.

"그래, 내가 참견할 건 아닌데, 성질 죽이고 빨리 끝내면 안 돼? 이 남자 원래 표정이 이래. 그래도 멋있잖아. 그런 걸 여자 팬들이

더 좋아한다고. 김진재 씨, 미안한데요, 우리 남편이 오늘 좀 컨디
션이 안 좋아요. 이해해 줄 수 있죠? 그래도 우리 남편밖에 멋있게
찍어줄 사람이 없다는 거 잘 알잖아요. 자, 티미야, 큰엄마가 이거
끝나면 맛있는 거 사줄게. 조금만 더 예쁘게 웃자. 응?”

몇 마디에 쉽게 상황 종료!

이경표와 한새가 함께 등장하여 촬영장 구석에서 애기를 하고
있는 것을 본 다른 스텝들이 그녀에 대한 궁금증으로 계속 그들의
눈치를 보더니, 이제는 경악에 가까운 표정을 지으며 수군거리기
시작했다.

“어머, 그럼 저 여자가 말로만 듣던 고 감독님 부인이야?”

“그러게. 난 이 이사님 애인인 줄 알았어.”

“으와, 화내는 것도 귀엽다, 저 여자.”

제욱이 얼굴을 붉히고 다시 제자리를 찾으며 스텝들을 향하여
인상을 구겼다. 하지만 그의 마음은 한결 가벼워져 있었다. 김진
재도 멋쩍은지 미안하다는 말을 하고는 다시 세트로 올라갔다. 한
새가 웃음기 가득한 목소리로 커다랗게 그의 등 뒤에서 소리를 질
렀다.

“자, 빨리 끝냅시다. 끝나면 이사님께서 저녁 쏜다고 하시네
요!”

“어라? 장한새! 내가 언제?”

“정말 고 감독님 부인이세요?”

스텝들 중 한 남자가 더 이상 참지 못하고 그녀에게 질문을 던
졌을 때였다.

“우리 엄마는 아빠 친구예요.”

운새가 그녀의 다리를 부여잡고 또박또박 말을 하자 사람들이 다시 어리둥절한 표정을 지었다. 한새의 얼굴도 이상하게 찌그러졌다.

“자, 뭣들 하는 거야? 마지막으로 한 번 더 가자고!”

그러게, 장한새! 잘난 척한다 했다. 제욱이 버럭 소리를 질러 상황을 무마하고 다시 촬영을 하기 시작했다.

끄응. 이제 고제욱을 다독일 차례다. 한새가 제욱의 사무실 문 손잡이를 잡고 크게 심호흡을 했다.

“뭐 해?”

뭔가를 정리하고 있던 제욱이 고개를 들었다가 그녀를 보고 다시 고개를 숙이며 바쁜 척을 해댔다. 으흠, 삐쳤다고 온몸으로 유세를 떨고 있군.

“이 이사님이 다른 스텝들 다 데리고 저녁 먹으러 나갔고, 운새와 티미는 히람이 와서 데리고 갔어.”

“그 녀석들 어디 갔었대?”

“내가 좋은 시간 보내라고 했거든.”

“그래도 그렇지, 사람 난감하게 애를 내팽개치는 부모가 어디 있냐? 게다가 훤한 대낮에 어디서 좋은 시간을 보냈다는 건지.”

“왜, 둘이 잘되는 게 싫어?”

“좋지도 않아.”

“이제 영주에 대해 심통 좀 그만 부리지?”

"개한테는 감정없대도?"

"그럼 나구나?"

한새가 빙긋 웃음을 흘리며 그에게 다가섰다. 아, 자식, 삐친 얼굴도 잘생겼다.

"어제 내가 속 좁다고 해서 화났지? 그리고 오지 말라고 했는데, 촬영장까지 와서 열받았지?"

"아냐."

"나 오늘 사인 안 받았어. 그리고 진재 걔 오늘 보니까 피부가 너무 많이 상했더라."

"아니라니까! 누굴 진짜 속 좁은 놈으로 아나?"

"알았어, 미안. 난 우리 욱이가 세상에서 제일 멋지다고 말하려고 했던 것뿐이야."

"알아."

으익! 한새가 인상을 쓰려다가 다시 눈웃음을 치며 그의 목에 매달렸다. 지금 풀어야 한다. 그렇지 않으면 3박 4일 동안 모든 사람들에게서 고제욱이 사고치고 다니는 얘기만 듣게 되리라.

"이러니까 진짜 고목나무에 매미 같네."

"이제 알았냐?"

"헤헤. 난 이러고 있을 때가 제일 좋더라. 힘들어?"

고개를 가로젓는 제욱의 표정이 조금 누그러져 있었다. 한새가 두 팔을 그의 목에 두르고 다리를 허리에 감으며 고개를 갸우뚱거렸다.

"나 살찐 거 같지?"

“됐어. 네가 살쪄봤자지.”

퉁명스럽게 말을 하면서도 제욱이 그녀를 안은 팔에 더욱 힘을 주었다. 그가 그녀를 매달고 책상 앞에서 짐짓 정리하는 척을 하며 다시 입을 열었다.

“할 말 있으면 해.”

“내가 뭐?”

“너, 이러면 할 말 있다는 거잖아.”

“흐흐, 눈치도 빠르셔.”

“그까이꺼 뭐,”

목소리 톤도 이제 조금 밝아졌다. 하지만 이 말을 이해할 수 있을까? 한새가 살짝 입술을 깨물며 망설이듯 조심스럽게 입을 열었다.

“나 오늘 병원 다녀왔어.”

“헉!”

제욱이 마우스를 만지작거리던 손을 멈추고 그녀를 고쳐 안았다.

“병원에서 뭐래?”

“괜찮대.”

“어떻게 괜찮대? 내일 아니었어? 오늘이야? 같이 가기로 해놓고 왜 너 혼자 가?”

“아, 결과가 좀 빨리 나왔다고 해서 얼른 보러 갔지.”

“자세히 말해봐!”

“실은 저번 검사하러 갔을 때부터 이제 괜찮다고 했거든. 그런데 마음이 놓여야 말이지. 근데 이젠 정말 건강하대. 그리고……
해도 된대."

"정말이야? 진짜? 그런데 뭘 해도 돼?"

"그거……."

띵! 머리가 어질어질했다. 반짝이는 그녀의 눈에 그냥 빨려들
것 같았다. 이젠 안 아프구나, 우리 한새. 안도감이 한쪽 가슴을
쓸어내리고, 다른 쪽 가슴은 기대감으로 심하게 부풀러 올랐다.

"헉, 지, 진짜? 이젠 해도 된대?"

"좋댄다."

"장한새!"

당황한 제욱이 목까지 벌겋게 물들이고 버럭 소리를 질렀다. 장
난기 가득한 한새의 눈이 그를 당황스럽게 만들었다. 그리고 여기
저기 손으로 만져 오며 시동을 거는 한새에 비해 그는 꼼짝도 할
수가 없었다. 머리에서는 그녀의 상태가 어떤지 자세히 설명을 들
어야 한다고 하면서도 몸이 말을 듣지 않고 제멋대로 반응해 버리
고 있었기 때문이다.

"그동안 우리 욱이 너무 고생 많았어."

한새가 쪽 하고 소리나게 입맞춤을 하곤 환하게 웃어 보였다.
이제 그늘이 보이지 않는 미소. 억지로 아픔을 참으며 웃는 것이
아니라 진짜 고맙다는 표정이다. 그의 눈앞이 뿌옇게 흐려졌다.

"너무너무 고마워서 이걸 다 어떻게 갚아야 할지 모르겠어."

"그럼 결혼해서 갚아."

목이 멘 제욱이 마음과 달리 퉁명스럽게 중얼거렸다.

"결혼? 또 그 얘기야? 야, 그깟 식이 뭐가 그리 중요하다고……."

"중요해. 너와 나의 관계를 공식적으로 사람들에게 인정받는 절차니까. 우리 사무실 사람들, 내가 유부남이란 거 모르는 사람이 더 많아. 친한 사람이야 알지. 아무도 안 믿는다니까? 아까 봤지? 그래서 다들 너 보고 놀란 거라고. 나보고 미혼부라는 소문까지 돌고 있으니 뭐 말 다 했지."

"뭐라고? 진짜야? 어떤 기집애들이 못 믿어? 이것들을 확 그냥!"

한새가 그를 밀치고 달려나가려 하자 제욱이 잡아채 그녀의 입술을 덮쳐 버렸다. 진짜 한새로 돌아왔다. 건강하고 씩씩한 나만의 장한새로. 제욱이 이제 그녀의 몸이 으스러져라 껴안으며 입술을 탐하기 시작했다. 비비고 빨고 핥고 오랜만에 포식을 하는 그의 심장이 투둑투둑 제 마음대로 날뛰는 것이 느껴졌다. 좋다, 오늘따라 이 입술이 더 맛있다. 건강해진 입술이라서 그런가? 이제 마음 놓고 탐해도 되는 거라서? 촉촉하고 말캉한 그녀의 혀가 그에게 파고들며 그의 숨을 다 뺏어버리는 통해 숨이 가빠왔지만, 제욱은 그 숨이 다할 때까지 그대로 있고 싶었다.

한참을 그렇게 서로의 입술을 탐하던 두 사람이 한새의 작은 손짓 하나에 거친 숨을 몰아쉬며 떨어졌다. 그리고 잠시 흥분을 가라앉히기 위해 서로의 품에 기대었다.

"이런, 난 또 네가 그런 줄도 모르고…… 나 원망 많이 했겠다."

한새가 제욱의 입술을 매만지며 안타까운 표정을 지었다. 바보야, 이게 아닌데…… 안다. 왜 그녀가 결혼식에 대해 그렇게 민감하고, 반지 하나에 싫은 표정을 하는지. 온전치 못한 몸으로 무작정 결혼식을 해버리는 것이 두려웠을 것이다. 혼인신고야 어쩔 수 없다고 하지만, 남들에게 완벽한 부부임을 선언하는 그 자리에 약한 모습으로 누군가에게 동정을 받는 것도, 게다가 건강 상태가 불투명하니 미래도 불투명하고, 그런 미래를 함께하자고 덜컥 약속하여 괜히 그에게 부담이 될까 봐 고민하는 걸…… 왜 모르겠는가?

"많이 했지. 그런데 말이야, 지금 그게 중요한 게 아니거든?"

"그럼 뭐?"

아, 하고 싶다! 하지만 선뜻 말이 떨어지지 않는다. 바보같이 좋은 소식을 듣자마자 발정난 숫소처럼 굴 수는 없지 않은가! 게다가 사무실이니…… 그런데 자꾸만 한새가 이상야릇한 표정을 지으며 온몸을 딱 붙여오는 탓에 제욱은 이제 죽을 맛이었다.

"음, 우리 욱이 하고 싶구나?"

"왜? 넌 싫어?"

허스키한 제욱의 목소리가 한새를 부끄럽게 만들었다. 오래전부터 그가 얼마나 힘들어했는지 아는 터라 지금이라도 당장 그를 위로해 주고 싶다는 마음이 들었지만, 실은 그것보다 부끄러움이 앞섰다. 암과 싸우면서 흐트러진 몸을 보여주는 것이 마음에 걸렸다.

"그게 아니라……."

"난 못 참겠어."

제욱이 번쩍 그녀를 안아 들고, 오디오 버튼을 누른 다음 조명을 어둡게 낮춰 버렸다.

"사무실이잖아. 사람들 들어오면 어떡하려고?"

"다들 이경표 따라갔다면서? 그리고 혹시나 있다 해도, 다들 내가 이 음악을 틀어놓으면 기분이 안 좋다는 것을 알고 있으니까 방해하는 사람은 없을 거야."

그가 튼 오디오에서 마리아 칼라스의 목소리가 흘러나왔다. 우아한 그녀의 비브라토를 따라 제욱의 손이 바쁘게 한새를 탐하기 시작했다. 그가 소파에 그녀를 뉘이고 온몸으로 짓누르며 뜨거운 시선을 맞춰왔다. 등 뒤에 느껴지는 폭신한 소파와 묵직하게 기대오는 그의 하체가 그녀를 점점 들뜨게 만들었다. 한새의 얼굴을 훑던 제욱의 입술이 턱을 따라 내려오다 젖혀진 목선을 더듬고 셔츠 깃 사이에 드러난 가슴을 희롱할 때는 저절로 신음이 흘러나올 정도였다. 한새가 그의 척추를 쓰다듬으며 더욱 가슴을 내밀었다. 그가 으르렁거리며 셔츠 위로 바짝 달아오른 유두를 씹어댔다.

"아!"

"아파?"

살짝 고개를 든 그의 얼굴이 열망으로 붉게 물들어 있었다. 하지만 걱정으로 그의 눈빛이 잠시 흔들리는 것을 보고 한새가 살짝 고개를 젓고는 다시 자신의 가슴에 그의 얼굴을 가져다 대었다. 그의 단단한 허벅지가 사정없이 그녀를 압박해 왔다. 두 사람을 실은 소파가 민망하게 요란한 소리를 내며 출렁거렸다. 이제 트랙이 넘어가고 다시 흘러나오는 마리아 칼라스의 중얼거림에 한새가 신음으로 코러스를 넣었다.

"으음."

머리에서는 아직 이르다는 생각에 부끄러움이 휘몰아치고 있었지만 몸은 아주 솔직하게 반응하고 있었다. 그녀의 가슴에 얼굴을 묻었던 제욱이 고개를 들어 그녀의 입술을 감질나게 애태워 댔다. 그녀의 이성을 날려 버리려는 듯 잔뜩 열기를 불어넣고는 잘근잘근 입술을 씹다가 다시 거칠게 빨아대는 등 정신을 차릴 수 없도록 그녀를 몰아붙였다. 가끔 입맞춤을 나누고 서로의 몸을 만지기는 했지만, 이런 기분은 정말 간만이었다. 오랜만에 서로를 완벽하게 소유하고자 하는 욕망과 바로 일어날 행위에 대한 기대감이 주는 긴장감 때문에 두 사람은 아주 쉽게 달아오르고 말았다. 제욱이 혀로 그녀의 귀를 간질이며 숨을 헐떡였다.

"저, 정말 괜찮아?"

어느새 손이 한새의 바지를 더듬고 있으면서도 제욱은 그녀의 기분을 살피는 것을 잊지 않았다. 눈에 가득한 열정, 들뜬 그의 표정이 견딜 수 없이 사랑스럽게 느껴지자 한새가 두근대는 심장을 부여잡고 그의 뺨에 자신의 뺨을 비벼댐으로써 답을 해주었다. 제욱이 용기를 얻은 듯, 갑자기 자신의 웃옷을 벗어버리고 그녀의 셔츠를 헤친 채 온몸을 부대껴 왔다. 달아오른 그의 몸에서 느껴지는 미끈거림, 남성다운 체취에 한새는 이제 그를 당장 소유하지 않으면 안 될 것 같은 강한 욕망을 느꼈다.

"아!"

하지만 어느새 바지가 내려지고 제욱의 입술이 점점 더 밑으로 내려오자 한새가 움찔하며 허벅지를 포갠 채 그의 어깨를 밀고 말 았다. 아무리 조명이 낮다고 해도 상처가 다 보일 거란 생각이 그 녀를 주저하게 만든 것이다.

"자, 잠깐!"

"왜?"

"거, 거긴……."

그녀가 말을 끝맺기도 전에 제욱의 혀가 그녀의 상처를 부드럽 게 훑어 내렸다. 그리고 수풀을 지나 한껏 물이 오른 샘에 얼굴을 묻었다. 한새가 기겁을 하고 다시 그를 밀어내려 애를 썼다.

"차, 창피해."

"괜찮아."

"그래도……."

제욱이 한새의 허벅지를 쓸어내리며 그녀의 배꼽에 자잘한 키 스를 퍼부었다. 그의 입맞춤에 묻어 있는 따뜻함에 그녀는 울컥 눈물이 날 것 같았다.

"영광의 상처잖아, 나만 볼 수 있는."

"흉할 거야."

"예뻐, 미치게 예뻐. 지금 흘러나오는 노래처럼."

오페라 노르마에 나오는 아리아 casta diva는 정결한 여신이란 뜻으로 제욱이 제일 좋아하는 곡 중 하나였다. 그가 한 말을 이해 한 한새가 어쩔 줄 모르며 머뭇거리는 사이, 제욱이 그녀의 다리 를 벌리고 그녀의 여성을 대범하게 공략해 나갔다. 애타게 꺾이는 마리아의 음색과 같이 한새가 온몸을 뒤척이며 숨을 몰아쉬었다.

부끄럽다. 하지만 그가 주는 기쁨은 거부할 수 없을 정도로 황홀하다.

흐느끼는 듯한 마리아의 목소리에 한새의 섹시한 신음이 섞이며 점점 제욱을 흥분시켜 놓았다. 두 눈을 감은 채, 어쩔 줄 모르며 기쁨을 아낌없이 표시하는 그녀의 표정이 견딜 수 없을 만큼 사랑스러웠다. 제욱이 더 이상 참지 못하고 한새를 일으켜 안고 그녀의 입술을 잘근잘근 씹어댔다. 그리고 한새의 엉덩이를 들어 그대로 주저앉힘으로써 깊은 결합을 시도했다.

"읍."

"헉."

약간 찌푸린 그녀의 표정 때문에 제욱이 잠시 그녀를 안은 채 턱까지 오른 숨을 진정시켰다. 이대로 폭발할 것 같다. 하지만 그녀를 생각해야 한다. 조금 더 부드럽게, 조금 더 천천히…… 그녀가 적응할 수 있도록 제욱이 조심스럽게 몸을 움직였다. 오랜만에 시도한 결합의 처음은 매끄럽지 않았지만 어느 정도 적응이 되자, 한새가 사정없이 그를 조여오며 허리를 비틀어대는 바람에 그는 그대로 사정해 버릴 뻔했다. 느긋하게 즐기고 싶은데 몸과 마음이 급한 것이 마음에 들지 않았다. 제욱이 거친 숨을 몰아쉬며 그녀의 엉덩이를 잡아 속도를 늦추려 애를 썼다.

"하아, 하아……."

뜨거운 그녀의 숨결이 이마에 느껴지고 온몸이 팔팔 끓어댔다. 두 사람의 몸과 몸이 부딪치며 내는 마찰음이 그의 귀를 묘하게 자극해 댔다. 한새가 그의 어깨에 고개를 박고 등에 사정없이 상처를 만들어내도 아픔이 느껴지지 않았다. 오히려 그것은 제욱에게 견딜 수 없을 만큼의 절정을 끌어내고 있었다.

"으헉, 하아, 아…… 우, 욱아."

그녀가 눈을 감고 고개를 젖혀 머리를 흔들자, 이번에는 제욱이 그녀의 목에 이를 박았다. 칙칙폭폭 머리에서 김이 나고 가녀린 그녀의 목에 붉은 자국이 나도록 빨아댈 때에는 막 칼라스의 마지막 아리아가 흘러나오고 있었다. 제욱이 더 이상 참지 못하고 그녀를 누인 채 마지막 고지를 향해 빠르게 엉덩이를 움직여 댔다.

"으허어억!"

"하아아악!"

마지막 소절이 끝나고 마무리를 짓는 오케스트라의 음악에 맞춰 두 사람이 널브러졌다. 제욱이 빙그르 돌아 한새를 품에 안고는 그녀의 뒤통수를 천천히 쓰다듬었다. 눈앞에 은하계가 폭발하는 것을 보았다고 하면 믿을까? 아직 제대로 숨이 다스려지지 않았다. 목이 마르고 다시 눈앞이 아득해졌다.

"괜찮아? 무리한 거 아냐?"

제욱의 품에서 한새가 도리질을 해댔다. 아직 흥분이 가시지 않아 오그라들은 목소리가 제대로 나와주지 않는다.

"미안, 내 욕심만……."

"아니래도."

한새가 그의 가슴에 턱을 괴고 그의 얼굴을 바라보았다. 땀으로 범벅이 되어 있는 푸르스름한 턱을 쓰다듬는 그녀의 손길이 부드러웠다.

"최고였어."

만족스러운 한새의 목소리에 제욱이 웃음을 터뜨리는 바람에 그녀의 몸이 잠시 출렁댔다. 그가 몸을 돌려 한새를 소파에 누이곤 티슈를 집어 꼼꼼하게 땀을 닦아내기 시작했다. 그녀가 맨몸의 제욱을 눈으로 쓸며 나른한 그의 손길을 견뎌냈다. 어둠침침한 실내 조명에도 아랑곳하지 않고 그의 아름다움이 선명하게 눈에 박히며 그녀를 벅차게 만들었다.

"예쁘다, 우리 욱이."

"너도."

한새의 허벅지를 지나 여성 근처에 다다른 제욱의 손이 잠시 멈칫거렸다.

"아, 그만 해. 옷 입을래. ……보지 말라니까?"

"어때, 한두 번 봐?"

"그래도, 그때는 아팠을 때 소독해 주려고 어쩔 수 없이…… 그런데 아직 내가 여자로 느껴져? 그러니까 그게……."

"조금 전의 날 보고도 몰라? ……고마워, 한새야. 정말 고마워."

제욱의 목소리가 물기에 젖어든 것을 보고 그녀가 놀란 눈으로 그를 바라보았다. 그가 한새의 눈빛을 피해 여전히 뚫어져라 그녀의 몸을 훑으며 나지막이 속삭였다.

"이렇게 널 안을 수 있기를 얼마나 꿈꿔왔는지 몰라."

부드럽고 떨리는 손으로 그녀의 둔부를 쓰다듬는 제욱 때문에 한새가 웃으며 눈물을 흘리는 기이한 반응을 보이고 말았다. 그녀가 눈물을 닦고 제욱의 품에 와락 안겨들며 입을 열었다.

"바보, 삐친 거 다 풀렸나 보네. 역시 몸빵이 최고라니까?"

"헉! 기집애 말하는 폼새 하곤. 그리고 뭐? 내가 언제 삐쳤다고 그래?"

"맞잖아. 어제부터 주욱 저기압이었지, 게다가 아까 내가 경표 오빠나 진재랑 얘기할 때는 도끼눈을 뜨고 쳐다봤잖아."

"뭐? 경표 오빠아? 진재? 하, 언제부터 놈들하고 친했다고……."

"크큭. 고제욱. 계속 이렇게 말싸움할까, 아니면 다른 음반 들을래?"

"너, 너……?"

"이번엔 내가 고른다?"

제욱이 대답 대신 빙긋 미소를 짓고 그녀를 안아 든 채 오디오로 가까이 다가갔다.

"좀 긴 걸로 골라봐."

알몸의 두 사람이 음악을 틀어놓고는 또다시 그들만의 파티를 시작했다. 한새는 그동안 자신을 짓눌렀던 모든 고통에서 해방되는 것을 느꼈다. 여전히 자신을 여자로 사랑해 주는 제욱이 고마웠다. 더 이상 기다란 부연 설명을 하지 않아도 되고, 단순한 터치와 표정으로 대화하는 두 사람이야말로 이제 친구를 넘어선 진정한 부부라는 확신이 들었다. 아직 그가 사랑한다는 말을 대신할 다른 말을 찾지 못했다고 하나, 그것은 지금까지 제욱이 자신에게 한 헌신적인 노력 때문이라도 끝까지 기다려 주어야겠다고 생각하는 한새였다.

삼 개월 후.

제욱이 거칠게 택시에서 내려 앞을 노려보며 씩씩거렸다. 사연인즉슨 며칠 전부터 웨딩 잡지를 뒤적이며 드레스는 어떤 게 예쁜지, 결혼식장은 어디가 좋을까 물어오는 한새를 보고 드디어 그녀가 마음을 바꾸었다고 확신을 했다. 그래서 그녀에게 근사한 프러포즈를 할 요량으로 한강이 내려다보이는 레스토랑에 그녀를 불러냈는데 글쎄, 그 자리를 한새가 또 배신해 버린 것이다. 눈치없는 녀석 같으니라고! 그녀가 온 집안 식구를 데리고 나오는 바람에 프러포즈 자리가 갑자기 제연의 처녀 소설 〈나의 친구, 나의 사랑〉 출간 축하 자리로 바뀌었으며, 게다가 식사 자리에서 아버지가 뜬금없이 영주와 히람의 결혼을 허락하더니 그대로 그 자리에서 날짜가 잡혔다. 제욱은 한마디 벙긋하지 못하고 당했다. 알고보니 다 한새와 아버지의 계획이었던 것이다. 행복해하는 영주와 히람의 모습을 보며 제욱은 식사엔 손도 대지 않은 채, 혼자 포도주병을 다 비워 버렸다. 가족들은 그런 그의 마음도 헤아려 주지 않은 채, 제연과 히람만 챙기기 바쁘더라. 제기랄!

씩씩대며 혼자 집에 돌아온 제욱이 주머니 안에 있던 반지 케이스를 화장대에 던져 버리고는 거칠게 침대에 쓰러졌다. 아무리 생각해도 장한새가 너무하다는 생각과 가족들에게 원망스러운 마음만 들었다.

술기운에 침대에 쓰러진 채 그대로 잤나 보다. 제욱이 어디선가 들려오는 노랫소리에 잠을 깨고 주위를 둘러보았다. 그리고 웃옷을 벗어 던지며 노랫소리의 근원지를 찾았다.

"엄마, 엄마, 이리 와! 요것 보세요! 병아리 떼 종종종 놀러간 후에……."

운새와 한새가 커다란 욕조에 몸을 담그고 목욕을 하고 있었다. 뭐가 그리 좋은지 오리 장난감을 들고 열심히 노래를 하고 있는 운새와 그런 아이의 머리를 감기고 있는 한새의 모습에 그의 표정이 잠시 부드러워졌다.

"아빠!"

"어라? 깼어?"

"언제 왔냐?"

"좀 아까. 안 씻었지? 들어와."

그녀의 맨어깨에 또르르 굴러 내리는 물방울이 그렇지 않아도 그를 갈증나게 했다. 하지만 아직 뚱해 있는 제욱이 애써 시선을 돌리고 퉁명스럽게 입을 열었다.

"됐어. 나중에."

"친구야, 목욕해요!"

운새가 두 팔을 벌리고 활짝 웃으며 제욱에게 던진 말에 그의 얼굴이 찡그려지고, 난감해진 한새가 허둥지둥 사태를 수습하고 나섰다.

"운새야, 아빠보고 친구라니. 아빠 같이 목욕해 주세요, 이렇게 해야지."

"아빠, 같이 목욕해 주세요."

"엄마랑 해."

"그렇게 찡그리지만 말고 들어와. 운새가 미안해하잖아."

제욱이 마지못해 남은 옷을 훌훌 벗어 던지고 탕 안으로 들어가 그들 사이에 자리를 잡았다. 익숙한 베이비 샴푸 냄새가 코를 찔렀다. 운새가 미안한지 그의 품에 파고들며 연신 물장구를 쳤다. 한새가 부드러운 천으로 그의 등을 쓸어내리면서 속삭였다.

"친구, 등이 참 튼실한걸?"

"야!"

"큭큭. 미안."

"안 되겠다. 운새야, 엄마 공격!"

두 남자가 한새를 향해 물장구를 쳐대고 이제 목욕탕은 3차 세계대전을 방불케 하는 수중전이 펼쳐졌다. 아이와 한새와 더불어 그렇게 탕 안에 있으면서 제욱은 어느새 화가 스르르 풀리는 것을 느꼈다. 새로 집을 개조하면서 커다란 욕조를 고집했던 것이 잘했다는 생각이 든다.

목욕이 끝나고 운새를 방에 재우고 온 한새가 침대에 기대어 제연의 책을 보고 있는 제욱의 곁으로 다가가 기대었다.

"재밌지?"

"그냥."

"언니가 자랑스럽지 않아?"

"그렇지 뭐."

제욱이 인상을 쓰며 책을 덮고 돌아누워 버렸다. 자식, 방금 전까지만 해도 실실 웃고 있었으면서! 이런 밴댕이 소갈딱지를 봤나! 한새가 작게 한숨을 쉬며 일어나 무릎을 껴안고 생각에 잠겼다. 왜 제욱이 또 저렇게 삐친지 잘 알고 있었다. 집에 돌아와 화장대 위에 놓여 있던 반지를 보고 그녀는 아차 싶었다. 먼저 제욱에게 다 솔직하게 털어놨어야 했는데, 이벤트랍시고 제연과 히람을 즐겁게 해주고자 미처 그의 마음을 다 헤아리지 못했던 것이다. 아, 어쩐다? 그냥 오늘 폭탄을 투하해 버려? 한새가 잠시 머리를 굴리다가 그의 옆구리를 찔렀다.

"왜?"

"자?"

"응."

"자면서 어떻게 말을 해?"

"너도 잘하잖아."

"치이…… 그냥 잘 거야?"

제욱의 어깨가 잠시 움찔거리는 것이 보였다. 한새가 작게 미소를 흘리며 다시 그의 옆구리를 공격했다.

"그, 그냥 자!"

한새의 유혹을 간신히 떨치는 제욱이었다. 또 얼렁뚱땅 넘어가려 하는군! 오늘은 제대로 설명을 안 하면 절대 화를 풀지 않을 작정이었다. 목욕할 때에야 교육상 아이 앞에서 다투는 꼴을 보이고 싶지 않았기에 화를 푼 척했지만, 그는 쉽게 마음을 풀 수 없었다. 제욱이 눈을 감고 온 신경을 곤두세워 그녀의 동정을 살폈다. 그러다 갑자기 한새가 부르는 노래에 놀라 벌떡 일어나 앉고 말았다.

"엄마, 엄마, 이리 와 요것 보세요! 옆집 사는 제욱이가 다녀간 후에, 우리 집 한새가 애를 뱄어요. 아마도 그놈이 그랬나 봐요."

"허, 너?"

"병원에서 삼 개월이래."

"진짜?"

"응, 건강하대."

"이런……!"

한새가 빙글거리며 웃는 것을 보다 와락 껴안는 제욱의 얼굴이 이제 작은 흥분으로 붉게 멍들어졌다. 그가 눈을 감으며 그녀의 머리를 쓰다듬었다. 어지럽다. 가슴이 두근두근 진정되지 않는다.

"우리가 저번에 들었던 음반이 조금 길었나 봐. 그리고 꽤 효과가 있었던 거지."

"하하하하!"

웃음이 나왔다. 그녀가 정말 다 나은 것이다. 게다가 아이까지? 제욱의 웃음이 계속 이어졌다. 한새의 중얼거림도 들리지 않았다.

"아무래도 배가 부르기 전에는 웨딩드레스를 입어야겠지?"

그녀가 짐짓 심각하게 손가락을 펴 보였다. 그녀의 손에서 반짝이는 반지를 보며 제욱이 다시 미소를 흘렸다. 이 앙큼한 고양이 같으니라고!

"아버님이 영주보다 좀 빨리 했으면 하시던데."

"그럼 여태 알아보던 예식장이며 드레스, 다 우리를 위한 것이었어?"

"응."

"그럼 아까는 뭐야?"

"네가 중간에 나가 버렸잖아. 아버님께서 얼마나 웃으셨는지 알아? 성질까지 꼭 당신 닮으셔서 챙길 것을 다 못 챙긴다고. 막판에 근사하게 내가 프러포즈하려고 했는데, 네가 다 망쳤어."

제욱이 참지 못하고 그녀의 입술을 막아버렸다. 꿈인지 확인하기 위해, 그녀를 느끼기 위해 있는 힘을 다해 한새를 껴안았다.

"읍, 읍! 숨차. 너!"

"딸이야. 그치?"

"그걸 내가 어떻게 알아?"

"딸일 거야. 음, 운겸이라고 지어야겠다. 고운겸. 고운 귀염둥이."

"에엥? 너 그것까지 생각해 둔 거야?"

"우리 첫째 아이 이름이었어. 흐흐흐. 그놈이 다시 우리에게 온 거야!"

놀란 한새의 눈에 다시 입맞춤을 하고 제욱이 그녀를 더듬어댔다. 신기해 죽을 지경이다. 기적이라니, 이렇게 놀라운 기적이 있을까? 한새가 결혼식에 대해 이것저것 떠들어대며 물어와도 제욱은 대답할 수 없었다. 지금 그게 중요한 게 아니지 않는가? 뭔가 뿌듯하고 벅찬 감동이 그를 다급하게 만들었다.

"야, 고제욱. 진정 좀 해봐."

"잠깐, 나 급해. 마음도 급하고, 또……."

"이봐, 고제욱 씨. 병원에서 나보고 안정, 또 안정하라고 했단 말이야!"

"이런, 아깐 그냥 자냐고 물었잖아. 병원에서 안 된대? 응? 이젠 못하는 거야?"

"그게, 잘 모르지만 경표 오빠가 28번 체위를 열심히 연습하면 자궁이 건강해진다고……."

"하긴 안정을 해야겠지. 헉, 뭐? 이경표가 뭐래? 빌어먹을!"

"아악! 고제욱, 정신 좀 차려. 그러니까 그 28번은 그, 그게 아니라……."

흥분한 제욱이 벌떡 일어나 휴대전화를 집었다. 아니, 이제 좀 정신을 차렸나 했더니 이경표 이 자식 한새에게 뭐라고 한 거야? 옆에서 한새가 뭐라고 설명을 했으나 그는 듣지 못하고 이만 드륵 드륵 갈 뿐이었다. 조금 전 기쁨에 들떠 흥분했던 얼굴이 화로 한 층 더 붉어져 있었다.

"야, 이경표! ……그래, 나다! 너 대체 한새에게 뭐라고 한 거야? 무슨 얘기까지 한 거냐고? ……몰라서 물어? 내가 친구라는 마음도 갖지 말랬지? 응!"

"고제욱, 전화 안 끊어? 이게 무슨 망신이야? 내가 말실수했어. 28번은 요가 동작이야. 네가 사람 정신없게 만드니까 잠깐 말이 헛나온 거라고. 내가 창피해서 못살아, 정말!"

한새의 외침에 제욱이 잠시 멈칫거렸다. 하지만 그대로 전화를 끊을 수 없는 법!

"이경표, 너 혹시 이런 노래 아냐? ……우리 집 한새가 임신했어요! 아마도 제욱이가 그랬나 봐요! ……크큭. 그래, 아무튼 너 운 좋은 줄 알아! 오늘은 내가 그냥 넘어간다만……."

"오빠, 미안해요. 주무세요!"

제욱의 손에서 휴대전화를 잡아챈 한새가 허둥지둥 전화를 끊고 그를 노려보았다.

"아무튼 못 말려! 고제욱! 아악! 이제 앞으로 애 낳을 때까지 접근금지야. 결혼? 꿈도 꾸지 마. 젠장, 내가 미쳤지. 응? 저런 놈을 어떻게 서방이라고 믿고……."

"야, 장한새! 그게 아니잖아. 내 말 좀 들어봐. 네 말대로 내가 흥분해서……."

그날 제욱은 제멋대로 오버한 부분에 대한 벌을 아주 톡톡히 치러야 했다. 바로 아버지의 방에 유기된 채, 끊임없는 잔소리를 들으면서 날을 새고 말았던 것. 그날 밤새 그녀의 이름을 부르며 웃다, 찡그리다 한 편의 모노드라마를 방불케 하는 그의 행동에 온 가족이 잠을 설칠 정도였으니, 한새가 가족의 원성에 못 이겨 얼마 지나지 않아 그를 가석방시켜 주었으며 다시는 그러한 일이 없도록 철저한 돌쇠 근성을 가르쳤다나? 그래도 마냥 행복하다고 하는 남자, 그 남자가 바로 장한새의 오랜 남자 친구이자 든든한 남편이 고제욱이었다.

〈……웨딩마치 후, 아내에게 지극 정성을 다한 철수의 소원에 답하듯 예쁜 딸을 품에 안겨준 영희는 이제 여왕 대접을 받는 호사를 누리고 있다. ……일설에 의하면 철수는 아직도 영희에게 마음을 표현할 말을 찾지 못해 전전긍긍이라고 한다. 하지만 늘 온몸과 마음으로 그녀에 대한 애정을 서슴없이 표현하는 통에 그들에게는 절굿공이와 절구라는 새로운 별명을 생기게 되었으니, 고소한 깨를 만드는 절구와 절굿공이! 얼마나 찰떡궁합이던지, 부부이자 친구인 두 사람이 함께하는 삶이 잔잔하지는 않겠지만, 그만큼 돈독한 애정으로 주위 사람들의 열렬한 부러움을 사고 있는 중이다…….

　　　　　—제연의 소설 '나의 친구, 나의 사랑' 에필에서 발췌.〉

한새와 제욱이에게.

언젠가 애 아빠가 된 한 친구와 메일을 주고받다가 예전에 잠깐 좋아했었다는 말을 듣고 한참 웃었던 적이 있었어. 나 역시 바로 그 친구를 특별히 생각한 적이 있었거든. 그리고 문득 십삼 년 징한 우정으로 매어 있는 너희 둘이 생각이 나더라. 이것들 둘이 잘되게 함 엮어봐? 물론 사랑과 우정 사이의 미묘한 간격이야 세상 사람들 모두 잘 알고 있는 것이고, 그 간격을 어떻게 좁히는가가 문제였는데 내 머리로 뭐가 나오겠니? 그냥 확둘이 일을 치르게 해야겠다는 생각뿐이었지. 흐흐흐. 그래서 제욱이에게 엉뚱한 생각을 불어넣은 건데, 솔직히 후회도 많이 했다. 두 사람이 아이라는 공통점이 생기면 더 가까워질 줄 알았건만, 제욱이 놈이 그렇게 사랑이라는 것에 지긋지긋해할 줄 정말 몰랐거든. 아무리 부모님의 영향이라지만 어떻게 사랑을 그 흔한 말이라며 한새 너한테까지 부정할 수 있는 건지 속에서 열불이 다 나더라. 속으로는 별별 생각을 다 한 주제에 그 흔한 말을 못해줘서 애를 골병들게 만들어? 고제욱, 너 아주 음흉한 놈이야. 알아?

작가후기

하지만 한새 너도 만만치 않았어. 제욱이의 그런 생각을 너무 잘 알아서라지만 혼자 속 끓이고 씩씩한 척하는 것을 보면서 얼마나 화가 나던지. 니들 때문에 내가 그동안 마음 졸인 거 생각하면…… 아오, 열받아. 이쯤에서 그건 패스!

항상 옆에서 너무 편한 사랑은 알아채기 힘들지만, 그 사랑을 알게 되면 고통은 몇 배가 된다. – 영화 '러브 액츄얼리' 중에서

그러나 너희 둘에게 마이! 아주 마이 미안한 건 있다. 내가 괜히 둘을 붙여놓은 주제에 아이 때문에 아프게 한 거 말이야. 처음엔 그냥 너희 둘이 쭈욱 행복해하는 모습을 보고도 싶었지만, 장난처럼 시작해 얻어진 행복이란 결코 오래갈 수 없다는 보편적인 논리를 좀 주장하고 싶었는데, 일이 그렇게 될 줄 누가 알았겠니? 하지만 그걸 옆에서 지켜보는 내 심정도 결코 편한 것만은 아니었단다. 혹시나 한새와 같은 병을 가진 사람이 완치된 사례가 없나 인터넷으로 조사하고, 다른 결혼한 친구들한테 물어보고, 그 병에 좋다는 약을 구하러 이리저리 뛰어다니느라 살이 다 쭉 빠졌다니까? 그러니 그건 절대 노처녀의 심술이 아니라, 순수하게 너희 둘을

더 질끈 동여매어 주려던 마음에서 나온 것임을 이해해 주길 바란다. 결론적으로 좀 한새가 많이 아프게 했지만 둘이 더 잘된 건 맞잖아. 그치?

우정에서 사랑으로 종종 발전될 수는 있지만 사랑은 우정으로 결코 가라앉지 않는다. - 영화 '러브 해즈 매니 페이스' 중에서

너희를 만났을 때는 막 여름의 시작이었는데, 벌써 해가 바뀌고 삼중 보온메리를 껴입어도 옆구리가 시린 겨울이네. 이제 장한새와 고제욱이 잘사는 것도 확인했으니, 이 몸은 이만 슬슬 퇴장을 하련다. 아차차, 그냥 가기 서운하니까 너희 귀에 딱지 앉으라고 몇 마디 하고 가겠다.

한새야, 저번에 보니까 제욱이 눈웃음이 아직 장난이 아니던데 단도리 잘해. 알았지? 그리고 고제욱, 한새가 자꾸 구박하면 과감히 이 누나에게 오렴. 네가 3박 4일 치 술값만 낸다면 한새를 간단히 휘어잡을 비법을 전수해 주마. 마지막으로 두 사람! 어렵게 얻은 사랑인만큼, 세상에 단둘밖에 없다 생각하고 잘 보듬고 살길 바란다. 이 말은 아무리 강조해도 지나치지 않은 '자나깨나 불조심' 같은 것이니 절대 한 귀로 흘려듣지 말도록! 혹여 상대 때문에 마음 상하는 일이 있으면 너희들을 이어주느라 가슴에

피멍이 생긴 이 친구를 기억하고, 부디 내 배가 아파도 좋으니까 알콩달콩 재미나게 살아야 한다. 약속!

그럼 두 사람 건강하게 잘 지내고, 나에게 예쁜 말을 가르쳐 주시느라 고생하신 이종민님을 비롯한 청어람 식구들, 사랑하는 하느님과 부모님, 함께 응원해 주었던 모든 카페 친구들에게도 내 대신 감사하다는 말과 함께 두둑한 금일봉 잊지 말고 송금해 준다면 정말 고맙겠다, 친구들아, 사랑한다.

P.S:참, 윤택이는 지희랑 안 깨졌니? 그 자식 구수한 게 딱 내 스타일인데. 혹시 지금 윤택이 혼자면 지체 말고 연락해라. 나도 그 우정과 사랑 사이 담치기 좀 해보자. 낑낑!